ELLE COOK
THE MAN I NEVER MET

*Kann man lieben,
ohne sich zu kennen?*

rütten & loening

ELLE COOK
THE MAN I NEVER MET

*Kann man lieben,
ohne sich zu kennen?*

ROMAN

Aus dem Englischen von
Christine Strüh

Die Originalausgabe unter dem Titel
The Man I Never Met
erschien 2022 bei Century, an imprint of Cornerstone.
Cornerstone is part of the Penguin Random House
group of companies, London.

ISBN 978-3-352-00983-9

Rütten & Loening ist eine Marke
der Aufbau Verlage GmbH & Co. KG

1. Auflage 2023
© Aufbau Verlage GmbH & Co. KG, Berlin 2023
Copyright © Elle Cook, 2022
Satz Greiner & Reichel, Köln
Druck und Binden CPI books GmbH, Leck, Germany
Printed in Germany

www.aufbau-verlage.de

Für Steve,
den Mann, den ich fast verloren hätte.
Und für Mr Henry Lewi,
den Mann, der ihn gerettet hat.

ERSTES KAPITEL
Hannah
Dezember

Weißt du noch, wo du in dem Augenblick warst und was du gerade getan hast, als sich dein Leben plötzlich von Grund auf änderte? Ich schon. Mit ziemlich zerzausten Haaren stand ich vor dem Fitnessstudio, hatte nach einem mörderischen Spinning-Kurs dringend eine Dusche nötig und suchte in meiner Tasche verzweifelt nach meinen Handschuhen, als mein Handy lossummte. Natürlich ahnte ich zu diesem Zeitpunkt noch nichts. Aber so ist das wohl immer. Man begreift die wahre Bedeutung eines solchen Augenblicks erst im Nachhinein.

Ich schnappe mir also mein Handy, ohne die Handschuhe gefunden zu haben, die irgendwo in den Tiefen der Tasche verschwunden sind. Es ist Dezember, eiskalt, und obwohl es noch früh am Abend ist, hat der Himmel schon die Farbe schwarzer Tinte angenommen, gesprenkelt mit kleinen grauen Wolken, die aussehen, als wären sie aufgemalt und würden gemächlich von der einen Seite der Leinwand auf die andere gezogen.

Als Ortsvorwahl wird +1 angezeigt, was mich zögern lässt. Ich starre auf das vibrierende Telefon in meiner Hand. Wo um in alles Welt ist +1? Callcenter beginnen mit einer zufälligen Auswahl von Kennzahlen, das hier sieht jedoch nicht aus wie eine davon.

»Hallo?«, sage ich schließlich.

»Hallo«, antwortet ein Mann mit eindeutig amerikanischem Akzent und fügt in tieferem, freundlicherem Ton hinzu: »Spreche ich mit Jonathan White?«

Ich muss lachen. »Klinge ich wie ein Jonathan White?

»Oh. Nein. Tut mir leid. Ich meine, ist er da?«

»Nein. Sorry, ich glaube, Sie haben sich verwählt.«

Pause, Papiergeraschel. »Okay. Entschuldigung. Bye.«

»Bye«, antworte ich noch, aber er ist schon weg. Kaum zehn Sekunden sind vergangen, da klingelt mein Handy wieder.

Ich dehne das »Hallo«, als ich drangehe – die gleiche +1-Nummer leuchtet auf meinem Display.

»O nein, nicht schon wieder«, stöhnt der Anrufer. »Das kann doch wohl nicht sein? Nicht mal ich bin so blöd, mich zweimal nacheinander zu verwählen.« Ich muss wieder lachen.

»Sieht aber aus, als wäre genau das passiert.«

Schweigen. Dann: »Moment mal.«

Ich warte und grinse amüsiert. Auf einmal fühlt sich die Kälte gar nicht mehr so kalt an.

»Ist das Plus-vier-vier …?«, beginnt er und spult eine Liste von Ziffern ab, die ganz eindeutig meine Nummer ergeben.

»Ganz genau. Welche Nummer wollten Sie denn anrufen?«

»Na, genau diese.«

Schon wieder muss ich mir ein Lachen verkneifen.

»Verdammt«, fährt er fort. »Anscheinend habe ich sie mir falsch aufgeschrieben. Ich soll um vier Uhr nachmittags britischer Zeit diese Nummer anrufen. Für ein Jobinterview.«

»Aber es kann nicht diese Nummer sein. Sie müssen einen Zahlendreher drin haben.«

»Ja«, erwidert er, klingt aber unsicher. »Aber was könnte ich vertauscht haben? Es gibt ungefähr eine Billion möglicher Kombinationen.«

»Tja, weiß ich auch nicht. Von wo rufen Sie denn an?«

»Aus Texas.«

»Und Sie sollen eine britische Nummer für ein Vorstellungsgespräch anrufen? Haben Sie hier in England einen Job in Aussicht?« Ich bin furchtbar neugierig.

»Hoffentlich …«

»Allerdings eher unwahrscheinlich angesichts der Tatsache, dass Sie mit mir sprechen, während Sie doch eigentlich Fragen beantworten sollten zu ... ja, wozu eigentlich?«

»Zu Gebäuden. Genau in diesem Augenblick müsste ich Fragen zur Gebäudeplanung beantworten. Mist.«

»Zur Gebäudeplanung?«

»Architektur, genauer gesagt.« Er hat eine echt nette Stimme. Tief, aber nicht zu tief.

»Versuchen Sie doch, die Nummer des Büros zu googeln, das Sie erreichen wollen«, schlage ich vor, für den Fall, dass er ein bisschen schwer von Begriff sein sollte und nicht selbst daran gedacht hat.

»Bin schon dabei.« Er redet schnell, denn es ist uns beiden klar, dass sein Gespräch inzwischen seit mehreren Minuten laufen müsste.

»Dann viel Glück. Ich hoffe, Sie schaffen es.«

»Die Nummer zu finden oder den Job zu kriegen?«

»Beides. Als Erstes die Nummer«, antworte ich und lächle schon wieder.

»Danke. Tut mir leid, dass ich Sie gestört habe. Gleich zweimal.«

»Kein Problem. Aber ich würde schrecklich gern erfahren, ob Sie den Job bekommen.«

»Danke noch mal«, sagt er. »Bye.«

»Bye«, antworte ich, aber die Leitung ist schon tot. Ein paar Sekunden lang starre ich auf das Telefon, in der Hoffnung, er könne albern genug sein, meine Nummer ein drittes Mal zu wählen. Es wäre wirklich nicht schlimm, wenn er noch einmal anrufen würde. Doch jetzt wünsche ich dem Mann mit der angenehmen Stimme, dass er tatsächlich die richtige Nummer wählt, Fragen über Gebäude beantwortet und den Job bekommt. Wer immer er sein mag.

Eigentlich sollte man sich nach einem einstündigen Spinning-Kurs nicht ausgerechnet ein Mikrowellen-Fertiggericht und ein großes Glas Wein genehmigen, aber da es Freitagabend ist, tue ich genau das. Immerhin wäre ich gar nicht erst im Fitnessstudio gewesen, wenn ich nicht von einem sehr unzuverlässigen Mann schmählich versetzt worden wäre. Der Betreffende hat sich das schon zum zweiten Mal geleistet, und ich habe mir geschworen, mich nie wieder mit ihm zu verabreden – wir hatten ja noch nicht mal ein echtes erstes Date. Meine beste Freundin Miranda nennt so etwas Absageritis. Also ist das Glas Wein, das ich jetzt trinke, in Wirklichkeit dasjenige, das ich getrunken hätte, wenn ich mit diesem Typen ausgegangen wäre. Damit dürfte ich mich wohl angemessen gerechtfertigt haben, wenn auch noch nicht für das scheußliche Mikrowellen-Curry.

Stunden später zappe ich mich durch die verschiedenen Optionen im Fernsehen und frage mich, wie ich es geschafft habe, alles einigermaßen Gescheite auf Netflix schon gesehen zu haben, wo ich doch gar nicht so oft zu Hause bin. Vielleicht sollte ich ausnahmsweise mal die Nachrichten schauen und wenigstens versuchen, über die Tagesereignisse in aller Welt so informiert zu sein wie meine Kollegen. Vielleicht sollte ich auch mit Leuten zusammenarbeiten, die mehr Schunddramas anschauen als BBCs *Question Time*.

Neben mir piept mein Handy und zeigt mir eine Nachricht an. Sie stammt von einer Nummer, die ich erst erkenne, als ich genauer hinschaue – es ist die des Amerikaners. Drei Worte nur: Ich hab ihn.

Ich schalte den Fernseher auf stumm und lasse die Lückenfüller-Nachrichten, denen ich schon die ganze Zeit keine Aufmerksamkeit geschenkt habe, im Hintergrund weiterlaufen.

Ob er möchte, dass ich antworte? Ob er das erwartet? Freut mich, schreibe ich, dann: Glückwunsch. Sieht so aus, als hätten Sie die richtige Nummer rausbekommen.

Ich formuliere es nicht als Frage und erwarte auch keine Antwort, die jedoch wenige Sekunden später eintrifft.

Ja. Ich habe mich für die Verspätung entschuldigt und erzählt, wie es dazu kam. Er hat ganz cool reagiert.

Freut mich, tippe ich, lösche es jedoch gleich wieder, weil ich genau das gerade erst geschrieben habe, und ersetze es mit: Ehrlich währt eben doch am längsten.

Unbedingt.

Ich beobachte das Display. Er schreibt nicht mehr. Ich bin an der Reihe mit einer Antwort, aber mir fällt nichts ein, und einen Moment später fährt er schon fort.

Also, England im Januar. Kalt?

Ein leises Lächeln schleicht sich in meine Mundwinkel. Sehr sogar. So leid es mir tut. Planen Sie denn, im Januar hier anzukommen?

Genau heute in einem Monat, ja.

Wo in Texas sind Sie?

Austin, antwortet er prompt.

Nein, ich habe keine Ahnung, wo das liegt. Ich verlasse den Chat, google *Austin, Texas*, öffne das Chat-Fenster von Neuem, bereit, mein soeben erworbenes Wissen zu offenbaren. Da ist es warm um diese Jahreszeit.

Da ist es warm zu jeder Jahreszeit.

Ich hab's gegoogelt, gestehe ich. Hauptstadt von Texas, sagt Wikipedia. Und ich habe gerade herausgefunden, dass auch Houston in Texas liegt. Da haben wir's.

Er antwortet mit einem Lach-Emoji, gefolgt von: Wo sind Sie?

In London.

Großartig. Jetzt kenne ich jemanden, wenn ich dort ankomme.

Ich betrachte seine Nachricht, unsicher, was mir das sagen soll. Schlägt er vor, dass wir uns treffen? Ich schaue die Nachricht so lange an, dass der Bildschirm schwarz wird und ich meinen Code eingeben muss, um ihn zu entsperren. Ich sehe, dass er noch online ist. Wie heißen Sie eigentlich?, frage ich.

Davey. Und Sie?

Hannah.

Freut mich, Sie kennenzulernen, Hannah.

Ich lächle wieder, denn ich freue mich ehrlich, seine Bekanntschaft gemacht zu haben. Obwohl ich noch nie jemanden auf eine so seltsame Art kennengelernt habe. Wie alt sind Sie?, frage ich.

Neunundzwanzig. Und dann noch eine Nachricht. Man hat mir beigebracht, dass es nicht okay ist, eine Frau nach ihrem Alter zu fragen, also ...

Ich bin siebenundzwanzig, antworte ich auf seine unausgesprochene Frage. Das Ganze beginnt mir zu gefallen, und ich frage mich, wie er wohl aussieht, dieser neunundzwanzigjährige Mann aus Texas. Er hat kein WhatsApp-Profilbild, oben im Chat ist nur das grau-weiße Standardsymbol. Wer macht denn so was? Wohlgemerkt ist bei mir ein Foto von unserem Familienhund mit Sonnenbrille zu sehen, also habe ich wohl kein Recht, mich zu beschweren.

Wollen wir uns nicht duzen? Und wie spät ist es jetzt in London?, fragt er.

Kurz vor elf. Und: gern.

War nett, mit dir zu plaudern, Hannah.

Oh. Das ist eine ziemlich unverblümte Art, unser Gespräch zu beenden, und die Enttäuschung darüber, dass er sich so abrupt verabschiedet, lässt mich kurz innehalten, ehe ich antworte: Fand ich auch.

Ich würde das gern bei Gelegenheit wiederholen. Falls du magst, natürlich nur.

Ich starre einen Moment auf das Display und denke nach. Wie antworte ich so, dass es weder übereifrig noch desinteressiert rüberkommt?

Schließlich entscheide ich mich für die lockere Version. Klaro.
Okay, antwortet er.
Und dann ist er weg.

ZWEITES KAPITEL

Ich erwache mit dem wunderbar entspannenden Gedanken, dass heute kein Arbeitstag ist. Schließlich kann ich dieses Gefühl nur zweimal pro Woche genießen, also tue ich es ausgiebig. Nicht, dass ich meinen Job hasse. Ich arbeite im Marketing, was die Rechnungen bezahlt und es mir erlaubt, mir ein paar anständige Urlaubsreisen im Jahr zu leisten. Für den Moment genügt mir das, obwohl mir klar ist, dass ich allmählich den nächsten Karrierehorizont ins Auge fassen sollte, aber ich habe noch keine Idee, in welche Richtung es gehen könnte.

Nachdem ich nach allen Regeln der Kunst ausgeschlafen habe, stehe ich auf und spiele mit der Idee, mir etwas richtig Kreatives zum Essen zu gönnen. Leider ist Avocado auf Toast jedoch so ungefähr das Kreativste, was ich je zustande bekomme, und heute habe ich aus unerfindlichen Gründen Lust auf Pfannkuchen mit Ahornsirup. Aber die werde ich nicht selbst zubereiten, denn ein paar Häuser weiter gibt es ein großartiges Lokal für so was, wo es wesentlich leckerer schmeckt als bei mir. Allerdings müsste ich mich dafür anziehen und das Haus verlassen, was bedeutet, dass ich auf eines meiner liebsten Wochenendrituale verzichten müsste, nämlich, am Gartenzaun mit meiner Nachbarin Joan zu plaudern. Und das möchte ich weder missen noch ihr antun.

Ich wohne in einer Erdgeschosswohnung, aus der ich nie im Leben ausziehen werde, das habe ich mir geschworen. Erst wenn man mich tot in der Kiste raustragen muss. Nirgendwo sonst würde ich zu diesem Preis eine Dreizimmerwohnung mit Garten bekommen – das weiß ich sehr genau, weil ich einen Rightmove-Alarm eingerichtet habe und mich, sobald eine entsprechende Mail in meinem Posteingang auftaucht, augenblicklich sabbernd auf sie stürze.

Früher habe ich mir die Wohnung mit Miranda geteilt, aber als sie zu ihrem Freund Paul gezogen ist, habe ich beschlossen, die Miete lieber ganz zu übernehmen, statt mir irgendwo eine kleinere Bleibe zu suchen. Ich kann es mir leisten, gerade so. Hauptsächlich, weil Joan von nebenan nicht nur ihr Haus, sondern auch meines gehört und sie offensichtlich nicht ganz auf dem neuesten Stand ist, was die jüngsten Mietpreisentwicklungen angeht. Sie zuckt immer nur die Achseln und sagt, dass ich und die so gut wie nie anwesende Flugbegleiterin von oben uns so gut um unsere Wohnungen kümmern, dass sie uns auf keinen Fall mit einer Mieterhöhung vergraulen möchte.

Ich ziehe meinen Bademantel enger um mich und schlüpfe in meine Ugg-Boots. Nichts davon wird mich hundertprozentig vor der knackigen Kälte dieses Wintertags schützen, aber es ist hell draußen, und das ist doch schon mal was.

Joan und ich haben ein kleines Wochenendritual. Sobald ich wach bin, schicke ich ihr eine Nachricht, und sie stellt ihre Nespresso-Maschine an. Fünf Minuten später treffen wir uns am Gartenzaun. Sie reicht mir einen schicken Kaffee, während ich einen Teller mit Supermarktkeksen dabeihabe. Eigentlich kein fairer Tausch, aber als ich auch nur andeutete, mir eine richtige Kaffeemaschine kaufen zu wollen, hat Joan alles darangesetzt, es mir auszureden. Ich glaube, sie befürchtet, dass ich sonst nicht mehr zu unseren Plauderstündchen kommen würde, also habe ich von meinem Plan Abstand genommen, worauf sie versprochen hat, mich jedes Wochenende mit einem dynamischen Aufgebot farbenfroher Kaffeekapseln zu verwöhnen.

Als ich die Hintertür öffne, kann ich den Kaffee schon riechen. Ich schlüpfe hinaus und schließe die Tür hinter mir, um die

Wärme im Haus zu lassen. »Was haben wir heute?«, frage ich, als ich am Zaun ankomme, die Ellbogen darauf stütze und in Joans perfekt gepflegten Garten hinüberblicke. Ihre Tür ist offen, und sie hört mich in der Küche, wo die Maschine gerade noch mit lautem Zischen eine Tassenladung produziert. Selbst im tiefsten Winter ist ihr Garten so üppig und grün, als hätte sich einer der Gärten des National Trust in die Lüfte erhoben und sich direkt hierher nach Wanstead ins östliche London verlagert.

Auf mein Stichwort erscheint Joan, in jeder Hand eine Tasse, zwischen den Zähnen einen Zettel mit den Informationen zur Kaffeesorte. Sie beugt sich zu mir, und ich nehme den Infozettel und die Tasse, die sie mir entgegenstreckt.

»Ich dachte, wir probieren heute mal den *Firenze Arpeggio*«, erklärt sie.

Ich lese den Infotext. »*Kräftig und cremig*. Sind sie das nicht alle?«

Ich nippe. Der Kaffee schmeckt genau wie der, den wir letzte Woche getrunken haben. Er ist köstlich und zeigt exakt die Wirkung, die ich mir wünsche, trifft meine Geschmacksnerven mit jener koffeinierten Hitze, die ich in dieser Kälte umso dringender brauche.

Joan nickt und meint: »Definitiv vier von fünf Sternen.« Sie wohnt hier, seit sie das Haus vor ungefähr dreißig Jahren von ihrer Mutter geerbt hat. Zwar habe ich sie nie direkt gefragt, wie alt sie ist, doch wenn ich mir aus ihren Geschichten Stück für Stück eine Zeitschiene zusammensetze, komme ich zu dem Schluss, dass sie um die siebzig sein muss. Vor zwanzig Jahren ist ihr Ehemann gestorben, aber sie ist nicht einsam, zumindest nicht, soweit ich es mitbekomme. Sie ist ständig unterwegs, fährt in ihrem verbeulten Citroën Saxo durch die Gegend, ungestüm und sorglos wie ein lebenstrunkener Achtzehnjähriger, der gerade die Fahrprüfung geschafft hat. Anfangs dachte ich, wir träfen uns um ihretwillen zum Morgenkaffee, inzwischen habe ich jedoch eher den Eindruck, dass ich sie damit von ihrem wilden Leben abhalte. Mit einer gewissen Ernüchterung beiße ich in einen Schokobutterkeks und biete Joan den Teller an.

»Was gibt es Neues von der jungen, unabhängigen Singlefrau?«, fragt sie und tunkt den Keks viel zu lange in ihre Tasse. Ich beobachte es und warte darauf, dass er mit einem unbefriedigenden Flupp abstürzt. Aber Joan ist in dieser Hinsicht alles andere als eine Amateurin und rettet ihn in letzter Sekunde. »Das Date gestern Abend?«, hakt sie nach. »Er ist nicht mehr da, oder?«

»Natürlich nicht!«, rufe ich entsetzt. »Ich schlafe doch nicht beim ersten Date mit einem Mann!«

»Nicht mehr«, korrigiert Joan.

»Ja, nicht mehr«, bestätige ich etwas verlegen. »Aber gestern bin ich gar nicht erst hingegangen.«

»Darüber haben wir doch schon gesprochen«, sagt Joan tadelnd. »Du lebst nur einmal. Wie willst du herausfinden, ob er der Richtige sein könnte, wenn du nicht mal zu einem Date mit ihm gehst?«

»Ich bin nicht hingegangen«, erkläre ich und knabbere am nächsten Keks – das wird mein Brunch, beschließe ich –, »weil er mich versetzt hat. Genau genommen hat er abgesagt. Schon wieder. Das war's dann wohl.«

»Willst du etwa den Männern mal wieder abschwören?«

Ich schüttle den Kopf. »Nein. Dieser Weg führt zum Wahnsinn. Aber diesem Typen schwöre ich ab.«

»Gut so. Dann auf zum Nächsten.«

Ich sehe Joan an. Glaubt sie, dass ich mich durch ein Fließband voller Männern arbeiten werde? Aber ich enthalte mich eines Kommentars und nicke nur. »Was hast du heute vor?«, frage ich, froh, das Thema wechseln zu können.

»Lunch bei meiner Freundin Sheila, und heute Abend gehe ich mit einem reizenden Mann namens Geoff etwas trinken.«

»Echt? Wer ist Geoff?« Ganz gegen meine Gewohnheit riskiere ich es, einen Keks in meinen Kaffee zu tunken. Anscheinend eine

Spur zu lange, denn prompt verschwindet er in den dunklen Tiefen meiner Tasse, und mir bleibt nur die Entscheidung, ihn zu trinken – beziehungsweise zu essen – oder mit den Fingern herauszufischen. Ich überlasse ihn seinem Schicksal.

Joan antwortet nicht. Sie blickt in meine Tasse und zieht die Augenbrauen hoch. »Soll ich dir einen frischen Kaffee holen?«

Ich lache über mich selbst. »Nein, nein, der ist noch gut.«

Joan verkneift sich ein Kichern. »Geoff ist ein sehr netter Mann, den meine Tochter mir neulich vorgestellt hat. Sie denkt nämlich, ich sei einsam.«

»Und bist du einsam?«

»Eigentlich nicht, nein. Aber niemand ist eine Insel und so weiter.«

Ein Date wird Joan bestimmt guttun. »Und wie ist er so, dieser Geoff?«

»Sehr nett, wie gesagt. Sieht gut aus. Und ist ein bisschen jünger als ich.«

»Joan«, sage ich. »Du bist ein echtes Luder.«

Sie lacht und genießt das Scheinwerferlicht, das ausnahmsweise auf ihr statt auf mein Liebesleben fällt. Nicht, dass ich wirklich eines hätte. Da ist nur dieser ferne Gedanke, dass es so etwas für mich geben könnte, deshalb gehe ich ja zu Dates, bin aber nach einer langen Reihe nicht sehr erfolgreicher erster Dates ziemlich erschöpft. Immer mal wieder gibt es auch ein zweites, manchmal auch ein drittes, aber spätestens dann verläuft alles im Sand. Die Verheißungen der Dating-Apps und die Leichtigkeit, mit der wir jemanden in unser Leben hinein und ebenso schnell wieder hinaus wischen können, lassen einen immerzu etwas anderem und jemand anderem nachjagen. Letzten Endes machen sie einen faul.

Ich sehne mich nach der magischen Zeit, von der Joan so gern erzählt. Zum Beispiel, wie sie ihren Mann kennengelernt hat, als sie beide versuchten, den letzten Liegestuhl am Strand von Southend zu ergattern, sich gegenseitig so attraktiv fanden, dass sie am Ende die Konkurrenz um den Liegestuhl völlig aus den Augen verloren. Stattdessen kaufte Joans Zukünftiger für beide ein Eis, und dann saßen sie im Schatten der sommerlichen Mittagssonne unter dem Pier im Sand. Warum lernen sich Leute nicht mehr auf solche Art kennen? Ich trinke meinen Kaffee, ohne daran zu denken, was für ein durchweichter Butterkeksklumpen in seiner Tiefe lauert. Er schlägt in meinem Mund auf, während Joan mir weiter von Geoff erzählt, mit dem sie noch kein Wort gewechselt hat. Sie holt ihr Handy und zeigt mir ein Foto von ihm.

»Trägt er etwa eine Lederjacke?«, fragte ich bewundernd. Dieser Mann um die siebzig kleidet sich modischer als ich.

»O ja«, sagt Joan, nimmt das Handy zurück und schaut sich das Bild an. »Ich hoffe sehr, dass er kein kompletter Blödmann ist«, fährt sie fort, und ich huste das letzte bisschen meines keksgewürzten Kaffees aus.

∴

Selbst Joans Liebesleben ist interessanter als meines, denke ich, als ich den schlimmsten Teil meines Wochenendes in Angriff nehme – das Ritual, meine Wohnung gründlich zu putzen. Ich mache das immer samstags, damit ich es hinter mir habe und die Freiheit des Sonntags in aller Wohligkeit genießen kann.

Ich weiß nicht, warum, aber ich muss an Davey denken, diesen Mann, dem ich noch nie begegnet bin, von dem ich kein Foto besitze, mit dem ich aber immerhin schon geredet habe. Im Gegensatz zu Joan, die nicht mit Geoff gesprochen, aber ein Bild von ihm gesehen hat.

Wenn Davey mir, wie angekündigt, das nächste Mal eine Nachricht schickt, werde ich meinen Mut zusammennehmen und ihn um ein Foto bitten. Oder könnte das seltsam rüberkommen? Ich möchte nur wissen, wie er aussieht. Vielleicht sollte ich ihn nicht gleich beim nächsten Mal fragen. Erst beim übernächsten. Natürlich nur, wenn er mir überhaupt noch einmal schreibt.

⋰

Abends sitzen wir, umringt von Weihnachtsdeko, im Pub, dem einzigen nahe gelegenen »Opa-Pub«, wie Miranda und ich solche Etablissements liebevoll nennen. Braune Bar, braune Tische, braune Stühle, billige Chrysanthemen in staubigen Vasen. Samstags jedoch übernimmt die thailändische Frau des Eigentümers die Küche, und die Qualität des Speisenangebots steigt augenblicklich um mehrere Stufen. Bevor Miranda zu Paul gezogen ist, war ich mit den beiden jeden Samstag hier essen, und da die Küche nun so gut geworden ist, haben wir noch weniger Lust, diese Tradition aufzugeben.

»Ich schwöre, es ist hier günstiger als in einem Imbiss«, sagt Paul und macht sich über sein Pad Thai her. Jede Woche verkündet er, dass er mal etwas anderes von der Speisekarte probieren will. Aber Woche für Woche vergeht, ohne dass er seinen Plan verwirklicht. Er und Miranda sind inzwischen seit fünf Jahren zusammen und passen so gut zueinander, dass es schon beinahe nervt – worauf sie jedoch dankenswerterweise nicht allzu sehr herumreiten. Es ist nicht so, dass ich einsam bin, trotzdem gibt es Paare, in deren Gesellschaft einem unmissverständlich klar wird, dass man schon eine ganze Weile allein ist. Meinen letzten richtigen Freund hatte ich vor ungefähr zwei Jahren. Und so richtig fest war die Beziehung auch nicht. Siebeneinhalb Monate – zählt das überhaupt? Ich würde gern daran glauben, dass das als feste Beziehung durchgeht, sonst wäre die Lage noch trostloser als ohnehin schon.

Die Kellnerin bringt uns unsere zweite Karaffe des roten Hausweins, in der Endlosschleife weihnachtlicher Musik läuft »Last Christmas« von Wham!, und hinter der Bar blinkt eine Lichterkette. Draußen ist es dunkel und kalt – in krassem Kontrast zu hier drinnen und zu unseren Thai Food, das so bedingungslos wärmt, dass es in mir den Wunsch erweckt, eine Reise an ferne Strände zu buchen. Ich war noch nie in Thailand und mache mir eine Notiz im Hinterkopf, irgendwann im nächsten Jahr nach den Preisen für einen Flug dorthin zu schauen. Was zu der Frage führt, mit wem ich verreisen sollte.

Miranda fährt nicht mehr ohne Paul, was verständlich ist, wenn man im Jahr nur einundzwanzig Tage bezahlten Urlaub bekommt. Bei mir sind es fünfundzwanzig, aber ich erinnere Miranda nicht daran, als wir darüber plaudern, dass ich es geschafft habe, zwischen Weihnachten und Neujahr ein paar Tage für einen Besuch bei meinen Eltern aufzusparen. Das tue ich jedes Jahr, sehr gewissenhaft. Ich hole mein Handy aus der Tasche, um mir eine Notiz zu machen, dass ich ein paar alte Uni-Freunde frage, ob sie vielleicht Lust auf einen gechillten Thailand-Trip nächstes Jahr hätten, und sehe, dass eine Nachricht eingegangen ist. Während ich sie öffne, wird die dritte Karaffe gebracht. Verwirrt starren Miranda und Paul erst die Karaffe und dann mich an, denn keiner von uns hat den Wein bestellt, aber es meldet sich auch niemand freiwillig, um es der Kellnerin mitzuteilen.

»Das wird übel ausgehen«, verkündet Miranda mit singender Stimme, wirft mir einen boshaften Blick zu und stopft sich einen Löffel ihres gelben Currys in den Mund.

Vor fünfundzwanzig Minuten hat Davey mir ein schlichtes Hi geschrieben. Ich betrachte die Nachricht und beiße mir auf die Lippe, damit dort kein Lächeln entsteht. Was bei meinen Freunden nämlich zu Fragen führen würde, aus denen im Handumdrehen eine echte Inquisition werden könnte.

Den Grund, warum ich mein Handy aus der Tasche geholt habe, vergesse ich auf der Stelle, stattdessen erwidere ich seinen Gruß ebenso schlicht. Hi.

Er ist online und antwortet sofort. Ist es komisch, dass ich dir noch mal schreibe? Nachdem ich die Nachricht losgeschickt hatte, dachte ich plötzlich, es könnte vielleicht komisch rüberkommen.

Ich brauche einen Moment, um nachzudenken und ehrlich zu antworten: Es ist schon ein bisschen merkwürdig. Aber gut merkwürdig.

Okay, das hab ich gehofft. Wie ist dein Tag so gelaufen?

Miranda hüstelt demonstrativ und sagt dann: »Entschuldige. Handy? Beim Essen? Haben wir uns nicht darauf geeinigt, dass wir nicht die Art Freunde sein wollen, die den Abend auf Insta verbringen, während sie miteinander ausgehen?«

Ich blicke auf und entschuldige mich, aber ohne mein Handy wegzulegen, denn ich schreibe Davey noch schnell: Mein Tag läuft noch. Kann ich später antworten?

Na klar, antwortet er und geht sofort offline.

Aber Paul merkt trotzdem, dass etwas nicht stimmt. »Du lächelst. Sie lächelt«, fügt er, an Miranda gewandt, hinzu und überreicht ihr damit den unsichtbaren Staffelstab zum Weiterfragen.

»Ja-a«, erwidert Miranda langsam. »Danke für die Untertitel.«

O nein, jetzt hat sie die Oberlehrerinnenstimme, die bedeutet, dass ich hier nicht mehr lebend rauskomme. Andererseits gibt es wohl kaum etwas zu erzählen, da dürfte es doch eigentlich nicht so schwer sein, sie abzuwimmeln. Ich warte auf das Einsetzen der Fragenkaskade.

»Wer ist es?« Miranda kommt gleich zur Sache, gießt mir nach und schiebt das Glas zu mir, als wäre der Wein ein Wahrheitsserum.

»Niemand«, antworte ich leichthin, bereue es jedoch sofort und ziehe ein anderes Register. »Ich meine … er ist wirklich niemand. Er hat mich gestern versehentlich angerufen, und wir sind ins Plaudern gekommen. Er ist nett, wohnt in den USA und zieht nächsten Monat nach London. Das war's. Ende der Geschichte.«

Miranda sperrt Mund und Nase auf und fragt sehr leise: »Du hast mit einem Mann gesprochen, der dich versehentlich angerufen hat, und ihn dazu gebracht, dass er deinetwegen auf einen anderen Kontinent umzieht? Und das in nicht einmal vierundzwanzig Stunden?«

Ich muss so lachen, dass ich meinen Wein in die Gegend pruste, unbeschreiblich unattraktiv, aber mit so etwas hatten meine Freunde noch nie Probleme. »Natürlich nicht«, sage ich und erkläre die Situation ein bisschen detaillierter, was nur dazu führt, dass mich beide mit Fragen bombardieren.

»Würde ich ihn mögen?«, will Paul wissen.

»Sieht er gut aus?«, fragt Miranda.

Paul wirft ihr einen genervten Blick zu.

»Ihr reagiert offensichtlich über. Da läuft nichts. Und Miranda«, füge ich hinzu, »ich habe keine Ahnung, wie er aussieht, er hat kein Profilbild.« Obwohl ich schon hoffe, dass er gut aussieht. Ohne dass ich wüsste, warum. Was sollte das für eine Rolle spielen? Nehmen wir an, wir kommen tatsächlich ganz gut miteinander aus und werden Freunde – was würde es mich dann kümmern, wie er aussieht? Wie oberflächlich muss man sein, so etwas wichtig zu finden?

»Hast du dir mal seine Social-Media-Accounts angeschaut?«, fragt Miranda, greift sich ihr Handy und öffnet Instagram.

»Nein«, antworte ich. »Ich weiß seinen Nachnamen nicht. Und ich spioniere einem Mann auch nicht sofort in den sozialen Netzwerken hinterher, wenn ich mit ihm« – ja, was tue ich eigentlich mit Davey? – »Nachrichten schreibe«, vollende ich den Satz etwas lahm. Mit einer Lüge. Denn ich spioniere den Typen, mit denen ich mir Nachrichten schreibe, sehr wohl in den sozialen Medien hinterher. Umso mehr gefällt es mir, bisher nicht in der Lage gewesen zu sein, das auch bei Davey zu tun.

»Hannah Gallagher«, sagt Miranda tadelnd. »Wieso kennst du seinen Nachnamen nicht?«

»Weil der in unserer Konversation bisher keine Rolle gespielt hat.«

»Wie alt ist er?«, mischt sich Paul ein.

»Neunundzwanzig.«

Miranda verschränkt die Arme. »Darüber habt ihr also geredet.« Es herrscht Stille, und ich trinke einen Schluck Wein, damit keiner von mir erwarten kann, dass ich etwas dazu sage.

»Na gut, belassen wir es dabei. Fürs Erste«, meint Paul, als wären wir in einem Krimi und er würde gleich das Verhörtonband abstellen.

»Redest du nachher mit ihm?«, fragt Miranda, lässt mir jedoch keine Zeit zu antworten, sondern fährt fort, ohne Luft zu holen: »Du musst unbedingt rauskriegen, wie er mit Nachnamen heißt. Und dir ein Foto von ihm schicken lassen.«

»O mein Gott«, murmle ich und trinke noch einen Schluck. Ob Joan wegen ihres Freundes auch so unter Beschuss genommen wird?

∴

Ich schreibe Davey nicht wie versprochen später am Abend zurück, denn als wir den Pub verlassen, bin ich nichts anderes als schrecklich betrunken. Bis zu dem Punkt, an dem wir die Rechnung begleichen, haben wir nicht nur den ganzen Wein ausgetrunken, sondern sind auch noch zu thailändischem Singha Beer übergegangen, was ich nicht mal besonders mag, aber das Angebot »Noch einen Absacker?« ist einfach schwer abzulehnen.

Paul und Miranda begleiten mich zu meiner Wohnung, die praktischerweise auf dem Weg zu der ihren liegt. Überall sieht man Weihnachtspartygänger aus den Restaurants kommen oder von einer Kneipe zur nächsten wandern. Auf den Lippen ein Lächeln, das wir wahrscheinlich zu keiner anderen Jahreszeit hätten, so bewältigen wir den Spießrutenlauf durch die Reihen der

Feiernden. Es ist diese Wirkung, die Weihnachten auf die Menschen hat, diese besondere Zeit, in der auf einmal alles möglich ist. Sogar, dass man Kollegen auf einer Weihnachtsfeier einfach abknutscht, obwohl man sie mitten im Oktober garantiert niemals geküsst hätte.

Als Miranda in ihren hochhackigen Schuhen stolpert, fangen wir sie lachend auf. Sie trägt stets Schuhe mit hohem Absatz, obwohl sie unglaublich groß ist. Sie steht zu ihrer Größe. So wie ich wohl zu meiner mittelgroßen Statur, indem ich immer nur flache Schuhe anziehe. Mit High Heels bin ich nie warm geworden, und wenn ich dennoch welche trage, fühle ich mich so unsicher auf den Beinen wie eine neugeborene Baby-Giraffe. Also mache ich mir gar nicht erst die Mühe. Miranda jedoch ist ein Wunder, das die Männer stehen bleiben und ihr nachstarren lässt, aber in ihrem Leben gibt es für so etwas keinen Raum. Sie ist vollkommen blind dafür, alles, worauf sie besteht, ist das Größenkriterium, das jeder Mann, der sich mit ihr treffen möchte, erfüllen muss. Sie und Paul haben sich kennengelernt, weil sie buchstäblich die beiden Einzigen vor einer Bar in der Schlange waren, die mit Kopf und Schultern alle anderen überragten.

Ich frage mich oft, wie es wäre, jemanden zu treffen, der einfach … zu mir passt. Dann wäre ich bereit, mich darauf einzulassen, glaube ich. Obwohl mein Leben ausgefüllt ist mit Freunden, Arbeit, Familie, mit Dingen, die mir Spaß machen. Wäre es nicht nett, das alles mit jemandem zu teilen? Einen ganz persönlichen Cheerleader zu haben? Für jemanden Cheerleader zu sein? Ich bin beschwipst, ich muss ins Bett.

Als ich am Sonntag aufwache, ist mir sofort bewusst, wie viel Mühe es mich kosten wird, an diesem Tag ins Fitnessstudio zu gehen. Immerhin arbeitet heute George. Er ist Personal Trainer, und wenn ich nicht erscheine, wird er mich bestimmt damit aufziehen, also muss ich wohl oder übel meine Energiereserven anzapfen.

George und ich haben uns vor ein paar Monaten im Studio kennengelernt, als dort gerade ein neues Set Power Plates installiert worden war. Ich bin auf eines der merkwürdigen Geräte geklettert und war ziemlich verloren, bis George mir zeigte, wie man das Ding benutzt, und wir uns darüber kaputtlachten, wie das unvorteilhafteste Fitnessgerät, das je erfunden wurde, mich durchrüttelte. Nie wieder. Wenn ich mit meinem Workout fertig bin und er keinen Klienten mehr zu trainieren hat, setzen wir uns meist zusammen ins Café und kippen den neuesten Smoothie.

Aber bevor ich ins Studio aufbreche, wird mir ein Kaffee mit Joan die richtige Starthilfe geben, also schreibe ich ihr eine Nachricht, raffe ein paar Kekse zusammen, schließe die Hintertür zur Einöde meines Gartens auf und schaue mich um. Ich sollte mir wirklich ein paar Blumenkübel besorgen. Vielleicht sogar ein Gemüsehochbeet. Irgendwann wird mir klar, dass ich schon eine Ewigkeit rumstehe und warte, ohne dass irgendetwas passiert – nicht das kleinste Anzeichen, dass Joan ihre Rollos hochzieht und die Tür öffnet.

Ich schreibe ihr eine weitere Nachricht. Wieder verstreichen ein paar Minuten. Jetzt, da mein Kater richtig Fuß gefasst hat, träume ich davon, mindestens drei dicke Scheiben Weißbrot in den Toaster zu stecken und sie dick mit Salzbutter zu bestreichen. Immer noch keine Spur von Joan. Ich gehe zurück ins Haus, direkt zum Weißbrot und halte inne, als ich den Toast runterdrücken will. Hatte Joan nicht gestern Abend ihr Date mit Geoff? Und jetzt ist sie nicht zu Hause? Interessant – und auch ein bisschen befremdlich. Ich lächle in mich hinein. Kann das sein?

∴

Im Studio konzentriere ich mich aufs Laufband so gut ich kann, doch der True-Crime-Podcast, den ich höre, lenkt mich so ab, dass ich mit angehaltenem Atem in Schritttempo verfalle, weil ich herausfinden muss, wen die Moderatoren für den Mörder halten. Wahrscheinlich sollte ich lieber Musik hören. Ich beschleunige von Neuem, aber mein Kopf tut immer noch weh, und ich habe mein Wasser bis auf den letzten Tropfen ausgetrunken und müsste dringend meine Flasche auffüllen. Doch wenn ich vom Laufband steige, springt garantiert im nächsten Moment jemand an meinen Platz, also halte ich die nächsten zwanzig Minuten tapfer durch, bis George herüberstolziert kommt. Ein schöner Anblick. Manche Männer sehen einfach zu gut aus. George erinnert mich immer an ein Burberry-Model. Woche um Woche bekommt er den beklagenswerten Zustand meiner Fitness demonstriert, und wahrscheinlich weiß er nur zu genau, dass ich irgendwann, wenn er mich mit seinen babyblauen Augen nur lange genug anblinzelt, klein beigeben und ihn bitten werde, mich persönlich zu trainieren. Er redet ständig davon, in die Ferne zu reisen, und ich habe den Verdacht, dass er mich und meine zweifelhaften Fitnessziele als potenziellen Beitrag zur Finanzierung seines Urlaubs wertet.

»Hey, meine Hübsche«, sagt er. Er flirtet so lächerlich offensichtlich, und obwohl es mir peinlich ist, es zuzugeben, gefällt mir das. Ich schwitze. Ich bin knallrot. Ich bin in diesem Moment garantiert alles andere als hübsch, aber ich habe es aufgegeben, ihn zu korrigieren.

Wir unterhalten uns eine Weile über mein Fitnessprogramm. George schwärmt von einem »wunderbaren« veganen Pulver, das er gerade entdeckt hat, und ich nicke zustimmend, während wir zur Wasserstation schlendern. Aus naheliegenden Gründen erwähne ich meinen Weißbrot-Salzbutter-Wahnsinn von heute Morgen nicht.

George ist noch dabei, von den verschiedenen Geschmacksvarianten des Pulvers zu erzählen, als mein Handy piept, und ich werfe verstohlen einen Blick darauf. Aus irgendeinem Grund frage ich mich, ob die Nachricht von Davey sein könnte, aber dort, wo er sich aufhält, ist es gerade sechs Uhr früh (ich habe den Zeitunterschied nachgeschaut), außerdem war ich an der Reihe, ihm zu antworten. Ich sollte ihm endlich schreiben.

Die Nachricht ist von Joan. Ich brenne darauf zu erfahren, wo sie war und was sie angestellt hat, obwohl ich mir inzwischen fast sicher bin, es schon zu wissen. Mir ist kein einziges Mal in den Sinn gekommen, dass Geoff ein Axtmörder sein und Joan womöglich tot in einem Graben liegen könnte (warum muss es eigentlich immer ein Graben sein – so was findet man in London doch kaum).

Aber weil George mich anschaut, bringe ich es nicht über mich, Joans Nachricht zu lesen – sein Lächeln würde weitaus hartherzigere Frauen als mich zum Schmelzen bringen. Anscheinend habe ich trotzdem etwas von dem, was er gesagt hat, verpasst und muss mich entschuldigen und ihn bitten, es zu wiederholen.

»Ich hab dich gerade gefragt, ob du mit mir was trinken gehen magst«, erklärt er bereitwillig.

»Einen Smoothie im Café?«

»Nein. Ich meine, was Richtiges in einer Bar.«

»Oh. Wirklich?«

Ich bin verwirrt, und er lacht. »Ja – oder hast du darauf keine Lust?«

Eine sehr seltsame Erwiderung. Wie soll ich darauf reagieren? »Äh, ja, okay.« Habe ich gerade einem Date mit George zugestimmt? Nein, so hat er das bestimmt nicht gemeint.

»Heute Abend?«, fährt er fort.

»Himmel, du kommst aber schnell zur Sache.«

Er lacht wieder. »Eigentlich nicht – wir hängen doch schon seit Monaten zusammen ab. Wenn überhaupt, war das für meine Verhältnisse eher langsam.«

Oh. Mag er mich etwa? Das kommt … unerwartet.

Er schlägt eine Bar in der City vor. »Wollen wir uns um acht dort treffen?«

»Geht klar.«

Erst später, als ich mir überlege, was ich zu unserem »Date« anziehen soll, fällt mir ein, dass heute Sonntag ist. Morgen ist ein »Schultag«. Für George ist jeder Tag ein Schultag, ich glaube, er arbeitet sieben Tage die Woche im Studio.

Ich verbringe den Rest des Tages in der Stadt, erledige meine Einkäufe und fühle mich sehr rechtschaffen, weil ich trotz meines üblen Katers Sport gemacht habe, wofür ich die Quittung später sicher noch bekommen werde. Ich lese Joans Nachricht und erfahre, dass sie tatsächlich die Nacht mit Geoff verbracht hat, und mein Herz macht einen kleinen Freudensprung für sie. Als sie mir das nächste Mal am Nachmittag schreibt, ist sie immer noch bei ihm. Am Abend wollen sie zusammen Tapas essen gehen.

Ich dachte, wir wollten nicht gleich beim ersten Date mit einem Mann schlafen. Nicht mehr, necke ich sie.

Du vielleicht nicht, antwortet sie, was mich mitten im Supermarkt laut loslachen lässt.

Ich schaue auf die Uhr und bin mir sicher, dass Davey inzwischen schon wach sein wird, auch wenn es bei ihm sechs Stunden früher ist. Weil ich neugierig bin, welche Temperaturen in Austin herrschen, werfe ich einen Blick auf die Wetter-App. Hier sind es zwei Grad plus. Lächerliche zwei Grad. In Austin sind es siebzehn, und ich stelle mir diesen Mann, den ich nicht kenne, mit Sonnenbrille vor. Wenn sein WhatsApp-Profil doch bloß ein Foto hätte. Was für ein Mensch hat denn das grau-weiße Standardsymbol als Profilbild? Ich glaube, ich frage ihn doch gleich nach einem Foto.

Vor dem Brotregal gebe ich mir Mühe, mich heiliger aufzuführen als heute Morgen, halte Ausschau nach Vollkornoptionen und mit Körnern bestreuten Brotlaiben, gerate dabei allerdings ins Stocken und schreibe lieber eine Antwort an Davey.

Hey, Fernfreund, tippe ich und wähle das Wort »Freund« mit einer gewissen Vorsicht.

Er ist nicht online. Erst als ich in die Weinabteilung komme, piept mein Handy, und ich sehe, dass er geantwortet hat.

Hey, du, hat er geschrieben, und ich schaue dabei zu, wie er hinzufügt: Hast du ein gutes Wochenende?

Sehr, antworte ich. Leckeres Dinner und eine MENGE Drinks mit Freunden – deshalb konnte ich dir gestern auch nicht mehr antworten. Sorry. Heute Fitnessstudio. Und ... Ich halte inne, ehe ich den Satz vollende, aber ich habe nichts zu verbergen, wenn ich es ihm sage, also tippe ich weiter: ... heute Abend habe ich ein Date, total unerwartet.

Warum unerwartet?

Weil ich überhaupt nicht bemerkt hatte, dass er mich mag. Wie ist dein Wochenende?

Gut. Viel Papierkram. Für die Abreise nach England.

Ihn mir dabei vorzustellen, wie er seine Reise vorbereitet, bringt mich zum Lächeln. Wann kommst du hier an?, frage ich.

Am 10. Januar.

Wenn du dich ein bisschen eingelebt hast, wollen wir uns dann treffen?, frage ich kühn und hoffe, dass der platonische Hintergrund dieses Vorschlags offensichtlich ist.

Davon bin ich ausgegangen, antwortet er mit einem Smiley, was bei mir den gewünschten Erfolg hat und schon wieder ein Lächeln hervorruft. Und kann ich dich irgendwann dazu befragen, wo in London die nettesten Ecken sind, wo man wohnen kann und all so was? Ich kenne sonst niemanden, den ich fragen könnte. Wäre das ok?

Na klar, tippe ich.

Großartig. Ich hab gerade noch ein paar Dinge zu tun, aber kann ich dich später mal anrufen?

Ich bin fast bei dem Wein angekommen, den ich normalerweise kaufe, bleibe stehen und starre auf mein Handy. Er will mich anrufen? Nein. Wie kommt er denn auf die Idee? Man schreibt sich doch nur, das machen heutzutage doch alle so, oder nicht? Andererseits kann ich auch nicht einfach Nein sagen …

Klar, tippe ich, während ich noch über einen passenden Zeitpunkt nachdenke. Voraussichtlich bin ich mit George nicht länger als drei Stunden unterwegs. Wenn es nicht gut läuft, sogar weniger. Elf Uhr abends Londoner Zeit?, schlage ich vor. Dann füge ich hinzu: Was in deiner Zeit bedeutet …

Aber er antwortet, ehe ich auf *Senden* tippen kann. Also fünf Uhr nachmittags bei mir. Klingt gut.

Okay. Dann haben wir eine Verabredung, schreibe ich.

George und ich sitzen unerhört dicht nebeneinander an der Bar. Er ist nicht in seinen Sportklamotten erschienen – natürlich nicht. Ich weiß auch nicht, warum ich das erwartet hatte – vielleicht wegen damals, als ich mit einem Piloten der British Airways ausgegangen bin und er tatsächlich in seiner Uniform auftauchte. Zwar meinte er, es liege nur daran, dass er gerade erst eingeflogen war, aber ich hatte so meine Zweifel. Und ja, er war der Mann, mit dem ich gleich beim ersten Date ins Bett gegangen bin. Es war unumgänglich.

Ich trage ein rosafarbenes Kleid mit Leopardenmuster und dazu Ballerinas, meine Haare habe ich zu einem lockeren Knoten gebunden. Weil ich dachte, Lippenstift könnte ein bisschen übertrieben wirken, habe ich mich mit dem Make-up zurückgehalten. Mir ist immer noch nicht ganz klar, warum ich mich eigentlich mit George treffe und ob es irgendwo hinführen wird. Aber hin und wieder muss man eben ein Risiko eingehen. Ich bin hier und fühle mich echt geschmeichelt. George trägt eine

Anzughose, dazu ein Hemd mit offenem Kragen, und er sieht wirklich gut aus, das muss ich ihm lassen. Er zieht die Blicke auf sich, sogar die der Männer.

»Weißt du, die Typen hier starren dich allesamt an«, sagt er plötzlich.

Als ich überrascht den Kopf drehe, um zu sehen, ob es stimmt – ich dachte ja, dass alle *ihn* anstarren –, knackt mein Nacken unüberhörbar.

»Anscheinend brauchst du eine Nackenmassage«, lacht er. »Wenn du magst, kann ich dir nachher eine geben.«

»Bist du nicht nur Personal Trainer, sondern etwa auch noch Masseur?«, frage ich.

»Ich mache Sportmassage, klar.« Er nickt und bestellt uns Cocktails.

»Ein Mann mit vielen Talenten.«

Ohne zu fragen, was ich möchte, hat er für uns beide das Gleiche bestellt, und in gewisser Weise gefällt mir seine selbstbewusste Durchsetzungsfähigkeit. Aber ich wollte eigentlich keinen Negroni, sondern hatte Lust auf eine Piña Colada. Sicher, ich weiß, wie unbedarft das daherkommt, aber ich sehne mich nach Urlaub, und Kokosnuss-Cocktails verströmen jede Menge Urlaubs-Vibes, das ist allgemein bekannt.

Wir stürzen uns in ein Gespräch über Urlaube, und ich erwähne, dass ich mir Thailand als nächstes Reiseziel vorgenommen habe. So sitzen wir nebeneinander und schauen uns auf Georges Handy die Preise für Flüge nach Thailand an. Eigentlich ist der Negroni gar nicht schlecht, und George scheint große Lust auf einen Fernurlaub zu haben. Wenn wir einfach Freunde bleiben, denke ich, und nicht irgendwelchen Blödsinn machen – wie zum Beispiel miteinander zu schlafen … –, dann könnten wir doch zusammen wegfahren. Wir kennen uns schon eine ganze Weile, George ist nett, und man kommt wirklich gut mit ihm aus. Meine Uni-Freundinnen haben alle den Sommerurlaub entweder schon mit ihren Ehemännern oder festen Freunden geplant, oder sie sparen, weil sie sich eine Wohnung kaufen wollen, und können sich gerade keinen Urlaub leisten. Wäre es seltsam, so etwas vorzuschlagen? Vermutlich schon. Aber mir gefällt die Idee. Also frage ich George, wie er es finden würde, mit mir zusammen Urlaub zu machen, als Freunde – falls es in dieser Hinsicht irgendwelche Zweifel gibt –, und er hört mir zu und nickt.

»Ja ... warum nicht? Ich bin selbstständig und kann mir Zeit für einen richtigen Urlaub nehmen.«

»Großartig«, sage ich ehrlich erfreut. Obwohl ich George schon seit ein paar Monaten kenne, habe ich das Gefühl, dass ich diese Woche zwei neue Männerfreunde gefunden habe, alles platonisch und ganz konfliktfrei. Wer behauptet eigentlich, dass Freundschaft zwischen Männern und Frauen nicht funktionieren kann?

Im Handumdrehen sind wir uns einig, Thailand ist beschlossene Sache, was gar nicht so gewagt ist, wie es vielleicht klingen mag. Ich habe schon mal Rucksackurlaub mit einem Kollegen gemacht, den ich nur zwei Wochen kannte – wir wurden zusammen auf eine Konferenz geschickt und beschlossen, die Woche davor für einen Kurzurlaub zu nutzen. Als Reisetermin nehmen George und ich den Februar ins Visier. Da er im Studio so locker ist, ebenso wie jetzt bei unserem Date beziehungsweise Nicht-Date, hoffe ich doch sehr, dass sich das bei einer Fernreise nicht ändern wird. Er ist höflich und stellt mir sogar – hurra! – Fragen über mich und mein Leben. Ich habe tatsächlich einige Männer gedated, denen das nicht in den Sinn kam. Aber klar, George und ich daten ja auch nicht wirklich. Glaube ich jedenfalls. Wir sind Freunde, die zusammen etwas trinken und dabei richtige Gespräche führen, über das Leben und über Essen. Nach einer Weile bestellen wir noch einen Cocktail, und George lässt dazu für uns Schottische Eier, schwarze Blutwursthäppchen und Pommes à la Blumenthal kommen. Damit wäre die Frage, ob er Veganer ist, jedenfalls vom Tisch.

»Wirst du später wegen der ganzen Völlerei Abbitte leisten?«, frage ich mit einer Geste über die ganzen Snacks.

»Klar«, grinst er. »Was glaubst du denn, weshalb ich den ganzen Tag im Studio bin?« Die Frage ist rhetorisch gemeint, aber er beugt sich noch ein bisschen näher zu mir und fährt fort: »Ich verrate dir ein Geheimnis. Ich war früher fett. Also ... richtig fett.«

Ich starre diesen unglaublich gut aussehenden Mann an, der – ich bin fest entschlossen – nur ein Freund bleiben wird, und kann es nicht glauben. Schließlich habe ich doch die engen Shirts gesehen, die er im Studio trägt. »Ehrlich?«

»Ehrlich. Ich esse furchtbar gern.«

»Interessant«, erwidere ich und stecke mir ein Stückchen Black Pudding in den Mund.

Er grinst, nimmt sich auch eins, und ich komme zu dem Schluss, dass ich George wirklich mag. Es könnte der Beginn einer wunderbaren Freundschaft sein.

∴

Um dreiundzwanzig Uhr wandere ich von der Bushaltestelle nach Hause. Dass George mir beim Abschied nicht angeboten hat, mich zu begleiten, sehe ich als ein sehr positives Zeichen für unsere Freundschaft. Viel zu oft haben Männer mich nur nach Hause gebracht, um zum Bleiben eingeladen zu werden, was jedoch – außer bei British-Airways-Piloten in voller Montur – nicht mein Fall ist. Nicht mehr. Anzunehmen, dass George nicht eingeladen werden wollte, macht mich froh und steigert mein Vertrauen in unsere Freundschaft. Wir haben uns zum Abschied auf die Wange geküsst, das war genug. Und ich habe den Abend sehr genossen, mir ist immer noch wohlig warm. Trotzdem ziehe ich den Mantel enger um mich und binde meinen Schal fester, während ich durch die Straßen schlendere und im Vorübergehen hinter den Wohnzimmerfenstern die Lichterketten der verschiedensten Weihnachtsbäume schimmern sehe. Ich atme tief ein, und die kalte Luft füllt meine Lunge. Diese Jahreszeit ist einfach schön.

Mein Handy klingelt, ein WhatsApp-Anruf von Davey. Ich habe seine Nummer immer noch nicht gespeichert, es erschien mir bislang voreilig, aber jetzt sollte ich es wahrscheinlich tun. Wirklich merkwürdig, aber gut merkwürdig.

»Hi«, sage ich und sehe zu, wie mein warmer Atem in Wölkchen vor mir tanzt, während ich weiter durch die Nacht wandere.

»Hi«, antwortet er. »Passt es jetzt?«

Seine Stimme klingt warm und freundlich. »Es passt sehr gut, ich bin gerade auf dem Heimweg.«

»Bist du noch in Begleitung? Möchtest du lieber später reden?«

»Nein, jetzt ist gut. Ich bin allein.«

Einen Moment herrscht Schweigen, dann fragt er: »Wie war es?«

»Es hat Spaß gemacht. Tatsächlich. Ich kenne ihn schon eine Weile, er ist Personal Trainer. Wir haben Cocktails getrunken und eine gemeinsame Reise geplant.« Jetzt, da ich es laut ausspreche, klingt es wie der größte Irrsinn. »Ich meine«, versuche ich zu erklären, »es war eher ein freundschaftliches Treffen. Es wird sich nichts daraus entwickeln, aber wir haben beide Lust auf eine Thailandreise. Wenn ich darüber nachdenke, klingt es ziemlich chaotisch«, füge ich lachend hinzu.

Davey lacht mit. »Allerdings. Aber es ist immer gut, Pläne zu machen.«

»Sehe ich auch so«, sage ich. »Also, wie läuft es mit dem Papierkram und der Umzugsplanung?« Ich komme meiner Wohnung näher und wühle in meiner Tasche nach dem Schlüssel. In Joans Haus brennt Licht, und mir fällt ein, dass ich sie unbedingt noch fragen will, wie ihr Date gelaufen ist. Ich möchte alle schmutzigen Details hören. Offensichtlich muss ich stellvertretend durch sie leben, zumindest für die nächste Zeit.

»Gut. Allmählich kommt die Sache ins Rollen. Der Flug ist gebucht.«

»Damit kann doch noch nicht alles erledigt sein, oder?«, wundere ich mich.

»Nein. Aber ich habe einen britischen Pass.«

»Ach ja? Wie das?«

»Meine Familie hat England verlassen, als ich fünf Monate alt war. Ich habe nie etwas anderes kennengelernt als Texas, aber meine Familie kommt ursprünglich aus Cornwall. Daher ist der Umzug für mich etwas einfacher.«

»Dann bist du eigentlich Engländer?«, sage ich überrascht, während ich den Schlüssel ins Schloss stecke und die Tür öffne. Die Heizung läuft, und mir wird sofort wieder warm, während ich die Flurlampe anknipse und meine Schlüssel auf das Seitentischchen mitten zwischen Kassenbons und dort ausgeleerte Tascheninhalte werfe.

»Lass das bloß nicht meinen Dad hören. Er gibt sich solche Mühe, mir zu erklären, dass er aus Cornwall stammt und nur in zweiter Linie Brite ist.«

Es ist so schön, Daveys Stimme zu hören.

»Warum ist deine Familie von Cornwall nach Texas gezogen?«, frage ich, während ich meine Ballerinas wegkicke und meinen Mantel ausziehe. Meine Tasche deponiere ich unter dem Flurtisch, alles andere landet irgendwo. Ich werde später Ordnung machen.

»Mein Dad arbeitet bei einem Ölkonzern und hat sich damals für eine Versetzung beworben«, erzählt Davey. »Er und meine Mom haben sich hier niedergelassen, und sie sind geblieben. Der amerikanische Traum … das perfekte Leben für einen Mann aus Cornwall.«

»Ich verstehe die Verlockung – unsere Familienurlaube in den USA habe ich immer geliebt«, sage ich. »Alles war besser, größer, günstiger.«

»Und ich war schon immer ein heimlicher Englandliebhaber«, erwidert Davey lachend. »Hab darauf gewartet, dass der richtige Augenblick kommt und ich zu meinen Wurzeln zurückkehren kann.«

Ich knipse die Lichterkette an, die ich letzte Weihnachten aufgehängt und nicht wieder abgenommen habe. Dann lasse ich mich im Flimmerschein der Lichter aufs Sofa sinken und ziehe die Beine hoch. »Es gefällt mir übrigens, dass du lieber telefonierst, als Nachrichten zu verschicken.«

»Telefonierst du sonst nicht?«, fragt er.

»Eher selten. Ehrlich gesagt war ich so überrascht, als mein Telefon geklingelt hat und du zum ersten Mal dran warst. Im Grunde hab ich das Gespräch nur aus Neugier angenommen.«

»Ist das nicht bei den meisten Leuten so?«, fragt er und lacht.

»Vermutlich, ja. Aber es führt auch niemand mehr richtige Telefonate. Niemand ruft an.«

»Mein neuer Boss wollte, dass wir telefonieren. Ich glaube, er hatte keine Ahnung, wie viel mich der Anruf kosten würde. Offenbar hat er mit Skype oder WhatsApp-Anrufen nichts am Hut.«

»Old school«, sage ich.

»Ja. Aber ich mag old school. Du nicht?«

Ich ziehe die Füße noch weiter unter mich. »Doch. Paradoxerweise ist das ganz erfrischend, finde ich.«

»Ich rufe jedenfalls lieber an, als zu schreiben. Ich meine, wir beide haben Freitag miteinander geredet, was ziemlich gut lief, soweit ich mich erinnere. Außerdem ist es genau das, was uns von der Generation nach uns unterscheiden wird: dass wir uns noch am Telefon unterhalten können.«

»Richtig«, stimme ich zu, und in den fünftausend Meilen zwischen uns breitet sich behagliches Schweigen aus. »Davey?«, frage ich nach einer Weile.

»Hannah?«, antwortet er mit gespielt ernster Stimme.

»Wie siehst du eigentlich aus?« Nachdem die Frage aus meinem Mund ist, fühle ich mich wie ein Idiot. Ganz klar, die Negronis haben mich noch immer im Griff.

Er zögert. »Wie soll ich das ehrlich beantworten, ohne dass es entweder nach einem Hemsworth-Bruder oder nach Gollum klingt?«

Ich pruste los, stehe lachend auf und hole mir am Küchenhahn ein Glas Wasser.

»Ehrlichkeit ist das eine«, fährt Davey unbeirrt fort, »aber wenn ich zu bescheiden bin, könnte das dazu führen, dass du dir alles Mögliche vorstellst. Wie siehst du denn aus?«, fragt er, als wir beide mit Lachen fertig sind.

Im Küchenfenster erhasche ich einen Blick auf mich, wie ich am Hahn stehe. »Für das Date habe ich mich schick gemacht, weshalb ich jetzt gerade vermutlich besser aussehe als die ganze letzte Woche«, sage ich, und mir wird klar, dass keiner von uns beiden die Frage wirklich beantwortet hat.

»Ich zeige dir, wie ich aussehe. Moment.« Davey verstummt, und ich höre das dumpfe Geräusch, als er mit dem Finger auf sein Handy tippt. Dann piept mein WhatsApp, und er sagt: »So, Foto ist verschickt. Ich warte, während du schaust.«

Ich bin so neugierig, dass ich um ein Haar mein Handy fallen lasse, als ich die Nachricht von Davey öffne. Dann fällt mir die Kinnlade herunter, denn vor mir erscheint das Foto eines Mannes mit freiem Oberkörper: sonnengebräunter Brustkorb, bedeckt mit glitzernden Wassertropfen, als käme er gerade aus einem Pool oder einer Dusche. Seine blonden, kurz geschnittenen Haare sind feucht, und er lächelt – eine Andeutung weißer, aber nicht zu weißer Zähne. An der Wand hinter ihm hängen College-Fußballwimpel. Dieser Mann ist ... hinreißend und sehr amerikanisch. Für einen sehr kurzen Augenblick vergleiche ich ihn mit George, mit dessen englisch blasser Haut und hohen Wangenknochen. Ein unfairer Vergleich. Ich speichere das Foto, denn ich will es später noch in Ruhe studieren können, und gehe wieder zum Telefonat zurück.

»Jepp, hab es bekommen«, sage ich – viel zu locker. »Aber ich wollte wirklich wissen, wie du aussiehst, deshalb meine Frage: Siehst du ungefähr so aus, oder bist du es tatsächlich?«

»Ich bin es tatsächlich«, antwortet er.

Ich tippe wieder auf das Foto und schaue noch einmal genau hin. Himmel! Er sieht wirklich aus wie ein Hemsworth-Bruder.

»Definitiv nicht Gollum«, stelle ich fest und schlucke, während ich mühsam verarbeite, dass sich der Mann am anderen Ende der Verbindung als dermaßen attraktiv herausgestellt hat. »Hast du das Foto gerade eben gemacht? Mit nacktem Oberkörper?«

Er lacht. »Ich hatte leider keine Zeit, ein Foto rauszusuchen, und ich habe vorhin geduscht, also hab ich mich so fotografiert. Jetzt bist du dran.«

Ich mache keine Selfies. Ich hasse Selfies. Ich habe nie begriffen, wie man sie richtig macht. Diese ganzen Schmollfotos. Wozu braucht man einen Schmollmund? Allen Freundinnen, die sich ständig mit Schmollmund abgelichtet haben, folge ich nicht mehr. Brutal, aber wahr. Also.

»Warte«, sage ich. Mir ist klar, dass mir keine Zeit bleibt, meine Fotos durchzuforsten, bis ich ein einigermaßen gutes gefunden habe, also wechsle ich zur Kamera, mache ein Selfie und betrachte es. Nein, das ist schrecklich. Eilig versuche ich es noch einmal. Schon besser. Aber immer noch: nein. Aller guten Dinge sind drei. Ich sehe mir auf dem Bild meine Haare an, mein Lächeln, meine Augen und meine mit brandneuer Benefit-Mascara verlängerten Wimpern, und mir wird klar, dass es garantiert nicht mehr besser wird. Gott sei Dank habe ich mich heute Abend aufgebrezelt. Ich leite das Foto an Davey weiter. »Achtung, es kommt«, verkünde ich. Dann beiße ich mir auf die Lippe und denke: Bitte sei nett.

Eine Weile ist es still, dann ist er wieder da und sagt: »Also – *hi*, du!«

Unglaublich, wie leicht er mich immer wieder zum Lachen bringt.

»Du siehst anders aus, als ich mir dich vorgestellt habe«, fährt er fort. »Gut anders.«

»Danke ebenfalls«, erwidere ich und bemühe mich immer noch, ganz lässig zu klingen. Allerdings bin ich nicht sicher, ob es mir gelingt. Bilde ich mir das ein oder hat das Bilderschicken unser Gespräch verändert?

»Also«, sagt er und wechselt das Thema. »Wir wollten doch darüber sprechen, wo man in London gut wohnen kann. Was würdest du mir empfehlen?«

»Kommt ganz auf dein Budget an«, antworte ich und merke, dass ich klinge wie eine Immobilienmaklerin. Eigentlich möchte ich gar nicht auf praktische Themen umsteigen. »Du bist Architekt, hast du gesagt, also schwimmst du wahrscheinlich im Geld.« Davey kichert im Hintergrund. »Das bedeutet, du kannst im Grunde überall etwas mieten, am besten in einem Stadtteil, der mit B anfängt.«

Er lacht. »Warum mit B?«

»Weil die besten Gegenden alle mit einem B anfangen, beispielsweise Battersea oder Belgravia. Blackheath ist nett, fast dörflich, Bermondsey ist ziemlich cool und Brixton auch.«

»Dann behalte ich das B im Hinterkopf. Und was würdest du mir empfehlen, wo ich etwas zur Miete in einer Gegend mit B suchen könnte? Also auf welchen Websites?«

»Ich benutze Rightmove, aber natürlich gibt es noch jede Menge andere. Möchtest du mit jemandem zusammenwohnen?«

Er überlegt. »Nein, ich glaube eher nicht. Ich denke, dass ich mir die Miete für etwas Kleines allemal leisten kann.«

»Ein Zimmer oder zwei?«, erkundige ich mich. Und dann erschrecke ich. Warum habe ich das Offensichtliche nicht schon viel früher gefragt? »Ziehst du allein hierher? Oder ... mit deiner Freundin?«

»Allein«, sagt er, und ich höre den Humor in seiner Stimme.

Ich gehe nicht weiter darauf ein, wir reden einfach weiter, aber die Antwort hebt meine Laune enorm. Als ich das nächste Mal auf die Uhr schaue, ist es ein Uhr morgens und mein Akku kurz davor, schlappzumachen.

»Warte kurz, ich muss mein Ladegerät suchen.«

»Ich auch. Und was zum Anziehen. Ich hab seit Stunden bloß dieses Handtuch um mich gewickelt.«

Als er das sagt, schlucke ich vermutlich hörbar, überspiele die Peinlichkeit aber und schließe schnell mein Handy an. Außerdem muss ich auf Toilette, weiß aber nicht so richtig, wie ich das Thema anschneiden soll. Ich versuche es mit: »Könntest du mal eine Sekunde Pause machen, ich muss ... äh ...«

»Klar«, unterbricht er mich. »Ich warte.«

Ich lege das Telefon angeschlossen auf mein Bett und laufe ins Bad, pinkle so schnell, dass ich praktisch meine Mutter aus fünfzig Meilen Entfernung ihren üblichen Spruch »wie ein Rennpferd« sagen höre, wasche mir ebenso eilig die Hände und trockne sie auf dem Rückweg zum Schlafzimmer an meinem Kleid ab. Dann lasse ich mich aufs Bett fallen, stopfe mir ein paar Kissen in den Rücken und mache es mir bequem.

»Es muss bei dir schon echt spät sein«, sagt er, als ich mich zurückmelde. »Wie viel Uhr ist es – Mitternacht?«

Damit liegt er eine Stunde daneben, aber das verrate ich ihm nicht. »Möchtest du auflegen?«, frage ich. Er schweigt, bis ich nachhake: »Davey?«

»Sorry, ich habe den Kopf geschüttelt, als könntest du mich sehen. Wie bescheuert.«

»Ha«, erwidere ich und lehne mich wieder zurück.

»Musst du morgen früh raus zur Arbeit?«, fragt er.

Ich nicke, merke, was ich getan habe, und bejahe die Frage verbal.

»Was arbeitest du eigentlich?«, fragt er. Ich höre Stoffrascheln und nehme an, dass er sich anzieht, während wir uns unterhalten.

»Marketing.«

»Macht es dir Spaß?«

»Ja-a«, antworte ich gedehnt.

»Du klingst nicht überzeugt.«

»Ja-a«, wiederhole ich meine Antwort, und er lacht. »Ich arbeite in einer Agentur, wir haben viele verschiedene Kunden, und ich dachte, deshalb wäre die Arbeit bestimmt abwechslungsreich. Das ist sie eigentlich auch«, füge ich rasch hinzu. »Aber ich bin schon ein paar Jahre dort, und ein Teil von mir denkt, dass es für mich keinen echten Grund gibt zu kündigen.«

»Und der andere Teil …?«

Ich zucke die Achseln. »Ich glaube, es ist einfach ein bisschen langweilig geworden. Aber immer noch okay – der Job bezahlt alles, was ich bezahlen muss.«

»Vielleicht ist das auch alles, worauf wir heutzutage hoffen können«, meint er.

»Weise Worte.«

»Was für eine Art Marketing machst du?«

Ich erzähle ihm von den Broschüren, die ich entwerfe, die Websites, die ich für unsere Investoren pflege, die Kundenservice-Nachrichten, die ich für die Endverbraucher zusammenstelle. Ich gebe mir große Mühe, alles flott und glamourös erscheinen zu lassen, das Ergebnis ist davon jedoch meilenweit entfernt.

Dann reden wir eine Weile über Daveys Job, über die Gebäude, bei denen er am Entwurf mitgearbeitet hat. Das letzte war ein Kindergarten, aber jetzt wünscht er sich etwas Größeres – etwas, an dem er sich, wie er es nennt, richtig festbeißen kann.

»Jonathan White ist eine echt gute Firma«, sagt er. »Skyscraper, weißt du, richtig große Bürogebäude in London und rund um die Welt.«

Ich liebe das Wort »Skyscraper« und finde, dass es in England viel zu selten benutzt wird. Aber stattdessen platze ich lachend heraus: »Die großen Pimmelfortsätze irgendeines Firmengottes?«, und wünsche sofort, ich hätte mir die Bemerkung verkniffen, aber Davey kann vor Lachen eine Weile nicht antworten.

»Genau«, sagt er dann. »Im Grunde könnten wir diesen Spruch als Werbung verwenden. Wenn ich meine Entwürfe pitche, werde ich ihn einsetzen, versprochen. ›Das wird ein riesiger Pimmelfortsatz. Wenn Sie diesen Entwurf in Auftrag geben, können Sie sicher sein, bis in alle Ewigkeit flachgelegt zu werden.‹ Und dann werden sich alle potenziellen Bewerber wie irrsinnig um unsere Dienste reißen.«

Ich liebe es, mit Davey zu lachen. Aber als wir beide kurz schweigen, gähne ich ausgiebig, und mir wird klar, dass ich damit das Ende unseres Telefonats einläute.

»Du brauchst Schlaf«, sagt Davey. Dann ist er wieder still. Ich merke, dass er nachdenkt. »Darf ich dich wieder anrufen?«, fragt er dann.

»Ja«, sage ich viel zu schnell.

»Okay. Auch an einem Wochentag vielleicht?«

»Würde mich freuen«, antworte ich.

»Mich auch«, sagt er. »Gute Nacht, Hannah. Schlaf gut.«

»Gute Nacht, Davey.«

Weil er noch in der Leitung bleibt, sage ich es noch einmal, leiser als vorher. Und er auch. Dann legen wir beide gleichzeitig auf.

DRITTES KAPITEL

Am Donnerstagabend sitze ich in dem Pub ganz in der Nähe meiner Arbeit. Noch ein Tag bis zum Wochenende, aber heute nehme ich mit meinen Kollegen an einem Pub-Quiz für wohltätige Zwecke teil. Leider bin ich bei so was absolut mies, unser Team verliert jede Runde, und ich erwische Clare von der Personalabteilung dabei, wie sie mir einen Blick zuwirft, der nichts anderes heißt als: »Wir sind echt scheiße.«

Ich nicke. Sind wir.

Mitten im Quiz piept mein Handy, das neben mir auf dem Sitz liegt, und Clare deutet darauf. Ich schüttle den Kopf, weil ich die nächste Frage hören will, auf die ich natürlich auch keine Antwort weiß. Himmel, ist das alles peinlich. Garantiert landen wir auf dem letzten Platz. Aber ich erinnere Clare daran, dass das ganze Team sofort disqualifiziert wird, wenn ich dabei erwischt werde, wie ich mitten im Quiz mein Handy benutze.

»Tu es«, zischt sie trotzdem. »Rette uns.«

Ich beschließe, mich selbst zu retten, indem ich aufstehe und stattdessen eine Runde Drinks ausgebe. Zwar bin ich nicht sicher, ob ich an der Reihe bin, aber egal, ich muss eine Pause machen, ohne den Anschein zu erwecken, betrügen zu wollen. Wer schickt mir wohl eine Nachricht? Zwar hat Davey versprochen, mich im Lauf der Woche anzurufen, aber bisher ist nichts passiert, und ich versuche, nicht zu viel hineinzulesen. Wir sind einfach nur Freunde. Fernfreunde. Die sich noch nie begegnet sind. An der Bar gesellt Clare sich zu mir, sie hat unsere Teamkollegen ohne viel Federlesens einfach in der Sportrunde sitzenlassen.

»Es ist einfach nur schrecklich«, sagt sie. »Warum haben wir uns bloß dazu bereit erklärt?«

Ich grinse, bezahle unsere Drinks, und wir tragen die Gläser gemeinsam zurück zum Tisch.

Als die Ergebnisse verkündet werden, überrascht es niemanden, dass wir auf dem letzten Platz gelandet sind. Wir plaudern noch ein Weilchen, bevor wir auseinandergehen, und ehe Clare ihren Wein austrinkt, fragt sie mich: »Hat Kevin dir eigentlich gesagt, dass dein Urlaubsantrag durchgekommen ist?«

»Ach wirklich? Danke.«

»Wir haben dir zu danken, dass du deinen Urlaub nicht in den Winterferien nimmst, wenn jeder andere Urlaub machen will. Wohin soll es denn gehen?«

Ich erzähle ihr von George und Thailand.

Ihr Gesicht wird wehmütig. »Himmel, ich könnte es auch gut gebrauchen, in einem Kingsize-Bett in Thailand mit einem durchtrainierten Personal Trainer Sex zu haben. Wenn du wieder da bist, erzähl mir bei Gelegenheit alle Details.«

»Da du in der Personalabteilung arbeitest und damit Profi bist, Clare, muss ich dich doch fragen, ob es dir überhaupt zusteht, derartige sexuelle Mutmaßungen über mich anzustellen – und sie auch noch laut auszusprechen?« Ich sehe zu, wie sie bleich wird, aber dann kann ich das Lachen nicht mehr unterdrücken und erlöse sie von ihrem Elend.

»Verfluchte Scheiße«, sagt sie, als sie wieder atmen kann. »Du kannst mir doch nicht so einen Höllenschreck einjagen. Das Letzte, was unsere Firma braucht, ist ein Tribunal.«

Schnell gebe ich ihr einen Kuss auf die Wange und winke den anderen zum Abschied. Ich habe wirklich keine Lust zu erklären, dass George und ich nur Freunde sind, und der Zeitpunkt ist einfach zu günstig, die Unterhaltung abzubrechen und zu gehen, statt einen ganzen Vulkan von Fragen zum Ausbruch zu bringen. Außerdem bin ich müde. Im Hinausgehen beobachte ich, wie überall große und kleine Grüppchen von Firmenweihnachtsfeiern aus den Pubs auf die Straße hinausströmen. Unter der Straßenlaterne steht ein Pärchen und küsst sich – vermutlich Kollegen –, und ich denke mir eine Geschichte über sie aus. Eine heimliche Liebe, nie gelüftet bis zur Nacht der Weihnachtsfeier … Mein Handy klingelt, und ich lache leise in mich hinein.

Es ist Davey, der über WhatsApp anruft, und ich merke, wie sehr ich mir gewünscht habe, dass er sich endlich bei mir meldet.

»Hi«, begrüße ich ihn.

»Ebenfalls hi. Schönen Abend?«

»Ja. Pub-Quiz.«

»Wie habt ihr …«

»Letzter Platz«, gestehe ich fast mit einem gewissen Stolz.

»Ach, man kann nicht immer gewinnen. Ich finde dich trotzdem toll.«

Ich sehe, wie das grüne Männchen am Überweg vor mir erscheint, und renne los.

»Ging das zu weit?«, fragt Davey. »Dass ich gesagt habe, ich finde dich toll? Fühlt sich so an. Sorry.«

»Nein, ich musste nur rennen, um das grüne Männchen zu erwischen.«

»Was für ein grünes Männchen denn?«

»Die Ampel am Fußgängerüberweg«, erkläre ich.

»Ah, okay«, erwidert er. »Ich möchte nicht, dass du dich vor mir gruselst.«

»Auf keinen Fall«, gebe ich zurück und denke an das Foto von ihm: freier Oberkörper, Wassertropfen auf der Brust. »Ich freue mich, dass du anrufst. Obwohl das alles schon etwas ungewöhnlich ist.«

»Ich freu mich auch. Und wer will schon gewöhnlich?«

Während ich zur Liverpool Street Station schlendere, unterhalten wir uns. Er macht gerade eine späte Lunchpause und sitzt in einem Park in der strahlenden Sonne und isst ein »Sub«.

»Bitte erklär mir, was das ist«, sage ich.

»Ungefähr das Gleiche, was mein Dad immer eine ›Roll‹ nennt. Eine Art Brötchen, aber größer und belegt wie ein Sandwich.«

»Schmeckt es gut?«, frage ich.

»Mhm«, antwortet er, und ich höre, dass er kaut.

Der Schein der Lichter in den Pubs und Büros, an denen ich vorübergehe, fällt auf mich, es ist niemals dunkel in London. Tröstlich, beruhigend. Riesige Weihnachtsbäume schmücken die Foyers der großen Bürogebäude. »Ist es dort, wo du bist, weihnachtlich?«, frage ich.

»Und ob. Nicht im Park, aber in einem Coffeeshop kann man nirgendwo hinsehen, ohne rote Tassen zu entdecken, und es gibt Kaffeearomen, die du zu keiner anderen Jahreszeit auch nur in Erwägung ziehen würdest.«

Ich erzähle ihm von Joan und unserem Projekt, sämtliche Nespresso-Sorten zu testen. »Wir haben es inzwischen fast geschafft, bloß werden ständig irgendwelche limitierten Sorten auf den Markt geworfen, und Joan lässt sich nur zu gern davon verführen.«

»Was ist deine Lieblingssorte?«, fragt er, und ich höre, wie er wieder abbeißt. Täte das jemand anders, würde es mich womöglich stören, aber da es Davey ist, fühle ich mich geschmeichelt, weil er mich, eine unbekannte junge Frau, deren Nummer er vor einer Woche aus Versehen gewählt hat, in seiner Mittagspause anruft, in der er doch bestimmt irgendetwas Sinnvolleres tun könnte.

»Ich glaube, die guten alten Lungo-Kapseln sind mir am liebsten. Ich bin eine Frau mit schlichtem Geschmack.« Mein Achselzucken kann er natürlich nicht sehen.

»Ich bin ein Typ für doppelten Espresso«, verrät er mir, und es klingt, als wäre es ein großes Geheimnis. »Ohne alles.«

Dann reden wir über sein Leben in Austin. Dass er Mitglied des örtlichen Fußballvereins ist. »Daran ist mein Dad schuld. Für Football konnte ich mich nie erwärmen« – womit er American Football meinen muss –, »Dad liebt Fußball«, fährt er fort. »Deshalb habe ich der Highschool im Fußballteam angefangen und eigentlich nie aufgehört zu spielen. Ich spiele zweimal die Woche. Ich jogge und spiele Fußball, weil ich Fitnessstudios nicht leiden kann.«

»Oh, ich schon«, sage ich und lasse London an mir vorüberziehen, vertieft in meinen Fußmarsch, bis ich an den nächsten Fußgängerüberweg gelange. »Ich liebe mein Fitnessstudio.«

»Weil du deinen Personal Trainer datest? Oder aus anderen Gründen?«

»Ich date George nicht«, stelle ich nach kurzem Zögern richtig.

»George«, wiederholt Davey. »Warum datest du ihn nicht?« Die Frage klingt interessiert, nicht bissig.

»Ich denke einfach, dass er mir ein besserer Kumpel sein wird«, erwidere ich diplomatisch. In Wirklichkeit bin ich mir gar nicht sicher, warum ich nicht an George interessiert bin. Er ist ohne Frage attraktiv, das steht außer Zweifel, und auch lustig, aber ich hege den Verdacht, dass sich tief in seinem Innern womöglich ein Frauenheld verbirgt. Vielleicht ist das ungerecht von mir. Auf jeden Fall fahren wir nur als Freunde nach Thailand, damit ist die Sache für mich ein für alle Mal geregelt.

»Wann hattest du zum letzten Mal ein Date?«, fragt Davey, und ich höre, wie er irgendetwas mit einem Strohhalm trinkt.

»Ein echtes, meinst du?«

»Mhm.«

Ich denke nach. »Ist ein paar Jahre her. Mit einem Mann namens Phil. Er war nett. Nur … du weißt schon …«

»Nicht nett genug?«, hakt Davey nach.

»Ja, vielleicht könnte man es so ausdrücken«, antworte ich. Kurz darauf: »So war es, ganz eindeutig. Und du?«

»Mit einer Frau namens Charlotte. Ebenfalls nett, aber nicht nett genug.«

»Arme Charlotte«, sage ich.

»Armer Phil«, kichert er.

»Und was hast du zwischen jetzt und deiner Ankunft hier noch vor?«, frage ich und wechsle gekonnt das Thema.

»In etwa zwei Wochen ist mein letzter Arbeitstag. Und meine Mom und mein Dad planen schon eine Abschiedsparty für Freunde und Familie.«

»Bist du traurig, sie alle zu verlassen?«, frage ich, als ich am gotischen Gebäude der Bank of England vorbeikomme.

»Nicht so sehr«, antwortet er. »Mein bester Freund Grant hat schon ein Flugticket gebucht und kommt im März rüber. Er ist auch Engländer, als Kind in die USA gezogen, und kann es gar nicht abwarten, mal wieder in England zu sein. Meine Eltern haben vor, im April zu kommen, also wird schon für Gesellschaft gesorgt sein.«

»Das ist doch schön«, sage ich.

»Wo wohnst du eigentlich?«, fragt er, ohne darauf einzugehen. »In welchem Stadtteil, meine ich.«

»East London. Wanstead, in der Nähe des Parks. Echt nett. Du solltest es dir unbedingt anschauen. Hast du dich denn schon ein bisschen auf den Websites umgesehen?«

»Hab ich. Ich werfe später noch einen Blick auf Wanstead, aber nach der Liste, die du mir gegeben hast, habe ich mich schon fast für Brixton entschieden. Den Google-Fotos zufolge ist es echt ziemlich cool. Vielleicht probiere ich es für ein halbes Jahr dort und sehe dann weiter.«

»Auf die schwindelnden Höhen von Belgravia hattest du also keine Lust?«, stelle ich fest.

»Ich hab sie mir angeschaut, aber als ich die Mietpreise für ein Studioapartment dort gesehen habe, ist mein Bankkonto vor Scham spontan im Boden versunken.«

»Ja, es ist echt teuer da. Und auch ein bisschen schnöselig«, sage ich.

»Schnöselig?«, wiederholt er lachend.

»Na, du weißt schon«, kichere ich.

»Ich weiß«, sagt er und fügt dann hinzu: »Ich muss zurück zur Arbeit. Was machst du später?«

»Nicht mehr viel«, erkläre ich, als ich um die Ecke in Richtung Liverpool Street Station einbiege. »Das Bett ruft.«

»Dann gute Nacht«, sagt er.

»Was hast du heute noch vor?« Ich möchte das Gespräch nicht enden lassen, obwohl ich fast an meiner Station bin und die Verbindung abbrechen wird, wenn ich in die U-Bahn steige.

»Netflix«, antwortet er. »Was gerade eine echte Seltenheit für mich ist. Seit ich angefangen habe, den Leuten zu erzählen, dass ich fortgehe, bin ich auf einmal mega gefragt und in absehbarer Zukunft für Kneipenbesuche ausgebucht.«

»Was schaust du dir auf Netflix an?« Bei der Rolltreppe bleibe ich stehen und spitze die Ohren, um unsere Unterhaltung trotz des U-Bahn-Lärms und der Masse müder Pendler noch zu verstehen.

»Meistens Dokumentationen. Manche sind wirklich überraschend. Manche einfach interessant. Manche beides.«

Ich atme die kalte Nachtluft tief ein. »Dann viel Vergnügen mit deinen Dokus.«

»Danke, werde ich bestimmt haben. Schlaf gut«, sagt er.

»Werde ich.«

VIERTES KAPITEL

Es ist Samstagabend, wir sitzen an unseren üblichen Tisch im Pub, warten darauf, dass unser Essen kommt, und als ich Miranda das Foto von Davey zeige, bleibt ihr der Mund offen stehen.

»O mein Gott«, stößt sie hervor. »Ist er das wirklich?«

Bisher hat Paul schweigend sein Bier getrunken und sich in dem Versuch, einen Blick auf das Bild zu erhaschen, den Hals verrenkt, aber jetzt verliert er die Geduld und schnappt sich einfach das Handy. Er betrachtet das Foto, zieht die Augenbrauen hoch und sagt: »Er sieht aus, als sollte er in einem Superheldenfilm mitspielen. Sogar ich möchte mit ihm ins Bett.« Dann lacht er eine Weile über seinen eigenen Witz. Als er mir das Handy zurückgeben will, entreißt Miranda es ihm und scannt das Foto erneut.

»Wie kannst du sicher sein, dass er das wirklich ist?«

Ich lache. »Natürlich kann ich überhaupt nicht sicher sein, aber …«

»Wie heißt er noch mal mit Nachnamen? Komm, wir googeln ihn.«

»Ich … ich hab ihn nicht nach seinem Nachnamen gefragt.«

Mit einem dumpfen Schlag setzt Miranda ihre Bierflasche auf dem Bierdeckel ab. »Immer noch nicht? Du hast ihn immer noch nicht gefragt? Eine einzige Aufgabe, und nicht mal die hast du erledigt – das kann doch nicht so schwer sein!«

Genau genommen hatte ich zwei Aufgaben, und eine davon war, ihm ein Foto abzuluchsen, was ich erfolgreich getan habe.

Außerdem mache ich das ja nicht für sie. Sondern für mich. Ich bin gern mit Davey zusammen, auch wenn es nur über eine Mobilfunkverbindung ist.

»Egal. Denn offensichtlich hast du diesen Mann als möglichen Lebenspartner ins Visier genommen, richtig?«, fragt sie, und mir wird erst ein paar Sekunden später klar, dass sie es todernst meint.

»Was? Nein.«

Sie deutet auf das Foto. »Warum denn nicht?«

»Er ist nett. Wir unterhalten uns. Aber er ist Tausende Meilen weit weg.«

»Nicht mehr lange. Komm in die Gänge, am besten sofort! Bevor er hier auftaucht und jemand anderes ihn sich schnappt. Die werden ihn umschwärmen wie die Bienen den Honigtopf.«

Paul kneift die Augen zusammen. »Aber Bienen *machen* doch den Honig, warum sollten sie den Honigtopf umschwärmen? Meintest du vielleicht Blumentopf?«

Ich muss mir das Lachen verkneifen, aber Miranda ignoriert ihren Freund einfach. »Lass ihn dir nicht durch die Lappen gehen, Hannah«, fährt sie unbeirrt fort. »Wirklich, ich meine es ernst. Wenn er so nett ist, wie du behauptest …«

»Das ist er.« Mir wir dieses Gespräch allmählich zu stressig.

»Und er ruft dich genau um die Zeit an, die er ankündigt?«, drängelt sie weiter.

Ich nicke und blicke hilfesuchend zu Paul, aber er trinkt stumm sein Bier und ist in Gedanken eindeutig noch bei der Blumentopf-Honigtopf-Debatte.

Letztlich rettet mich die Kellnerin, die unsere Vorspeise bringt. Ich dippe einen Hähnchenspieß in Satay-Sauce und bemühe mich, mir den Mund nicht mit dem Spieß zu durchbohren.

»Er sieht super aus«, betont Miranda noch einmal. »Er ist nett. Und er zieht nach London. Du solltest ihm umgehend unsterbliche Liebe schwören und ihn dir dann schnellstmöglich unter den Nagel reißen. Schnellstmöglich«, wiederholt sie streng.

Allmählich komme ich zu dem Schluss, dass sie entweder irre geworden sein muss oder bereits zu viel Alkohol intus hat. Aber trotz ihres übereifrigen Naturells hab ich sie gern, und natürlich werde ich nichts von dem tun, was sie vorgeschlagen hat. Ich kenne Davey ja kaum. Obwohl sich das ein bisschen weniger wahr anfühlt, seit wir angefangen haben, so lange und so entspannt miteinander zu reden.

Ich schaue Paul an, der aussieht, als bereite er eine sehr tiefsinnige Bemerkung vor. Doch dann macht er den Mund auf, blickt mir ins Gesicht und verkündet: »Ich bin sicher, sie meint Blumentopf.«

∴

Ich kann echt nicht glauben, dass du mich die ganze Woche auf die Folter spannst, bis du mir endlich erzählst, wie es mit Geoff gelaufen ist, schreibe ich Joan, als ich am Sonntag in meinen Bademantel schlüpfe. Dann grabe ich meine ramponierten Ugg-Boots aus, die ich an der Hintertür letzte Woche hastig abgeworfen habe, und stopfe die Pyjamahose, die weit wie eine Haremshose ist, in die Stiefel, was leider weniger an Kate Moss in Glastonbury als an MC Hammer erinnert. Ich brenne auf Neuigkeiten!, füge ich der Nachricht noch hinzu, lege die wöchentlichen Kekse auf den Teller – diesmal sind es Hobnobs – und mache mich auf den Weg in den Garten.

»Guten Morgen«, empfängt mich eine Männerstimme von hinter dem Zaun, und ich bleibe stehen, um den Mann in Joans Garten zu mustern. Er ist Ende sechzig, vielleicht auch Anfang siebzig und lächelt mich freundlich an. »Ich bin Geoff«, stellt er sich mit einem kleinen Winken vor.

Ich sperre Mund und Nase auf. Für einen Mann im fortgeschrittenen Alter ist Geoff sehr attraktiv, und es besteht kein Zweifel daran, dass er die Nacht bei Joan verbracht hat. Anlässlich einer »erwachsenen Pyjamaparty«, wie sie und ich das gern nennen. »Hi … Geoff.« Ich gehe zum Zaun und biete ihm einen Keks an. »Ich bin Hannah.«

»Freut mich, dich endlich kennenzulernen. Ich hab schon so viel von dir gehört.«

»Ich von dir ebenfalls«, erwidere ich, obwohl ich ehrlich gesagt gern noch sehr viel mehr gehört hätte.

»Joan hat mir aufgetragen, dir auszurichten, dass es heute *Esperanza de Columbia* gibt. Falls du dir darunter etwas vorstellen kannst.«

Ich muss lachen. »Noch nicht. Aber ich bin sicher, es gibt einen Informationszettel, der es uns erklärt.«

Auch Geoff lacht. »Ja, sie kramt gerade danach.«

Geoff ist mir auf Anhieb sympathisch.

Kurz darauf erscheint Joan, in der Hand ein Tablett mit Kaffeebechern, und wir machen Smalltalk über das kalte Wetter und darüber, wie viel kälter es noch werden soll. »Es soll ordentlich Schnee geben«, sagt Geoff, was ich um diese Jahreszeit immer gern höre – bis Weihnachten sind es nur noch zwei Wochen. Dann plaudern wir über den Kaffee, und jeder gibt ihm seine Sternebewertung. Dabei ist Geoff wesentlich toleranter als Joan und ich, und als er vorschlägt, die Bestwertung von fünf auf zehn Sterne zu erhöhen, können wir nur die Augen verdrehen. Nach einer Weile verabschiedet Geoff sich, weil er noch etwas vorhat.

Als er außer Hörweite ist, sehe ich Joan an. »Du bist mir ja eine ganz Schlimme!«

»Es ist nicht so, dass nur ihr jungen Leute euren Spaß haben dürft«, erklärt sie lachend und beäugt den Keksteller, den ich zu meinen Füßen abgestellt habe.

Ich hebe ihn hoch und gebe ihr meine leere Kaffeetasse zurück, während sie sich umständlich einen Keks aussucht. »Ich habe zurzeit eigentlich überhaupt keinen Spaß«, seufze ich.

Sie erkundigt sich nach meinen jüngsten Eskapaden, und ich berichte ihr von meinem Nicht-Date mit George. Dann erzähle ich von Davey, und auf einmal bekommt sie leuchtende Augen, und die Fragen sprudeln nur so aus ihr heraus. Eigentlich seltsam, dass alle, denen ich von Davey erzählt habe, ganz ähnlich reagieren. Als ich ihr das Foto zeige, schnappt sie hörbar nach Luft.

»Meine Güte, den würdest du auch an einem Montag nicht von der Bettkante stoßen.«

Den Spruch kenne ich zwar nicht, aber ich glaube, ich verstehe ungefähr, was gemeint ist. »Ich vermute nicht, nein.«

»Wie toll, dass ihr so miteinander redet. Wann telefoniert ihr wieder?«

»Ich weiß es nicht genau – es ist alles ganz entspannt und im Fluss.« Tatsächlich mache ich mir überhaupt keine Sorgen, wann Davey das nächste Mal anruft, denn ich weiß einfach, dass er es tun wird. »Normalerweise alle paar Tage.«

»Du bist ein echter Glückspilz«, sagt Joan.

»Wir sind einfach nur gute Freunde.«

»Und an den Tagen, an denen er nicht anruft – vermisst du da die Gespräche mit ihm?«

»Ja und nein«, antworte ich, wobei ich mir die Frage zugleich selbst zu beantworten versuche. »Ich glaube, es ist, als lebe ich eine Weile von unserem Austausch – macht das Sinn? Und wenn der Vorrat dann langsam abnimmt, ruft Davey wieder an, oder er schickt mir eine Nachricht, und das ist irgendwie, als …«

»… als fülle er damit den Speicher wieder auf?«, ergänzt Joan, weil ich zögere.

Ich nicke und lächle. »Ja, das trifft es wohl ziemlich gut.«

»Und wann genau will er herziehen?«

»In ungefähr vier Wochen.«

»Wirklich sehr romantisch«, sagt Joan und seufzt tief.

»Oh, ich weiß nicht«, sage ich. »Es ist ja nichts passiert, es ist einfach nur … schön.«

»Aber so soll es doch sein«, meint Joan und stützt sich mit den Armen auf den Zaun. »So fangen doch alle Liebesgeschichten an, mit etwas Schönem, etwas, das zwei Menschen mühelos zusammenbringt.«

Verlegen trete ich von einem Fuß auf den anderen. »Wir werden sehen.«

Mir widerstrebt es, aus ihrer Bemerkung Schlüsse zu ziehen. Ich habe den Überblick verloren, wie viele Männer ich anfangs als Freunde betrachtet und später aus meinen Kontakten in den sozialen Medien gelöscht habe. Und ich möchte nicht, dass mir dasselbe mit Davey passiert. Das, was zwischen uns ist – unser Kontakt –, ist ziemlich merkwürdig, wenn man bedenkt, wie er entstanden ist, das weiß ich. Aber er ist einfach wunderbar. Und etwas, das so gut anfängt, sollte auf keinen Fall damit enden, dass wir einander auf irgendwelchen Plattformen blockieren.

»Wie dem auch sei, das Fitnessstudio ruft«, beende ich das Thema und damit unser Treffen. »Ich muss all diese Hobnobs abarbeiten.«

»Sehen wir uns nächstes Wochenende?«, fragt Joan.

»Auf jeden Fall – wenn du da bist und nicht gerade die Nacht bei Geoff verbringst.« Ich mache mich auf den Weg zu meiner Hintertür, drehe mich aber noch einmal um. »Übrigens mag ich ihn.«

»Davey?«, fragt sie.

Ich werfe ihr einen Blick zu. »Geoff.«

»Ich mag ihn auch.«

∴

Im Studio ist es brechend voll. Wie immer, wenn es eine Werbeaktion in der Zeitung gab, platzt der Laden danach für mindestens zwei Wochen aus allen Nähten, bis die Leute ihre Motivation wieder verlieren und die nagelneue Mitgliedschaft verkommen lassen. Als höflicher Mensch stehe ich in angemessener Entfernung am Crosstrainer Schlange und wähle meine Playlist aus. Aber gerade als ich mir die Kopfhörer in die Ohren stopfe, kommt George winkend auf mich zu.

»Hallo, Schönheit«, ruft er, und in der Hoffnung, sie könnten gemeint sein, wenden sich ihm prompt sämtliche Frauen zu.

»Mein Urlaub ist genehmigt worden«, sage ich.

»Phantastisch«, ruft er mit einem breiten Grinsen, hebt mich hoch und wirbelt mich herum. Er ist so im Reinen mit sich, dass es ihm vollkommen egal ist, wenn andere Leute ihm zuschauen. »Auf nach Thailand! Lass uns, wenn du fertig bist, nach unten ins Café gehen und nach Flügen schauen. Oder«, fährt er nach einem Blick auf seine Armbanduhr fort und überlegt kurz, »oder hast du Lust auf ein Gratistraining? Ich hab noch ein bisschen Zeit totzuschlagen.«

»O ja, sehr gern!«, stimme ich erfreut zu, denn ich hatte noch nie ein Training bei einem richtigen Personal Trainer. Mein Versuch auf den Power Plates zählt nicht.

Eine halbe Stunde später weiß ich auch, warum ich es bisher vermieden habe. Es ist brutal. George ist ein strenger Lehrmeister und traktiert mich mit Sätzen wie: »Na los, Hannah, du bist zu viel mehr in der Lage.«

»Die Zeiten, dass ich dich attraktiv fand, sind vorbei«, erkläre ich ihm, als wir im Café sitzen. Meine Oberschenkel brennen immer noch. Ich bezahle unseren Kaffee – das ist das Mindeste als Gegenleistung für die Folter, der er mich gerade gratis unterzogen hat.

Er schaut mich mit seinen blauen Augen treuherzig an. »Du findest mich attraktiv?«

O nein, was habe ich getan? »Ein bisschen. Aber nicht heute. Im Moment kann ich dich auf keinen Fall leiden«, sage ich.

»Aber sonst findest du mich also attraktiv?«, folgert er verschmitzt. »Ich dich auch«, fügt er leise hinzu, als wäre es ein großes Geheimnis.

»Jetzt hör aber auf«, sage ich. »Ich buche keinen Urlaub mit dir, falls du glaubst, es erwarte dich ein Schäferstündchen.«

»Schäferstündchen?«, wiederholt er lachend. »Wer benutzt denn noch so ein Wort?«

Ich habe den Ausdruck von Joan übernommen, und ich erzähle George von ihr. »Obwohl sie inzwischen dazu übergegangen ist, es ›Pyjamaparty für Erwachsene‹ zu nennen.«

»Sie klingt witzig, ich würde sie gern mal kennenlernen. Und ich verspreche, in Thailand keine Pyjamaparty zu planen. Zwischen uns herrscht strikte Freundschaft.«

»Guter Mann«, lobe ich ihn und ziehe mein Handy aus der Tasche.

George ist nicht wählerisch, was das Ziel unserer Reise angeht. Er freut sich einfach darauf, unterwegs zu sein. Wir beschließen, unsere Reisezeit ganz entspannt auf einen Aufenthalt in Bangkok und einen in Phuket zu verteilen. Keiner von uns beiden ist ein echter Backpacking-Fan, wir wollen nur ein bisschen Kultur und am Schluss noch ein paar Tage schlichten Strandurlaub mit allem Drum und Dran. Wir entdecken ein hübsches Boutique-Hotel in Bangkok und eine Vier-Sterne-All-Inclusive-Unterkunft in Phuket, die phantastisch aussieht.

»Großartiges Fitnessprogramm«, sagt George, und ich widerstehe dem Impuls hinzuzufügen: »Tolle Kneipen.«

»Zwei Einzelzimmer, ja?«

»Genau.«

»Gut, denn ich werde höchstwahrscheinlich ein paar Mädels mitbringen, und will nicht, dass du deshalb in Rage gerätst.«

»George, um Himmels willen.« Und dann: »Ein paar Mädchen – Plural?«

»Nicht gleichzeitig«, kichert er. Dann tut er so, als würde er nachdenken. »Oder vielleicht doch? Wer weiß. Wir machen Urlaub, Baby!«

Ich lache, verdrehe aber die Augen.

»Also buchen wir das jetzt?«, fragt er und holt sein Portemonnaie heraus.

»Ja!«, rufe ich. »Wie aufregend.«

»Find ich auch, am liebsten würde ich mich sofort hinbeamen.« George bezahlt mit seiner Kreditkarte, ich überweise ihm meinen Teil. Während er noch die Buchung abschließt, schaue ich aus dem Fenster und überlege, was Davey wohl gerade tut. Draußen auf dem Parkplatz hat es angefangen zu schneien.

∴

Ich bin auf Shoppingtour nach Urlaubsklamotten, was Mitte Dezember mehr als schwierig ist, und gelange zu dem Schluss, dass ich genauso gut anfangen könnte, Weihnachtsgeschenke zu kaufen.

Ich freue mich sehr darauf, meine Mum und meinen Dad zu Weihnachten zu besuchen. Obwohl sie in Kent ziemlich in der Nähe wohnen, schaffe ich es nur selten nach Hause, aber immerhin telefonieren wir oft miteinander und schreiben uns viel. Meine Eltern sind beide voll berufstätig, weshalb wir allesamt viel zu tun haben. Dad ist Allgemeinmediziner, Mum arbeitet als Rezeptionistin in einem Hotel. Sie bekommt Personalrabatt für den Wellnessbereich und verbringt viel Zeit damit, neue Anwendungen auszutesten. Da meine Eltern beide Leseliebhaber sind, mache ich mich auf den Weg zu Waterstones, um Bücher für sie auszusuchen. Es gehört zu unserer Tradition, uns zu Weihnachten gegenseitig eine gemischte Wundertüte mit Büchern zu schenken.

So lande ich in der Reiseabteilung und sehe ein Buch über London, das ich in meinen Korb lege, um es für Davey als Geschenk einpacken zu lassen und es ihm bei seiner Ankunft zu überreichen. Ihm etwas zu schicken, das er dann selbst wieder mit herbringen muss, macht ja wirklich keinen Sinn.

Als ich auf meiner Liste schließlich alle Namen derer, die ich beschenken will, mit einem Häkchen versehen habe, schaue ich mich noch ein bisschen nach Ferienklamotten um. Inzwischen ist der Schneefall stärker geworden, und mit ziemlich durchweichten Stiefeln steige ich irgendwann in den Bus nach Hause, setze mich mit meinen Tüten auf einen freien Sitz und lasse die City hinter mir. In East London angekommen, steige ich am Park aus, bringe den Rest des Nachhausewegs zu Fuß hinter mich und kuschle mich dann mit einem Buch und einer Tasse Tee aufs Sofa. In meiner Wohnung hängen überall Lichterketten, die meisten das ganze Jahr über. Nur mit dem Weihnachtsbaum betreibe ich jedes Jahr von Neuem viel Aufwand. Der Schmuck ist von John Lewis – kunstvolle Kugeln, die ein Vermögen kosten, aber wunderschön sind, und jetzt, als ich die neue Lichterkette um den Baum drapiere und anknipse, genieße ich wieder ihr zartes Glitzern.

Als mein Handy piept, frage ich mich, ob es Davey sein könnte. Nein. Es ist eine seltene Benachrichtigung von Rightmove, über eine Dreizimmerwohnung in Wanstead. Mit Garten. Entsetzt nehme ich zur Kenntnis, dass sie mindestens dreihundert Pfund mehr kostet, als ich derzeit bezahle. Ich liebe Joan dafür, dass sie die Miete nicht erhöht. Zum Spaß klicke ich auf das Angebot in Brixton, um mir Wohnungen anzuschauen, die womöglich für Davey infrage kommen – solche, die mit meiner vergleichbar sind, süße viktorianische Reihenhäuser mit hohen Decken, aber auch einige ganz andere, coole Neubauten mit offenen Wohnbereichen und kleinen Küchenzeilen. Ich überlege, was ihm wohl gefallen würde, und schicke ihm eine Nachricht, um ihn zu fragen, ob er schon etwas gefunden hat. Wer sagt, dass ich immer darauf warten muss, dass er sich meldet?

Er antwortet fast sofort. Das liebe ich wirklich an ihm. Ich habe etwas gefunden, bestätigt er. Und hinterlege eine Kaution.

Aber du hast sie doch noch gar nicht gesehen. Du willst eine Wohnung mieten, die du nicht mal gesehen hast?

Äh, ja? Wie soll ich es denn sonst machen?, schreibt er mit einem lachenden Emoji zurück.

Du könntest mich hinschicken, biete ich an. Ich schau sie mir gern für dich an. Schick mir die drei, die dir am besten gefallen, und dann sehe ich sie mir nach der Arbeit an. Oder am Wochenende. Oder so.

Kann ich dich anrufen?, fragt er, und ich schicke ihm zur Bestätigung einen Daumen hoch.

»Hi«, sagt er, als ich drangehe.

»Hi«, antworte ich und freue mich, seine Stimme zu hören.

»Bist du sicher, dass dir das nicht zu viel wird? Ist Brixton weit von dir? Ich möchte dich nicht nerven.«

»Das tust du nicht. Ich liebe es, mir die Häuser fremder Menschen anzuschauen, ich bin furchtbar neugierig.«

»Gut zu wissen.«

Wir sprechen darüber, wann es mir passen würde, und er erzählt mir von der Wohnung, die ihm am besten gefallen hat. »Ich hab stundenlang geklickt und alle möglichen Perspektiven auf Street View ausprobiert, um rauszukriegen, wie die Gegend drum herum aussieht. Die Entfernung zur nächsten U-Bahn-Station und so. Brixton scheint wirklich nett zu sein. Danke für den Tipp.«

Er schickt mir die Links zu den beiden Zweizimmerwohnungen, die er am besten findet. Gespannt sehe ich mir die Fotos an, und wir diskutieren über die hohen Decken und den Stuck. Ich liebe es, mir ab und zu im Fernsehen Immobiliensendungen anzuschauen, während Davey ein Riesenfan von Kirsties und Phils *Location, Location, Location* ist. »Und es gibt ungefähr fünfunddreißig Staffeln!«, erklärt er begeistert. »Das ist genau mein Ding. Da kann Netflix einpacken.«

»Wo bist du eigentlich gerade?«, frage ich, weil ich ihn mir genauer vorstellen möchte.

»Ich liege auf dem Bett. Und du?«

»Auf dem Sofa.«

»Schick mir doch ein Foto«, sagt er, und ich setze mich sofort aufrechter.

»Von ... meinem Sofa?«, frage ich erschrocken.

»Ha, nein. Von dir natürlich.«

»Du hast doch schon ein Foto von mir gesehen. Außerdem bin ich im Wochenendmodus«, antworte ich ausweichend.

»Was heißt das denn?«

»Na, du weißt schon, zerrissene Jeans, schlabberiges T-Shirt, Haare, die *vielleicht* hätten gewaschen werden müssen.«

»Schick mir ein Foto«, wiederholt er.

»Äh, nein! Dafür müsste ich aufstehen und mir eine Menge Make-up verpassen.«

»Ich wette, das brauchst du überhaupt nicht.«

Aber damit liegt er falsch. Ich brauche sogar jede Menge Make-up, damit ich aussehe, als wäre ich ungeschminkt. »Schick du mir zuerst ein Foto. Woher soll ich denn wissen, dass du das warst auf dem ersten.«

Er schweigt. »Warum sollte ich es nicht gewesen sein?«, fragt er dann.

Weil du so höllisch gut aussiehst, dass das Foto bestimmt aus dem Internet gestohlen ist, denke ich. »Darum«, antworte ich lieber.

»Und wie soll ich dir beweisen, dass das auf dem nächsten Foto, das ich dir schicke, wirklich ich bin?«, fragt er.

Ich denke nach. Sein Einwand ist berechtigt.

»Warte, ich habe eine Idee, wie ich es beweisen kann«, behauptet er.

Er macht ein Selfie und schickt es mir. Er ist darauf mit seinem iPad zu sehen, wie er ein Bild von Kirstie und Phil anhimmelt.

Es haut mich fast um vor Lachen. »Sehr clever. Und witzig.« Ich bin so froh. Er ist es wirklich und sieht genauso gut aus wie auf dem ersten Bild. Und ich mag seinen albernen Humor.

»Jetzt bist du aber dran«, beharrt er.

»Hmmm«, mache ich widerwillig. »Aber gut, ist ja nur fair.« Ich drehe mein Handy um und mache ein Foto. Zum Glück habe ich nur die Tischlampe an, und das Glitzern der Lichterkette schimmert sanft von hinten. Ich tippe auf *Senden*. Es ist alles andere als perfekt, aber wie sollte es das auch sein, ich bin es ja auch nicht.

Ich wechsle zum Anruf zurück.

»Du siehst hübsch aus«, sagt er. »Ich mag die Wochenend-Hannah.«

»Und Wochenend-ich mag Wochenend-du«, erwidere ich und habe das Gefühl, ich kann sein Lächeln hören. »Davey?«

»Mmm?«

»Wie heißt du eigentlich mit Nachnamen?«

»Carew. Und du?«

»Gallagher. Carew ist kein sehr amerikanischer Name.«

»Kommt aus Cornwall«, erinnert er mich.

»Ach ja, hatte ich ganz vergessen. Ich liebe Cornwall«, sage ich. »Das klare blaue Meer. Die Klippen. Der weiße Sand und all die Fischerboote« Und schon wieder träume ich von Urlaub.

»Ich war nur ein paarmal dort«, sagt Davey. »Als ich noch klein war, sind Mom und Dad mit mir hingereist, um meine Großeltern zu besuchen. Aber dann sind sie immer zu uns nach Amerika gekommen, weil mein Dad wegen seines Jobs kaum Zeit hatte. Später war ich nur zu ihren Begräbnissen dort.«

»Das tut mir leid.«

»Es braucht dir nicht leidzutun. Beim letzten Mal war ich achtzehn, und das ist eine Weile her.«

»Dann warst du seitdem nicht mehr in England?«, frage ich.

»Nein. Aber bei meinem Auslandssemester im College bin ich nach Europa gereist. Nicht das Gleiche, aber du weißt schon.«

Im Hintergrund höre ich, wie er eine Getränkedose mit irgendetwas Sprudelndem öffnet und einen Schluck trinkt. Es hat etwas Wohliges zu hören, wie er etwas so Alltägliches tut.

»Wo genau warst du auf der Europareise?« Ich strecke die Beine, stehe auf, gehe in die Küche und stelle den Wasserkocher an. Draußen fällt der Schnee noch dichter als vorhin, der Nachmittag ist dunkel geworden, und die Welt vor meinem Küchenfenster ist wie in weiße Gaze gehüllt.

»Erst in Paris, dann in Rom.«

»Klingt himmlisch. In Rom war ich noch nie.«

»Da hast du definitiv etwas verpasst«, sagt er. »Was ganz oben steht auf meiner Liste der Dinge, die ich in diesem Leben unbedingt tun muss: Ich will in Rom lernen, wie man Pizza und Pasta macht. Ich kann beides ein bisschen, aber ich möchte es mir von einem echten Italiener in einer winzigen Kochschule richtig beibringen lassen. Dafür habe ich sogar schon angefangen, Italienisch zu lernen.«

»Benutzt du London als Einstiegsdroge, um nach Italien zu kommen?«

»Genau. Tee und Kekse, bis ich die harten Sachen in Angriff nehmen kann.«

Das gefällt mir. Davey gefällt mir. Ich schaue hinüber zu Joans Gartenzaun und verfluche sie und Miranda, dass sie mir diese Idee in den Kopf gesetzt haben.

»Wie viel Uhr ist es bei dir eigentlich?«, fragt er.

Ich wische den Anruf weg und schaue auf dem Handy nach. »Achtzehn Uhr. Übrigens schneit es.«

»Echt? Schnee haben wir hier nicht oft. Und damit meine ich genau genommen ›nie‹.«

»Mach dich auf eine Million Wetterwechsel jeden Tag gefasst, wenn du hierherkommst. Ich schleppe jeden Tag eine Strickjacke und einen Schirm mit mir herum. Sogar mitten im August.«

»Darauf freue mich ich schon. Nicht unbedingt auf den Teil mit der Strickjacke, aber einen Pullover werde ich dabeihaben. Du solltest rausgehen, wenn wir aufhören zu telefonieren. Und Schneeengel machen. Allein der Gedanke macht mich neidisch!«

»Schneeengel? Was denkst du, wie alt ich bin? Fünf?«

»Tu es einfach, wird dir garantiert Spaß machen.«

»Okay. Schick mir die Infos zu den Wohnungen, dann vereinbare ich einen Termin und schaue sie mir nächste Woche irgendwann nach der Arbeit an.«

»Danke, Hannah. Ich bin so froh, dass ich dich gefunden habe.«

»Hab noch einen schönen Tag«, sage ich.

»Hab noch einen schönen Abend«, antwortet er.

Ich lege das Telefon beiseite, ziehe mit meinem Tee ins Wohnzimmer um und fange an, Weihnachtsgeschenke einzupacken. Aber mittendrin gehe ich zur Gartentür hinaus, lege mich in den Schnee und mache einen Schneeengel.

FÜNFTES KAPITEL

Am Donnerstagabend mache ich Punkt siebzehn Uhr Feierabend. Normalerweise bin ich sehr gewissenhaft und bleibe eigentlich immer länger, sorge dafür, dass all meine Mails beantwortet sind, und arbeite meine To-do-Liste ordentlich ab. Es war eine lange Woche, aber Essen mit Freunden und Kollegen sowie ein paar zusätzliche – wahrscheinlich unnütze – Weihnachtseinkäufe haben geholfen, mir die Zeit zu vertreiben. Ich habe sogar schon angefangen, meinen Koffer für Thailand zu packen, überprüft, wie viel meine eingeplanten Klamotten und Schuhe wiegen, damit ich weiß, wie viele Flaschen Sonnenlotion ich noch mitnehmen kann. Warum wiegt nur alles so viel? Doch jetzt bin ich gut vorbereitet für einen Urlaub, der erst in über einem Monat anfängt.

Dann mache ich mich auf den Weg nach Brixton. Da Daveys Lieblingswohnungen nah beieinander liegen, habe ich mir Besichtigungstermine für beide geben lassen. Zum Glück stehen beide leer, denn es gibt doch kaum etwas Unangenehmeres, als eine Wohnung anzuschauen, in der noch jemand lebt. Die erste Wohnung, die Davey ausgesucht hat, liegt in einem ganz frischen Neubau, Erstbezug, sehr schick, alle Annehmlichkeiten in der Nähe. Die zweite dagegen ist in einem der vielen viktorianischen Reihenhäuser von Brixton und ähnelt sehr meiner. Allerdings liegt sie im ersten Stock, hat also keinen Garten, aber das Licht ist wunderbar, und die Zimmer sind riesig. Davey hat mir nicht gesagt, welche sein Favorit ist, aber ich vermute, dass er viel lieber hier wohnen würde. Hoffe ich jedenfalls. Ich mache Fotos und schicke ihm einen ganzen Schwung Bilder, damit er die Wohnungen ohne das – doch immer lügende – Fischaugenobjektiv der Immobilienmakler sehen kann.

Ich habe mir ein paar Gedanken gemacht, schicke ich ihm dazu eine Nachricht. Sobald ich zu Hause bin, schreibe ich dir.

Aber als ich nach einem langen Fußmarsch mit durchweichten Schuhen heimkomme, sehe ich Daveys Antwort. Verschwende keine Zeit mit der Tipperei. Rufst du mich an?

Bisher war immer er es, der mich angerufen hat. Ich mache mir schnell etwas zum Abendessen und schaue dabei immer wieder hinaus auf den frischen Schnee im Garten, wo mein Schneeengel von neulich nun unter einer dünnen Schneedecke liegt. Während die Pasta dann gemütlich auf dem Herd blubbert, hole ich mein Telefon, wähle Daveys Nummer, und er nimmt sofort ab.

»Hey«, sagt er, und ich lächle – seine Stimme bringt mich immer zum Lächeln. Er fragt, wie mein Tag war, und ich frage ihn nach seinem. Er war heute im Botanischen Garten – er hat sich vorgenommen, die letzten Wochen in Austin auszukosten. »Mir ist klar geworden, dass ich meine Heimatstadt viel zu wenig kenne, deshalb benehme ich mich jetzt wie ein Tourist auf Abenteuersuche«, erklärt er.

Ich möchte ihn in London überall herumführen – falls er Lust dazu hat – und erzähle ihm von der National Portrait Gallery, meinem Lieblingsmuseum. Er interessiert sich für alles, und wir schmieden Pläne, gemeinsam wie Touristen durch meine Heimatstadt zu ziehen, und ich kann es kaum erwarten, alles mit seinen Augen zu sehen. Auf einmal sehne ich mich danach, eine London-Rundfahrt in einem der großen roten Doppeldeckerbusse zu machen. Ich möchte am Tower of London aussteigen und uns mit einem Beefeater fotografieren, was ich als Kind nie gemacht habe.

»Ein Foto von uns«, wiederholt er. »Darauf freue ich mich. Es wird komisch sein, dich endlich zu sehen – in echt, meine ich –, nachdem wir so oft geschrieben und telefoniert haben.«

Ich rühre in meiner Pasta und stelle die Herdplatte aus. »Ich kann es kaum erwarten.«

»Ehrlich?«, fragt er. »Ich nämlich auch nicht.«

Eine Weile bleiben wir still, dann sagt Davey mit gespieltem Ernst: »Hannah, ich glaube, es ist an der Zeit, dass wir uns auf die nächste Stufe unserer Freundschaft begeben.«

Obwohl ich genau höre, dass das mindestens zur Hälfte als Witz gemeint ist, habe ich plötzlich das Gefühl, er hätte einen Startschuss abgegeben. Ich blinzle verwirrt. »Wie meinst du das?«

»Ich finde, wir müssen vom Telefonieren zum Videocall übergehen.«

»Jetzt sofort?« Erschrocken kontrolliere ich mein Spiegelbild im Küchenfenster. Ich habe einen langen Arbeitstag hinter mir. Und zwei Wohnungsbesichtigungen. Also äußerlich ganz sicher nicht in Bestform.

»Warum nicht? Bist du einverstanden?«

Mir zieht sich der Magen zusammen, aber ich glaube, auf gute Art, und ich nicke stumm, dann, als mir einfällt, dass er mich nicht sieht, sage ich: »Okay.« Sofort ist der Anruf beendet. »Oh.«

Sekunden später klingelt er per Videocall an, ich wappne mich innerlich und nehme ihn an. Dann halte ich das Telefon auf Armlänge von mir weg, sehe, wie Davey Lachfältchen bekommt und mich angrinst.

»O mein Gott«, sage ich und wünsche, mein Magen würde sich entspannen. »Das ist wirklich seltsam.«

»Aber großartig«, meint er. »Und längst überfällig.«

Auch auf Video sieht er einfach nur super aus. Ich bin in dem kleinen Rechteck in der Ecke meines Displays platziert, wohin ich so wenig wie möglich schaue. Mein Make-up hat sich im Lauf des Tages fast gänzlich verabschiedet, und ich will lieber gar nicht wissen, wie ich gerade aussehe.

»In Bewegung bist du noch schöner als auf deinen Fotos«, meint er trotzdem.

Soweit ich es beurteilen kann, werde ich nicht rot, aber in der Bildschirmecke sehe ich mich lächeln und schaue schnell weg – verlegen und glücklich. »Danke«, flüstere ich. Ich werde ihm nicht sagen, wie gut er aussieht, denn es ist absolut unmöglich, dass er sich dessen nicht bewusst ist. Er lehnt sich gemütlich auf seinem grauen Sofa zurück. »Wohnst du allein?«, frage ich.

»Ja.«

»Ich hatte den Eindruck, dass du bei deinen Eltern wohnst«, sage ich und merke dann, dass das beleidigend klingen könnte. Andererseits leben viele Neunundzwanzigjährige noch zu Hause.

Er macht ein verwirrtes Gesicht. »Warum?«

»Wegen der Fußballflaggen vom College in deinem Zimmer. Auf dem Foto, das du mir geschickt hast.«

»Oh. Nein. Meine Eltern benutzen mein altes Zimmer in ihrem Haus jetzt als Büro, deshalb haben sie mir all meine Sachen, die noch dort waren, geschickt, und ich habe sie einfach aufgehängt, vermutlich als eine Art Souvenir. Aber sie bekommen die meisten Sachen wieder zurück, wenn ich nach England ziehe – was sie allerdings noch nicht wissen«, erklärt er.

»Ich muss dir gestehen, dass ich grässlich neugierig bin, wenn es darum geht, wie Leute sich zu Hause einrichten, deshalb musst du mit mir unbedingt eine Führung durch deine Wohnung geben«, sage ich.

Prompt kommt er meiner Bitte nach, und als er aufsteht und mich per Handy mit sich durch die Luft sausen lässt, wird mir ganz schwindlig. »Wie groß bist du, Davey?«, frage ich. Komisch, dass mir diese Frage bisher nie in den Sinn gekommen ist.

»Eins neunundachtzig.«

»Eins neunundachtzig? Himmel. Ich bin eins achtundsechzig. Du wirst mir auf den Kopf spucken können.«

Seine Reaktion kann ich weder sehen noch hören, denn er schwenkt die Handykamera langsam durch die Wohnung und zeigt mir als Erstes sein schlichtes, größtenteils in Grautönen gehaltenes Wohnzimmer. An den Wänden hängen kunstvolle Schwarz-Weiß-Fotos berühmter alter Gebäude. Nach und nach nimmt er mich mit in alle Zimmer, erklärt mir im Hintergrund ein paar Bauzeichnungen, die auf seinem Schreibtisch liegen, und spricht über die Projekte, die ihn in seinem neuen Job erwarten werden und die so vielfältig sind, dass ich kaum mitkomme. Schulen und Kindergärten, riesige Bürogebäude, Hotels und Einkaufszentren.

»Welches Projekt ist dein liebstes?«, frage ich.

»Ich liebe die Kraft und Schönheit eines Wolkenkratzers, der nach einem auch von mir entworfenen Plan entsteht. Aber es hat auch etwas ganz Wundervolles an sich, wenn man miterlebt, wie Stück für Stück eine neue Schule entsteht, und sich vorzustellen, wie viele Kids die nächsten ein-, zweihundert Jahre durch ihre Türen gehen werden.«

Ich könnte ihm stundenlang zuhören. Während er die Tour vollendet, lehne ich mein Handy an den Toaster und fange an, meine Pasta mit der Sauce zu mischen. Dann mache ich mir noch einen grünen Salat, hole mir eine Gabel und trage alles zusammen mit dem Handy zu meinem kleinen Küchentisch, an dem ich sonst nur selten esse. Ich muss so viel Papierkram beiseiteräumen, dass ich Davey gegen den Stapel lehnen kann. »Ich muss dringend etwas essen, ist das okay?«

»Stört mich überhaupt nicht.« Er geht in seiner Küche umher, und ich sehe, wie das Licht auf sein Gesicht fällt, als er den Kühlschrank öffnet. Mit einer Getränkedose in der Hand kehrt er zum Sofa zurück und reißt sie mit einem Klicken auf. Während ich esse, trinkt er, und ich erzähle ihm von den Wohnungen, die ich besichtigt habe.

»Darf ich raten, welche von den beiden dir lieber wäre?«, frage ich.

»Klar«, antwortet er lächelnd.

»Also«, beginne ich und lege eine kurze Pause von Pasta und Salat ein, »als Architekt und Liebhaber klarer Linien und neuer

Dinge müsste es eigentlich der Neubau sein. Aber ich habe trotzdem das Gefühl, dass du das viktorianische Reihenhaus bevorzugst.«

»Ertappt!«, grinst er. »Wie bist du darauf gekommen?«

»Es ist hell und luftig. Hohe Decken. Wunderschöne Details. Eine Küche von anständiger Größe. Und es war ganz eindeutig mein Favorit.«

»Ach ja? Dann freue ich mich schon, in der anständig großen Küche für dich zu kochen«, neckt er mich. »Wenn du dort nichts Besorgniserregendes gesehen hast, hinterlege ich die Kaution. Keine Ratten auf den Korridoren? Keine Leiche in der Badewanne?«

»Nichts dergleichen. Ich fand es schlicht perfekt.«

»Wie weit ist es von deiner Wohnung entfernt?«, fragt er.

»Ungefähr eine Stunde.«

»Okay«, sagt er, aber ich weiß nicht, was er damit ausdrücken will.

Als ich mit Essen fertig bin, führe ich ihn per Video auch in meiner Wohnung herum, und am Schluss landen wir in meinem Wohnzimmer, wo ich mein Telefon anschließe und wir über Weihnachten reden. Ich erzähle von meiner Heimatstadt Whitstable an der Küste von Kent und dass ich in ungefähr einer Woche meine Eltern dort besuchen werde. Er erzählt von dem Familienessen, das er mit seinen Eltern geplant hat. Am Weihnachtstag macht er sich immer schon frühmorgens auf den Weg dorthin, hilft beim Kochen, und von früh bis spät wird Sekt mit Orangensaft getrunken. Ich erzähle davon, wie meine Mum immer, wild entschlossen, das Heft in der Hand zu behalten, in der Küche umherflattert, während mein Dad irgendwann hereinstürmt und das einzige Mal im Jahr beim Kochen hilft. Und sämtliche Lorbeeren für das einheimst, was dabei herauskommt. Meine Mum kümmert das nicht, außerdem ist es inzwischen eine Art Tradition geworden. Später werden wir dann am Strand von Whitstable lange Spaziergänge machen und uns nach einem Tag mit Essen, Lesen und albernen, sonst nie benutzten Brettspielen den Kopf vom Seewind freipusten lassen.

»Klingt himmlisch.«

»Ist es auch. In ein paar Tagen beginnt mein Urlaub. Dieses Jahr habe ich so viel aufgespart, dass ich bis nach Silvester zu Hause bleiben kann.«

»Ich muss arbeiten«, sagt er. »Aber das ist okay. Heute Nachmittag arbeite ich von zu Hause – apropos, ich fürchte, ich muss allmählich weitermachen. Aber … kann ich dich am Wochenende anrufen?«

»Ja, gern«, antworte ich. Ich wäre enttäuscht gewesen, wenn er nicht mit mir hätte plaudern wollen. Was immer es ist, was da zwischen uns passiert – es ist so zart, so frisch, dass ich Angst habe, wir könnten es womöglich übertreiben und kaputtmachen. So etwas ist mir noch mit niemand anderem passiert: diese absolute Offenheit, eine Freundschaft, vielleicht auch etwas anderes, was aber durch die äußeren Umstände zu einer Langsamkeit gezwungen wird, die ich unglaublich mag. Weil es sich anfühlt, als könne sich etwas anderes daraus entwickeln, etwas Wunderschönes. Auf einmal tun sich Möglichkeiten auf, aber so bedächtig, dass ich den Zeitpunkt ihres Auftauchens kaum wahrgenommen habe.

SECHSTES KAPITEL

»Du kannst dich nicht an Daveys Nachnamen erinnern?«, fragt mich Miranda bei unserem nächsten Treffen im Pub, während Paul versucht, die Kellnerin zu uns zu winken. Sie ist neu und ignoriert uns, weshalb Paul ankündigt, ihr am Ende des Abends ein besonders großes Trinkgeld geben zu wollen.

Natürlich halten Miranda und ich nichts von der Idee.

»Doch nur, damit sie sich nächste Woche an uns erinnert und wir hoffentlich besonders guten Service bekommen. Eine langfristige Strategie ist immer die beste«, argumentiert Paul achselzuckend und schenkt der Kellnerin ein gewinnendes Lächeln, das sie wiederum ignoriert, während sie ein weiteres Mal stur an uns vorübereilt.

Miranda und ich wechseln einen vielsagenden Blick und überlassen Paul seinem Vorhaben. Ich bemühe mich, auf Daveys Nachnamen zu kommen. »Callow oder Carrow – irgendetwas in der Art. Ich habe es ehrlich vergessen, es kam mir nicht mehr wichtig vor, nachdem ich danach gefragt hatte. Und nachdem das zweite Foto bewiesen hat, dass er wirklich der ist, der er zu sein vorgibt, war ich sowieso glücklich.«

»Herrgott, hast du denn gar nichts von mir gelernt?«, schimpft Miranda. Sie hat ihr Handy in der Hand und versucht, sich an Daveys potenzielle Social-Media-Kontakte anzupirschen. »Es war jedenfalls ein kornischer Name«, füge ich noch hinzu, und sie beginnt sofort, Nachnamen aus Cornwall zu recherchieren.

Plötzlich erscheint die Kellnerin neben uns, und aus lauter

Angst, dass wir sie nie wiedersehen werden, bestellen wir fieberhaft alles auf einmal – Vorspeise, Hauptgang, Beilagen und Getränke, wahrscheinlich viel mehr, als wir brauchen. Natürlich ist uns bewusst, dass wir die arme Frau etwas hektisch mit unseren Wünschen bombardieren – und sie sieht entsprechend verwirrt aus –, ebenso wie uns bewusst ist, dass wahrscheinlich die Hälfte der Bestellungen von der Küche falsch geliefert werden wird. Aber wir werden es trotzdem essen.

Genervt legt Miranda ihr Telefon beiseite und brummt: »Du bist einfach unbrauchbar.«

Da ich in ein paar Tagen über Weihnachten nach Hause fahre, ist heute unser letzter Ausgehabend des Jahres. Wir haben Geschenke füreinander mitgebracht, mit der strikten Anweisung, dass sie erst an Weihnachten geöffnet werden dürfen. Ich werde meine mit nach Whitstable nehmen.

Die Geschenke für die beiden habe ich in eine riesige Schachtel gepackt, alles einzeln in Weihnachtspapier gewickelt. Paul hält die Schachtel hoch, schüttelt sie heftig und fragt: »Was ist denn da drin?«

»Ein Welpe«, antworte ich mit einem boshaften Blick, er hört auf zu schütteln und starrt zurück.

»Wann sprichst du das nächste Mal mit Davey?«, fragt Miranda.

»Weiß ich noch nicht. Vielleicht schon nachher.«

»Wie schaffst du es bloß, so cool zu bleiben?«, fragt sie.

»Das ist ganz leicht, ehrlich«, antworte ich. »Ich weiß, er wird anrufen, und wenn wir dann reden …« Ich verkneife es mir zu sagen: »Dann ist es immer schön.« Obwohl es stimmt.

Auf einmal taucht die Kellnerin wieder auf, diesmal mit einem Krug Wasser und verschiedenen Leckereien, um die Zeit bis zum Hauptgang zu überbrücken, und drei Karaffen Rotwein.

Pauls Augen leuchten auf. »Guter Ansatz.«

∴

Als ich später an diesem Abend nach Hause komme, beschließe ich, Davey anzurufen, aber lieber nicht per Videocall. Ich finde es immer ein bisschen unhöflich, jemanden einfach unangekündigt damit zu überfallen und ihm gar keine Zeit zu lassen, sich vorzubereiten. Was, wenn man beispielsweise gerade auf dem Klo ist? Ich bin müde und eigentlich schlafbereit, aber statt gleich ins Bett zu gehen, möchte ich noch eine Weile mit Davey reden. Was mich merken lässt, wie gern ich ihn habe.

Ich tippe auf seine Nummer, und er ist sofort zur Stelle. Wie ich es mir gedacht habe.

»Hey, du bist mir zuvorgekommen«, verkündet er.

»Ich bin garantiert schon lange überfällig mit dem Anrufen«, entgegne ich.

»Stimmt, aber ich wollte dich nicht drängen.«

Er fragt nach meinem Abend, ich frage ihn nach seinem Tag. Wir waren beide mit unserem Alltag und unseren Freunden beschäftigt, und er fragt mich, ob er einen Videocall starten darf. Diesmal habe ich mich gewappnet. Und mich geschminkt. Für den Fall des Falles.

Als wir wieder verbunden sind, halte ich mein Handy ein Stück weit von mir weg, in der Hoffnung auf eine für mich vorteilhafte Perspektive. Wahrscheinlich vergebens. Ich werde das nie richtig in den Griff bekommen.

Eine Nachricht plingt, und ich sehe Georges Namen auf dem Display aufleuchten, aber ich wische ihn weg und beobachte stattdessen, wie Davey es sich auf seinem Bett gemütlich macht.

»Sorry«, sage ich. »Das war nur George.« Davey lächelt, ohne genauer nachzufragen, aber ich habe dennoch das Bedürfnis zu erklären: »Der Freund, mit dem ich in Urlaub fahre.«

Offenbar erinnert Davey sich an ihn. »Bist du mit ihm so befreundet, wie wir beide befreundet sind?«

Ich lehne mich auf dem Sofa zurück. »Nein.« Könnte sein, dass es an den drei Karaffen Rotwein liegt, die wir uns geteilt haben, oder an den Bieren, die ich mir im Pub auch noch genehmigt habe, obwohl ich gar kein Bier mag, jedenfalls werde ich plötzlich mutig. »Sind wir tatsächlich nur Freunde?«

»Nein«, antwortet er wie aus der Pistole geschossen und zieht einen Mundwinkel zu einem Halblächeln hoch, das ich absolut bezaubernd finde. »Nein, ich glaube nicht.« Alles in mir wartet angespannt, und er fährt fort: »Ich weiß auch nicht, was das ist, Hannah. Aber es ist cool und schön und … einfach da. Und ich mag es sehr.«

»Ich auch«, bestätige ich. Anscheinend empfindet er es genauso, dass wir uns langsam, aber sicher auf die *Möglichkeit* zubewegen, es könne sich etwas anderes zwischen uns entwickeln. Ohne jetzt schon dort angekommen zu sein. Würde ich mir all diese Überlegungen auch gestatten, wenn Davey nicht kurz davor wäre, herzuziehen? Keine Ahnung. Mein Mund sucht sich den schlechtesten Moment für ein Gähnen aus.

Davey schaut auf seine Uhr, und ich sehe, dass er rechnet. »Ist echt spät für dich geworden, was?«

Ich nicke.

»Sollen wir lieber Schluss machen, damit du schlafen kannst?«

Ich schüttle den Kopf. Ich möchte nicht, dass er sich jetzt schon verabschiedet. »Vielleicht ziehe ich schon mal meine Schlafsachen an und krieche ins Bett. Oder ist das komisch?«

Jetzt ist er an der Reihe mit dem Kopfschütteln. »Nein. Du kannst mich ja zur Wand drehen oder mich hier lassen oder …«

»Ich nehme dich mit«, verkünde ich, habe jedoch nicht die Absicht, ihn zuschauen zu lassen. So weit sind wir noch nicht, egal, was es ist, das zwischen uns passiert. Ich mache das Licht aus und sehe nach, ob die Wohnungstür abgeschlossen ist, dann entschuldige ich mich und lege das Telefon mit dem Display nach unten aufs Bett. Als ich umgezogen bin, nehme ich das Handy wieder an mich, ziehe die Decke hoch und lege mich auf die Seite, stütze das Telefon auf das Kissen neben mir, so dass wir einander sehen können. Er liegt auf seinem Bett, heller texanischer Sonnenschein fällt durchs Fenster, und während wir reden, geht meine Nacht langsam und fast unmerklich in den nächsten Tag und sein Nachmittag in den frühen Abend über.

Ich gähne wieder und bin allmählich ernsthaft in Gefahr einzuschlafen. Gähnen ist ansteckend, und ich beobachte, wie auch Davey es unterdrückt. Doch unser Schweigen ist so ungezwungen und behaglich, wie ich es noch nie bei einem Date erlebt habe. Obwohl wir ja kein Date haben. Dieser Zufall, diese Wochen, in denen wir uns über Tausende Meilen hinweg kennengelernt haben … das ist unwiederbringlich. Bald wird er hier sein, und ich sollte diesen Zauber genießen, solange er währt.

Ich habe mein Handy gedimmt, und sein schwacher Widerschein ist das einzige Licht im Zimmer. Davey liegt entspannt auf seinem Bett, und bei einem Videocall mit jemandem im Bett zu liegen, dem ich noch nie wirklich begegnet bin, ist vermutlich das Sonderbarste, das ich je erlebt habe. Langsam fallen mir die Augen zu, und als Davey etwas sagt, muss ich eine Weile blinzeln, bis ich wieder wach bin.

Um wach zu bleiben, versuche ich, mich auf seinen Mund zu konzentrieren, und fange unwillkürlich an zu überlegen, wie es wäre, ihn zu küssen. Ob er gut küssen kann? Was würde sich mit ihm wohl sonst noch gut anfühlen? Himmel, wahrscheinlich alles. Ich bemühe mich, diese wenig damenhaften Gedanken aus meinem Kopf zu verdrängen. Meine Lider werden schwer. Ich bin so müde. Hinter meinen Vorhängen beginnt der Tag zu grauen, meine Augen brennen vor Müdigkeit. Als ich merke, wie ich wegdrifte, reiße ich sie wieder auf. Auch Davey sieht müde aus. Ich glaube, ich habe ihn wirklich gern. Irgendwann komme ich nicht mehr gegen die Erschöpfung an, und ohne es richtig zu merken, schlafe ich ein.

SIEBTES KAPITEL

Whitstable an Weihnachten ist einfach himmlisch. Die High Street ist mit Lichtern in Sternschnuppenform geschmückt, und ich habe die letzten Tage damit verbracht, in den kleinen Boutiquen Dinge einzukaufen, die ich zwar nicht brauche, aber umso mehr liebe.

Außerdem habe ich mich mit ein paar ehemaligen Schulfreundinnen getroffen, um unsere jeweiligen Neuigkeiten auszutauschen, zum Kaffee in der Whitstable Coffee Company und für gemütliche Drinks im Old Neptune, einem Pub in einem Schindelgebäude, das aussieht wie aus einem Dickens-Roman und ganz allein am Ende des Strands nahe der Themsemündung steht. Jedes Mal, wenn ich nach Hause komme, merke ich, wie sehr ich diese Gegend liebe.

In der kurzen Zeit zwischen meiner Ankunft und dem Weihnachtsabend habe ich mit Mum und Dad schon mehr Baileys getrunken als in meinem ganzen restlichen Leben. Das Zeug rinnt durch die Kehle wie Nektar. Als meine Mum und ich in der Küche herumtanzen und mein Dad hereinkommt und fragt, ob wir nun zu Mint Baileys übergehen, ist die Antwort trotzdem ein einhelliges Ja.

Ich habe meine Eltern sehr gern und vermisse sie beide gleichermaßen. Als Hausarzt hat mein Dad das ganze Jahr über viel zu tun und kommt kaum einmal nach London, aber Mum lässt sich gelegentlich bei mir blicken, wenn auch nicht so oft, wie ich es mir wünschen würde. Natürlich könnte ich öfter nach Hause fahren, was jedoch aus irgendeinem Grund nie klappt. Mein Leben ist einfach zu voll.

Unser Haus ist ein Reihenhäuschen aus der Nachkriegszeit und liegt etwas außerhalb des Stadtkerns, und abgesehen davon, dass es ein Alptraum ist, hier einen Parkplatz zu finden, ist es für mich immer ein Lichtblick, zurückzukommen. Hier bin ich aufgewachsen. Mum und Dad haben nie den Drang verspürt, groß herumzuziehen, sie sind einfach hier zusammengeblieben, und ich glaube, dass es in gewisser Hinsicht – nein, eigentlich in jeder Hinsicht – das ist, was ich irgendwann auch möchte. Ich hatte nie eine große Familie, meine Großeltern sind schon lange tot, und ich habe keine Geschwister. Anscheinend haben Mum und Dad fast zehn Jahre lang versucht, ein Kind zu zeugen, und Mum erzählt mir immer wieder gern, dass ich, als ich dann endlich eingetroffen bin, ziemlich anspruchsvoll war und dass sie das davon abgehalten hat, noch mehr Kinder zu bekommen. Aber sie beendet die Geschichte immer sehr versöhnlich damit, was für ein pflegeleichtes Kind aus mir, dem anstrengenden Baby, irgendwann geworden ist. Was ich jedoch, nebenbei bemerkt, bezweifle.

Am Zweiten Feiertag kommt Mums Schwester Karen mit ihrem neuen Ehemann, aber am Weihnachtstag selbst sind wir ganz unter uns, kochen gemeinsam, spielen und essen. Und dann essen wir noch ein bisschen mehr. Und wir trinken gewiss mehr Alkohol, als Dad jemals vor seinen Patienten eingestehen würde. Am frühen Abend fallen wir dann in eine Art Koma, und während Mum sich durch die Fernsehkanäle zappt und das Weihnachts-Special von *Doktor Who* sucht – womit ich überhaupt nichts anfangen kann –, verdrücke ich mich mit dem Hund an den Strand, wo er nach Herzenslust umhertollen kann.

Warm eingemummelt mache ich mich auf den Weg durch die engen Straßen in Richtung Strand, wo es, da die meisten Leute zu Hause sind und nach dem Weihnachtsessen ein Nickerchen machen, sehr still ist. Hinter manchen Fenstern sehe ich Kinder durchs Wohnzimmer flitzen und mit den Geschenkkartons spielen, überall schimmern die Lichter der Weihnachtsbäume, vor den Fernsehern sitzen tief schlafende Erwachsene. Im Gehen übe ich mich in Zahlenspielen. In sechzehn Tagen wird Davey in London eintreffen. Der Gedanke wärmt mich in der kalten Seeluft, die der Wind vom Meer herauf durch die Straßen trägt.

Neben mir trottet unser Hund, bleibt hin und wieder stehen und schnüffelt. Er heißt Andrex und ist ein schöner heller Labrador. Als er vor zehn Jahren zu uns kam, war ich dafür zuständig, seinen Namen auszuwählen, und da er dem Hund in der Werbung für Andrex-Toilettenpapier so ähnelt, fand ich es witzig, in so zu taufen. Was manchmal jedoch ein bisschen peinlich ist, wenn ich ihn im Park ausführe und ich ihn rufen muss.

Am Strand angekommen, setze ich mich auf die Steine und werfe Andrex sein Bällchen. Von jenseits der Themsemündung glitzern die Lichter festlich zu uns herüber. Eigentlich sollte ich mich mehr bewegen, weil ich so viel gegessen habe, aber die frische Luft ist belebend genug, und Andrex rennt genug für uns beide.

Ich schreibe Davey Fröhliche Weihnachten, und er ruft mich an. Allmählich bekomme ich ein schlechtes Gewissen, weil er immer mich anruft, aber für mich fühlt es sich immer noch seltsam an, einfach so seine Nummer zu wählen, und ich finde es besser, ihm zuerst eine kurze Nachricht zu schicken. So wie jetzt.

Hier draußen ist die Verbindung etwas wacklig, aber er fragt mich, wo ich bin, und ich erzähle ihm, was ich gerade sehe. Langsam senkt sich die Dunkelheit herab, die Lichter drüben in Essex gehen an und flimmern sanft übers Wasser. In der Ferne kann ich gerade noch den Windpark und die rötlich-rostigen Seefestungen ausmachen. Ein Ausblick, der mir so vertraut ist und so viel bedeutet.

»Ich würde das alles furchtbar gern sehen«, sagt er. »Ich glaube, ich war noch nie an einem Kieselstrand. Wie war dein Weihnachten?«

Ich erzähle ihm von meinem Tag, wie schön es ist, endlich einmal wieder zu Hause zu sein. »Und wie war es bei dir?«, frage ich dann.

»Super. Gleich wollen wir essen. Ich habe wirklich Glück, ich werde sie alle sehr vermissen. Aber ich freue mich schon so auf England, ein ganz neues Leben – nicht, dass mein jetziges schlecht wäre. Aber ich bin voller Vorfreude. Vor allem darauf, dich zu sehen – im richtigen Leben.«

Ich atme die kalte Luft ein und bin sehr glücklich. »Ich kann es kaum erwarten, dich zu treffen«, sage ich leise. In den letzten Wochen haben wir einander zum Teil wirklich dämliche Nachrichten geschickt, oft nur mit Hi, wie war dein Tag? oder so, aber ich weiß, dass sich in der Nacht, als ich mit ihm eingeschlafen bin, alles verändert hat. Es war so persönlich. Ich habe ihn ganz nahe an mich herangelassen, habe ihm erlaubt, mich schlafen zu sehen. Als ich am nächsten Morgen aufgewacht bin, war er weg, hatte leise aufgelegt und mit seinem Abend weitergemacht, ohne mich zu stören. Und statt seiner Videoversion war eine Nachricht von ihm auf meinem Handy – es sei wunderbar, mir beim Schlafen zuzusehen, und er habe in seinem ganzen Leben noch nie jemanden so gern gehabt wie mich, obgleich er wisse, wie seltsam das sei, da wir uns ja noch nie begegnet seien.

»Und was ist mit Silvester?«, fragt er jetzt, und ich fühle mich etwas ertappt, denn ich bin kein Fan von Silvester. Da ist immer dieser Druck, sich um jeden Preis amüsieren zu müssen, der so stark ist, dass er letztlich alles überschattet.

»Für mich heißt Silvester einfach: Füße hochlegen, Fernbedienung in die Hand nehmen und mit einem Glas Sekt abhängen. Vielleicht noch wieder runter zum Strand spazieren, genau hierher, und das Feuerwerk auf der anderen Seite der Themsemündung bestaunen«, erkläre ich.

»Klingt doch ganz hervorragend«, antwortet er, seufzt dann aber. »Normalerweise wäre es genau das, worauf ich auch Lust hätte. Nur ist dieses Jahr Silvester der Termin für meine Abschiedsparty.«

Er sagt, dass er erst mit ein paar Freunden in die historische Sixth Street gehen wird, wo es Live-Blues zu hören gibt, und die Gruppe dann zu einem Rooftop-Club namens Summit weiterwill, wo vor der Skyline von Austin die Nacht durchgetanzt werden soll. Während ich hier an einem kalten Strand im winterlichen Kent sitze und diesem Mann zuhöre, der mir von seinem Leben in einer der heißesten Städte der Welt erzählt, frage ich mich: Wie ist das alles bloß passiert?

∴

Dann kommt Silvester, und ich bin mehr als bereit, einfach vor dem Fernseher abzuhängen, Jools Holland mit seinem wechselnden Aufgebot von musikalischen Gästen zuzuhören und circa zehn Minuten vor Mitternacht mit Mum und Dad zum Strand zu wandern. Weil Andrex Angst vor dem Feuerwerk hat, lassen wir ihn zu Hause und stellen für ihn laute klassische Musik an, damit er so wenig wie möglich davon mitbekommt.

Wenn ich das letzte Jahr an mir vorüberziehen lasse, kann ich eigentlich zufrieden sein. Andererseits – fühlt sich an Silvester nicht jeder mehr oder weniger bereit, einen Haken hinter das alte Jahr zu machen? Vorsätze werden gefasst, um gleich darauf wieder gebrochen zu werden. Wenn ich mich recht entsinne, habe ich voriges Jahr verkündet, sämtliche Romane von Charles Dickens lesen zu wollen. Stattdessen habe ich mir sämtliche alten Ausgaben von *Grazia* reingezogen.

Doch dieses Jahr ist es anders. Im Februar werde ich eine spektakuläre Reise unternehmen – obwohl sich bei mir inzwischen immer mehr ein gewisses Bedauern einschleicht, weil ich mit

George unterwegs sein werde. Klar, er ist nett. Aber er wird die ganze Zeit damit beschäftigt sein, Frauen kennenzulernen und sich flachlegen zu lassen.

Aber vorher kommt Davey nach London. Für gewöhnlich gehöre ich nicht zu den Frauen, die ihre Hoffnungen ganz auf einen Mann konzentrieren, das ist nicht meine Art. Und doch habe ich das sichere Gefühl, dass dieser Januar anders sein wird. Ich mag Davey, und ich weiß, dass er mich mag, auch wenn sich keiner von uns festgelegt hat, was genau da zwischen uns passiert – jedenfalls nicht ernsthaft. Was zwischen uns ist, gehört noch in keine Kategorie. Und das ist auch vollkommen okay. Wie auch immer, es wird ohnehin nur noch für die nächsten anderthalb Wochen so sein, und dann … ist Davey in London. Ich kann es noch gar nicht richtig glauben. Was für ein Gefühl wird es sein, wenn ich vor ihm stehe? Wie wird es sein, ihn zu küssen?

Pünktlich um Mitternacht bin ich mit meinen Eltern am Strand. Über dem Wasser glitzert und funkelt das Feuerwerk wie überschäumendes Licht. Winzige Punkte verschiedenfarbiger Pyrotechnik bringen uns aus meilenweiter Entfernung zum Staunen. Hinter uns wird Whitstable in den Schein der in allen Farben aufblitzenden Feuerwerkskörper getaucht, die aus Häusern und von Strandpartys gezündet werden.

Mum legt den Arm um mich, Dad folgt von der anderen Seite, ich bin förmlich zwischen die beiden eingeklemmt: geborgen, in Sicherheit, so fühle ich mich seit jeher, auch wenn sie natürlich nicht immer bei mir sind. Um Mitternacht neigen sie sich hinter mir zueinander und küssen sich, und im nächsten Augenblick drücken sie mir von links und rechts ein schnelles Küsschen auf die Wangen. Wir stoßen mit den Sektgläsern an, die wir an den Strand mitgebracht haben, rufen »Prost Neujahr!«, und obwohl wir bei Weitem nicht die Einzigen sind, die das Feuerwerk am Wasser bewundern, sind alle so verteilt, dass wir fast das Gefühl haben, den Strand für uns allein zu haben.

Als wir uns ein paar Minuten nach zwölf wieder auf den Heimweg machen, klingelt mein Handy. Es ist Davey. Ich sage meinen Eltern, dass sie einfach weitergehen sollen und ich gleich nachkomme. Ich lasse mich auf einem der hölzernen Wellenbrecher nieder, die den Strand hier und da unterteilen, und nehme den Anruf an. Es herrscht Ebbe, und wenn ich wollte, könnte ich so weit hinauslaufen, dass ich meine Stadt aus der Ferne sehen würde.

»Frohes neues Jahr, Hannah«, sagt er. Sein Timing ist wirklich perfekt.

»Frohes neues Jahr, Davey«, antworte ich, und erst dann wird mir klar, dass er mich zu »meinem« Jahreswechsel anruft, obwohl es bei ihm noch gar nicht so weit ist. »Wie lange dauert es noch, bis du zu deiner Abschieds-Schrägstrich-Silvesterparty aufbrichst?«

»Nicht mehr lange«, antwortet er etwas vage.

»Ist alles okay bei dir?«

»Ich habe schon den ganzen Tag getrunken.«

Ich muss lachen. »Einen betrunkenen Davey habe ich nicht erwartet.«

»Hat der nüchterne Davey auch nicht, der betrunkene Davey ist ganz von allein hier reingeschneit.« Ich muss lachen. »Aber ich wollte auf gar keinen Fall versäumen«, spricht er weiter, »dir zu sagen, dass ich dich wirklich sehr, sehr gern habe, Hannah.«

Ich muss grinsen. Dieses Gespräch wird viel Spaß machen, und ich werde ihn damit bestimmt noch lange aufziehen können. Obwohl ich mir auch ein bisschen Sorgen mache, wie er die Stunden bis Mitternacht überstehen will, wenn er jetzt schon so hinüber ist. Doch als ich ihm das sage, wiegelt er ab.

»Ach, das krieg ich hin. Ich muss dir ein kleines Geheimnis verraten«, sagt er, und ich stelle mir unwillkürlich vor, wie er dabei schwankt. »In spätestens zehn Minuten werde ich mich übergeben und aus den Latschen kippen. Aber danach wird es mir wieder gutgehen.«

»O mein Gott!«, rufe ich. »Wo bist du gerade?«

»Bei meinem Freund Grant.«

»Hi, Hannah«, ruft eine Stimme aus dem Hintergrund.

»Das war Grant«, erklärt Davey, und ich muss trotz meiner Sorgen um den betrunkenen Davey grinsen.

»Hi, Grant«, erwidere ich, und Davey gibt es weiter.

»Okay«, sagt Davey. »Wir gehen jetzt aus.« Er klingt ein bisschen roboterhaft. »Ich gehe jetzt aus. Nein, wir gehen jetzt aus.«

Ich lache noch immer. »Mit allem Drum und Dran?«

»Mit allem Drum und Dran«, wiederholt er.

»Davey?« Ich lache weiter, obwohl ich mir langsam wirklich Sorgen um ihn mache.

»H-Hannah?«, lallt er, und ich wollte, ich könnte aufhören zu lachen.

»Kannst du mir bitte eine Nachricht schicken, wenn du heil wieder zu Hause bist? Oder vielleicht auch schon früher?«

»Ja. Magst du mich?«

»Ja, betrunkener Davey, magst du mich auch?«

»Und wie. Okay«, sagt er, »jetzt gehe ich kotzen, und dann gehe ich aus.«

Ich lache. »Frohes neues Jahr, Davey.«

»Frohes neues Jahr, Hannah.«

ACHTES KAPITEL

Januar

Der Neujahrstag in Gesellschaft alter Schulfreundinnen gibt mir immer das Gefühl, als besuchten mich Geister der zukünftigen Neujahrstage. Wir treffen uns in einem kleinen Restaurant namens Samphire, und jedes Jahr hat eine von uns entweder einen neuen festen Freund oder noch ein Baby bekommen.

Trotzdem denke ich nie »Wann bin ich an der Reihe?«, solche Dinge müssen einfach irgendwann passieren. Eines Tages wird das auch mein Leben sein, sage ich mir, wenn ich mir meine Freundinnen anschaue, die mit Stillen und dem Countdown der letzten Wochen ihres Elternurlaubs jonglieren. Aber im Moment bin ich noch nicht so weit.

George schickt mir ein Foto, auf dem er trotz des kalten und trüben Neujahrstages eine Sonnenbrille trägt. Garantiert hat er einen Kater, und ich antworte ihm mit einem Foto von meinem Brunch, auf dem auch ein Glas voller Buck's Fizz zu sehen ist.

Worauf er mir mit einem Kotz-Emoji antwortet.

Als das Gespräch sich mir und meinem »Liebesleben« zuwendet, komme ich mir vor wie Bridget Jones in der Dinnerparty-Szene. Überall selbstzufriedene Ehefrauen. Von Davey erzähle ich wohlweislich nichts. Wie soll ich diese Geschichte erklären, ohne dass es sich anhört, als wäre ich komplett durchgedreht? Auch die Fotos, die Davey mir geschickt hat, werde ich niemandem zeigen. Sonst fallen meine Freundinnen vom Stuhl, also hülle ich mich lieber in Schweigen.

In Whitstable ist kein Schnee gefallen, und obwohl in meiner Abwesenheit ein regelrechter Schneesturm auf London niederging, ist bei meiner Ankunft in Wansteadt alles weggetaut. Raus aus dem alten und hinein ins neue Jahr. Heute früh hat Davey mir ein Foto von sich geschickt, auf dem er grinst und offensichtlich komplett abgefüllt ist. Neben ihm steht ein Mann, vermutlich sein bester Freund Grant. Es würde mich wundern, wenn ich heute noch etwas von ihm höre – also ich hoffe, er hat sich so prächtig amüsiert, dass ich heute nichts mehr von ihm höre. Das schreibe ich ihm und rate ihm, sich gründlich auszuschlafen. Zehn Tage noch, dann ist er hier.

Tatsächlich meldet er sich die nächsten zwei Tage kein einziges Mal, was zwar nicht völlig ungewöhnlich ist, mich aber trotzdem beunruhigt. Ich schicke ihm ein paar Nachrichten und nutze ansonsten die Zeit, um meine Wohnung zu putzen. Außerdem fange ich an, jeden Tag zu laufen, wie ich es mir für den Januar vorgenommen habe – teils, um mich für meine Reise zu stählen, teils zur Vorbereitung auf Daveys Ankunft. Denn Weihnachten hat seine Spuren bei mir hinterlassen, und George hat mir erzählt, dass das Studio zurzeit aus allen Nähten platzt, obwohl wir erst den 3. Januar haben. »Alle wollen einen Personal Trainer, ich habe massenhaft neue Klienten.« Natürlich freue ich mich für ihn, weiß aber auch, dass ich in dieser Situation keine Chance habe, auch nur in die Nähe meines geliebten Crosstrainers zu kommen.

Die Weihnachtsferien haben mir neue Energie gegeben, ich freue mich auf das, was die nächste Zeit für mich bereithält. Vielleicht wird das neue Jahr ein ganz besonderes – ich wage mir kaum vorzustellen, was sich zwischen Davey und mir entwickeln könnte. Die Verbindung, die wir miteinander haben, fühlt sich echt an, aufrichtig. Als Miranda so nachgefragt hat, bin ich absichtlich vage geblieben, weil ich meinen Gesprächen mit Davey noch nicht zu viel Bedeutung beimessen wollte. Aber nun habe ich dieses Gefühl – das, bei dem man aufs Handy starrt, es mit reiner Willenskraft zum Klingeln bringen will und voller Erwartung das Vibrieren einer Nachricht herbeisehnt. Ist es vielleicht so, weil ich ihm noch nie begegnet bin? Die Verlockung des Unbekannten und doch Vertrauten, beides zugleich.

An diesem Abend ruft Davey an, und eine Welle der Freude überrollt mich – ich kann kaum atmen, als ich antworte. Als Erstes fragt er mich, wie es mir geht, wie der Rest meiner Ferien war. Er hat tatsächlich gute Manieren, und auf einmal frage ich mich im Stillen, ob meine Eltern ihn wohl mögen würden – ein gefährlicher Gedanke. Und sie würden ihn lieben. Mir bleibt keine Gelegenheit, ihn zu fragen, wie seine Party war, weil er sogleich eine ungemein bildhafte Beschreibung vom Stapel lässt, wie schlecht es ihm ging und wie schockiert er von sich selbst war. Ich erzähle ihm von unserem Gespräch unterm Sternenhimmel, als ich am Strand saß und er schon ziemlich hinüber war.

»Verdammt.« Er lacht. »Ich kann mich nicht mal mehr daran erinnern, dich angerufen zu haben. Ich habe doch keine Dummheiten von mir gegeben?«

»Was zum Beispiel?«, necke ich ihn.

»O Mist, jetzt mache ich mir richtig Sorgen.«

»Musst du nicht«, beruhige ich ihn. »Du warst charmant wie immer, nur in einer sehr lustigen Version.«

»Puh. Hast du mir gesagt, ich soll aufhören zu trinken?«

»Nein!«

»Das hättest du aber tun sollen.«

»Hättest du auf mich gehört?«

»Ich höre immer auf dich«, behauptet er. »Grant musste mich praktisch nach Hause tragen. Und ich hatte in meinem ganzen Leben noch keinen derart schlimmen Kater. Den ganzen Neujahrstag und den Tag gestern habe ich komplett verschlafen. Zum Glück war Wochenende. Morgen geht es wieder an die Arbeit.

Mann, das wird schwer werden. Ich kann gar nicht glauben, wie müde ich immer noch bin.«

»Dann musst du dich noch mehr ausruhen. Vielleicht hast du dich auch überanstrengt und dir vor deiner Abreise einfach zu viel zugemutet.«

»Vielleicht«, sagt er. »Hör mal, ich muss auflegen, aber ich wollte mich unbedingt kurz melden.«

»Kann ich dich morgen anrufen? Per Videocall?«, frage ich, und er gibt ein albernes Geräusch von sich – wie ein Kind, dem jemand gerade einen Luftballon geschenkt hat. »Du willst mich tatsächlich per Videocall anrufen? Habe ich dich endlich bekehrt?«

»Vielleicht«, sage ich. »Vielleicht vermisse ich aber auch nur dein Gesicht.«

»Könnte sein, dass es mir umgekehrt genauso geht.«

Das ist so schön, diese Leichtigkeit. Hoffentlich bleibt es so leicht zwischen uns, wenn er hier ist. Hoffentlich brauchen wir nicht die Entfernung, um das aufrechtzuerhalten.

Am nächsten Tag gehe ich wieder zur Arbeit, was mir besser gefällt, als ich erwartet habe. Ich hatte ganz vergessen, wie fröhlich alle in den ersten Tagen des neuen Jahres sind. Den Plan mit dem Videocall verschiebe ich auf die Zeit, die inzwischen unser normaler Termin geworden ist: dreiundzwanzig Uhr für mich, siebzehn Uhr für ihn. Meine Verlegenheit darüber, dass er mich im Pyjama sieht, habe ich überwunden, dennoch schien es mir eine sinnvolle Investition, in Whitstable hübsche neue Schlafsachen anzuschaffen. Mein neuer Pyjama hat ausgestellte Hosenbeine, die, wenn ich einschlafe, nicht nach oben rutschen. Eine wirklich bahnbrechende Neuerung.

Wir telefonieren stundenlang, woran ich mich inzwischen so gewöhnt habe, dass ich beinahe vergesse, das Handy wegzulegen, als ich mal pinkeln muss. Mittlerweile besteht die Gefahr, dass ich ihn einfach überallhin mitnehme, während unser Gespräch nahtlos von einem Thema zum anderen fließt.

Heute sind wir mal wieder bei unserer Liste von Dingen, die wir in unserem Leben unbedingt machen wollen. Genau wie ich plant Davey schon diverse Reisen und genießt es, dass jedes Land, das er schon immer besuchen wollte, in ein paar Tagen praktisch vor seiner Türschwelle liegen wird. Er erzählt mir, dass er seit Langem davon träumt, irgendwann ein Sabbatical zu machen, ein Wohnmobil zu mieten und so viele europäische Länder wie möglich zu bereisen.

Ich erkläre ihm ohne Umschweife, dass ich Camping immer gehasst habe, mich aber in einem Wohnmobil möglicherweise einleben könnte.

»Dann musst du mitkommen«, sagt er.

Ich nicke. Wie schön das wäre. Aber wie wahrscheinlich ist es im wahren Leben? Mit einem Mann, dem ich nie begegnet bin, Luftschlösser zu bauen und große Pläne zu schmieden ist bestimmt ein bisschen albern, und dennoch denke ich unentwegt darüber nach.

»Allerdings wird es in den nächsten Jahren kaum zu machen sein«, sagt er, als könne er Gedanken lesen. »Dummerweise bekommt man, wenn man in einem neuen Job anfängt, nicht gleich als Erstes das Angebot für ein Sabbatical.«

»Welche Länder würdest du sehen wollen?«, frage ich.

»Alle. Ich werde sehr schnell unterwegs sein.« Er steht auf, um sich etwas zu trinken zu holen, und ich sehe überall Umzugskisten und Koffer herumstehen. Er ist bereit zum Aufbruch, und mein Magen zieht sich zusammen, weil mir bewusst wird, dass Davey tatsächlich kommen wird.

»Und dann«, fährt er fort, »landen wir zu einem langen Wochenende in Rom und gönnen uns ein paar Nächte in einem Hotel mit Blick auf den Petersdom.«

»Das klingt himmlisch«, sage ich und schlage vor, auch die Toskana auf die Liste zu nehmen. Ich erzähle ihm von meinem Lieblingsfilm, der Merchant-Ivory-Adaption von *Zimmer mit Aussicht*, in der die junge Helena Bonham-Carter in luftigen Jugendstilkleidern umherschwebt, von einem schüchternen jungen Engländer verführt und auf einem Kornfeld geküsst wird. »Und seither wollte ich die Toskana immer sehen, habe es aber noch nicht geschafft. Vielleicht weil ich befürchte, dass sie dem Bild in meinem Kopf nicht entsprechen kann und ich womöglich enttäuscht sein werde.«

»Wir überprüfen das gemeinsam«, meint er. »Ich fahre uns hin, du kannst ein Flatterkleid anziehen, dann suchen wir uns ein Kornfeld und checken die Aussicht.«

»Das klingt wundervoll«, stimme ich sofort zu. Meine Gedanken wandern direkt in die Toskana, und auf einmal muss ich alle möglichen und unmöglichen Phantasien von Davey und mir in einem sonnendurchfluteten Kornfeld energisch verdrängen.

»Davey?«, sage ich, und er schaut mich mit diesem Lächeln an. »Telefonierst du auch mit anderen so wie mit mir?«

Er schüttelt entschieden den Kopf. »Nein. Nur mit dir.«

Gott sei Dank. Ich atme tief durch.

Doch Davey bleibt beim Thema. »Ich mag dich wirklich sehr, Hannah.«

Schon wieder krampft mein Magen sich zusammen, was sich jedoch seltsamerweise gut anfühlt. Womöglich bekomme ich auf diese Art ganz ohne mein Zutun die Bauchmuskeln meines Lebens. Sicher, er hat das schon einmal gesagt, aber damals war er betrunken, und jetzt ist er nüchtern. »Ich mag dich auch sehr. Und kann es kaum erwarten, dich endlich zu sehen. In echt.«

»Ich kann es auch nicht mehr erwarten. Ich stelle mir dich so oft vor, weißt du. Wenn ich morgens aufwache, frage ich mich, was du wohl gerade tust, ob du deinen Tag schon begonnen hast. Und wenn du schon längst schläfst, denke ich immer noch an dich. Ist das zu viel?«

Ich seufze lang und sehr glücklich. »Nein.«

Das Kühlschranklicht scheint ihm ins Gesicht, und er werkelt herum, so dass ich einen Moment erkennen kann, wie leer geräumt er schon ist – Stück für Stück verabschiedet Davey sich von seinem Leben in Austin.

»Wir telefonieren ja schon eine ganze Zeit miteinander«, sage ich, »und ich habe das Gefühl, dass wir uns allmählich ziemlich gut kennen.«

»Wir kennen uns auf jeden Fall schon sehr gut«, fällt er mir ins Wort.

»Ja, schon«, bestätige ich »aber trotzdem gibt es so vieles, auf das ich schrecklich neugierig bin.«

»Worauf zum Beispiel?«

»Wie du in echt aussiehst.«

Er hält das Handy auf Armlänge von sich weg und verkündet: »So!«

»Ich weiß, aber ich bin so gespannt auf den ganzen Rest, all die Kleinigkeiten. Zum Beispiel habe ich eine kleine Narbe an der Augenbraue«, erkläre ich und versuche, mich so aufzustützen, dass er sie erkennen kann. »Als ich fünf Jahre alt war, bin ich auf einer Marmortreppe gestürzt. Es hätte viel schlimmer ausgehen können, aber nun ist das für immer eine kleine Erinnerung in meinem Gesicht, was passieren kann, wenn man eine Hoteltreppe zu schnell hinunterrennt und sich nicht am Geländer festhalten kann, weil man zu viele Barbiepuppen mit sich rumschleppt.«

Ich zeige ihm die Narbe noch einmal aus der Nähe. »Stimmt«, sagt er. »Ich bin gespannt darauf, solche kleinen Dinge an dir zu entdecken.« Er hält kurz inne. »Schau, mein rechter Arm – dieser Knochen hier am Handgelenk. Der steht ein bisschen vor, weil er nicht ganz korrekt gerichtet worden ist, als ich mir mit elf den Arm gebrochen habe.«

Es ist all das, was ich an ihm kennenlernen will. »Ja, der ganze Rest, all die Kleinigkeiten, die dich ausmachen. Ich möchte wissen, wie es ist, neben dir herzugehen. Ich möchte wissen, wie viele Schritte ich machen muss, um deine Riesenschritte auszugleichen.«

»Meine Riesenschritte?« Sein großer Körper bebt vor Lachen. »Ich verspreche dir, dass ich ganz langsam gehe. Oder einfach deine Hand packe und dich neben mir herziehe.«

Dass ich oft darüber nachdenke, wie es wäre, ihn zu küssen, erzähle ich ihm lieber nicht – ob ich auf die Zehenspitzen gehen muss oder er sich zu mir herunterbeugt. Vielleicht eine Kombination aus beidem? Ich blicke auf seinen Mund, seine Lippen und möchte ihn so sehr küssen. Werden wir uns küssen, wenn wir uns zum ersten Mal sehen?

Er muss wohl dasselbe denken, zumindest fragt er: »Holst du mich am Flughafen ab?«

»Ja«, verspreche ich ohne das geringste Zögern. »Wenn du es möchtest.«

»Ja«, sagt er schlicht.

Als er mir seine Flugzeiten gegeben und mir versprochen hat, noch die Flugnummer zu schicken, ist es für mich fast drei Uhr morgens, und ich werde in knapp vier Stunden zur Arbeit aufstehen müssen. Auf unsere gewohnte Weise verabschieden wir uns mit einem einfachen und darum nicht minder gefühlvollen »Gute Nacht«, was für uns beide so viel zu beinhalten scheint – so viel Hoffnung, so viel von all dem, worüber wir gesprochen haben.

NEUNTES KAPITEL

In den folgenden Tagen sprechen Davey und ich kaum miteinander. Wir schicken uns eine ganze Folge von Nachrichten, die den anderen immer im schlechtesten Augenblick zu erreichen scheinen, so dass keiner von uns beiden sie rechtzeitig beantworten kann. Ich bin in dieser Woche zu zwei Geburtstagsfeiern eingeladen, und auf der Arbeit ist so viel los, dass ich fast nie pünktlich aus dem Büro komme. Doch es ist mir gleich, denn so vergeht die Zeit schneller, und der Countdown läuft schneller seiner Ankunft entgegen.

Er schreibt, es tue ihm sehr leid, dass er sein Telefon immer wieder weglegen muss und meine Nachrichten erst Stunden später entdeckt, aber er ist nun in der finalen Stressphase, muss seine Arbeit zu Ende bringen, Kartons packen, die zu seinen Eltern sollen, und die letzten Entscheidungen treffen, was er mitnehmen möchte und was er irgendwelchen Wohltätigkeitsorganisationen spendet. Er will nur zwei Rucksäcke mit Klamotten mitbringen; es ist viel zu teuer, all seine Möbel zu schicken, deshalb lässt er alles zurück, obwohl er überhaupt keine Lust hat, neue Küchengeräte und Möbel kaufen zu müssen. Ich erzähle ihm im Gegenzug von Freud und Leid, Dinge bei Ikea zu erwerben, und er antwortet, dass es Ikea auch in Texas gibt. Ich hatte keine Ahnung.

Dann bekomme ich eines Morgens schon ganz früh eine Nachricht von ihm, die er mitten in der Nacht abgeschickt haben muss. Hast du Lust auf ein Date mit mir?, fragt er. Ich hole tief Luft, atme langsam wieder aus und starre auf das Wort Date. Offenbar versucht er, dem, was wir tun, einen Namen zu geben. Und ich bin voll und ganz dafür.

Er fragt, was ich an diesem Abend vorhabe. Eigentlich hat Miranda vorgeschlagen, zusammen in den Pub zu gehen – zur Abwechslung mal nur sie und ich –, und ich hasse mich, als ich ihr absage. Aber wenigstens lüge ich sie nicht an, und als ich ihr gestehe, was ich vorhabe, spornt Miranda mich an, unbedingt »am Ball zu bleiben«, der Pub könne gut auf uns warten. Ich bin ihr sehr dankbar. Davey hat vorgeschlagen, mich früher als sonst anzurufen, damit wir zusammen einen Film anschauen können. Zwar habe ich keine Ahnung, wie das gehen soll, aber er meinte, ich solle etwas aussuchen, also habe ich mich für meinen Lieblingsfilm entschieden – und mir dann deswegen schreckliche Sorgen gemacht. Den ganzen Tag über.

Da es sich um ein Date handelt, will ich mich schick machen. Sonst bin ich, wenn wir uns unterhalten, immer im Schlafanzug oder in meinen Wochenend-Gammel-Sachen oder – ganz selten – in Büroklamotten. Heute jedoch flitze ich von der Arbeit nach Hause, lege Lipgloss auf und schlüpfe in einen dunkelblauen Jumpsuit mit Spaghettiträgern. Um die Schuhe muss ich mir keine Gedanken machen, aber ich verwende Parfüm – auch wenn Davey nichts davon mitbekommt.

Pünktlich zur versprochenen Zeit ruft er an. Wie üblich erzählen wir uns erst einmal, wie unser Tag war und was wir gemacht haben. Davey meint, er befinde sich auf der »Zielgeraden« – mental bereits in London, körperlich noch in Austin. Irgendwie kommen wir auf das Thema Zukunft und wie wir uns unser zukünftiges Leben vorstellen, wo wir uns vielleicht einmal niederlassen werden. Ich weiß nicht, wer die Frage aufgebracht hat, aber es muss wohl er gewesen sein, denn er wartet darauf, dass ich antworte.

»Kent, ganz eindeutig«, erkläre ich. »Es muss nicht unbedingt Whitstable sein, aber schon die Gegend. Man kann von dort leicht zur Arbeit nach London zu pendeln. Aber ich denke auch, es hängt davon ab, mit wem ich dann zusammenlebe und wo wir beide hinwollen.«

»Du würdest also wegen eines Mannes woanders hinziehen?«, fragt er, offensichtlich verblüfft.

»Ich glaube schon. Zumindest, solange ich es gern tun würde. Ich will nicht abgedroschen klingen, aber ist man nicht immer dort zu Hause, wo das Herz ist? Wo man glücklich ist? Und das muss nicht zwangsläufig ein Ort, sondern kann auch ein anderer Mensch sein.«

Er nickt »Ja«, sagt er nachdenklich. »So habe ich das noch nie gesehen. Für mich als Architekt, der Häuser für Menschen baut, ist ein Zuhause natürlich erst einmal das – ein Haus. Aber mir gefällt deine Art, es zu sehen.«

Ich lächle.

»Weißt du, ich möchte noch so viel über dich wissen, Hannah«, fügt er hinzu.

»Was zum Beispiel?« Ich mache es mir auf dem Sofa gemütlich und nippe an dem Wein, den ich mir eigens für unser Date eingeschenkt habe.

Auch Davey hebt sein Weinglas. Doch dann wird er plötzlich ein bisschen verlegen.

Ich warte.

»Zum Beispiel, wie du unter deinen Schlafsachen aussiehst, die du immer anhast.« Er sagt das ganz ernst, fast verlockend, aber dann lacht er plötzlich los, weil er sieht, dass ich die Augen aufreiße wie ein erschrockenes Kaninchen.

»Wow, okay«, sage ich.

»Möchtest du nicht wissen, wie ich ohne das aussehe …?« Er macht eine Handbewegung über seine Klamotten, heute dunkelblaue Jeans und ein körpernahes Buttondown-Shirt.

Sofort gerate ich in Verlegenheit … was zur Hölle soll ich darauf antworten? Also nicke ich nur.

Er wird wieder ernst, und ich habe auf einmal das Gefühl, als wäre die ganze kalte, von meiner Heizung temperierte Januarluft aus dem Raum abgesaugt und ich säße hier im Vakuum meiner Befangenheit.

»Es reicht mir nicht mehr«, erklärt er. »Das hier.«

Ich nicke wieder, denn ich weiß, was er meint, bin aber unfähig, es auszusprechen.

»Dass wir uns bei unseren Anrufen sehen können, ist nicht genug«, sagt er. »Meiner Meinung nach ist das auch der Grund, warum Fernbeziehungen nicht klappen. In meiner Bekanntschaft sind alle Paare, die es versucht haben, irgendwann gescheitert. Oder bist du damit etwa zufrieden?«

»Nein«, antworte ich und beobachte ihn, fasziniert von seiner gelassenen Präsenz, seiner Offenheit.

»Wir machen das jetzt seit einem Monat, und es ist aufregend und macht Spaß. Aber wenn ich nicht in ein paar Tagen sowieso in deine Nähe ziehen würde, würde ich längst in einem Flugzeug in deine Richtung sitzen.«

Mir bleibt der Mund offen stehen. »Ehrlich?«

»Aber klar. Das Einzige, was mich aufhält, ist die Tatsache, dass ich die Tage zählen kann, bis ich nach London komme.«

»Oh.« Mein Herz klopft wild, und mir ist bewusst, dass mein Lächeln immer breiter wird. So sitzen wir eine Weile lächelnd und gedankenversunken, ohne die Augen voneinander abwenden zu können.

»Hannah?«

»Ja?«

»Möchtest du den Film anschauen?«

Ich nicke, kann im Moment jedoch keine Sekunde an den Film, sondern einzig und allein daran denken, wie es sein wird, ihn endlich zu sehen, diesem Mann zu begegnen, in den ich mich gerade mit neunundneunzigprozentiger Sicherheit Hals über Kopf verliebe. Wie kann das sein? Wie konnte es in so kurzer

Zeit dazu kommen? Es ist schwer zu glauben. Aber so unglaublich es auch sein mag, es passiert trotzdem.

Wir starten den Film gleichzeitig. Er sagt, er musste jeden Streamingdienst unter der Sonne durchforsten, um ihn zu finden, und auf einmal sorge ich mich von Neuem. Was, wenn er den Film, der schon immer mein Lieblingsfilm war, nicht leiden kann? Es kommt mir vor, als gestatte ich ihm Zutritt zu meiner Seele.

Er platziert sein Handy auf den Tisch vor sich, so dass ich jede seiner Reaktionen auf *Zimmer mit Aussicht* sehen kann. Wir haben vereinbart, Popcorn zu kaufen, und nun sitzen wir da, schauen den Film und essen. Getrennt, aber zusammen. Fast wie bei einem richtigen Date. Denn genau das tut man doch, wenn man sich trifft – man öffnet sich einem anderen Menschen.

Nach ziemlich langer Zeit des Schweigens sagt Davey: »Ich brauche mal eine Pause.«

Sofort drücke ich auf Pause und beobachte seine Reaktion auf meinem Handy. Als ich merke, wie nachdenklich er geworden ist, werde ich nervös. »Gefällt dir der Film nicht?«, frage ich.

»O doch«, sagt er mit voller Überzeugung, nimmt sein Handy und trägt mich sozusagen mit zum Kühlschrank, um sein Weinglas nachzufüllen. »Er ist so anders. Und ich möchte sofort in die Toskana reisen.« Ich erwarte nicht, dass er weiterspricht, aber er geht zurück zum Sofa und stellt das Handy wieder auf den Tisch, so dass ich ihn sehen kann. »Aber ich mag vor allem die männliche Hauptperson. Vielleicht ist er ein bisschen zu sensibel, du weißt schon, aber Lucy, das Mädchen« – er deutet auf seinen Bildschirm –, »verliebt sich doch ganz eindeutig deswegen in ihn und seine tiefgründige, fürsorgliche Art.«

Ich nicke, und wir lassen den Film weiterlaufen.

Nach einer Weile unterbricht Davey erneut, und als unsere beiden Bildschirme stumm sind, blickt er mich vielsagend an. »Kommt jetzt die Szene im Kornfeld, von der du mir erzählt hast?«, fragt er mit einem Grinsen.

»Kann schon sein.«

»Ich ahne, wohin das führt. Kann ich mir ein paar Tipps holen, wie man ein Mädchen in einem Kornfeld verführt? Funktioniert es?«, fragt er lachend.

»Ja und ja«, antworte ich kichernd.

»Okay, dann weiter.« Und kurz danach ruft er, ohne den Film anzuhalten: »Nein! Sie kann doch jetzt nicht nach Hause gehen und diesen anderen Typen heiraten. Diesen Idioten!«

Ich freue mich riesig – Davey hat meinen Lieblingsfilm verstanden. »Das nächste Mal sehen wir uns deinen Lieblingsfilm an, ja?«, schlage ich vor und grabe in meiner Popcorntüte nach den letzten Krümeln.

»Wenn wir das nächste Mal einen Film schauen, dann in echt – live. Nebeneinander, auf deiner Couch oder auf meiner – falls ich es schaffe, mir rechtzeitig eine zu kaufen. Du und ich … zusammen im richtigen Leben.«

Und der Gedanke, dass ich Davey im realen Leben begegnen werde, ist so wunderbar, dass er mich überwältigt.

∴

Dann kommt der Tag vor seiner Ankunft, und ich habe mir etwas ziemlich Albernes überlegt: Im Büro habe ich mir Papier in Postergröße besorgt, was nicht ganz einfach rauszuschmuggeln war, aber jetzt bin ich zu Hause, liege auf dem Boden und schaue auf Netflix eine Louis-Theroux-Dokumentation, die Davey mir empfohlen hat, und male nebenbei in großen, bunten 3D-Lettern *Willkommen in London, Davey!* auf das Poster. Als ich fertig bin, frage ich mich, ob er es wohl süß oder sonderbar finden wird. Und finde ich es eigentlich selbst süß? Oder doch eher sonderbar?

Ich schreibe Davey eine Nachricht, wie sehr ich mich freue und wie aufgeregt ich bin. Und weil ich vermeiden möchte, dass er wegen meines dummen Posters einen Schock erleidet, wenn er aus dem Terminal kommt, schicke ich ihm vorab ein Foto davon, mit den Worten: Wenn du bei den Arrivals jemanden siehst, der das hier hochhält – das bin ich!

Als Antwort schickt er einen hochgestreckten Daumen und – zum allerersten Mal – ein rotes Herz. Ich bemühe mich, nicht zu viel hineinzulesen, aber es fühlt sich so an, als hätten wir eine weitere Grenze überwunden und eine neue Stufe erreicht, und ich könnte wirklich platzen vor Glück. Er schreibt, dass er sich bei der Arbeit verabschiedet und noch die Zeit gefunden hat, sich mit all seinen Freunden auf einen Drink zu treffen. Den letzten Tag – also heute – verbringt er bei seinen Eltern. Sein bester Freund Grant wird ihn zum Flughafen fahren, und im Handumdrehen ist er auf dem Weg hierher.

Davey hat versprochen, mir eine Nachricht zu schicken, sobald er im Flugzeug sitzt, aber es kommt keine. Bestimmt hat er zu viel zu tun. Wenn ich mein Hab und Gut zusammenpacken und mein Leben von einem Kontinent auf den anderen verlagern würde, würde ich das Nachrichtenschreiben wahrscheinlich auch vergessen. Dann checke ich seine Flugnummer auf der Webseite der Airline: Sein Flugzeug ist seit einer halben Stunde in der Luft. »Mein Gott«, flüstere ich. »Es ist wirklich so weit.«

In rund neun Stunden wird Davey in London eintreffen.

Mein Herz schlägt viel zu schnell und dröhnt mir in den Ohren, es übertönt all meine Gedanken. Ich bin im Flughafen, sitze im Coffeeshop irgendeiner Kette und werde von Miranda mit Nachrichten bombardiert.

Ist er schon da?, will sie wissen.

Nein, antworte ich und werfe einen Blick zur Anzeigentafel. Er soll erst in einer Stunde landen.

Schon den ganzen Morgen schreibt sie mir, wie romantisch das alles ist, wie eifersüchtig sie ist, dass wir diese Geschichte später mal unseren Kindern erzählen können. Wem passiert so was schon?, schwärmt sie. Wer außer dir findet den Richtigen, weil der die falsche Nummer wählt?

Dann wird es mir zu stressig, und ich lege das Handy mit dem Display nach unten auf den Tisch, an dem ich mit meinem zweiten Kaffee sitze. Mir schwirrt der Kopf, ich stehe unter Strom und fange an zu grübeln, ob ich für Davey einen Kaffee bestellen soll. Gerade als mir einfällt, dass er am liebsten einen doppelten Espresso trinkt, sehe ich auf der Anzeigentafel, dass er in diesem Moment bereits an der Gepäckausgabe stehen müsste. Also lieber kein Kaffee, denn wie soll ich mein Poster hochhalten, wenn ich noch eine Tasse in der Hand habe? Vielleicht sollte ich das Poster einfach vergessen und lieber den Espresso kaufen? Vielleicht hätte Davey nach seinem zehnstündigen Flug viel lieber den Kaffee? Aber wenn ich einen Kaffee mit mir herumtrage, wie soll ich ihm dann um den Hals fallen und ihn zum allerersten Mal in meinen Armen halten?

Ich schaue auf meine Hände, die meine Tasse umklammern, und sie zittern. Auch mein Bein zuckt unter dem Tisch auf und ab.

Ich habe die Automatiktüren im Blick, die die Grenze bilden zwischen jenen, die noch den Status der gerade Gelandeten haben, und jenen, die es geschafft haben, anzukommen, ohne ihr Gepäck verloren zu haben und ohne von übereifrigen Zollbeamten gequält worden zu sein. Müde, aber erleichterte Menschen tauchen auf, einige noch mit einem Nackenkissen um den Hals.

Es ist so weit. Ich stehe auf, entfalte mutig mein Poster und trete näher an die Absperrung heran. Was soll's – die Entscheidung ist gefallen, und es ist doch wirklich süß. Sehr süß sogar. Hoffentlich sieht Davey das auch so. Und selbst wenn nicht, wird er mich und meine neu entdeckte Albernheit nicht verurteilen. Schon erstaunlich, was sich alles verändert, wenn man einen Menschen wirklich gernhat – was genau das ist, das mir gerade passiert. Wenn ich ihm jetzt endlich begegne, wird das meine Gefühle für ihn nur noch besiegeln.

Werden wir uns küssen, wenn er durch diese Türen gekommen ist? Ich glaube, ich muss ihn küssen. Es nach der ganzen langen Zeit nicht zu tun, würde mir jedenfalls komisch vorkommen. Oder sollten wir warten, bis wir im Taxi sitzen? Nach dem langen Flug werde ich Davey und sein Gepäck ganz bestimmt nicht durch das Netz der Londoner Tube navigieren, das wäre schlicht grausam. Außerdem haben wir besprochen, dass er die ersten Nächte bei mir verbringt. Bis er seine Wohnung einigermaßen eingerichtet hat. Wobei offen ist, ob wir auch im gleichen Bett schlafen. Vermutlich schon, denke ich – auch wenn er das als Gentleman, der er ist, sicher nicht für selbstverständlich nimmt. Aber ich möchte es so, so gern. Den zweiten Kaffee, den ich immer noch krampfhaft festhalte, brauche ich nicht mehr. Ich könnte eher eine kalte Dusche gebrauchen.

Inzwischen flaut der Strom der Reisenden, die durch die Türen kommen, ab, und ich fange an, mich zu fragen, ob das überhaupt Daveys Flug war. Ein verstohlener Blick auf den Monitor gibt keinen Aufschluss darüber. Zwei Flüge sind etwa gleichzeitig gelandet, und beide haben inzwischen die Gepäckausgabe durchlaufen, aber Davey ist noch immer nicht aufgetaucht. Vermutlich macht er sich noch ein bisschen frisch. Er wollte sich sofort nach der Landung melden, aber ich habe keine Nachricht bekommen. Mein Bein zuckt immer noch, sogar im Stehen. Dann zeigt der Monitor die nächsten Landungen an, eine Weile später öffnet die Gepäckausgabe, der Strom der Neuankömmlinge schwillt von Neuem an, um wieder abzuebben. Jetzt bin ich vollkommen verwirrt. Jetzt erhalte ich eine Nachricht, aber sie ist von Miranda – ein GIF von einem küssenden Paar im Flughafen. Ich lächle, wenn auch ziemlich dünn, denn in diesem Moment ist meine Freude wie weggeblasen. Ich ignoriere Mirandas Nachricht und wähle Daveys Nummer. Ohne zu klingeln, landet der Anruf direkt auf der Voicemail. Ich lege auf und schicke ihm eine Nachricht: Bist du gut angekommen?

Dann warte ich. Nichts geschieht. Wo ist er? Hat er sich verirrt? Ist er durch die Tür gekommen und an mir vorbeigegangen, sucht er mich gerade, irgendwo hier in der Nähe? Ich fange an, im Ankunftsbereich umherzulaufen und nach einem großen blonden Mann mit mindestens zwei Koffern Ausschau zu halten. Von hinten sehen ihm viele Leute ähnlich, aber von vorn ... keiner von ihnen ist er.

Inzwischen ist eine Stunde vergangen, und ich setze mich wieder in den Coffeeshop. Noch einen Kaffee würde ich nicht vertragen, also kaufe ich zwei Fläschchen Mineralwasser. Eines für mich und eines für Davey, denn wenn man aus dem Flugzeug kommt, hat man doch immer Durst. Und dann warte ich wieder. Eine weitere Stunde vergeht, ich habe noch immer nichts von ihm gehört. Wieder stehe ich auf, verlasse den Coffeeshop und durchsuche ein weiteres Mal, zitternd vor Nervosität, das ganze Terminal. Nur um sicher zu sein. Da klingelt mein Handy, ich gehe sofort dran, aber es ist George, und weil ich momentan mit niemandem reden will, der nicht Davey ist, lege ich sofort wieder auf. Ich weiß, dass ich unhöflich bin, doch in meiner Verfassung kann ich mit George wirklich nichts anfangen. Ich habe keine Ahnung, was mit Davey passiert sein könnte, aber wenn sich morgen alles geklärt hat, werde ich George anrufen.

Ich schreibe Davey noch einmal: Wo bist du? Habe ich mich im Terminal geirrt? Oder bin ich im falschen Flughafen? So blöd kann ich doch unmöglich sein. Himmel, ich hoffe bloß, er ist nicht in Heathrow gelandet und fragt sich, wo um Himmels willen ich bleibe. Aber seine Flugnummer stimmt, er müsste hier sein.

Was soll ich jetzt bloß machen? Davey ist nicht online. Er antwortet nicht. Auf einmal merke ich, dass ich mein Poster im

Coffeeshop liegen gelassen habe, doch als ich nachschaue, räumt eine Kellnerin gerade meinen Platz ab, was ich eigentlich selbst hätte machen müssen. Sie knüllt mein Poster zusammen und stopft es tief in den schwarzen Sack, den sie bei sich trägt. Ich sehe ihr zu, und bei diesem Anblick übermannt mich die Hoffnungslosigkeit.

Davey, du solltest vor fast drei Stunden angekommen sein. Ich möchte nicht einfach weggehen, aber ich glaube nicht, dass du hier bist, also mache ich mich jetzt auf den Weg nach Hause. Ich werde mein Handy im Auge behalten, wenn du mich anrufst, komme ich auf der Stelle zurück. Hast du deinen Flug verpasst?

So muss es sein, es gibt keine andere Möglichkeit. Meine Hoffnung schwindet immer mehr, es ist alles so sonderbar. Ich weiß nicht, was ich denken soll. Zögernd mache ich mich auf den Weg zur Bahnstation, hinaus in die kalte Januarluft, und gehe benommen und widerwillig nach Hause.

∴

Es dauert eineinhalb Stunden, bis ich wieder in meiner Wohnung bin, und da ich zwischendurch immer mal wieder Empfang habe und dann wieder nicht, piept gelegentlich mein Handy.

Miranda kann nicht aufhören, um Informationen zu betteln. Normalerweise finde ich ihre Anteilnahme nett und ermutigend, aber heute wünsche ich mir nur, sie würde damit aufhören. Sie weiß nicht, was passiert ist, aber ich will wirklich keine GIFs von küssenden Paaren mehr bekommen. Schließlich schreibe ich ihr: Sein Flug hat sich verspätet. Ich ruf dich morgen an, wenn ich Genaueres weiß. Hoffentlich ist das kein frommer Wunsch, hoffentlich weiß ich dann wirklich, was los ist. Oder er wird bis dahin angekommen und bei mir sein, vielleicht schläft er dann, überlässt sich seinem Jetlag, die langen Beine über die Armlehne meines kleinen Zweiersofas geworfen.

Der Rest des Tages verstreicht wie im Nebel. Weil meine Wohnung schon makellos sauber ist und ich mir die Zeit nicht mit Putzen vertreiben kann, setze ich mich mit einer Tasse Tee an den Tisch. Ich habe keine Lust, Nachrichten zu beantworten. Ich habe zu überhaupt gar nichts Lust. Nicht einmal den Fernseher stelle ich an, um nach eventuellen Flugzeugunglücken zu fahnden – Daveys Flugzeug ist nicht abgestürzt. Es ist gelandet. Nur leider ohne Davey.

Ich schreibe ihm noch einmal, denn ich bin 99,9 Prozent sicher, dass es einen triftigen Grund gibt, warum er nicht gekommen ist. Und den muss ich einfach erfahren. Es hat keinen Sinn, meine Verzweiflung zu verbergen, wenn ich herausfinden will, was passiert ist. Bitte schreib mir, was los ist. Bitte sag mir, wo du bist.

Obwohl seine Accounts in den sozialen Netzwerken eigentlich nie aktuell, sondern eher dem Tiefschlaf nahe sind, schaue ich trotzdem auf allen Plattformen nach, ob er irgendetwas gepostet hat. Nichts. Er hat bloß ein paar Fotos von den Abschiedspartys und Silvesterfeiern getaggt. Sonst nichts. Auf den wenigen Fotos sieht er glücklich aus, auf einem hält er lächelnd einen Drink in die Höhe, einen Arm um einen jungen Mann gelegt, der Grant sein muss. Ich gebe mich geschlagen. Hier finde ich keine Antworten.

Um dreiundzwanzig Uhr lege ich mich ins Bett und versuche es noch einmal mit einem Videocall. Er nimmt nicht ab. Stundenlang wälze ich mich herum, fassungslos und noch immer wie betäubt, bis ich endlich, als die Vögel vor meinem Fenster zu zwitschern beginnen, in einen unruhigen Schlaf falle.

∴

Mein Handywecker ist auf die Zeit für die Arbeit gestellt, ich habe vergessen, ihn auszustellen. Nach ungefähr drei Stunden

Schlaf sind meine Augen rot gerändert und brennen. Ich lasse mein Handy über Nacht immer an, damit meine Eltern mich erreichen können, falls je etwas Dramatisches passieren sollte. Wenn es klingelt, wache ich normalerweise auf, und da ich nichts gehört habe, weiß ich, dass es nichts Neues gibt. Um den Tag mit Davey verbringen zu können, hatte ich mir freigenommen, spiele jetzt aber mit dem Gedanken, mich anzuziehen und arbeiten zu gehen, um mich sozusagen in diesen Tag, der so kostbar hätte sein sollen, zurückzukämpfen. Da ich nichts anderes zu tun habe, durchlaufe ich meine übliche Routine, ziehe meine Bürosachen an, putze mir die Zähne und schminke mich mit ein paar mechanischen Handgriffen. Allerdings kaufe ich mir auf dem Weg zu meiner Station keinen Kaffee, da ich einfach irgendetwas anders machen muss. Doch sobald ich in der Bahn sitze, bereue ich meine Entscheidung bitter. Ich bin erschöpft, ausgelaugt, voller Gefühle und gefühllos zugleich.

Als ich aussteige und die Station verlasse, kann ich plötzlich nicht mehr warten. Wenn Davey noch in Texas ist – wovon ich ausgehe –, ist es bei ihm jetzt mitten in der Nacht. Gestern hat er mir nicht geantwortet. Warum sollte er es ausgerechnet jetzt tun? Mir kommt ein Gedanke. Wenn er mich tatsächlich versetzt hat, hat er es auf ziemlich miese Weise getan. Was, wenn er mich im Flughafen gesehen hat und mir aus dem Weg gegangen ist? Wenn er zu dem Schluss gekommen ist, dass der Eindruck, den er von mir per Videocall gewonnen hat, der Realität nicht standhält? Wenn er also einfach abgehauen ist und sich jetzt lieber in seiner Wohnung in Brixton versteckt?

Ich zügle meine Wut und schreibe ihm: Ich weiß nicht, ob ich nur wütend oder einfach in Sorge bin. Spann mich bitte nicht länger auf die Folter. Wenn du nicht kommst, dann sag es doch einfach. Dem gibt es nichts hinzuzufügen, finde ich, tippe auf *Senden*, gehe zur Arbeit und starre den größten Teil des Tages auf meinen Bildschirm oder beantworte ausweichend die Fragen meiner

Kollegen, warum ich hier bin, wo ich doch den Tag freinehmen wollte. Ich habe hier niemandem von Davey erzählt, und das werde ich jetzt ganz bestimmt nicht ändern.

Nur Clare merkt, dass etwas nicht stimmt. Sie sieht meine geröteten Augen nur zu genau und wartet auf die Worte, die ich offensichtlich nicht aussprechen will, schon gar nicht in Anwesenheit so vieler Kollegen. Sie hat verstanden, dass irgendetwas los ist, und nimmt es hin, dass ich da bin und arbeite – sofern man das so nennen will. Daher bedrängt sie mich auch nicht mit den Fragen, die von den Urlaubsregelungen der Verwaltung vorgeschrieben sind.

Ich sitze gerade mal fünf Minuten am Platz, da piept mein Handy, und ich stürze mich darauf. Als ich sehe, dass es eine Nachricht von Clare ist, stoße ich ein seltsames Lachen aus, das betroffen und hohl klingt.

Was ist passiert?, fragt sie. Du siehst beschissen aus und hörst dich auch so an. Bist du sicher, dass du nicht lieber zu Hause sein solltest? Schleich dich einfach weg – ich verrate es keinem. Vorausgesetzt natürlich, du löschst diese Nachricht.

Ich antworte: Danke, aber nein. Ich bleibe lieber.

In meiner Wohnung würde ich nur herumsitzen und an die Wand starren. Er kommt nicht. Das habe ich inzwischen verstanden. Aber nicht, warum.

Erst als ich abends nach Hause komme, esse ich etwas. Mir war gar nicht klar, wie hungrig ich bin. Aber jetzt mache ich mir Brote und verschlinge sie gierig, stehend, in der Küche.

Mittendrin klingelt mein Handy, und ich gehe fest davon aus, dass es wieder Miranda ist. Oder sonst irgendjemand, nur nicht der Mensch, den ich mir wünsche. Trotzdem schaue ich nach. Und es ist der, den ich mir wünsche. Davey.

Der Teller fällt mir aus der Hand und landet mit einem lauten Klirren auf der Arbeitsplatte, als ich den Anruf annehme.

»Davey«, rufe ich. »Wo bist du?«

Am anderen Ende herrscht Stille. Ich warte. Das Geräusch seines Atems vermischt sich mit meinem.

»Es tut so gut, deine Stimme zu hören«, sagt er leise. Er klingt niedergeschlagen, und mein Magen krampft sich zusammen.

»Davey«, wiederhole ich. »Wo bist du? Wo warst du?«

Er seufzt, tief und traurig. »Hannah ...«

»Ja! Was? Was ist los?«

»Ich bin im Krankenhaus.«

»Wie? Warum?«

»Ich weiß gar nicht, wie ich es sagen soll«, beginnt er, und ich ziehe mir einen Küchenstuhl zurecht, weil ich mich plötzlich ganz schwach fühle. Ich muss mich setzen.

»Erzähl es mir einfach.«

Und da erzählt er, dass er aufgewacht ist und sich schlecht gefühlt hat, so furchtbar schlecht wie noch nie in seinem Leben. Sicher irgendein Virus, dachte er, ein Infekt, aber er konnte kaum aufstehen. »Dabei hatte ich nicht mal was getrunken«, sagt er in dem Versuch, die Sache mit Humor zu nehmen. »Schließlich hat meine Mom mich in die Klinik gefahren, und seitdem bin ich hier. Man hat schon mehrere Blutuntersuchungen und einen Scan gemacht und will mich vorerst nicht entlassen. Im Moment warte ich auf den Arzt. Ich weiß nicht, was mit mir los ist, Hannah.«

Seine Stimme klingt halb erstickt.

»Die Ärzte werden es herausfinden, und dann kommt alles wieder in Ordnung«, versuche ich, ihn zu beruhigen.

»Ja, bestimmt. Es tut mir so leid, dass ich nicht angerufen habe, aber ich konnte nicht, und ...«

»Alles gut.« Ich hasse mich dafür, dass ich so sauer war. »Ich bin bloß froh, dass du jetzt angerufen hast, ich hab mir solche Sorgen um dich gemacht.«

»Danke. Wegen des ganzen Mists habe ich natürlich meinen Flug verpasst. Ich werde neu buchen müssen.«

Wie so oft nicke ich, obwohl er mich nicht sehen kann. »Du musst erst einmal abwarten, bis du weißt, was nicht stimmt.«

»Hannah, ich muss Schluss machen, der Arzt kommt gerade.«

Ich will mich noch verabschieden, doch er hat schon aufgelegt. Eine Weile schaue ich regungslos auf mein Handy hinunter, dann lege ich es auf den Küchentisch, starre mit leerem Blick an die Wand. Es wird alles wieder in Ordnung kommen. Alles wird gut. Sie werden ihn mit einer Packung Pillen und der Anweisung, sich gründlich auszuruhen, aus der Klinik entlassen, und in ein paar Tagen steigt er ins Flugzeug. Aber aus irgendeinem Grund weiß ich – ich weiß es einfach, ich fühle es –, dass es nicht so bald geschehen wird.

ZEHNTES KAPITEL

Ich will ihm nicht zur Last fallen, also warte ich, warte und warte. Aber er ruft nicht zurück. Die Angst schnürt mir die Kehle zu, ich kann kaum atmen. Ich kann nicht denken, nicht schlafen, schon gar nicht essen, und erst, als mich später am Abend ein Klingeln aus meiner Benommenheit reißt, merke ich, dass ich im Stockdunkeln sitze.

Ich stehe auf, um Licht zu machen, dann hole ich das Päckchen rein, das der Bote vor der Tür hinterlassen hat. Keine Ahnung, was ich bestellt habe oder was es sonst sein könnte. Ich schiebe es einfach unter den Flurtisch und nehme mir fest vor, es später zu öffnen. Dann knipse ich die Lichter, die ich erst vor einer Minute angeschaltet habe, wieder aus und beginne mechanisch, mich bettfertig zu machen. Mein Körper möchte schlafen, aber mein Geist will ihm um keinen Preis gehorchen, ich behalte mein Handy im Blick, jederzeit bereit, einen Anruf entgegenzunehmen. Doch es klingelt nicht.

Auch bei der Arbeit am nächsten Tag lasse ich mein Telefon nicht aus den Augen, führe Gespräche auf dem Festnetz schnell und energisch, immer bereit aufzuhören, sollte mein Handy klingeln. Aber erst, als ich nach Hause komme, sehe ich, dass auf dem Rückweg eine Nachricht von Davey eingegangen ist. Kann ich dich anrufen?, fragt er.

Ich komme ihm zuvor und rufe ihn sofort über WhatsApp an, so schnell, dass mir das Handy aus der Hand rutscht.

»Erzähl!«, sage ich, sobald ich ihn sehe.

»Gott, Hannah«, antwortet er, und dann berichtet er. Was die Tests zeigen, was der Scan ergeben hat und wie seine Diagnose lautet.

»Es ist Krebs, ein Hodenkarzinom«, sagt er. »Ich bin … es ist ein Schock.«

»Fuck.« Mehr bringe ich nicht über die Lippen, aber ich kann fühlen, dass seine Welt aus den Angeln geraten ist. »Fuck.«

»Ja«, stimmt er zu. »Fuck.«

»Aber was bedeutet das? Was …« Ich weiß nicht, welche Fragen ich ihm sonst stellen soll. »Was bedeutet das?«, wiederhole ich. »Wie passiert denn so etwas?«

»Wie es immer passiert«, erklärt er. »Es fängt einfach an.«

»Verdammte Scheiße.« Mein Atem hat sich beschleunigt, ich hyperventiliere und muss das Handy vom Mund weghalten, damit er nicht mitkriegt, was mit mir los ist. Ich will nicht, dass Davey mich tröstet. Hier geht es nicht um mich.

Er erzählt mir, dass ihm gleich morgens beim Aufwachen sterbenselend war, ein unangenehmes Gefühl in der Leiste, irgendwie seltsam, aber dass er sich nichts weiter dabei gedacht hat, bis er anfing zu schwitzen und Schüttelfrost bekam. Seine Mum dachte, es sei vielleicht Mumps, obwohl er sich sicher war, dagegen geimpft zu sein. Schließlich brachte sie ihn ins Krankenhaus.

»Mumps kann bei Männern zu Unfruchtbarkeit führen«, sagt er. »Dass es etwas noch Schlimmeres sein könnte, ist mir gar nicht in den Sinn gekommen.«

»O mein Gott, Davey, es tut mir so leid. Wirst du … wirst du wieder gesund werden?«, wage ich zu fragen.

»Vermutlich. Ich glaube schon. Obwohl – eigentlich bin ich mir nicht sicher. Sie haben es mir erklärt, aber ich weiß nicht … o Mann.«

Inzwischen habe ich nicht nur die Kontrolle über meinen Atem verloren, ich gerate in Panik und fange an zu weinen. Zum Glück kann ich es noch verbergen, solange er mir erklärt, dass der Tumor zu groß für eine Bestrahlung ist und operiert werden muss. »Der ganze Hoden muss entfernt werden. In drei Tagen werde ich operiert.«

»So bald schon?«, frage ich.

»Ja, der Tumor muss möglichst rasch entfernt werden, sonst kann ich nicht mit der Chemotherapie anfangen.«

Bei diesem Wort steigt mir die Galle hoch – eine unwillkürliche Reaktion, die ich nicht unter Kontrolle habe. Ich renne ins Badezimmer und übergebe mich in die Toilette. Natürlich hört Davey es und versucht, mich zu beruhigen. »Hannah, bist du okay?«

»Nein«, antworte ich. »Natürlich nicht!«

»Tut mir leid«, sagt er. »Ich sollte dich wirklich nicht damit belasten.«

»Aber ich will es doch wissen. Ich will … ich will dir helfen«, erkläre ich dümmlich und sacke auf dem Fußboden zusammen.«

»Danke«, sagt er nur.

Einen Moment ist alles still. Ich fahre mir durch die Haare, greife sie und ziehe fest daran, bis es so schmerzt, dass ich wieder loslasse.

»Drei Tage also«, versuche ich zu rekapitulieren. »Und wann beginnt dann die …« Ich kann das Wort nicht einmal aussprechen.

»Die Chemo«, ergänzt er. »Ein paar Wochen später, ich muss mich erst von der Operation erholen, und dann muss ich Samen einlagern.«

Ich runzle die Stirn und blinzle irritiert. »Samen einlagern?«, fragt eine Stimme, die überhaupt nicht klingt wie die meine.

Er lacht. »Ja, ich weiß. Eine Vorsichtsmaßnahme, aber … vielleicht brauche ich sie, wenn ich irgendwann mal … na, du weißt schon … Kinder haben möchte.«

»Fuck.« Ich kann einfach nicht aufhören zu fluchen. Mir ist kotzübel, und ich muss mich bemühen, meine Tränen zu unterdrücken. Dieser Mann sollte jetzt hier sein, hier bei mir in meinem Wohnzimmer. Stattdessen ist er in Texas, in einem Krankenhaus, und er hat Krebs. Ich versuche, ruhig zu atmen, die Sache pragmatisch anzugehen. »Ich möchte dich fragen, was ich tun kann. Auch wenn ich weiß, dass ich von hier aus eigentlich gar nichts tun kann.«

»Du kannst einfach da sein. Einfach … du selbst.«

»Das schaffe ich.«

»Es tut mir leid«, sagt er leise.

Mir laufen die Tränen übers Gesicht. »Was tut dir leid?«

»Diese ganze Geschichte. Dass das, was der Beginn von uns beiden hätte sein sollen … es das nicht ist.«

»Davey«, sage ich mit einem tiefen Seufzer. Meine Augen sind voller Tränen, ich kann nichts mehr sehen.

»Ich muss aufhören. Kann ich dich vielleicht später …?«, fragt er.

»Ich bin da.«

»Danke«, sagt er. »Bye, Hannah.«

»Bye, Davey.«

Als er das Gespräch beendet, atme ich ein paarmal krampfhaft und stockend aus und ein, zwinge die Luft in meinen Körper hinein und wieder aus ihm heraus, und mir wird klar, dass es viel einfacher war, nicht zu wissen, was mit Davey los ist.

∴

Ich verbringe die ganze Nacht im Internet. Anfangs benutze ich mein Handy, aber der kleine Bildschirm wechselt nicht schnell genug zwischen den Seiten, und ich ziehe an meinen Laptop um, öffne die Seite des *Macmillan Cancer Support* und die der *Cancer Research UK*, die Seiten des *National Health Service* und mehrerer Foren, in denen Männer sich über ihre Diagnosen austauschen.

Dort lese ich Geschichten, die der von Davey ähneln, Geschichten von fitten jungen Männern, die diesen Schock aus heiterem Himmel erleiden. Einige versuchen zu bagatellisieren, was ihnen widerfährt, es fühlt sich jedoch wie falsches Maulheldentum an. Zwischen den Zeilen kann ich ihre Angst lesen. Auch Davey hat Angst, ganz sicher. Er hat gesagt, es sei ein Schock, aber jetzt denke ich, es muss die nackte Angst sein.

Ich fühle mich nutzlos, er ist so weit weg, unerreichbar. Ich kann nichts für ihn tun, kann nur das für ihn sein, was ich bereits bin – ein ferner Telefonkontakt. Darauf warten, dass er sich meldet, ihn ermutigen, mit ihm reden, wenn er reden möchte. Kurz entschlossen schicke ich ihm eine Nachricht, schreibe ihm genau das, und er antwortet, ich solle mir keine Sorgen machen, er sei sich ganz sicher, dass er wieder in Ordnung kommt.

Ich sehe mir die verschiedenen Krebsstadien an und bin beruhigt, dass die Prognose im Allgemeinen recht gut ist, vorausgesetzt, man entdeckt den Tumor früh genug. Ich kann es nur hoffen und darauf vertrauen. Aber ich bin wieder am Boden zerstört, als Davey am nächsten Tag anruft und mir erklärt, er habe ein sogenanntes Nicht-Seminom – ich schreibe mir das Wort auf, um es später nachschauen zu können – und: »Der Krebs hat schon gestreut. Er ist in meinen Lymphknoten.«

In mir bricht eine Welt zusammen. Äußerlich bleibe ich ruhig, für Davey, und sage: »Okay. Was bedeutet das?« Ich muss mich bemühen, pragmatisch zu sein.

»Der Krebs ist in meinem Brustkorb. Aber nicht in den Organen, und deshalb haben sie mich als Stadium drei klassifiziert.«

Wieder spüre ich die Galle in mir aufsteigen. »Okay«, sage ich wieder.

»Wenigstens ... wenigstens bin ich nicht in Stadium vier«, versucht er, positiv zu bleiben.

»Was ist Stadium vier?«, frage ich vorsichtig und möchte es sofort zurücknehmen. Ich will das gar nicht wissen.

»Dann wäre der Krebs schon in meinen oberen Organen. Ist er aber noch nicht. Deshalb muss ich möglichst schnell mit der Chemo anfangen, ehe er das nächste Stadium erreicht.«

»Und was ist Stadium fünf?«, frage ich.

Davey zögert. Dann antwortet er: »Stadium fünf gibt es nicht.«

»O mein Gott, Davey.« Und wieder muss ich weinen.

»Ich habe jetzt ein paar Tage Zeit, um zu versuchen, das alles zu begreifen. Aber sie haben mir gesagt, dass mir eine lange Zeit bevorsteht, in der ich immer wieder in die Klinik müssen werde. Allem Anschein nach mit einer sehr aggressiven Chemotherapie.«

»Okay«, wiederhole ich, dabei ist gar nichts okay. Ich warte, ob Davey noch etwas hinzufügt, aber es gibt nichts mehr zu sagen.

Ich lasse alles sausen, was ich fürs Wochenende geplant hatte. Joan schreibe ich eine Nachricht, dass ich zu meinen Eltern fahre und nicht zum Kaffeetrinken rüberkomme. Ich kann mir nicht vorstellen, unter Leute zu gehen. Ich kann mir überhaupt nichts mehr vorstellen. Als ich im Zug nach Kent sitze, ruft Miranda mich an – was sie eigentlich nie tut –, um mich zu fragen, was mit mir los sei. Ich muss es ihr erzählen, und weil ich dabei die ganze Zeit weine, muss sie ständig wegen irgendwelcher Einzelheiten nachhaken. Meine Mitreisenden brechen ihre Zeitschriftenlektüre ab. Ein Mann nimmt seine Earpods raus, während die anderen Leute um mich herum die Ohren spitzen, um mich Dinge sagen zu hören, die ich niemals für möglich gehalten hätte, über Gefühle, die ich niemals erwartet hätte, für jemanden, dem ich noch nie begegnet bin.

Miranda schweigt. Sie hat Angst um mich, Angst um Davey, und natürlich hat sie sofort Angst, dass auch Paul so etwas passiert. Prompt fragt sie, wie es sein kann, dass jemand, der so jung ist, Krebs bekommt. »Wie kann das denn sein? Hatte er vielleicht eine Sportverletzung? Könnte das der Grund sein?«

»Ich weiß es nicht«, antworte ich. »Eigentlich glaube ich nicht, dass es so funktioniert.« Dabei habe ich keine Ahnung. Obwohl ich die ganze Nacht das Netz durchsucht habe, bis die Sonne am Winterhimmel erschien, habe ich nicht die geringste Ahnung.

Miranda bittet mich, sie auf dem Laufenden zu halten, sagt mir, dass sie mich liebhat, und ich sage ihr das Gleiche.

Meine Eltern sind erschrocken, als ich so verzweifelt hereinstürme, und auf einmal wird mir klar, dass ich in der Hast, der Enge meiner Wohnung zu entfliehen, völlig vergessen habe, ihnen meinen Besuch anzukündigen. Erst starren sie mich an wie ein Gespenst, aber dann lächeln sie, als könne nie etwas Schreckliches passieren, und das ist der Moment, in dem ich endgültig zusammenbreche. Auf einmal rede ich wie ein Wasserfall. Bislang habe ich ihnen noch nie von Davey erzählt, und nun versuche ich, ihnen im Schnelldurchlauf alles zu erklären, was zwischen uns passiert ist. Sie lauschen dem, was ich ihnen über die wachsende Zuneigung zwischen mir und einem so weit entfernten Mann erzähle, und in ihren besorgten Gesichtern kann ich lesen, dass sie kein gutes Ende dieser Geschichte sehen.

Eine Stunde später hat mein Dad mir schon mehr als einen starken Drink verpasst, und wir sitzen am Esstisch vor seinem Laptop und schauen uns Websites an, denn er will mich anhand seriöser medizinischer Quellen zeigen, dass Davey gute Chancen hat, wieder gesund zu werden – wenn er wirklich so fit und gesund ist, wie ich behaupte, wenn der Krebs früh genug erkannt wurde, wenn der Tumor entfernt werden kann und wenn die Behandlung anschlägt. »Dann hat er gute Chancen.«

Wenn, wenn, wenn, denke ich. Aber als ich noch einmal nachhake, was Dad mit »gute Chancen« meint, kann ich sehen, dass er sich bemüht, nicht in den Medizinermodus zu schalten, sondern als Vater mit mir zu sprechen. Ich forsche in seinen Augen, während er abwägt, wie er es ausdrücken soll, halte Ausschau nach verräterischen Zeichen, dass er mich anlügt und versucht, das Grässliche schönzureden.

»Es ist wichtig, dass er den Glauben nicht verliert«, sagt er schließlich.

»Warum?«

»Das ist einfach so, Schätzchen. Die Chemo tut ihren Teil. Aber den Rest muss Davey selbst erledigen.«

»Das klingt nicht, als würde ein Arzt mit mir reden, Dad«, seufze ich. »Für deine Verhältnisse ist das ziemlich viel Hokuspokus.«

Er lächelt nur und nimmt meine Hand.

Dann beginnt die neue Woche, und ich gehe arbeiten, schicke Nachrichten an Davey und schreibe endlich auch Joan, der ich noch gar nicht von Daveys Krankheit erzählt habe. Immer wieder bringt sie mich mit ihren deftigen Updates über Geoff und sich zum Grinsen. Falls ich dachte, das mit mir und Davey sei zu schnell zu eng geworden, ermutigt sie mich, das Ganze lockerer zu betrachten. Geoff hat sie zu einer einmonatigen Kreuzfahrt eingeladen, und ein Teil von mir möchte auch gern Seniorin sein, um auf einmonatige Kreuzfahrten gehen zu können. Während der andere Teil von mir nicht die geringste Ahnung hat, wie ich die nächste Woche überstehen soll. Daveys Situation versetzt mich in eine konfuse, benommene Starre.

Dann kommt der Tag der Operation, und Davey ruft mich direkt vorher noch einmal an. Er macht allen Ernstes Witze: »Ich melde mich nur für den Fall, dass es das letzte Mal ist, dass ich mit dir sprechen kann. Nur damit du Bescheid weißt.«

»Sag so was nicht. Es wird alles gut gehen.«

»Ich weiß. Mein Operateur macht so etwas ungefähr fünfzigmal die Woche.«

»Gut. Dann versteht er sein Handwerk bestimmt.«

Drei Stunden später bekomme ich eine Nachricht von einer unbekannten Nummer aus den USA: Hi Hannah, hier ist Grant, Daveys Freund. Ich wollte dir nur kurz Bescheid sagen, dass Davey die Operation überstanden hat und wieder bei Bewusstsein ist, nur noch ein bisschen groggy. Der Chirurg hat uns gesagt, dass sie den Tumor vollständig entfernen konnten und zufrieden sind, wie es gelaufen ist. Davey hat mich gebeten, dir gleich eine Nachricht zu schicken. Wenn du magst, kannst du mir gern zurückschreiben. Davey wird später sicher versuchen, dich anzurufen. Grant x.

Als ich ihm antworte, fällt mir beim Tippen auf, wie kurz meine Fingernägel sind. Irgendwie habe ich mir wohl neuerdings das Nägelkauen angewöhnt. Ich bedanke mich bei Grant und schreibe ihm, wie froh ich bin. Weiter nichts. Da ich immer die Tendenz habe, allzu mitteilsam zu werden, fasse ich mich ausnahmsweise kurz.

Aber Davey ruft nicht an. Ich warte bis zu einer günstigen Zeit am folgenden Tag und versuche, ihn anzurufen. Er geht nicht an sein Handy. Wahrscheinlich muss er sich noch ausruhen und viel schlafen. Einige Zeit später versuche ich es noch einmal, und als er drangeht, fällt mir sofort auf, wie niedergeschlagen er klingt. Aber wer wäre das nicht, nach allem, was er hinter sich hat. Es war klar, dass der ständige Optimismus irgendwann einmal dem unvermeidlichen Gegenteil Platz machen würde. Ich spüre, dass der Moment der Depression gekommen ist, und sage ihm, dass ich ihm den Krebs, der noch in seinen Lymphdrüsen lauert, am liebsten einfach abnehmen würde, damit er das nicht länger durchmachen muss.

»Sag das nie wieder«, entgegnet er scharf. »Das würdest du nicht wollen. Glaub mir.«

»Entschuldige«, lenke ich ein. »Aber mir tut das alles so leid.«

»Es ist nicht deine Schuld.« Eine Standardantwort, mehr sagt er nicht dazu.

»Würdest du dich freuen, wenn ich dich besuchen käme?«, frage ich. Es rutscht mir einfach heraus, ehe ich begreife, was ich sage.

Einen Moment herrscht Schweigen, dann antwortet er: »Nein. Danke. Aber nein.«

»Bist du sicher?«

»Ich möchte nicht, dass du mich so siehst«, erklärt er.

»Wirklich? Wie denn? Ich kann es mir nicht …«

»Diese ganze Prozedur wird mich vollkommen anders aussehen lassen – ganz anders als zu der Zeit, als wir uns kennengelernt haben«, erklärt er schlicht, aber ich bedränge ihn weiter, weil ich es nicht gleich verstehe. Davey holt tief Luft. »Ich habe hier Typen in meinem Alter gesehen. Ich weiß, was auf mich zukommt«, beharrt er. »Man wird mich auf Steroide setzen. Ich werde die Haare verlieren. Deshalb rasiert Grant mir morgen den Kopf. Ich muss mich dran gewöhnen.«

Ich schnappe nach Luft.

»Es ist das Einzige, was ich unter Kontrolle habe«, sagt er, »ich lasse meine Haare verschwinden, bevor die Chemo es tut.«

Ich nicke und starte einen Versuch charmanter Unbeschwertheit, der leider völlig danebengeht. »Ich mag diesen kahlköpfigen Macholook. Schick mir ein Foto.«

»Nein«, erwidert er ernst. »Keine Fotos mehr. Und auch keine Videocalls.«

Ich schließe die Augen, die Schärfe seiner Reaktion trifft mich. »Okay, versteh ich«, sage ich leise.

»Danke«, sagt er. »Aber du kannst es nicht wirklich verstehen, und das ist nicht deine Schuld. Hör zu, Hannah. Ich muss schlafen. Ich habe morgen einen großen Tag vor mir.«

»Was hast du …?«

»Samenbank. Morgen muss ich Pornos anschauen und in einen Becher wichsen«, erklärt er mit einem unsinnigen Lachen. Der Ton unseres Gesprächs ändert sich so plötzlich, dass ich mir erschrocken die Hand vor den Mund schlage.

»Du weißt ja, wo ich bin, wenn du …« Ich lasse den Satz unvollendet. Mir fällt nichts ein, was ich hinzufügen könnte, was auch nur ansatzweise ladylike wäre.

»Wenn ich Hilfe brauche?«, fragt er finster, und ich muss lachen, langsam und ganz leise, denn ich habe Angst, ihn zu verärgern. Doch dann höre ich ihn am anderen Ende ebenfalls leise lachen, und irgendwann lachen wir beide. Es ist schön. So wie vorher. Bis mir wieder bewusst wird, dass nichts wie vorher ist. Wir verabschieden uns und versprechen einander, bald wieder zu reden, aber schon jetzt haben wir den Boden unter den Füßen unwiederbringlich verloren. Alles ist anders geworden.

∴

Ende des Monats beginnt die Chemo, und am Abend bevor Davey wieder ins Krankenhaus muss, telefonieren wir. Er wird für mindestens drei Tage stationär aufgenommen, dann wird er wieder bei seinen Eltern wohnen. Der Mietvertrag für seine Wohnung ist ausgelaufen, er lebt aus den beiden riesigen Rucksäcken, die er für London gepackt hat. Wir haben Schwierigkeiten, Zeit für Gespräche unter vier Augen zu finden, denn Daveys Mum schwirrt ständig voller Sorge um ihn herum. Morgen wird er seinen Dad mit ins Krankenhaus nehmen. »Er ist aus härterem Holz geschnitzt«, meint Davey schlicht. »Und ganz ehrlich: Ich halte das ständige Weinen meiner Mom bald nicht mehr aus.«

Ich mache mir eine Notiz im Hinterkopf, bei unseren Telefonaten nicht mehr zu heulen. Ich werde heiter und optimistisch sein, aber möglichst nicht übertrieben. Doch dann erzählt er mir, dass er monatelang behandelt werden muss, und erklärt mir den ganzen Behandlungszyklus, und es zerreißt mir das Herz. Ich fühle mich so hilflos und ihm umso vieles ferner als je zuvor. Ich muss aufhören, ihm ständig mit »Okay« zu antworten. Ich muss andere Worte finden, doch ich habe keine.

»Alles wird gut« ist mein neuer Lieblingssatz, allerdings merke ich schon, wie es ihm allmählich auf die Nerven geht. Jedes Mal, wenn ich das sage, verstummt er. Während seines ersten, furchtbar langen Behandlungszyklus haben wir kaum Kontakt. Ich schicke ihm aufmunternde Nachrichten und versuche immer wieder, ihm in Erinnerung zu rufen, dass ihn, wenn er alles überstanden hat, ein ganz normales Leben erwartet, schicke ihm Fotos von den frühen Schneeglöckchen, die im Park aus dem Boden lugen, gelegentlich auch ein fröhliches Foto von mir. Während ich auf seine Antwort warte, scheint mir eine Ewigkeit zu vergehen, doch ich verharre – heiter, ermutigend, in stiller Furcht.

Als er nach drei Tagen Krankenhaus wieder nach Hause kommt, können wir endlich miteinander reden. Er klingt schrecklich, schwach, und die Müdigkeit in seiner Stimme verlässt ihn das ganze Gespräch über kein einziges Mal. Mir bleibt nichts anderes übrig, als die Gesprächspausen mit meinem Geplapper zu füllen – was ich am Tag erlebt habe, dass ich endlich wieder ins Fitnessstudio gehe, dass Miranda mich später seit einer Ewigkeit wieder besuchen wird. Er scheint interessiert zuzuhören, doch auf einmal höre ich, dass er leise weint. Sofort unterbreche ich mein Gerede. »Davey?«

»Entschuldige bitte«, sagt er nur.

»Du musst dich doch nicht entschuldigen.«

Er schweigt. Er sagt mir nicht, wie er sich fühlt, und ich will ihn nicht bedrängen, genauso wenig wie ich will, dass er sich einsam und allein gelassen fühlt.

»Sag mir, was los ist«, bitte ich ihn.

»Ich kann nicht. Es ist alles im Arsch. Ich bin im Arsch.«

»Das bist du nicht«, widerspreche ich. »Es ist beängstigend, aber es geht auch alles so schnell.«

»Ich liege hier doch nur rum«, sagt er. »Während irgendwelche Chemikalien in mir versuchen, den Krebs zu vertreiben.«

»Ich weiß. Aber irgendwann hast du es hinter dir, und dann … ich habe mir die Statistiken angesehen. Du hast eine achtzigprozentige Chance auf vollständige Genesung. So hoch ist die Wahrscheinlichkeit. Du musst weitermachen, Davey, einfach weitermachen.«

»Genau«, gibt er zu. »Das heißt, es gibt eine zwanzigprozentige Chance, dass ich sterbe. Das ist nicht die Quote, die ich mir aussuchen würde. Irgendwie habe ich immer gedacht, ich wäre unbesiegbar. Dass ich mich von nichts unterkriegen lassen würde. Aber ich merke, dass es diese Sache schaffen könnte.«

»Nein«, sage ich. »So darfst du nicht denken. Sag so was nicht.«

»Es ist nicht nur das eine große Problem, es sind auch die Kleinigkeiten. Zum Beispiel hat die Schwester mir Tabletten gegen die Übelkeit mitgegeben, und ich war mir sicher, dass ich sie nicht brauchen würde. Ich muss mich bestimmt nicht übergeben, dachte ich, und habe die Pillen einfach nicht geschluckt. Aber natürlich wird mir schlecht, ich habe Krebs, verdammt. Die ganze Nacht habe ich gekotzt. Meine Mom hatte keine Ahnung, was los war, und ich konnte nicht mal lange genug mit der Kotzerei aufhören, um es ihr zu erklären, und sie hat sich furchtbar aufgeregt, weil es mir so schlecht ging. Ich habe kaum noch Luft gekriegt, weil ich so würgen musste.«

Ich schließe die Augen, eine einzelne Träne rollt mir über die Wange, und ich kann ihm nicht sagen, was seine Worte mit mir machen. Was ihm passiert, ist das absolut Schlimmste, was man sich vorstellen kann.

»Hannah«, sagt er leise. »So war das zwischen uns nicht gedacht.«

Ich falle aufs Bett und drücke mich in die Kissen. »Ich weiß.«

»So sollte unsere gemeinsame Zeit nicht anfangen. Ich hatte viel Zeit zum Nachdenken, während ich hier herumlag. Es ist einfach nicht fair«, fährt er fort. »Nichts davon. Dass mich mit neunundzwanzig der Krebs überfällt, ist nicht fair. Die OP, die

Chemo, die Übelkeit, die Steroide – nichts davon ist fair. Und ich ziehe andere Leute mit mir in dieses Elend, ich kann nichts dagegen tun. Meine Eltern. Grant. Dich.«

Ich erkläre ihm, dass ich froh bin, diese schwere Zeit mit ihnen allen bewältigen zu können. Nun ja, vielleicht nicht direkt froh, aber ich bin dabei, mit ganzem Herzen.

»Ich aber nicht«, sagt er. »Und weil es nicht fair ist und weil keiner von uns beiden wusste, worauf wir uns da einlassen … mache ich der Sache jetzt ein Ende.«

Mir wird kalt, auf einmal habe ich das Gefühl, dass eisige Hände nach mir greifen.

»Ich mache der Sache ein Ende«, wiederholt er, als ich nicht antworte. »Du steigst aus … du verlässt umgehend diese beschissene Achterbahn. Ich muss weitermachen, ob ich will oder nicht. Aber du steigst aus.«

O mein Gott. Tränen brennen mir in den Augen, aber ich kann nicht sprechen.

»Bist du noch da?«, fragt er. Ich nicke stumm, vergesse wieder einmal, dass er mich nicht sehen kann.

»Ja«, sage ich und atme endlich aus – die ganze letzte Zeit habe ich die Luft angehalten. Er kann das doch nicht ernst meinen.

»Bist du okay?«, fragt er, und ich höre, dass er die Frage ehrlich meint.

»Nein. Natürlich nicht. Ich will das nicht. Willst du es? Wirklich?«

»Ja«, antwortet er, und es könnte kaum weniger ehrlich klingen.

»Tu das nicht«, sage ich. »Tu das bitte nicht. Du und ich haben uns gerade erst zusammen auf den Weg gemacht, und du willst es so beenden?« Er setzt zu einer Erwiderung an, aber ich lasse ihn nicht zu Wort kommen. »Es wird anders werden. Irgendwann ist die Chemo überstanden. Du wirst dich erholen, und dann kommst du nach London und …«

»Nein«, unterbricht er. »Ich glaube nicht, dass ich nach London komme werde.«

Fassungslos starre ich in den Spiegel vor mir und sehe, dass ich die Augen aufreiße. »Du kommst nicht hierher? Nach allem ...«

»Nein, ich glaube nicht, dass ich nach London komme. Ich kann es gerade einfach nicht sagen, ich kann nichts außer dem sehen, was mir jetzt bevorsteht.«

»Oh«, antworte ich und überlege fieberhaft. Ich kann ihn nicht so leicht und schnell aufgeben, wie er es gerade mit mir tut. »Dann ... dann komme ich eben zu dir.«

»Nein«, sagt Davey wieder. »Nein, danke«, fügt er hinzu, höflicher, als er sich fühlt, das merke ich genau. »Das möchte ich nicht. Ich möchte dich nicht treffen.«

Seine Worte sind wie Messerstiche. »Oh. Verstehe.«

»Nicht so«, erklärt er.

»Dann nachdem – nachdem das alles vorbei ist?«

»Nein«, sagt er, und da ist wieder dieses Unerbittliche in seiner Stimme. »Denn wenn ich dir sagen würde ... wenn ich dich bitten würde, auf mich zu warten, wäre das nicht fair. Du würdest dein Leben in die Warteschleife legen. Und das für einen Kerl, der an Infusionen und Monitoren hängt. Hannah?«

»Ja?«

»Du ... kannst dein Leben nicht meinetwegen auf Eis legen ... das muss aufhören. Und zwar noch heute.«

Ich wehre mich gegen die Angst, dass er es tatsächlich ernst meinen könnte. »Ich lege mein Leben nicht auf Eis für dich«, kontere ich. Oder hat er etwa recht? Habe ich das getan? Nicht, solange alles noch normal war – so normal es eben zwischen uns jemals war. Aber die letzten Wochen, die Wochen nach seiner Diagnose ... ja, seither habe ich gewartet. Selbstverständlich habe ich gewartet. Was hätte ich denn sonst tun sollen?

»Ich mag dich wirklich«, sage ich. »Bitte tu das nicht. Denk noch mal darüber nach.«

»Ich mag dich auch, aber ich habe nichts anderes getan als nachzudenken. Es ist die richtige Entscheidung. Die beste Entscheidung für uns beide. So funktioniert das zwischen uns nicht mehr. Ich kann nicht mehr, ich bin zu krank, ich kann damit nicht umgehen. Und dir gegenüber ist es nicht fair, weil du mit jemand anderem zusammen sein könntest.«

»Das will ich aber nicht«, entgegne ich. Davey schweigt, und ich frage mich, ob ich ihn vielleicht doch noch zu mir zurückholen kann. »Ich werde warten«, verspreche ich. »Lass uns einfach eine Pause einlegen … für uns … für das hier … Und wenn dann in sechs Monaten deine Chemo überstanden ist …«

»Nein«, unterbricht er mich und seufzt. »Nein. Hannah, ich fühle mich, als hätte man mich in ein Gefängnis gesperrt, obwohl ich nichts verbrochen habe. Und du sollst kein Teil davon sein, weder jetzt noch irgendwann später. Mein Entschluss steht fest.«

»Ich weiß. Aber … für mich fühlt es sich so an, als wäre ich zum ersten Mal in einer wirklich echten Beziehung, und …«

»Aber diese Beziehung ist nicht echt, Hannah«, fällt er mir ins Wort, und wenn das, was er vorhin gesagt hat, mir schon wehgetan hat, dann bin ich nun endgültig am Boden zerstört. Während wir getrennt waren, habe ich mich erfolgreich dagegen gewehrt, in etwas abzustürzen, was keiner von uns hätte bewältigen können. Und jetzt, da wir uns nicht begegnen werden, lässt er uns nicht einfach so weitermachen. Wie soll ich dagegen ankämpfen?

»Ich lasse dich jetzt gehen«, sagt er.

Ich bin nicht sicher, ob er unser Gespräch beenden will, damit ich schlafen kann – was ohnehin nicht möglich sein wird –, oder ob er möchte, dass ich einfach wieder in die Welt verschwinde, in der ich vor ihm existiert habe. Aber ich will keines von beiden.

»Kann ich … darf ich dich anrufen?«, frage ich.

»Hannah«, sagt er, und es klingt flehend, als bitte er mich, es sein zu lassen.

»In einer Woche oder ... Das kann es doch nicht gewesen sein. Wir haben als Freunde angefangen, können wir nicht wenigstens Freunde bleiben?«

»Wir haben nicht als Freunde angefangen. Zwischen uns war von Anfang an mehr. Das musst du doch auch gefühlt haben.«

Ich erkläre ihm, dass es nicht hilfreich ist, wenn er so etwas sagt, doch damit versetze ich unserem Gespräch den Todesstoß. Die Puzzleteile unserer noch so zarten Beziehung fallen auseinander, und es liegt nicht in meiner Macht, sie wieder zusammenzusetzen.

»Ich gehe jetzt. Ich will nicht respektlos klingen, aber ... bitte ruf mich nicht mehr an, Hannah.«

Ich sauge so viel Luft ein, dass ich fast zu würgen beginne. Was kann ich tun, damit es weitergeht, damit Davey nicht einfach einen Schlussstrich zieht? Oder wie kann ich zumindest verhindern, dass er dieses Gespräch beendet?

»Bye, Hannah.«

»Davey?«

»Du musst dich auch verabschieden«, verlangt er. »Ich kann nicht einfach auflegen. Wir müssen uns verabschieden.«

Ich zähle bis drei, sehr langsam. So kann es doch zwischen uns nicht enden. Aber weil ich nichts anderes zu sagen und keine Kraft mehr zu kämpfen habe, flüstere ich bei drei: »Bye.«

Und dann ist er weg.

ELFTES KAPITEL

Februar

Ich lasse die Welt an mir vorüberziehen. In der eisig kalten Winterluft sitze ich an der verwilderten Wiese von Wanstead Flats, einem Teil des Epping Forest. Leute lachen und lächeln im Vorübergehen, scherzen mit Freunden, joggen an mir vorbei. Fröhliche Spaziergänger pfeifen oder summen vor sich hin, genießen zufrieden ihr Wochenende. Am liebsten möchte ich sie anschreien: Wie könnt ihr bloß? Wisst ihr denn nicht, was los ist mit dem Mann, den ich … wisst ihr das etwa nicht? Natürlich schreie ich niemanden an. Stattdessen schaue ich den jungen Vätern zu, die Buggys an mir vorbeischieben, während in der Ferne das rote Licht des Ampelbaums von Canary Wharf aufblitzt und erlischt, an … aus … an … aus, immer wieder unter dem Winterhimmel. Ich bin am Ende. Innerlich, mental. Es ist eine seltsame Form der Trauer, die mich befallen hat, es ist ja niemand gestorben. Und in den letzten Tagen, seit Davey unsere Beziehung abgebrochen und klargemacht hat, dass wir uns nie begegnen werden, bin ich in ein Kaninchenloch von Selbsthass und Aufs-Handy-Starren gestürzt, als könnte ich ihn mit purer Willenskraft dazu bringen, mich anzurufen.

Doch er steht zu seinem Wort und meldet sich nicht. Aber das kann es nicht einfach gewesen sein. Nach all der Zeit, all den intensiven Gesprächen, den Plänen, die wir geschmiedet, diesen Augenblicken, die wir geteilt haben – so kann es nicht enden. Und dennoch habe ich Angst, dass es genau so ist.

Am härtesten ist für mich der Gedanke, dass er das Schlimmste durchmacht, was er je erlebt hat, aber nicht will, dass ich bei ihm bin. Er will mich nicht anrufen, will nicht, dass ich ihn anrufe, will nicht von mir unterstützt werden. So oft habe ich mir die Geschichten voll Kummer und Herzschmerz angehört, wenn eine meiner Freundinnen verlassen wurde, und ich habe mich immer gefragt – und nie wirklich verstanden –, wie eine Frau sich so an einen Mann hängen kann, dass sie sich in ein heulendes, hilfloses Wrack verwandelt, sobald dieser sich aus ihrem Leben verabschiedet. Auf einmal verstehe ich es nur zu gut, und ich entschuldige mich in Gedanken bei meinen Freundinnen. Denn genauso geht es mir jetzt. Ich bin verlassen worden, und mir ist klar, dass ich es akzeptieren muss. Ihm zuliebe. Aber es ist so verdammt schwer.

∴

Der eisige Schneeregen des Februars ballt sich in den Wolken über uns, als ich mit Joan im Garten stehe. Mein Handy hat mir heute Morgen mitgeteilt, dass heute Valentinstag ist. Zu meiner Schande muss ich gestehen, dass ich meinem Telefon den Mittelfinger gezeigt habe. Schon seit Wochen sehe ich in den Läden alles mögliche rote Zeug, deshalb hatte ich angenommen, dieser Termin wäre inzwischen an uns vorübergegangen. Joan und ich schauen in den grauen Himmel, die Kapuzen unserer Wintermäntel übergezogen, darunter tragen wir als zusätzliche Schicht noch unsere Bademäntel. Eigentlich müssten wir unsere Treffen ins Haus verlagern, aber in den letzten Jahren haben wir uns abgehärtet und kein einziges Mal klein beigegeben. Natürlich setzen wir manchmal eine Woche aus, wie es auch gerade erst unvermeidbar war, aber heute entschuldige ich mich bei Joan, dass ich so viel von ihrem Leben verpasst habe. Genauso wie von meinem eigenen übrigens.

Sie erzählt mir von Geoff. Von der Kreuzfahrt, die sie gemeinsam machen wollen. Wie üblich bewerten wir unseren Kaffee –

ein bis fünf Sterne –, und ich starre eine Weile auf die Sortenbeschreibung, die sie mir reicht. Es sollte sich alles ganz normal anfühlen, doch ich muss mich sehr um ein Lächeln bemühen, als sie mir erzählt, dass sie Geoffs Familie kennengelernt hat. Dass sie Sonntagsessen miteinander planen. Zum Glück ist Joan eine vernünftige Frau und denkt nicht einmal daran, gleich mit Geoff zusammenzuziehen. Aber ich ahne, dass es für die beiden in der Zukunft durchaus eine Option sein könnte, und trotz allem bringt mich das zum Lächeln.

Und dann fragt sie mich, wie es Davey geht. Und wie es mir geht. In der letzten Zeit haben wir ein paarmal über seine bedauernswerte Situation geredet, aber jetzt bin ich gezwungen, ihr zu gestehen, dass wir nicht mehr zusammen sind. Obwohl wir ja nie zusammen waren, sind wir erst jetzt wirklich nicht zusammen.

»Krebs ist so was von scheiße«, sagt Joan, und ich verziehe das Gesicht zu einem ironischen Grinsen.

»Aber so was von.«

»Und deshalb … ist jetzt alles aus? Er kommt nicht nach London? Nach allem, was zwischen euch war?«

Ich schüttle stumm den Kopf.

»Und du fliegst auch nicht zu ihm?«, hakt sie nach.

Wieder schüttle ich den Kopf. »Er erlaubt es nicht. Wie gern wäre ich eine Frau, die einfach ins nächste Flugzeug steigt und trotzdem bei ihm auftaucht. Aber ich glaube ehrlich, dass es ein Fehler wäre. Er wäre entsetzt.«

Joan holt tief Luft und nickt langsam. »Vielleicht musst du ihm Zeit lassen. Ja, ich denke, du solltest ihm einfach Zeit lassen.«

»Ich weiß nicht. So ungern ich das sage, ich glaube, dass es zwischen uns tatsächlich vorbei ist. Davey klang so entschlossen. Als lohne sich die Mühe nicht. Und wenn er auch nicht nach England kommen will, sobald er wieder gesund ist – falls er wieder gesund wird …« Ich breche ab, unterdrücke die Tränen und reiße mich zusammen, ehe ich fortfahre: »… dann ist es zu Ende. Was kann ich denn tun? Nichts.«

Joan streckt die Hand über den Zaun und legt sie auf meine.

»Joan?«, sage ich, als wir uns schon zum Aufbruch bereitmachen. Was Davey und ich hatten, und sei es auch nur für kurze Zeit, lässt sich nicht mit einem gemeinsamen Leben oder gar einer Ehe wie der von Joan vergleichen, dennoch muss ich die Frage stellen. »Denkst du noch manchmal an deinen verstorbenen Ehemann?«

»Ja, die ganze Zeit«, sagt sie ohne Zögern.

»Fühlt es sich nicht seltsam an, wenn du mit einem anderen zusammen bist und deine Gedanken zurückwandern zu … ihm?«

»Ich hatte viel Zeit, um mit Richards Tod zurechtzukommen, und das Leben will gelebt werden. Es hat keinen Sinn, in der Vergangenheit zu verharren. Was er und ich miteinander hatten, gehörte nur uns allein, und es war etwas Besonderes. Und es ist keinesfalls verschwunden. Es wird mir immer bleiben. Aber erst jetzt, nach all der langen Zeit, gibt es in meinem Herzen wieder Platz für einen anderen.«

Ich sage mir, dass auch ich irgendwann loslassen werde. Irgendwann. Aber noch nicht jetzt. Und das ist okay.

∴

In den vergangenen Wochen habe ich den Kontakt mit George vermieden, weil ich das Fitnessstudio nicht ertragen hätte. Ab und zu haben wir eine kurze Nachricht oder auch ein schnelles Daumen-hoch-Emoji ausgetauscht, aber im Grunde habe ich mir erlaubt, eine richtig miese Freundin zu sein. Aber heute, mitten in meiner Lunchpause, als ich bei Pret a Manger für eine Suppe und einen Salat anstehe, muss ich das wohl oder übel überdenken, denn er ruft mich an. Obwohl ich mit Davey regelmäßig telefoniert habe, bringt es mich völlig aus dem Gleichgewicht, wenn mich jemand aus meiner Kontaktliste anruft.

Für den Fall, dass es sich um ein Versehen handelt und von selbst wieder aufhört, lasse ich es ein paarmal klingeln, bevor ich drangehe. »Hallo?«, frage ich schließlich, das Telefon zwischen Ohr und Schulter geklemmt, während ich bezahle und meine Einkäufe an mich nehme.

»Oh, gut, du bist noch am Leben. Okay, cool, dann lege ich jetzt wieder auf. Bye!« Aber George bleibt dran, er hat nicht wirklich die Absicht, das Gespräch abzubrechen, bevor es begonnen hat.

»Hi«, sage ich schuldbewusst, und während ich mich auf den Weg hinaus auf die bitterkalten Straßen der City mache, entschuldige ich mich, dass ich so eine schlechte Freundin war.

»Urlaub!«, brüllt George statt einer vernünftigen Antwort ins Telefon. »Ich muss dringend mit dir über Thailand sprechen«, fährt er fort, und mit Schrecken wird mir klar, dass es nur noch ein paar Tag bis zu unserer Abreise sind. »Sollen wir zusammen zum Flughafen fahren, oder treffen wir uns dort?«

»Ähm.« Ich weiß nicht, was ich antworten soll. *Ich fahre nicht.* Das wäre mir am liebsten, aber das lasse ich doch lieber bleiben.

»Es ist keine Fangfrage«, stellt er klar. »Ich kann vorbeikommen und dich abholen. Oder sollen wir uns ein Uber nehmen, ganz stilvoll? Wir wollen uns doch nicht in der U-Bahn mit den Koffern rumschlagen, oder?«

»Nein.«

»Nein wozu? Zum Uber oder zur U-Bahn?«

»Egal. Was immer du möchtest.«

»Dann nehmen wir ein Uber. Ich buche eins.«

Ich komme nicht mit, denke ich. Gleich werde ich es ihm sagen. Aber George plappert weiter, und gegen seinen Wasserfall unbefangen fröhlichen Plauderns fühle ich mich vollkommen machtlos. Er zählt eine ganze Liste von Orten auf, die er in Bangkok unbedingt besichtigen will. Erzählt von dem Reiseführer, den er besorgt und fast jede Seite mit Eselsohren markiert hat, was ich nur mit einem stummen Nicken bedenken kann. Ich kann das alles nicht. Alles, was ich hinkriege, ist, morgens aufzustehen, zur Arbeit zu gehen und wieder nach Hause zu kommen. Ich funktioniere auf Autopilot und kann nicht absehen, wie ich einen Flug und eine Reise, bei der George als Tour-Guide-Barbie performt, überstehen sollte. Ich bin erschöpft und weiß, dass ich mich ausruhen muss, dringend eine Pause brauche. Natürlich wäre es gut für mich, zumindest für eine Weile nicht an Davey denken zu müssen, aber vielleicht gelingt mir das besser, wenn ich einfach zu Hause bleibe, fernsehe und ein Buch lese. Dann müsste ich nicht auch noch mit George zusammen sein. Ich hasse mich selbst dafür, wie gemein ich bin. Mit schlechtem Gewissen höre ich ihm wieder zu. Aber er schweigt, offensichtlich bin ich an der Reihe, etwas zu sagen.

»Ist was passiert?«, fragt er. »Was denn? Was ist passiert?«

Seine Intuition überrascht mich. »Wie meinst du das?«

»Was ist los? Warum bist du so komisch?«

»Ich bin nicht komisch. Oder doch?«

»Ja, du bist total komisch«, beharrt er. »Deine Vorfreude ist … gleich null.«

»Sorry. Ich bin …« Und aus mir unerfindlichen Gründen erkläre ich es ihm so schlicht wie möglich: »Jemand hat mit mir Schluss gemacht.«

»Wer denn?«, fragt er sofort. Und dann erzähle ich ihm auch das. Im Schatten der gotischen Architektur und modernen Glasgebäude, in denen ich meine Mittagspause verbringe, erzähle ich ihm alles. Er ist ganz still. Zwar schütte ich ihm nicht mein Herz aus – das würde ich bei George niemals tun –, aber indem ich ihm die ganze Geschichte von Anfang bis Ende erzähle, ebne ich ihm den Weg, dass er, wenn ich ihm zum Schluss erkläre, überhaupt nicht in Urlaubsstimmung zu sein, ihm aber eine nette Zeit wünsche, Gott auf Knien danken wird, nicht mit mir nach Thailand fahren zu müssen, weil ich die schlimmste Reisebegleitung wäre, die man sich nur vorstellen kann.

Aber er sagt: »O Hannah. Das ist schrecklich. Der arme Kerl.«

»Und verstehst du jetzt, warum ich nicht mit dir reisen kann? Warum es mir nicht gelingen wird, eine nette Zeit zu haben? Ganz ehrlich, ohne mich bist du besser dran. Vielleicht gehe ich sogar eine Weile zurück zu meinen Eltern. Aber ich bringe es nicht fertig, nach Thailand zu fliegen.«

Er schweigt, und ich warte auf eine weitere nachdenkliche Reaktion, doch George sagt nur: »Sei nicht so blöd.«

Ich mache große Augen. »Ich bin nicht blöd.«

»Doch. Du bist echt blöd. Dieser Typ hat dich verlassen. Das passiert jedem einmal. Wenn jeder sein Leben anhalten würde, weil es gerade schwierig ist, würden die meisten Flugzeuge halb leer durch die Welt fliegen.« Ich versuche, ihn zu unterbrechen, aber er lässt es nicht zu und fährt fort: »Grab deinen Pass aus, wisch den Staub von deiner Sonnenbrille, und ich hol dich übermorgen früh mit dem Uber vor deinem Haus ab.«

Wie konnte die Zeit so schnell vergehen, dass der Flug schon übermorgen geht? George verabschiedet sich nicht mal. In einem beeindruckend dramatischen Abgang legt er einfach auf, und ich begreife, dass er immer das letzte Wort haben muss. Mit einer Hand esse ich am Schreibtisch meine Suppe, mit der anderen tippe ich: Ich komme nicht mit, George. Und tippe auf *Senden*.

Ich sehe, dass er online ist, dann geht er jedoch gleich wieder offline. Und antwortet nicht. Ich benehme mich blöd, das weiß ich. Vielleicht verliere ich damit einen Freund, aber ich meine es ernst. In meinem Zustand kann ich nicht nach Thailand fliegen. Vielleicht wäre es leichter, wenn ich nicht mit George fliegen würde. Vielleicht könnte ich dann entspannt – und ich benutze das Wort »entspannt« im allerweitesten Sinne – allein Ferien machen. Aber ich kann mit George und seiner Duracell-Häschen-Lebenseinstellung nicht umgehen. Nicht im Moment jedenfalls. Nicht übermorgen. Und nicht ununterbrochen in Thailand, nicht mit seinem Jede-Seite-hat-ein-Eselsohr-Reiseführer. Andererseits hätte ich jeden Abend die Freiheit, mich nach Herzenslust im Selbstmitleid zu suhlen, denn er wird ja unterwegs sein, um auf Mädchenjagd zu gehen.

Wie gern würde ich Davey schreiben. Wie gern würde ich ihm etwas herzzerreißend Grausames schicken wie etwa: »Erinnerst du dich an diesen gut aussehenden Personal Trainer, mit dem ich mal ein Date hatte, als du und ich uns kennengelernt haben? Weißt du noch, dass ich im Februar mit ihm in Urlaub fahren wollte? Tja, das werd' ich auch. Wünsche viel Vergnügen in der Einsamkeit.«

Aber ich schicke die Nachricht nicht ab.

Stattdessen schreibe ich eine andere. Zwar hat er mir gesagt, ich solle keinen Kontakt zu ihm aufnehmen, aber das tut so weh und ist noch so frisch – diese seltsame Beziehung, die nie wirklich existiert hat und nun dieses Ende nimmt –, und so tippe ich trotzdem: Ich vermisse dich. Ich wünschte, du hättest nicht Schluss gemacht. Wie geht es dir? Kommst du zurecht? Ruf mich an. Ich bin da.

Etwas anderes fällt mir nicht ein, und ich starre eine Weile auf den Cursor, der am Ende der Nachricht blinkt. Einen Augenblick halte ich das Handy fest, dann tippe ich so lange auf die Löschtaste, bis die ganze Nachricht verschwunden ist. Ich scrolle auf dem Display nach oben. Er ist offline. *Davey – zul. online heute um 12:01* steht da. Vor einer Stunde. Wem hat er da geschrieben? Was er wohl gerade tut? Ob er heute seine Chemo hat? Ich habe keine Ahnung. Der Behandlungszyklus klang grässlich und viel zu unvorhersehbar, als dass ich aus der Ferne hätte auf dem Laufenden bleiben können. Ich vermisse unsere Gespräche, unser Lachen, unsere Nähe trotz der Distanz zwischen uns. Ich vermisse das alles so sehr. Dann gehe ich zur Toilette, schließe mich in einer Kabine ein und weine so leise wie möglich, damit mich keiner hört.

∴

Mitten in der übernächsten Nacht reißt mich die Türklingel aus dem Schlaf, aus einem Traum, in dem ich mitten in einem Gespräch mit Davey war. Ich weiß nicht, worüber wir geredet haben, aber ich habe gelacht. Ich erwache mit einem Lächeln auf den Lippen, so wunderbar war es – keine Erinnerung, eher eine Sehnsucht, wie es immer noch sein könnte. Aber dann klingelt es erneut, ich blinzle erschrocken, klettere aus dem Bett, ziehe die Wohnungstür einen Spalt auf, zur Sicherheit, ohne die Kette zu lösen – und habe Georges Gesicht vor mir.

»Hoppla«, sagt er und betrachtet mich von oben bis unten, wie ich da in meinem Pyjama, mit zerzausten Haaren vor ihm stehe. »Brauchst du noch ein paar Minuten?«

»Wozu? Was machst du denn hier?«

»Zeit fürs Taxi, Schätzchen. Hast du verschlafen? Ich hab mir gar nicht erst die Mühe gemacht, ins Bett zu gehen. Wäre sinnlos gewesen.«

Ich starre ihn stumpf an. »Aber ich komme nicht mit«, sage ich dann.

»Was zur Hölle?«, antwortet er.

Ich schließe die Tür, löse die Kette und lasse George herein. Er sieht völlig verwirrt aus, glotzt mich an und begreift irgendwann, dass ich nicht ohne Grund noch im Pyjama bin. »Ich habe es nicht für möglich gehalten, dass du das ernst meinst«, erklärt er. »Hannah … du musst mitkommen.«

»Aber ich möchte nicht.«

»Ist mir egal«, entgegnet er. »Zieh dich an. Lass uns gehen.«

»George«, sage ich nur.

»Nein«, beharrt er und wäre um ein Haar noch weiter in meine Wohnung gestürmt. »Du hast zwei Möglichkeiten. Entweder du ziehst dich jetzt an, nimmst deine Tasche und bringst sie nach draußen zum Wagen, wo ich auf dich warten werde. Du hast maximal zehn Minuten. Oder ich bleibe so lange in deiner Wohnung sitzen, um sicherzustellen, dass du dich wirklich anziehst und deine Tasche packst, die ich dann raus zum Wagen tragen werde.«

»George!«

»Zieh dich an, Hannah«, blafft er. »Verflucht nochmal. Huschhusch.«

Er schiebt mich in Richtung Dusche. »Ich glaube, du hast eigentlich nicht genug Zeit zum Duschen, aber der Flug ist ziemlich lang, also beweg dich. Wo ist dein Gepäck?«

Als er meinen Koffer in der Ecke meines Schlafzimmers erspäht, nimmt er den kürzesten Weg dorthin. »Das hier? Hast du gepackt? Wollen wir es verdammt nochmal hoffen, junge Frau.«

»Ich … ja … aber ich werde nicht …«

»Wenn du noch einmal sagst, dass du nicht mitkommst, verliere ich den Verstand, das schwöre ich. Duschen, jetzt! Pass?«

»In der Schublade da«, antworte ich, da mir nichts anderes übrig bleibt und er mich nicht in Frieden lassen wird. Blitzschnell packt er meinen Pass und stopft ihn zu seinem in die Hosentasche.

Zehn Minuten später habe ich mir die Zähne geputzt, mich gewaschen, bin in eine Leggings, ein Schlabber-T-Shirt und einen Pullover geschlüpft und kann immer noch nicht glauben, dass ich diesen Flug tatsächlich antreten werde. George mustert mich von oben bis unten. »Ach du Scheiße, hast du einfach deinen Pyjama wieder angezogen?«

»Nein«, schreie ich ihn an und schlüpfe in meine Turnschuhe. »Ich bin angezogen.«

»Aber du siehst genauso aus wie vor zehn Minuten«, meint er skeptisch. »Na gut, gehen wir.«

»Warte«, entgegne ich und schnappe mir in letzter Sekunde die lebenswichtigsten Dinge: das Aufladekabel für mein Handy, mein Portemonnaie, ein Buch für den Flug. Wenn ich sonst noch etwas vergessen habe, muss ich es am Flughafen kaufen. Wie immer in der letzten Zeit funktioniere ich wie ferngesteuert.

Es ist seltsam, wieder am Flughafen zu sein, aber ich bemühe mich nach Kräften, mich nicht davon überwältigen zu lassen. Erst einen Monat ist es her, dass ich hier war und auf einen Mann gewartet habe, der nie aufgetaucht ist. George zieht mich mit sich wie ein verirrtes Kind, managt das Gepäck, den Check-in, und hat sogar schon einen Boardingpass für mich ausgedruckt, als hätte er geahnt, dass ich Schwierigkeiten machen würde.

Die Sonne geht auf, als wir im Wartebereich sitzen und den Flugzeugen zuschauen, wie sie beim Landen auf federnden Rädern über die Piste schlittern oder in einem fast unmöglichen Winkel starten, wie die Räder sich einklappen und im Innern des Flugzeugs verschwinden, während sie sich in die Höhe schwingen. Ich wollte, ich könnte das auch. Mich einfach zusammenfalten und unsichtbar werden.

Ich schließe die Augen und versuche zu schlafen. Anscheinend bin ich tatsächlich wieder ein Kind geworden. George wird mir sagen, wann ich aufstehen und losgehen muss. Und genau das tut er. Irgendwann in der Zeit zwischen dem Hinsetzen und dem Aufstehen ist er einkaufen gegangen. Er hat für uns beide eines dieser weichen kleinen Kissen gekauft, und ich sehe ihn dankbar an. Dann lenkt er mich mit seiner Hand in meinem Rücken zum Flugzeug. An Bord ortet er unsere Sitzplätze und schiebt mich zum Fensterplatz, wo ich zusammensacke und mich, den Kopf an mein neues Kissen gedrückt, in die Ecke kuschle und die ersten Stunden unseres Flugs verschlafe.

Als wir landen, ist George eingeschlafen, während ich nun hellwach bin. Wie unglaublich friedlich er aussieht, als fühle er sich in seiner Haut pudelwohl, und ich frage mich, wie das sein mag. War ich nicht vor nicht allzu langer Zeit genauso?

Himmlischer Sonnenschein erwartet uns, als wir aus dem Terminal in die Hitze hinaustreten, die Feuchtigkeit und der Sonnenschein hauen mich fast um, und mein Handy sagt mir, dass gloriose neunundzwanzig Grad herrschen.

Unser Hotel liegt auf der Khao San Road, und es ist nicht zu leugnen, dass das Gewirr von Rucksackreisenden und anderen Touristen, die Hast der Menschen, die Hitze und der Geruch nach Schweiß und Gewürzen mich ablenken. Es ist früher Abend, und wir checken gleich ins Hotel ein. Eigentlich möchte ich nur noch schlafen, aber nachdem wir geduscht haben, schleppt George mich nach draußen, wir essen Street Food und laufen durch die moschusduftenden Straßen, George bleibt neben mir und führt mich durch das Gewühl von Autos und Fußgängern. Tuk-Tuks sausen vorbei, und als George mich fragt, ob wir uns nicht am nächsten Tag eines mieten sollen, beschließe ich, dass ich anfangen muss, zumindest ein kleines bisschen Enthusiasmus für diesen Urlaub aufzubringen. George ist das Einzige, was mich davon abhält, in eine depressive Nebenstraße meines Lebens abzudriften, also nicke ich, stimme zu, lächle und finde die Aussicht, mit einem Tuk-Tuk zu fahren, irgendwo tief in mir tatsächlich ganz aufregend. Und obwohl wir erst ein paar Stunden hier sind, weiß ich, dass ich ohne George wahrscheinlich in meinem Zimmer sitzen oder es vielleicht gerade so bis zum Rooftop-Pool schaffen würde. Aber sicher nicht weiter.

Georges Enthusiasmus und sein Reiseleiter-Gebaren könnten mich unter anderen Umständen in den Wahnsinn treiben, aber jetzt ist es irgendwie genau das, was ich brauche. Ich brauche ihn und bin unendlich froh, dass er hier ist und ich bei ihm bin. Wir entsorgen die Reste unseres Essens in einen Mülleimer und kaufen uns ein seltsam süßes Bier, das wir auf dem Rückweg zum Hotel trinken und damit die letzten Nachwirkungen des Flugs abschütteln. Da ich zum ersten Mal, seit er mich vorgestern angerufen hat, ein bisschen Begeisterung zeige, ist George in Hochstimmung. Der arme Mann. Was ist bloß in ihn gefahren, mit mir hierherzukommen? Wo er doch genau weiß, in was für einer abgrundtief miesen Stimmung ich bin. Ich lächle ihn an. Er lächelt zurück, legt seinen ganzen entspannten Charme in sein Grinsen. Er ist erstaunlich braun gebrannt, obwohl wir doch erst Februar haben. Ob er Bräunungscreme benutzt hat? Als wir das Gewühl in der Khao San Road erreichen, legt er den Arm um meine Schultern und ich meinen um seine Taille, und so wandern wir zurück zum Hotel.

ZWÖLFTES KAPITEL

Die nächsten Tage vergehen in einem überraschenden Rausch aus Freude und Hitze, Bier und gutem Essen – manches nahrhaft, anderes nicht. Aber von meinem Freund und Personal Trainer höre ich kein Wort über die Kalorienzahl, die wir beide verdrücken. Tagsüber sind wir eifrige Touristen, besichtigen einen goldenen, eindrucksvollen Tempel nach dem anderen, bis meine Begeisterung dafür nachlässt. Was jedoch absolut nichts mit den Grübeleien über Davey zu tun hat, die sich langsam wieder bei mir einschleichen. Als George die Seite in seinem Buch umblättert und vorliest: »Der Wak Saket Tempel hat …«, packe ich ihn am Kragen.

»Nein«, unterbreche ich ihn, halte den Kragen unnachgiebig fest und schüttle, so dass Georges Kopf ziemlich ulkig hin und her wackelt und er zu lachen beginnt. »Nein, George, keine Tempel mehr! Gibt es vielleicht ein Museum? Oder eine Galerie? Irgendetwas. Aber keine Tempel mehr.«

»Ich hab's kapiert«, sagt er. »Was schlägst du vor?«

Ich überlege. »Ich weiß, dass wir in Phuket eine ganze Woche zum Rumgammeln vor uns haben – aber könnten wir heute nicht vielleicht an den Rooftop-Pool gehen? Was meinst du? Cocktails, klebrige Mango-Drinks, Club Sandwiches, ein bisschen lesen … wie wäre das zur Abwechslung?«

Er klappt den Reiseführer zu und schaut mich an. »Na, dann los.« Wir winken ein Tuk-Tuk heran – inzwischen sind die Autorikschas unsere liebste Transportart – und machen uns auf den

Rückweg ins Hotel, steigen hinauf zum Pool auf dem Dach, schlafen in der Sonne, trinken mehr, als wir sollten, und dösen nebeneinander auf den Sonnenliegen.

Erst als wir fast eine Woche in Bangkok sind und es Zeit ist, weiterzuziehen, fällt mir auf, dass George mich kein einziges Mal allein gelassen hat, um auszugehen und irgendwelche Frauen kennenzulernen. Bisher hatten wir eine echt entspannte Zeit miteinander, haben einander samt unseren Launen und Unterschieden besser kennengelernt, und George ist ein ausgesprochen angenehmer Reisebegleiter.

Da ich nicht in der Stimmung dafür war, haben wir auf den Besuch von Clubs verzichtet, aber an unserem letzten Abend beschließen wir, wenigstens ein Mal richtig edel essen zu gehen, und George überrascht mich damit, dass er ein Restaurant namens Sirocco für uns gebucht hat. Er erzählt mir nichts Genaueres darüber, sondern meint nur: »Zieh dich schick an. Das allersexyste deiner sexy Kleider.«

Und das tue ich. George verspricht mir, dass wir nicht zu Fuß gehen müssen. Nur Taxis oder Tuk-tuks, also riskiere ich es, mein einziges Paar Schuhe mit kleinen Absätzen anzuziehen. Als ich aus dem Lift trete, um George in der Lobby zu treffen, stößt er einen bewundernden Pfiff aus. »Wu-huu«, sagt er.

»Was bist du denn? Eine Eule?« Ich kichere, und er lacht, während er mich von Kopf bis Fuß mustert.

»Da hast du dich aber echt fein herausgeputzt, Gallagher.«

»Danke gleichfalls«, sage ich und mustere ihn meinerseits. Er lehnt in seinem dunkelblauen Anzug lässig an der kühlen Marmorwand der Lobby, das Jackett über die Schulter geworfen. Ich ahne, dass er das Jackett in der Nachthitze nicht anziehen wird und dass es allein der Wirkung dient. Er steht so in Pose, als warte er nur darauf, fotografiert zu werden. Also bitte ich ihn, sich nicht vom Fleck zu rühren, fische das Handy aus meiner Tasche und mache ein Bild von ihm. Dann muss ich an Davey denken, den

Mann, der in meinem Telefon nach wie vor präsent ist durch die beiden Bilder, die er von sich geschickt hat und die ich mir nicht mehr angeschaut habe, seit wir nicht mehr miteinander reden. Ich merke, wie mein Ärger darüber, dass er mit mir Schluss gemacht hat, allmählich verblasst. Das meint man wohl, wenn man davon spricht, man solle sich Zeit lassen. Es ist nun ein paar Wochen her, dass er die Beziehung abgebrochen hat, doch ich vermisse ihn noch immer. Ich vermisse es, dass wir uns gegenseitig erzählen, wie unser Tag verlaufen ist, ich vermisse unsere behutsamen Versuche, Pläne für die Zukunft zu schmieden. Und was ich wirklich bedauere, ist, nicht deutlicher darauf bestanden zu haben, dass wir Freunde bleiben. Es geht mir auf dem Weg ins Sirocco nicht aus dem Kopf.

George ist schockiert, dass ich noch nie von diesem Restaurant gehört habe, und zitiert – ich wette, wortgetreu –, was in seinem Reiseführer darüber steht. Zum Glück hat er ihn in seinem Zimmer gelassen.

Das Sirocco liegt im dreiundsechzigsten Stock des State Tower, und als wir mit dem Aufzug nach oben fahren, packt George plötzlich meine Hand, zieht sie zu sich und hält sie ganz fest.

»Keine Sorge, alles okay mit mir«, versichere ich ihm.

»Aber mit mir nicht«, murmelt er. »Ich mag die Höhe nicht.«

»O George, wieso sind wir dann hier?«

»Weil es einmalig schön sein soll und weil ich fand, dass wir einen richtig grandiosen Ausgehabend verdient haben.«

Ich fasse seine Hand fester und drücke sie immer wieder sanft, während der Aufzug in Richtung Himmel saust.

»O mein Gott!«, rufe ich, als wir schließlich aus der klimatisierten Kabine steigen, in die warme Brise hinaustreten und uns in Richtung der Rooftop-Bar bewegen, einer kunstvollen Kombination aus Gold und Glas. Ich schaue zurück zu der Goldkuppel, aus der wir soeben herausgetreten sind, und kann nur »Wow« murmeln.

In der Ferne weit unter uns verkünden die glitzernden Lichter von Bangkok eine weitere Nacht voller Möglichkeiten. Als eine Live-Jazzband zu spielen beginnt, bin ich endgültig überwältigt. George hält immer noch meine Hand, sein Mund ist leicht geöffnet, als wolle er etwas sagen, finde aber nicht die richtigen Worte, und auf einmal merke ich, wie angenehm mir das Gefühl seiner Hand in meiner ist, jetzt, wo es nicht mehr um seine Höhenangst geht, sondern eher um … ich bin nicht sicher, was es ist, aber er lässt mich nicht los und ich ihn auch nicht. Von all den Dingen, die wir gesehen haben, wird mir dieser Ort, dieser Moment für immer in Erinnerung bleiben.

Man führt uns zu einer sehr langen Treppe, und nun bin ich diejenige, die dankbar ist, dass George meine Hand hält, denn Heels und ich werden wohl nie beste Freunde werden, vor allem nicht, wenn Treppen ins Spiel kommen. Als wir an unserem Tisch ankommen, umhüllt uns die Nacht, und die Kerze auf dem Tisch flackert leise.

In behaglichem Schweigen sitzen wir nebeneinander, schauen beide zum Horizont und zu den Gebäuden um uns herum, die allesamt deutlich niedriger sind als unseres, lauschen der Jazzmusik und lassen uns die Wassergläser füllen. Der Kellner informiert uns über die Menü-Auswahl und verlässt uns wieder, damit wir in Ruhe die Drinks aussuchen können.

»Ich werde alles essen«, verkündet George mit fröhlich funkelnden Augen, und ich muss lachen. Gemeinsam studieren wir die Speisekarte, zeigen einander die Gerichte, die uns besonders gefallen, und geben Kommentare ab, als wären wir erfahrene Feinschmecker. Schließlich entscheiden wir uns für das Degustationsmenü und beschließen, alle Zurückhaltung in den Wind zu schlagen, dem Küchenchef zu erlauben, unser Essen zusammenzustellen, und dem Sommelier, uns für die verschiedenen Gänge jeweils einen Wein auszuwählen. Fünf Gänge, begleitet von fünf Gläsern Wein für uns beide, ganz zu schweigen von den Cocktails, die George bei unserem Kellner gerade geordert hat. Er begegnet seiner Umgebung mit so viel Enthusiasmus ... eigentlich allem, was ihn umgibt, und seine Lebenslust ist ansteckend. Ich fühle mich mitgerissen vom Strom seines jungenhaften Charmes, und ich liebe die entspannte Leichtigkeit unserer Unterhaltung, es ist wunderbar, wie locker wir von einem Thema zum nächsten gleiten.

»Dein schlimmstes Date?«, fragt er mich unvermittelt beim zweiten Gang, einer Köstlichkeit aus Krabben und Gurken, zu der uns der Sommelier einen wahrhaft köstlichen Weißwein bringt, an dessen Gläsern die Abendhitze blitzschnell Rinnsale von Kondenswasser entstehen lässt. Das Essen und Trinken entspannt mich und stimmt mich fröhlich, und ein Teil von mir wünscht sich, dieser Abend möge niemals enden.

»Mein schlimmstes Date ...«, überlege ich. »Oh, ich weiß!« Lachend erzähle ich, wie mich ein Typ ins Kino einlud, der so sehr auf Musicals stand, dass er in *La La Land* bei jedem einzelnen Song mitsang. »Ich bin mir sicher, dass er sich selbst unglaublich toll fand, aber ich bin vor Scham fast gestorben. Und es war klar, dass ich nicht das erste Mädchen war, das er in diesen Film geschleppt hat. Und dann haben ihn auch noch mehrere Leute aufgefordert, damit aufzuhören.«

»Peinlich, peinlich«, meint George und schaudert, worauf ich ihn nach seinem schlimmsten Date frage.

»Ach, ich glaube, ich war selbst schuld daran, dass es das schlimmste Date wurde«, gesteht er.

Ich rutsche auf die Stuhlkante und lege die Finger um den Stiel meines Weinglases. Es ist mein drittes, wir sind gerade am Ende des dritten Gangs angelangt, und mit jedem Glas werde ich ein bisschen beschwipster. »Erzähl«, dränge ich ihn, voller Neugier.

»Ich habe ein Mädchen zu einem Picknick eigeladen, habe eine wunderschöne Stelle ausgesucht und einen riesigen Korb mit schickem Essen vorbereitet – du weißt schon, Erdbeeren und

Champagner, diese ganzen Häppchen, von denen die Leute normalerweise nicht genug kriegen können, Gourmet-Fleischpasteten und … ach, den Rest habe ich vergessen. Wir dachten, wir wären allein, und noch bevor wir etwas gegessen haben, haben wir auch schon angefangen, uns zu küssen.«

»Das lief wohl nach Plan«, werfe ich ein.

»Erst schon«, grinst er. »Aber während wir beschäftigt waren, kam ein riesiger Hund angelaufen.«

»Sag nicht, er hat euer Picknick aufgefressen.«

»Schön wär's. Er hat einen riesigen Haufen auf unserer Picknickdecke hinterlassen.«

Ich muss so losprusten, dass ich meinen Wein in die Gegend schnaube.

»Wir haben versucht, es mit Humor zu nehmen, aber eigentlich konnte sie nicht wirklich darüber lachen. Also haben wir die Picknickdecke in den Müll gestopft, das Essen wieder eingepackt und sind ein Stück den Hügel hinauf umgezogen. Dort war die Aussicht noch schöner, ich habe das Essen ausgepackt und wollte gerade den Champagner öffnen, als sie misstrauisch in den Picknickkorb guckte und fragte, ob ich auch etwas ohne Fleisch mitgebracht hätte. Ich konnte nur auf die Erdbeeren zeigen, aber sie fragte nach Salat oder Ähnlichem, und ich musste ihr gestehen, dass Kerle eigentlich keinen Salat essen. Na ja, damals war das bei mir so. Da war sie echt beleidigt und erklärte mir, sie sei Vegetarierin, und ich hätte das wissen müssen. Danach war der Nachmittag so ziemlich gelaufen.«

»Oje«, sage ich. »Ja, so was kann abschreckend genug sein.« Als unser nächster Gang eintrifft, frage ich: »Und dein bestes Date?«

Er blickt sich um. »Das hier ist ganz anständig, finde ich«, meint er, und ich frage mich, ob das tatsächlich die Antwort auf meine Frage ist.

»Ist das denn ein Date?«, hake ich nach.

»Wenn, dann ist es bei mir jedenfalls ein Anwärter für … einen der vorderen Plätze.«

Ich lächle, er zwinkert mir zu, und jede Peinlichkeit, die hätte aufkommen können, verpufft. Wieder einmal stelle ich fest, dass es zwischen uns keine unbehaglichen Gefühle gibt. Er hebt sein Glas, und wir sagen wie aus einem Munde: »Zum Wohl!«

Nach einer Weile stelle ich eine Frage, die mich schon länger beschäftigt: »Erzähl mir doch mal, warum der gut aussehende Personal Trainer George, der Frauen zu sensationellen Dates in Rooftop-Restaurants ausführt, immer noch Single ist?«

Jetzt ist er dran mit Nachdenken. Schließlich antwortet er ohne den Hauch eines Lächelns: »Ich glaube, es passt einfach nie. Aber das liegt nicht an den Frauen, sondern definitiv an mir.«

Ich warte auf mehr.

»Ich bin gut fürs Bett. Meine ich zumindest«, fährt er fort.

Ich ziehe eine Augenbraue hoch. »Willst du damit sagen, dass du gut beim Sex bist?«

»Nein«, erwidert er, und sein Lächeln kehrt zurück. »Damit will ich sagen, dass ich *unglaublich gut* beim Sex bin.«

Ich lache, aber in meinem Inneren kribbelt und prickelt etwas.

»Aber Beziehungen«, fügt er mit einem leisen Seufzen hinzu, »die scheinen irgendwie nicht mein Ding zu sein.«

»Verstehe«, sage ich und trinke mein Glas in einem Zug leer. Im nächsten Augenblick erscheint auch schon der Kellner mit dem nächsten Gang, dicht gefolgt vom Sommelier mit dem ihn begleitenden Glas Wein. »Ich werde allmählich betrunken«, sage ich, habe jedoch nicht die Absicht, den Wein zu verweigern. Nachdem uns Essen und Trinken mit schwungvollen Gesten serviert worden sind, fahre ich fort: »Na, immerhin kann man gut mit dir reden und definitiv ein gutes Date mit dir haben. Das ist schon nicht schlecht. Und ein Picknick auf einem Hügel mit Champagner und Fleischprodukten klingt verdammt klasse. Abgesehen von der Hundekacke natürlich.«

Er lacht, und ich stimme ein.

»Ich kann dir also auch nicht sagen, was du falsch machst.«

»Die Mädels wollen mehr, als ich zu bieten habe. Ich schwimme nicht gerade im Geld, ich arbeite zu seltsamen Zeiten, manchmal trainiere ich jemanden bis elf Uhr nachts, und die meisten Frauen wünschen sich einen Kerl, der öfter für sie da ist, als ich es bin. Ich glaube, wenn ich Herzchirurg wäre, würden sie mit meinem Stundenplan besser zurechtkommen, aber irgendwann sind sie weg.«

»Ab in die Arme eines Herzchirurgen?«, frage ich.

»Ja, die verfluchten Lebensretter. Jetzt bist du dran – dein bestes Date.«

Ich erinnere mich an mein Date mit Davey, an den Filmabend, an dem er meine merkwürdige Faszination von *Zimmer mit Aussicht* sofort verstanden hat. Aber das ist mir zu persönlich, ich möchte nicht davon erzählen. Schwer zu beschreiben, wie ein Video-Date das beste gewesen sein kann, das ich je hatte. Aber das lag einfach nur an Davey und weniger an dem, was wir getan haben. Also wiederhole ich Georges Worte: »Das hier ist ganz anständig.«

Er grinst und hebt sein Glas.

»Auf hundekackefreies Essen«, sage ich, und er wiederholt: »Auf hundekackefreies Essen!«

Das Paar am nächsten Tisch schaut entsetzt zu uns herüber.

In dieser Nacht schlafe ich tief und fest, aber kaum sitzen wir im Flieger nach Phuket, falle ich seltsamerweise sofort wieder in den Schlaf. Als wir auf der Rollbahn aufsetzen, habe ich das Gefühl, die Augen nicht länger als fünf Minuten geschlossen zu haben. George schläft neben oder – besser gesagt – halb *auf* mir, die Armlehne zwischen uns haben wir hochgeklappt und es irgendwie geschafft, uns eng aneinanderzukuscheln. Normalerweise müsste sich das unangenehm anfühlen, aber das tut es nicht. Ich ruckle ein bisschen an George und sehe, wie er im Schlaf schluckt, tief Luft holt und dann die Augen langsam öffnet. Er ist unrasiert, und die Stoppeln auf seinem Kinn verleihen ihm etwas Markantes, das mir noch nie an ihm aufgefallen ist. Für gewöhnlich ist er so adrett. Aber es gefällt mir.

Im Taxi zu unserem Strandhotel sehe ich, wie er wieder einmal hochkonzentriert den Reiseführer studiert. »Wenn wir eingecheckt haben, möchtest du dann vielleicht …?«

»Nein«, unterbreche ich ihn und blicke über meine Sonnenbrille hinweg. »Auf gar keinen Fall.«

»Du weißt doch gar nicht, was ich sagen wollte«, protestiert er.

»O doch«, entgegne ich. »Und: nein. Wir machen heute kein Tourizeug. Heute ist ein Tag für Sonnenliegen und All-inclusive-Cocktails«, erkläre ich im Befehlston.

Er lacht und klappt das Buch zu. »Was immer du sagst, Gallagher.«

Nachdem wir eingecheckt haben, bewundere ich zunächst die in Elefantenform gefalteten Handtücher auf meinem Bett, von denen ich ein Foto mache und es Miranda schicke. Dann gehe ich in meinem neuen neonrosa Bikini und einem Wickelrock nach unten. Vermutlich habe ich gestern Abend viel zu viel gegessen, um den Bikini angemessen zur Geltung zu bringen, aber ich schlendere zum Strand hinunter, wo George wartet und bereits Liegen, Handtücher und Drinks für uns besorgt hat.

»Eine Piña Colada?«, frage ich zweifelnd, als ich mich auf die Liege fallen lasse, mein Buch ablege und mich bereit mache, hier den Tag zu verbringen. »Es ist elf Uhr vormittags.«

»Ich befolge deine All-inclusive-Urlaubs-Regel«, erwidert er, »und probiere deinen Lieblingsdrink.« Er nippt. »Meine Güte, ist der süß. Wie kannst du so was bloß trinken?«

»Geht ganz leicht.« Ich habe schon fast die Hälfte intus, was meinen Kater allerdings nicht kleiner werden lässt.

George nippt von Neuem. »Ja, man gewöhnt sich tatsächlich daran. Ich halte durch.«

»Tapferer Mann«, scherze ich.

»Machen wir das den ganzen Tag?«, fragt er. »Hier herumliegen? Braun werden? Essen? Trinken? Schwimmen?«

»Sehr anspruchsvoll, was?«, sage ich und muss dann einen Schrei unterdrücken, weil George mir einen Eiswürfel aus seinem Cocktail auf den Bauch geworfen hat.

Ich werfe den Eiswürfel zurück, schließe die Augen und warte darauf vor, wieder einzuschlafen. Doch dann öffne ich die Augen und schaue zu George hinüber, der mich immer noch anstarrt.

»Du siehst übrigens gut aus in diesem Bikini«, sagt er leichthin.

»Danke.« Ich mustere ihn. Er sieht mit seinen Muskeln übrigens auch gut aus. Manche Männer sind zu sehnig oder wirken wie aufgepumpt, aber bei George hat alles das richtige Maß. Was ist los mit mir? Ich wende den Blick ab, sage aber: »Du siehst auch gut aus.«

»Hast du dich eingecremt?«, fragt er, als meine Augen sich gerade schließen wollen.

»Nein, Dad. Noch nicht.«

Und wieder trifft mich ein Eiswürfel, aber ich lächle mit geschlossenen Augen, denn der Sonnenschein und ein Gefühl des Glücks wärmen mich gleichermaßen.

∴

Etwas später spüre ich, wie mich etwas berührt, ein seltsam sanftes, angenehmes Gefühl, und Stück für Stück erwache ich und sehe, wie George mich mit Sonnenlotion einsprüht. Blinzelnd blicke ich zu ihm empor.

»Ich hatte Angst, dass du Sonnenbrand kriegst«, erklärt er, »und ich wollte dich nicht wecken.«

Ich nicke, verschlafen und ein bisschen verwirrt – George kniet noch immer neben meiner Liege. »Okay«, sage ich langsam.

»Aber jetzt«, fährt er fort, »wird mir klar, dass ich dich wahrscheinlich doch hätte wecken sollen, denn ich dachte, dieses Spray würde einfach einziehen, aber stattdessen bleibt es auf deiner Haut und müsste verrieben werden, und …« Er verstummt, und ich starre ihn immer noch verwundert an. »Wenn ich dich eingerieben hätte, während du schläfst, wäre das wohl …« Ich kneife die Augen hinter der Sonnenbrille zusammen. Mit besorgtem Blick vollendet er den Satz leise: »… ein Übergriff?«

Das kommt so unerwartet, dass ich lachen muss.

»Möchtest du, dass ich dich einreibe?«, fragt er dann endlich.

Ein Teil von mir möchte auf jeden Fall Ja sagen, aber ich mache mir Sorgen, was daraus werden könnte. Also setze ich mich auf und greife nach der Flasche in seiner Hand. »Nein, das mache ich selbst.«

»Klar doch«, sagt er und zieht sich auf seine Liege zurück.

Da ich gerade erst aufgewacht bin, schreibe ich meine Verwirrung meiner Benommenheit zu, werfe George jedoch hin und wieder verstohlene Blicke zu. Er schaut einfach zum Himmel hinauf. Was er wohl denkt? Er ist so offen, dass er es mir, wenn ich frage, bestimmt verraten würde. Aber ich will ihn nicht fragen. In der Frage liegt Gefahr, das spüre ich ganz deutlich.

Ich sprühe mir Lotion auf die Hand und widme mich der eher unelegenten Aufgabe, mir den Rücken einzureiben. Warum haben die Menschen immer noch keine gute Methode gefunden, Sonnencreme auf den eigenen Rücken aufzutragen?

Tatsächlich wendet George sich mir zu und deutet auf die Flasche. »Soll ich?«

Nein. Aber es muss erledigt werden, vorausgesetzt, ich möchte nicht den ganzen Tag auf dem Rücken liegen und mich nur von vorn bräunen wie ein umgedrehtes Spiegelei. Würde ziemlich komisch aussehen. »Okay«, sage ich widerwillig und reiche George die Flasche, drehe mich auf die Seite, damit George meinen Rücken vor sich hat, während er sich wieder neben die Liege kniet. Ich genieße das Gefühl seiner gemächlich über meine Haut wandernden Hände weit mehr, als ich sollte. Er widmet sich der Sache sehr gründlich und bedächtig, und ich bin offenbar völlig ausgehungert nach Sex, denn so sinnlich hat es sich noch nie angefühlt, wenn mir jemand den Rücken eingerieben hat. Und ich will, dass damit Schluss ist. Doch Georges Hände bewegen sich unablässig über meine Schultern und meinen Nacken, ich werde schon ganz steif. Dabei ist es doch ein so unschuldiger Vorgang, oder etwa nicht? Direkt vor uns reibt sich ein Paar gegenseitig den Rücken ein, energisch, zielbewusst. So sollte es George auch machen. Tut er aber nicht. Okay, dann muss er jetzt wirklich dringend aufhören. Was er zum Glück tut. Aber seine Hände verharren auf mir.

»Hannah«, sagt er hinter mir.

»Jepp?«, erwidere ich abgehackt und starre stur geradeaus.

Weil er nicht weiterspricht, drehe ich mich schließlich zu ihm um, ein großer Fehler, denn auf einmal ist er ganz nah, mit seinen blauen Augen und der sonnengebräunten Haut. In seinen Augen scheint etwas auf, und ich bin sicher, er erkennt in meinen das Gleiche.

Ich weiß, was gleich passieren wird, und ich weiß auch, dass es ein weiterer großer Fehler sein wird, aber das ist mir egal, weil es einfach passiert.

Obwohl ich es will, bin ich zu feige, den ersten Schritt zu tun. Ich schaue auf Georges Mund, er schaut auf meinen, aber nur eine Sekunde, dann sind seine Lippen auf meinen, und er küsst mich so leidenschaftlich, dass ich kurz staune über das, was er tut, was ich tue. Aber ich lasse es geschehen, erwidere seinen Kuss, rückhaltlos. Unsere Körper pressen sich aneinander, und einen Moment später zieht George sich zurück und sieht mich mit einem Gesichtsausdruck an, der alles sagt.

»Himmel, das können wir hier nicht machen«, stößt er heiser hervor. Sein Atem geht schnell, meiner ebenso.

Im nächsten Augenblick gerate ich in Bewegung, nehme mein Buch und die Lotion, schlüpfe in meine Sandalen und schlinge mir blitzschnell den Wickelrock um die Hüfte. George steht auf, sieht auf seine Badehose hinunter und lacht. »Oh, ich glaube, ich muss kurz warten.« Dann überlegt er es sich anders. »Egal, lass uns gehen.«

Auf dem Weg zu unseren Zimmern sorgt George dafür, dass ich fast direkt vor ihm bin. Ganz automatisch entscheiden wir uns für sein Zimmer, und an der Tür wirbelt er mich herum, während er seine Schlüsselkarte bedient, und drückt mich mit dem Rücken dagegen. Seine Lippen sind auf meinen, seine Zunge begegnet meiner, und als sein Mund anfängt, meinen Hals zu liebkosen, höre ich mich stöhnen. Ich kann mich auf nichts mehr konzentrieren, meine Hände greifen ganz von selbst in sein Haar. Dann bewegt sich sein Gesicht wieder zu meinem, und er schafft es, mich gleichzeitig zu küssen und die Tür zu öffnen. Wir fallen ins Zimmer, er schließt die Tür mit einem Fußtritt, und wir zerren augenblicklich an der spärlichen Bekleidung des anderen. Meine Hand greift nach dem Bund seiner Badehose und macht sich daran zu schaffen, während er an meinen Bikinibändern zieht und sie energisch löst. Dann hebt er mich hoch, trägt mich zum Bett hinüber, wo ich kurz registriere, dass es auch hier Handtuchkunst gibt, als er seinen Schwan zu Boden schubst. Er legt mich aufs Bett, zieht mir das Bikinihöschen aus, ich zerre seine Badehose endgültig hinunter, und dann ist er über mir und schiebt meine Beine auseinander. Himmel, ich bin bereit, aber – obwohl ich deutlich sehen kann, dass er ebenso bereit ist – er hält inne, stemmt sich hoch und fragt: »Wie machen wir das mit der Verhütung?«

In der Hektik des Ganzen ist mir diese Frage nicht einmal in den Sinn gekommen. Ich hatte schon so lange keinen Sex mehr und war in keiner Beziehung, dass ich die Pille schon vor einer Ewigkeit abgesetzt habe.

»Kondom«, antworte ich. Garantiert hat George eine Million Kondome im Gepäck.

»Okay.« Er nickt, greift nach seiner Brieftasche, und ich beobachte, wie er sich das Kondom überstülpt, was mich fasziniert und noch mehr erregt. Als er sich in mich sinken lässt, stöhne ich laut auf. Georges Bemerkung, er sei unglaublich gut im Bett, war nicht gelogen, er weiß wirklich, was er tut, und wir bewegen uns so rhythmisch, so im Einklang miteinander, dass ich innerhalb weniger Minuten zum Orgasmus komme und er mir Sekunden darauf folgt. Danach liegen wir schweißnass auf dem Bett – wir haben vergessen, die Klimaanlage anzuschalten –, ich drehe mich zu ihm und ziehe die Linie seiner Bauchmuskeln mit dem Finger nach.

»Das war …«, beginne ich, weil ich das Gefühl habe, etwas sagen zu müssen. Aber ich weiß nicht, was. *Das war gut*, wäre mit Sicherheit das größte Klischee, das man zu jemandem sagen kann, mit dem man gerade Sex hatte.

Doch dann sagt George: »Das war … seit Langem abzusehen, Gallagher.«

Ich lache. »Im Ernst?«

»Findest du nicht? Normalerweise bin ich besser. Wir hatten ein Vorspiel von mehreren Monaten, aber nur ungefähr fünf Minuten richtigen Sex.«

»Guten Sex«, sage ich ein bisschen verwundert. »Sehr guten Sex. Echt schade, dass es ein einmaliges Ereignis bleiben wird.«

Er dreht sich zu mir, seine Haut glänzt vor Schweiß, sein Brustkorb hebt und senkt sich heftig. »Einmalig?«

Ich nicke, werde jedoch unsicher und sage: »Etwa nicht?«

»Warum sollte es?«

»Warum nicht?«

Er runzelt die Stirn. »Du willst nie mehr Sex mit mir haben?« Er scheint ehrlich verwirrt zu sein.

»Ich … ich weiß nicht. Ich dachte nur, es ist doch offensichtlich eine Urlaubsgeschichte.«

Er stützt sich auf den Ellbogen, hebt den Kopf, streicht mit dem Finger über die Innenseite meines Oberschenkels, und sofort bin ich wieder erregt. »Warum schauen wir nicht einfach, wie es weitergeht?«, fragt er. »Immer einen Tag nach dem anderen?« Er beugt sich zu mir, seine Finger wandern sanft meinen Schenkel auf und ab, immer weiter und weiter nach oben, bis ich in der Erwartung, dass seine Finger gleich dorthin gelangen, wo ich es mir wünsche, schon wieder ein leises Stöhnen von mir gebe.

»Okay«, hauche ich und habe schon vergessen, wie die Frage lautete.

Sein Mund berührt den meinen, und er küsst mich wieder, ohne dass seine Hände das Streicheln einstellen. Dann drückt er sich an mich, und ich spüre, wie hart er geworden ist, und er flüstert: »Soll ich noch ein Kondom holen?«

»Ja«, hauche ich.

Wir schlafen, schwelgen in der Glut des phantastischen Sex, und später, als Durst und Hunger zu groß werden, schaffen wir es immerhin zusammen unter die Dusche. In weiser Voraussicht hat George noch ein Kondom mitgenommen, und es liegt eindeutig an unserer Urlaubsstimmung, denn solchen Sex gibt es im normalen Leben einfach nicht. Er hebt mich hoch, meine Beine krallen sich um seine Mitte, während das warme Wasser über uns rieselt. Als wir schließlich zu einem späten Lunch nach unten gehen, kann ich kaum laufen, aber während wir darauf warten, einen Tisch zugewiesen zu bekommen, hält George meine Hand und streichelt sie zärtlich mit seinem Daumen.

»Nimmst du die Pille?«, fragt er, bevor der Kellner sich nähert. »Denn wenn du sie nimmst, brauchen wir keine Kondome. Ich schlafe mit niemandem sonst. Du?«

»Was? Nein«, flüstere ich schockiert. Wir nehmen Platz, und man teilt uns mit, dass die Küche in zehn Minuten schließt, worauf wir beide ein Club Sandwich und einen Mango-Smoothie bestellen. Als der Kellner wieder verschwunden ist, sage ich: »Ich nehme die Pille nicht, nein.«

Er nickt. »Meinst du, dass du irgendwann damit anfangen willst?«

»Ähm«, sage ich und schaue mich um, ob jemand mir zuhört, aber außer uns ist im Restaurant kaum noch jemand. »Ich habe bisher keine gefunden, die mich weder gefräßig noch dick werden lässt oder meine Libido komplett auslöscht. Aber ich könnte schon noch mal versuchen, eine andere zu finden. Falls es mit uns zu Hause so weitergeht.«

George lächelt. »Warum gibst du mir dauernd zu verstehen, dass das womöglich nicht der Fall sein wird?«

»Ich weiß auch nicht«, antworte ich achselzuckend. »Sicherheitshalber vermutlich.« Davey hat mich dazu gebracht, mich in ihn zu verlieben, und mich dann abserviert. So etwas passiert mir nicht noch einmal.

»Hannah, ich bin nicht hier, um dir wehzutun.«

»Ich weiß«, sage ich, denke dabei aber, wie seltsam es ist, dass er das sagt.

»Allerdings müsste ich Kondome kaufen, wenn wir den Rest der Woche so weitermachen.«

Bestimmt mache ich jetzt ein Gesicht wie das Kaninchen im Scheinwerferlicht. »Dreimal Sex am Tag halte ich keine ganze Woche aus, George, es würde mich umbringen.«

In diesem Augenblick erscheint der Kellner hinter mir, der unsere Mango-Smoothies auf den Tisch stellt und George einen vielsagenden Blick zuwirft, bevor er wieder geht.

George bricht in Gelächter aus, lehnt sich zurück und grinst mich an: »Schade.«

Den Rest des Nachmittags verbringen wir friedlich schlafend in der Sonne. Diesmal spüre ich es gleich, als die Sonnenlotion auf meiner Haut landet und George sie sorgfältig einmassiert. Ich bin mir bewusst, dass ich, wenn ich jetzt die Augen öffnen, mich aufsetzen und ihn küssen würde, wir an genau der gleichen Stelle wären wie vorhin. Ich bin fest entschlossen, nur ein »Danke« zu murmeln und es dabei zu belassen. Aber dann flüstere ich »Das ist ein sexueller Übergriff« und tue so, als würde ich wieder einschlafen. Im Hintergrund höre ich ihn leise lachen.

Da wir von den Sandwiches noch satt sind, verzichten wir aufs Abendessen, setzen uns aber in die Strandbar, wo wir umgeben sind von Gleichgesinnten, die sich gemütlich auf einem Barhocker niedergelassen haben.

»Ich bin wirklich froh, dass ich hier bin. Dass du mir die Tür eingerannt und mich nach Thailand geschleppt hast.«

»Obwohl du dich mit Händen und Füßen dagegen gewehrt hast«, fügt er hinzu. Wir schlürfen die wahrscheinlich süßesten Cocktails der Speisekarte, aber nachdem George beim ersten Schluck zusammengezuckt ist, trinkt er tapfer weiter.

»Ja, ich finde es richtig grässlich hier«, erkläre ich. »Echt beschissen.«

Er beugt sich vor, küsst mich und streicht mir ein paar sandige Haarsträhnen aus dem Gesicht. Eine Geste, die nicht sexy ist, nicht im Geringsten. Das ist etwas anderes. Lächelnd wendet er sich ab, schaut aufs Meer. »Ich glaube, heute ist der großartigste Tag meines ganzen Lebens«, sagt er, und wir beobachten gemeinsam, wie die riesige orangerote Sonnenkugel ganz langsam hinter dem Horizont versinkt.

»Weil du heute dreimal Sex hattest?«

Er sieht mich an. »Nein. Deinetwegen. Und ja, der Sex trägt seinen Teil bei. Aber vor allem ist es deinetwegen. Ich bin sehr gern mit dir zusammen.«

»Danke«, sage ich. Irgendetwas hält mich davor zurück, etwas hinzuzufügen.

∴

Nach einem weiteren Tag, an dem wir erst in der Sonne und dann miteinander schlafen, schlage ich vor, den Reiseführer herauszuholen, denn ich sehe, dass George darauf brennt, das Gelände, wie er es nennt, zu verlassen. Wir nehmen ein Taxi, kaufen für ein paar Baht Bananen und wandern dann Hand in Hand den Monkey Hill hinauf. Sogar bei fast dreißig Grad und obwohl meine Hand ausgesprochen warm ist, greift George immer wieder danach, und es gefällt mir, dass er mich berührt. Er ist so zuvorkommend, fast galant. Meine Mum würde ihn bestimmt mögen. Ich blicke zu ihm empor, seine Sonnenbrille funkelt in der Sonne, sein Hemd ist weiter aufgeknöpft als sonst, man sieht seine sonnengebräunte Brust. Ich bin nicht sicher, ob mein Dad ihn auch mögen würde.

»Wie sind deine Eltern so?«, frage ich ihn.

Er schaut mich an. »Ganz in Ordnung.«

»Habt ihr ein enges Verhältnis?«, frage ich.

»Nein. Hast du ein enges Verhältnis zu deinen Eltern?«

Ich nicke. »Ja. Ich hab gerade gedacht, dass meine Mum dich mögen würde.«

Er strahlt. »Mütter mögen mich immer.«

»Und Väter?«, frage ich.

»Anfangs meist nicht. Aber mit der Zeit dann schon.«

»So ähnlich wie bei der Piña Colada?«

Er lacht. »Ja, genau wie bei der Piña Colada. Der erste Schluck ist immer ein bisschen: *Was zur Hölle ist das denn?* Und dann … freundet sich fast jeder damit an.«

Ich drücke seine Hand. Als wir bei den Affen ankommen, die in flinkem Tempo über die Straße flitzen, ist mir unglaublich heiß, ich bin müde, aber dennoch voller Energie. »Überall Affen«, rufe ich. »Das ist komplett irre!«

»Halt ihnen die Bananen hin«, sagt er und gibt mir ein Bündel. Ich halte es einem Affen hin, der auf mich zuschießt, alles auf einmal packt und wegrennt – offensichtlich ist es für ihn die leichteste Übung, einer Touristin in Sekundenschnelle Bananen zu klauen. Ich blicke ihm nach und schaue dann auf meine leere Hand. »Na, das war's dann wohl«, stelle ich lakonisch fest, aber jetzt ist George auf die Knie gegangen, streckt den Tieren ganz ruhig eine Banane nach der anderen hin, und nun werden auch die kleineren Affen mutiger und nähern sich, wenn er sie lockt. Ich beobachte ihn, beobachte, wie er *ist*. Dann mache ich ein Foto davon, wie er da kniet und die Tiere vertrauensvoll zu ihm kommen. Es ist surreal. Und so ein besonderer Moment. Wenn ich daran denke, dass ich diese Reise gar nicht machen wollte …

Nach einer Weile sehe ich zu den Bäumen, auf denen noch viel mehr Affen fröhlich ihre Bananen mampfen, denn wir sind nicht die Einzigen, die sie füttern. Hunderte Affen begleiten uns, als wir zu unserem wartenden Taxi hinunterschlendern. Wieder hält George meine Hand, und auf einmal fühle ich, dass ich dem, was zwischen uns ist, tatsächlich nur fünfzig Prozent meiner Aufmerksamkeit widme. Mein Herz ist nicht dabei. Noch nicht. Aber ich werde jeden Tag nehmen, wie er kommt, genau wie George es vorgeschlagen hat, und schauen, wie es geht. Vielleicht verliert er, wenn wir in ein paar Tagen nach England zurückkehren, das Interesse an mir. Oder ich an ihm. Ich bin nicht sicher, ob wir füreinander geschaffen sind, muss allerdings zugeben, dass wir gut miteinander klarkommen. Hier. Jetzt. Und ich mag ihn tatsächlich.

Später schlafen wir in meinem Zimmer miteinander. Es ist die erste Nacht, die wir gemeinsam verbringen. Als ich aufwache, öffnet auch George die Augen, und er lächelt mich an. Gemeinsam malen wir uns aus, wo wir uns in ein paar Jahren sehen – ein ziemlich anspruchsvolles Thema vor dem ersten Kaffee. George steht auf und macht uns welchen. Ich sehe mich noch in der Firma, wo ich jetzt bin, aber nicht im gleichen Job. Hoffentlich wird sich bald eine Beförderung in meinen Lebenslauf einschleichen. George ist glücklich damit, Personal Trainer zu sein, er liebt den Job und möchte nichts anderes tun. Er ist so … unkompliziert. Unser ganzes Zusammensein ist so mühelos und entspannt. Natürlich ist es nicht seine Schuld, aber mit Davey war es kompliziert. George ist unkompliziert. So viel ist mir jetzt klar.

Wir sitzen auf meinem Balkon, George in Boxershorts, ich in kurzer Pyjamahose und ärmellosem Top, die Haare auf dem Kopf zu einem losen Dutt zusammengebunden. Als George sich vorbeugt und mir eine kleine Strähne hinters Ohr streicht, bin ich einfach glücklich. In der Ferne höre ich die Wellen an den Strand branden, die Sonne scheint hell am Himmel. George steht auf, um zu duschen, stellt aber unterwegs den Wasserkocher noch einmal an, um einen zweiten Kaffee für mich zu machen und ihn mir zu bringen.

»Wow, was für ein Gentleman«, sage ich, und er küsst mich nebens Ohr.

»Dieser Gentleman hier muss dringend Kondome kaufen«, sagt er über die Schulter, als er in Richtung Badezimmer davongeht.

»Ich bin ehrlich gesagt überrascht, dass du nur so wenige mitgenommen hast. Ich dachte, das Hauptziel der Reise war für dich, möglichst viel Sex zu haben.«

»Hat geklappt, Mission erfüllt.«

»George!«

Er lacht, wendet sich zurück zu mir und lehnt sich an den Türrahmen. »Nur Spaß, das war nicht ernst gemeint. Ich habe nicht damit gerechnet, dass das passiert. Auch wenn ich verdammt froh bin, dass es so gekommen ist, bin ich darüber genauso schockiert wie du.«

Zwar habe ich den Verdacht, dass er flunkert, weiß jedoch trotzdem zu schätzen, was er sagt. Ein großer Teil von mir macht sich Sorgen, dass wir unsere Freundschaft ruiniert haben könnten. Hoffentlich nicht. Außerdem hoffe ich, dass wir unseren Urlaub nicht ruiniert haben. Aber ich finde George mehr als nur ein bisschen attraktiv, er ist absolut heiß im Bett, und es macht Spaß, mit ihm Zeit zu verbringen. Er dreht sich um und verschwindet endgültig in Richtung Badezimmer.

Ich greife nach meinem Handy. Seit ich in Thailand bin, haben Miranda und ich uns die ganze Zeit geschrieben, und ich habe ihr immer wieder Fotos von der Handtuchkunst geschickt, die ich jeden Tag in meinem und Georges Zimmer vorfinde. Gestern hatte ich einen Babyelefanten mit riesigen Ohren, den ich Miranda sofort geschickt habe, aber sie hat mir eben erst geantwortet. Von George und mir habe ich ihr bisher nichts erzählt. Die Sache zwischen uns ist so locker, dass ich mir immer noch vormachen kann, es gebe nichts zu erzählen.

Ich habe in das Foto reingezoomt, schreibt Miranda. Sie hat mir das Bild zurückgeschickt und zwei Gegenstände, die auf dem Nachtisch liegen, sind rot eingekringelt.

Obwohl mich keiner sehen kann, werde ich puterrot. Miranda hat eine Schachtel Kondome und Georges Sonnenbrille eingekreist. »Ach du Scheiße«, sage ich laut.

Erwischt, hat Miranda unter das Bild geschrieben. Ich möchte bitte alle saftigen Details hören und gehe davon aus, dass du und George mehr als nur Freunde geworden seid.

Es ist nicht als Frage formuliert.

Ich lege mein Handy beiseite, und während ich meinen Kaffee trinke und die Aussicht genieße, denke ich nach. Am Strand ist noch nicht viel los, aber die ersten Gäste sind mit dem Frühstück fertig und unterwegs zu den Sonnenliegen. George und ich sollten uns auf den Weg machen. Ich blicke hinaus aufs Meer, die leisen Wellen, die hinter den hohen Bäumen im sanften Wind schaukeln.

Schließlich greife ich wieder nach dem Handy. Plötzlich habe ich den unwiderstehlichen Drang, Davey zu schreiben. Keine Ahnung, warum. Ganz sicher nicht, um ihm irgendetwas unter die Nase zu reiben. Nein, es ist etwas anderes, was in mir den Wunsch weckt, ihm eine Nachricht zu schicken. Ich hege ihm gegenüber nach wie vor nur gute Gefühle, aber nach den letzten Wochen bin ich wohl an einem anderen Punkt angelangt. Und ich hoffe, bei ihm ist es ähnlich. Ich glaube, ich möchte vor allem, dass Davey das weiß. Er soll wissen, dass ich für ihn da bin, falls er je das Bedürfnis hat, mit mir zu reden.

Inzwischen müsste ihm der zweite Chemozyklus bevorstehen, glaube ich. Seit ich mich nicht mehr in meinem Trennungsschmerz suhle, habe ich den Ablauf aus den Augen verloren. Genau das habe ich gebraucht, und mir wird immer klarer, dass ich es George zu verdanken habe. Irgendwann hätte ich es sicher auch ohne sein Zutun geschafft, aber George hat den Prozess enorm beschleunigt und mich schneller wieder aus dem seltsamen Kummer auftauchen lassen, in den ich abgetaucht bin, als Davey mit mir Schluss gemacht hat.

Ich frage mich, was genau ich ihm mit der Nachricht sagen möchte, und gehe online. Doch als ich unseren inaktiven Chat öffne, sehe ich, dass auch Davey gerade online ist. Nicht nur, dass er online ist, er schreibt gerade an mich! Ich setze mich aufrecht und starre gebannt auf mein Telefon. »O mein Gott«, murmle ich und warte, dass die Nachricht eintrifft, ein qualvolles Sehnen. Dabei hatte ich schon lange aufgehört, auf das Wunder zu warten, dass Nachrichten von Davey bei mir eingehen. Ich wusste, dass er seinen Entschluss ernst meint. Wusste, ich würde womöglich nie wieder etwas von ihm hören. Aber er schreibt noch immer. Was immer er schreibt, es muss eine ziemlich lange Nachricht sein. Nervös kratze ich mich am Hals.

Hinter mir öffnet sich die Badezimmertür, und ich drehe mich um. George erscheint, nass, nackt, er wirft mir einen Blick zu, den ich genau kenne, und weil ich nicht umgehend reagiere, sondern gleich wieder auf mein Handy starre, fragt er: »Alles okay?«

»Ja«, antworte ich. »Ich hüpfe gleich unter die Dusche. Zieh dich schon mal an und sichere uns einen Tisch.«

»Mach ich. Möchtest du, dass ich auch das Buffet für dich überfalle?«

»Hmm? Oh. Ja, ich hätte gern die Pfannkuchen«, nuschle ich halbherzig.

»Die hattest du doch gestern erst«, erwidert er, und ich schaue wieder auf.

»Dann eben Obst.«

»Du kannst essen, was du willst, Hannah«, lacht er. »Ich hatte nicht vor, zu kommentieren, dass die Pfannkuchen dick mit Zucker bestreut sind und du sie obendrein in Sirup ertränkst.«

Ich starre ihn an, gänzlich unfähig, seinen Einwand zu verstehen. Davey schreibt noch immer. Garantiert wird er jede Sekunde auf *Senden* tippen, und ich habe keine Ahnung, was das in mir anrichten wird. Die Situation ist so schon grausam genug und macht aus mir ein Häufchen Elend. Man muss sich nur anschauen, wie ich hier sitze, auf mein Handy starre und darauf warte, dass ein Mann, dem ich nie begegnet bin, mir einen Knochen zuwirft. Und trotzdem … es ist Davey. Ich muss einfach wissen, was er mir sagen will.

»Hannah?«, fragt George.

»Ja?«

»Ach, vergiss es. Wie sehen uns gleich beim Frühstück.« Er trägt schon T-Shirt und Shorts, seine Haare sind zerzaust, was sehr süß ist, aber er tritt noch vor den Spiegel neben der Tür und bringt sie in Ordnung. Dann verschwindet er.

Ich schaue wieder auf mein Handy. Davey ist offline. Und was immer er geschrieben hat, er hat es nicht geschickt. Musste er wegen irgendetwas abbrechen? Oder hat er es sich schlicht anders überlegt? Am liebsten möchte ich mein Handy an die Wand schleudern, so wütend bin ich. Doch ich ärgere mich in erster Linie über mich selbst, nicht über Davey. Was auch immer gut Gemeintes ich ihm geschrieben hätte – hätte es das Gleiche bei ihm ausgelöst? Nein. Bestimmt nicht, darauf wette ich. Und deshalb bin ich so wütend. Wäre Davey ein totaler Mistkerl, würde das diese Gefühle viel leichter machen. Aber er war, nein, er *ist* kein Mistkerl. Er ist ein guter Kerl, der etwas Unvorstellbares durchmachen muss.

Er hat seine Nachricht nicht abgeschickt. Und bleibt offline. Als wäre er nie dagewesen. Und doch war er da. Also werde ich die Mutige spielen. Ich schicke ihm genau das, was ich vorhatte: Davey, ich weiß, dass wir gesagt haben, wir würden nicht mehr miteinander sprechen. Na ja, genau genommen warst du derjenige, der es gesagt hat. Ich habe bloß zugestimmt. Aber ich nehme das zurück, wenigstens für dieses eine Mal. Weil ich dich wissen lassen möchte, dass ich für dich da sein will, wenn du mich brauchst. Ich weiß nicht, in welcher Behandlungsphase du inzwischen angekommen bist, aber wenn du reden möchtest ... Du weißt, wie du mich erreichen kannst. Ich sage das nicht, um darauf herumzureiten, sondern damit du weißt, dass ich – sosehr ich dich auch vermisse – trotzdem glücklich bin. Ich bin mit jemandem zusammen. Und er ist nett. Also denk bitte nicht, dass es gleich kompliziert werden würde, wenn du Kontakt mit mir aufnimmst. Wir haben als Freunde angefangen, und wenn du das wieder sein möchtest, bin ich dabei. Hannah xxx

Ohne auch nur eine Sekunde zu zögern, klicke ich auf *Senden*.

DREIZEHNTES KAPITEL
Davey

Ich starre auf mein Handy – Hannahs Worte treffen mich wie Messerstiche. Aber ehrlich, was habe ich erwartet? Dass sie ins Kloster geht und Nonne wird, nur weil das, was zwischen uns war, vorbei ist? Ich habe sie online gesehen, als ich ihr geschrieben habe, und ich gestehe, dass es mir Angst eingejagt hat. Dabei macht mir in diesem Leben nicht mehr vieles Angst. Wie sich herausstellt, sind es zurzeit genau zwei Dinge: erstens, dass die Chemo nicht anschlägt, und zweitens, dass Hannah zur gleichen Zeit online ist wie ich. Ich wollte so sehr daran glauben, dass sie meinen Wunsch ernst nehmen und sich nicht mehr bei mir melden würde. Dass sie mit ihrem Leben weitermachen und nicht auf einen Typen warten würde, dem sie nie begegnet ist. Aber ich habe mich geirrt. Sie war online. Ich war online. Sie hat mir eine Nachricht geschrieben. Und ich habe gekniffen.

Das tue ich oft. Ich kneife und verdrücke mich einfach. Ich vermisse Hannah. Und doch weiß ich: Was ich getan habe – dem, was wir miteinander hatten, ein Ende zu setzen –, ist für alle Beteiligten das Beste. Wie soll ich das, was diese Tage für mich bereithalten, überstehen in dem Wissen, dass ich eine Frau auf der anderen Seite des Atlantiks dazu verdammt habe, auf mich zu warten? Wie lautet dieser Spruch – *Der Mensch plant, und Gott lacht.* Er lacht sich bestimmt kaputt. Meine Pläne haben allesamt in eine Sackgasse geführt. Was nicht heißt, dass Hannahs Pläne auch durcheinandergeraten müssen. Ich denke daran, was jetzt hätte passieren sollen. Es ist Ende Februar, und irgendwo auf dem

Weg hierher habe ich den Valentinstag verpasst, so sehr hat mich mein eigenes Drama beschäftigt, bei dem ich all meine Willenskraft aufbringen musste, um mich von einem Termin zum anderen zu schleppen. Eigentlich bin ich froh, dass ich den Tag verpasst habe. Womöglich hätte mich mein schlechtes Gewissen eingeholt und mich gezwungen, Hannah eine Nachricht zu schicken. Es ist das Beste für uns, wenn ich so was sein lasse. Ich schaue mir das Foto an, das sie mir geschickt hat, vor so langer Zeit. Berühre ihr Gesicht, und der Touchscreen meines Handys veranstaltet alle möglichen komischen Sachen, also ziehe ich meine Hand wieder weg.

Der Onkologe kommt ins Zimmer. »Und schon wieder hallo, Mr Carew«, sagt er und fummelt mit den Blättern auf seinem Klemmbrett herum. Ich lege mein Handy aufs Bett und sage mir, dass ich aufhören muss, mich wie ein Idiot aufzuführen. Ich muss mich einfach um das kümmern, was jetzt ansteht.

VIERZEHNTES KAPITEL
Hannah

Elf Mal. Während unseres Aufenthalts in Phuket hatten George und ich elf Mal Sex. Wie sich herausstellt, besteht George nicht länger darauf, Tempel und Buddhas zu besuchen, wenn ich ihn mit Sex besteche. Natürlich liebe ich Tempel und die Buddhas vielleicht sogar noch mehr – vor allem, wenn sie in leuchtendem Gold erstrahlen –, aber ich habe wirklich genug von ihnen gesehen. Und Sex mit George ist genauso großartig, wie er es behauptet hat.

Jetzt sitzen wir im Flugzeug auf dem Weg zurück nach England. George schläft, ich kuschle mich an seinen Oberarm, schaue aus dem Fenster, und mein Atemrhythmus hat sich dem Heben und Senken seiner Brust angepasst. Wir hatten eine gute Zeit. Genau genommen *haben* wir eine gute Zeit, denn gestern nach dem Abendessen hat George unmissverständlich den Wunsch geäußert, dass unsere Beziehung zu Hause weitergeht. Wir spazierten am Strand entlang, hatten die Schuhe in die Hand genommen und bekamen nasse Zehen.

»Wenn du dich an meine seltsamen Arbeitszeiten gewöhnen könntest ... bin ich der Meinung, dass wir gut zusammenpassen, Gallagher. Ich mag dich, und ich glaube, du magst mich auch.«

»Tu ich.«

»Dann lass uns weitermachen. Und schauen, wohin es führt.«

Ich nickte, schaute ihm in die Augen und lächelte.

Wir schlürften unsere letzten Piña Coladas, und George meinte nachdenklich: »Weißt du, was? Mir schmeckt das Zeug inzwischen richtig gut. Wenn ich es zu Hause in einer Bar bestelle, wirst du mich dann doof finden?«

Ich lachte, stellte mich auf die Zehenspitzen und küsste ihn. Dabei fielen meine Sandalen ins Wasser, und George galoppierte, seinen Drink verspritzend, heldenmutig los, um sie davor zu bewahren, auf einem Wellenkamm hinaus aufs Meer zu segeln.

∴

Mit einem Rums setzt unser Flugzeug auf dem Rollfeld auf, hüpft kurz zurück in die Luft und gewinnt dann endgültig Bodenhaftung. George öffnet die Augen und schaut mich verwundert an.

»Alles okay?«, frage ich ihn.

»Ja, ich hatte bloß gerade einen absolut tollen Traum«, antwortet er blinzelnd.

»Mit welchem Supermodel hattest du Sex?«

Er beugt sich zu mir und flüstert mir ins Ohr: »Dämliche Frage, Gallagher.« Dann zieht er sich grinsend auf seinen Platz zurück.

»Also, was machen wir jetzt?«, frage ich ihn, als wir die Passkontrolle hinter uns haben und auf unser Gepäck warten. Es ist früh am Abend, und ich möchte nicht diejenige sein, die vorschlägt, dass wir die Nacht zusammen verbringen. Wir haben fast zwei gemeinsame Wochen hinter uns. Bestimmt braucht er jetzt ein bisschen Freiraum. Ich sowieso. Allerdings bin ich mir unsicher, ob es sofort sein muss.

»Zu dir?«, schlägt er vor. »Ich will nicht lügen, Gallagher – deine Wohnung ist hübscher als meine. Wie wäre es, wenn wir uns was zu essen bestellen und dabei einpennen?«

»Klingt wundervoll.«

Wir duschen in meinem Bad, machen uns frisch, bestellen Pizza, um all den köstlichen Thai-Currys entgegenzuwirken, die wir in der letzten Zeit verspeist haben, kuscheln uns auf meinem Sofa unter eine Decke, essen, sehen fern und gehen viel zu spät ins Bett, wo wir eng umschlungen einschlafen.

∴

George ist auf den Beinen, bevor ich die Chance habe aufzuwachen. Es ist kurz nach sechs, und er ist schon weg. Vermutlich hat er seine Sportsachen aus dem Koffer geholt und ist arbeiten gegangen. Allerdings steht sein Gepäck noch da, was ich schön finde – ein kleiner Teil von George in meiner Wohnung, in meinem Leben. Natürlich habe ich keine Ahnung, wie es hier zwischen uns klappen wird – wir sind wieder zu Hause, zurück in der harten Wirklichkeit, statt uns im Glorienschein von gutem Sex und endloser Sonne eines Urlaubstraumlands zu aalen. Ich werde abwarten und für alles offen bleiben.

Mühsam hieve ich meinen von Jetlag geplagten Körper aus dem Bett und mache mich fertig für die Arbeit. Ich lasse mich davon nicht runterziehen, es hat doch auch immer etwas von einem Neustart, nach einem guten Urlaub ins Büro zurückzukehren. Als könne man neu anfangen, ein bisschen lebendiger diesmal. Außerdem bin ich braun gebrannt, meine Haare sind von der Sonne ausgeblichen, und ich hüpfe praktisch ins Büro.

Am späten Vormittag machen Clare und ich uns auf den Weg in unser italienisches Café, um dort einen guten Kaffee zu trinken, und obwohl ich sicher bin, dass ich im Urlaub zugenommen habe, bestelle ich weißen Toast und Marmite, zahle und warte, bis alles fertig ist.

Clare erzählt mir von dem neuen Mann in ihrem Leben, von den beiden Dates, die sie mit ihm hatte, dass er ihr schon Blumen mitgebracht und einen Ausgehabend mit ihr und einigen seiner Freunde geplant hat.

Ich blicke auf und frage: »Ihr trefft seine Freunde?«

»Das ist doch der nächste Schritt, oder nicht?«, meint Clare. »Freunde treffen. Das ist Date Nummer vier. Date drei müssen wir noch überstehen.«

»Und was habt ihr für Nummer drei vor?« Ich bekomme meinen Toast in einer Papiertüte, mache mich sofort darüber her und winke dem Cafébesitzer zum Abschied zu.

»Er hat einen Tisch bei SushiSamba reserviert.«

»Da wollte ich schon immer mal hin«, gestehe ich. »Aber sie geben dort leider nie Mengenrabatt …«

»Ich werde berichten. Wie war es denn bei dir im Urlaub? Mit dem Mann, mit dem du angeblich nur befreundet bist?«

Verlegen wende ich den Blick ab.

»Wusste ich's doch!«, triumphiert Clare. »Seid ihr jetzt zusammen?«

»Ja«, antworte ich.

»Das war unvermeidlich«, meint sie sachverständig.

»Hmm, da bin ich nicht so sicher. Aber es ist passiert. Und es fühlt sich gut an.«

»Großartig«, sagt Clare, und wir schlürfen unseren Kaffee. »Schau einer an: Im gleichen Monat haben wir beide einen neuen Mann gefunden. Wann habt ihr euer nächstes Date?«

»Tja, jetzt will ich natürlich auch ins SushiSamba«, seufze ich. »Aber vielleicht wäre ein Museum oder eine Galerie gut. Ich weiß gar nicht, worauf George steht.«

»Ist aber immer nett, das herauszufinden«, sagt Clare, als wir wieder im Büro ankommen.

Ich schreibe George. Hey, heißer Typ. Möchtest du ein Date mit mir?

Eine Weile beobachte ich den Bildschirm, aber er trainiert offenbar jemanden oder ist nicht in der Nähe seines Handys. *Zuletzt online um 2:51.* Seltsame Zeit. Ich dachte, da hätten wir beide zusammen im Bett gelegen. Vielleicht hatte ihn der Jetlag im Griff. Mir fällt auf, dass ich überhaupt nicht weiß, mit wem George befreundet ist. Obwohl wir im Urlaub so viel über das Leben und die Liebe geredet haben, habe ich im Grunde keine Ahnung, wie sein Leben außerhalb des Fitnessstudios ist. Aber ich weiß, dass er nachdenklich ist, fürsorglich, und dass wir auf einer Wellenlänge sind. Das reicht mir fürs Erste.

Hast du eigentlich einen besten Freund?, schreibe ich ihm spontan, sicher ein bisschen aus der Luft gegriffen, aber jetzt bin ich einfach neugierig.

Dann scrolle ich auf dem Display nach oben, um Miranda zu antworten, die mir ständig Emojis von Auberginen mit Fragezeichen daneben schickt und mich bedrängt, all ihre Fragen zu George zu beantworten, was ich ihr bislang verweigert habe. Was immer ich ihr jetzt sage, wird bei unserem nächsten Pub-Abend in alle Einzelheiten zerlegt und genauestens analysiert werden. Also kann ich mir die Informationen genauso gut bis dahin sparen.

Stattdessen gehe ich zu meiner WhatsApp an Davey, an der zwei blaue Häkchen zu sehen sind. Er hat sie also gelesen. Dennoch hat er nicht darauf geantwortet, und es ist schon ein paar Tage her, dass ich sie geschickt habe. Natürlich könnte ich die Nachricht löschen, aber wenn er sie gesehen hat, wäre es sowieso zu spät. Der Schaden ist angerichtet, und ich lasse die Nachricht, wo sie ist und mich verhöhnt. Dann sehe ich über unserem Chat, wie Daveys Status sich von *zuletzt online* ... auf *online* ändert. Doch genauso schnell ist er wieder offline. Kurz darauf kehrt er zurück, und mir bleibt vor Schreck die Spucke weg, als sein Status plötzlich lautet: ... *schreibt.*

Endlich! Vielleicht bekomme ich jetzt eine Antwort. Fasziniert schaue ich zu. Was hat er mir wohl zu sagen? Ich möchte wissen, wie seine Chemo läuft, aber womöglich ist das so ungefähr das Letzte, worüber er sprechen möchte. Ich vermisse sein Gesicht, obwohl ich weiß, dass er nicht will, dass ich es zu sehen bekomme. Am liebsten möchte ich alles wissen, vor allem, ob er okay ist, psychisch. Ob er es schafft, optimistisch zu bleiben, weiterzumachen. Er hat seine Mum, seinen Dad, er hat Grant. Aber fühlt er sich trotzdem allein? Ich will ihm so gern noch einmal sagen, wie viel mir an ihm liegt, doch das werde ich nicht tun. Ich habe es ihm schon gesagt, meine Nachricht beherrscht das Display, und so warte ich, während er weiterschreibt.

Aber dann hört er auf, und es passiert genau das Gleiche wie neulich – auf einmal ist er wieder offline. Nichts. Keine Nachricht. Einfach … nichts. Davey ist verschwunden, hat seine Gedanken mitgenommen, seine Nachricht entweder in der Luft hängen lassen, wo sie darauf wartet, gesendet zu werden – wie die letzte, die er geschrieben hat –, oder er hat es sich anders überlegt und alles gelöscht. Was soll das nur?

∴

Um 22 Uhr bin ich zu Hause und warte immer noch auf eine Reaktion von George. Sein Koffer ist da, aber er nicht. Ich rechne nicht gerade damit, dass er durch die Tür kommt und ruft: »Schatz, hier bin ich!«, aber auf irgendeine Art von »Hallo« hatte ich schon gehofft – schließlich kommen wir gerade aus einem großartigen gemeinsamen Urlaub. Aber allem Anschein nach wird auch dieser Wunsch nicht in Erfüllung gehen.

Es ist eine Warnung an mich, dass sich mein Leben nicht allein um Männer drehen darf. Zwar war ich immer gut darin, dieser Versuchung zu widerstehen, aber nach dieser Reise merke ich, wie leicht ich ins Stolpern geraten könnte. Dass George nicht antwortet, zeigt es mir nur allzu deutlich. Also beschließe ich, mir eine Tasse Tee zu machen, ins Bett zu gehen und zu lesen. Zwar müsste ich dringend ins Fitnessstudio, aber es ist spät, ich sollte auf dem Boden der Tatsachen bleiben.

Ich lese das Buch bis zum bitteren Ende. Eigentlich wollte ich längst damit durch sein. Dann schaue ich auf mein Handy. Als ich sehe, dass von George noch immer nichts gekommen ist, knipse ich die Nachttischlampe aus, rolle mich unter der Decke zusammen – was selbst in diesen ersten Tagen, in denen der Frühling spürbar wird, eine äußerst angenehme Sache ist – und schlafe ein.

Hartnäckiges Klopfen an der Wohnungstür weckt mich. Einbrecher? Nein, die klopfen wohl kaum. Ich gehe zur Tür und rufe: »Wer ist da?«

Es ist tatsächlich George, und ich öffne überrascht die Tür.

»Was machst du denn hier?«, frage ich verschlafen und gebe mir Mühe, mich wachzublinzeln.

»Wie meinst du das?«, will er wissen.

Da ich meine Uhr zum Schlafen immer ablege, starre ich vergeblich auf mein Handgelenk. »Wie spät ist es?«, frage ich.

»Gleich Mitternacht.«

»Ich hoffe, du bist nicht auf Sex aus. Oder auf ein Abendessen.«

»Weder noch, Gallagher.« Er beugt sich zu mir herunter, küsst mich und richtet sich wieder auf. »Ich dachte, ich könnte bei dir schlafen. Ist das okay?«

»Ähm, ja – klar.« Ich trete zur Seite, und er nimmt meinen ganzen Flur ein, schaltet auf dem Weg in die Küche sämtliche Lichter an, holt sich ein Glas aus dem Schrank und füllt es am Wasserhahn. Wie zu erwarten war, ist er verschwitzt und trägt Sportsachen. Schließlich dreht er sich um und sieht mich an.

»Alles okay bei dir?«, fragt er.

»Ja. Ich hab geschlafen. Hab ich die Nachricht, dass du unterwegs zu mir bist, verpasst?«

Er kippt das Wasser in großen Schlucken hinunter. »Nein.«

»Ich hab dich nämlich nicht erwartet.«

»Ist … das ein Problem?«

»Nein«, antworte ich und schüttle den Kopf. »Ich hatte nur keine Ahnung, dass du kommen würdest.« Als mir klar wird, dass dieses Gespräch zu nichts führt, sage ich einfach: »Ich gehe wieder schlafen. Kommst du mit?«

»Ja, aber zuerst muss ich duschen. Dann krieche ich zu der wundervollsten Frau des Planeten ins Bett.«

Ich gehe zu ihm und küsse ihn. »Sie ist nicht hier, du musst wohl mit mir vorliebnehmen.«

Als George in die Dusche steigt, bin ich schon wieder am Einschlafen, aber als er ins Bett klettert, stupst er mich, zieht mich in seine Arme, und wir kuscheln, bis meine Schläfrigkeit sich ganz von selbst auflöst und etwas ganz anderem weicht.

∴

Am nächsten Morgen durchsucht George die Schränke nach Kaffee, wobei er auf sein Handy schaut. »Hast du wirklich nur Instantkaffee?«, fragt er.

»Ja«, antworte ich abgelenkt, weil ich mich gerade schminke. »Aber in dem Café gleich bei der U-Bahn-Station gibt es guten Kaffee. Oder samstags und manchmal sonntags bei Joan.«

George schnieft. »Na gut.« Dann nimmt er sich wieder sein Handy vor, kneift kurz die Augen zusammen und schaut zu mir herüber. »Er heißt Dex, aber wir nennen ihn immer Dog. Ich kann mich ehrlich nicht mehr erinnern, warum.«

Ich starre ihn an, während ich gleichzeitig versuche, mir mithilfe meines kleinen Handspiegels die Wimpern zu tuschen. »Hä?«

Er wedelt mit dem Handy in meine Richtung. »Du hast mich doch gefragt, wer mein bester Freund ist.«

Ich bin verwirrt. »Stimmt, hab ich. Liest du meine Nachricht erst jetzt?«

Er nickt. »Auf meinem Handy hat sich dermaßen viel angesammelt, ich musste mich erst mal auf den neuesten Stand bringen.«

»Gefragter Mann, was?«

»Irgendwie schon.«

Jetzt liest er wohl seine anderen Nachrichten, denn hin und wieder lacht er laut, schreibt aber nicht sonderlich viel. Schließlich stopft er das Handy in seine Sportjacke und zieht den Reißverschluss hoch. »Kaffee gibt's bei der U-Bahn, hast du gesagt?«

»Mhmm.«

»Na, dann komm.« Er beginnt, auf der Stelle zu joggen. »Übrigens – wann fängst du wieder an im Fitnessstudio?«

Ich sehe zu, wie er auf dem ohnehin schmerzlich abgelaufenen Linoleum herumtrampelt. »Ich hatte vor, freitags mit dem Spin anzufangen und …«, setze ich an.

Er unterbricht mich. »Komm doch zu mir. Ich trainiere dich gratis. Wenn du magst.«

»Na gut. Gern.« Ich blicke auf meinen Bauch hinunter.

»Übrigens finde ich nicht, dass du dick bist. Falls du dir irgendwelche Gedanken in diese Richtung gemacht hast.«

Ich grinse, denn das habe ich tatsächlich. Hotel-Pfannkuchen und all so was.

»Es muss doch ein paar Vorteile bringen, mit einem Personal Trainer Sex zu haben«, witzelt er. »Du solltest sie nutzen.«

»Okay, danke.« Dann wiederhole ich meine Nachricht an ihn. »Möchtest du ein Date mit mir, George?«

Er macht ein verwirrtes Gesicht, fast so, als spräche ich eine Fremdsprache. Offenbar hat er diese Nachricht nicht gelesen.

»Wir hatten doch schon ein Date. Erinnerst du dich nicht ans Sirocco?«, fragt er.

»Natürlich erinnere ich mich daran«, antworte ich. Wie könnte ich unseren Rooftop-Abend in Bangkok vergessen? »Es war sensationell. Sollen wir so was vielleicht noch mal ausprobieren? Womöglich ist Rooftop-Dining genau unser Ding. In der City gibt es nämlich dieses echt großartige Restaurant …« Ich breche ab, weil Georges Augen verdächtig schmal werden.

»Du meinst so einen Poserladen?«, fragt er, ohne zu hören, was ich sagen wollte.

»Ich dachte, wir mögen so was?«, entgegne ich. »Ich dachte, wir hätten viel Spaß dabei gehabt, uns darüber lustig zu machen, es aber trotzdem zu genießen.«

»Ich hab nicht so viel Geld, Hannah.«

»Na ja, ich bin auch nicht gerade Millionärin«, räume ich ein. »Aber ich übernehme gern die Rechnung, wenn es …«

»Stopp!«, fällt George mir wieder ins Wort. Immerhin joggt er nicht mehr auf meinem Linoleum. »Hast du gehört, was du gerade gesagt hast?«

»Was denn?«, frage ich. »Ist es etwa nicht okay, sich zu revanchieren? Du hast mich in Thailand nach Strich und Faden verwöhnt.«

Er zuckt die Achseln und fängt wieder an, auf der Stelle zu laufen. »Kannst du dich vielleicht ein bisschen beeilen?« Doch dann überlegt er es sich offensichtlich anders und fährt fort: »Hör zu, ich muss los, aber mach dir deswegen keinen Kopf. Wir sehen uns später.«

»Klar«, sage ich, als er mir noch ein Küsschen auf die Wange gibt. »Äh … George?«

»Ja?«

»Du hast nicht vor, hier wieder um Mitternacht aufzutauchen, oder? Ich lege nämlich großen Wert auf meinen Nachtschlaf«, sage ich in dem Versuch, das Thema möglichst locker anzusprechen.

Wieder bleibt er stehen. »Du willst mich nicht hier haben? Du willst nicht, dass ich hier aufkreuze und dich zu erstklassigem Sex verführe?«

»O doch«, beteure ich ganz ehrlich. »Nur nicht um Mitternacht.«

Er sieht mich forschend an.

»Okay, wenn es so ist, nehme ich meinen Koffer lieber mit und schlafe bei mir. Dann sehen wir uns … am Samstag? Samstag schaffe ich bestimmt.«

»Abends oder tagsüber?«, frage ich.

»Abends natürlich«, antwortet er.

»Klitzekleines Problem. Für gewöhnlich treffe ich mich samstagabends mit Miranda und Paul.«

»Jeden Samstagabend?«, hakt er nach.

»Normalerweise schon, es sei denn, einer von uns ist zu einer Party eingeladen oder zu einer Hochzeit oder übers Wochenende nach Hause gefahren oder so was.« Mir ist klar, wie albern ich mich anhöre. »Aber das ist kein Problem. Wenn es die einzige Möglichkeit ist, wann wir uns sehen können, dann sage ich einfach ab.«

»Brauchst du nicht«, entgegnet er. »Ich komme mit.«

»Echt jetzt? Du möchtest mit mir und meinen Freunden ausgehen?«

»Ja«, antwortet er schlicht.

»Können wir dann auch mal mit deinen Freunden ausgehen?«, frage ich.

»Wann immer du möchtest.«

»Wann hängt ihr denn meistens zusammen ab?« Ich bin neugierig.

»Wann immer die Freundinnen sagen, dass es ihnen passt.«

Ich lache. »In Ordnung. Dann bis Samstag?«

»Bis Samstag«, bestätigt er, holt seinen Koffer und ist schon unterwegs zur Tür. »Schreib mir, wann und wo.«

»Mach ich.«

Er kommt noch einmal zurück, gibt mir einen Abschiedskuss und verschwindet. Ich verlasse die Wohnung nur ein paar Minuten nach ihm und sehe noch, wie er ein schwarzes Taxi heranwinkt. Ich habe ein schlechtes Gewissen, dass er ein Taxi nehmen muss, weil er seinen Koffer nun dabei hat. Obwohl ich ihm nicht gesagt habe, dass er ihn mitnehmen müsse. Aber trotzdem.

∴

Am Samstagmorgen schreibe ich Joan, dass ich fertig bin, arrangiere die Kekse auf dem Teller und mache mich auf den Weg in den Garten. Bei Joan ist der Rollladen hochgezogen, und ich sehe sie in ihrer Küche herumwerkeln, Tassen aus dem Schrank holen, die Nespresso-Maschine befüllen. Obwohl der März schon ziemlich mild ist, ziehe ich den Morgenmantel enger um mich und bin froh, dass der Winter allmählich in den Frühling übergeht und ich nicht mehr den Wintermantel brauche, wenn ich in den Garten gehe. Um meine Füße vor dem kalten Beton auf meiner Seite des Zauns zu schützen, bin ich in meine Uggs geschlüpft, ich bin ja nicht lebensmüde.

»*Vanilla Éclair*«, verkündet Joan.

»*Vanilla Éclair* ebenfalls«, erwidere ich und kichere über meinen schlechten Witz.

Joan liest mir die heutige Sortenbeschreibung vor: »Wenn wir mutig genug sind, etwas Dekadenz zu wagen, sollten wir diese Sorte unbedingt als Cappuccino probieren und im Geschmack cremige Vanillecreme und köstlich süße Mandelaromen entdecken.«

»Wagen wir also die Dekadenz«, sage ich, trinke einen Schluck …

Und zucke zusammen. Was auch Joans erste Reaktion ist.

»Meinst du, unsere Verkostungsgeschichte ist womöglich an ihrem natürlichen Ende angelangt?«, frage ich vorsichtig.

»Niemals!« Joan bleibt hart. »Erst wenn ich von meinem Abenteuer zurückkomme, kehren wir zu den normalen Geschmacksnoten zurück.«

»Okay.« Ich nippe noch einmal. Beim zweiten Schluck ist es schon nicht mehr so schlimm.

Wir sprechen über Geoffs und Joans nächste Reise, eine einmonatige Kreuzfahrt, die demnächst bevorsteht. Joan zieht einen Prospekt hervor und zeigt mir Fotos, wo sie überall Station machen werden und wie toll das Schiff ist. Ich kann nur staunen. Es gibt Wasserrutschen und Eisbahnen, und da ich vor Begeisterung sprachlos bin, redet Joan für uns beide.

»Wir erzählen euch jungen Leuten lieber nicht, wie aufregend Kreuzfahrten sind, weil wir Angst haben, dass ihr plötzlich auch damit anfangt und die Preise in die Höhe treibt. Obwohl ich mich nicht beklagen will, Geoff hat mich eingeladen. Allmählich glaube ich, er ist ein heimlicher Millionär«, sinniert sie.

Ich lache, und jetzt möchte Joan natürlich alles über meinen Urlaub wissen. »Du siehst blendend aus.«

»Danke. So fühle ich mich auch.«

»Hattet ihr etwa auch Pyjamapartys für Erwachsene, du und dieser junge Mann?«

»Elf Mal«, prahle ich mit einem stolzen Lächeln.

»Na, hoppla!« Joan lacht leise. »Ich denke mal, das verdient einen Keks.«

Wir fangen an zu knabbern.

»Dann gehe ich recht in der Annahme, dass es zwischen dir und Davey nicht zum Besten bestellt ist?«

Ich nicke, denke daran, wie er geschrieben, es aber nie geschafft hat, auf *Senden* zu tippen. Bisher habe ich davon keiner Menschenseele erzählt. Zwei Mal hat er das getan, und ich möchte dem nicht zu viel Bedeutung zumessen. Aber ich schaue Joan in die Augen, und statt: *Ja, es ist aus und vorbei,* sage ich: »Er hat mir Nachrichten geschrieben, sie aber nicht abgeschickt.«

Joan starrt mich wortlos an. Sie versteht offensichtlich nicht, was ich meine, also erkläre ich: »Ich sehe, wenn er mir schreibt. Aber er schickt nichts davon ab. Das habe ich jetzt schon zwei Mal mitbekommen.«

Erst jetzt kommt mir der Gedanke, dass Davey womöglich noch viel öfter schreibt, wenn ich es nicht mitbekomme. Ich runzle die Stirn. Eigentlich wäre es tatsächlich ein viel zu großer Zufall, wenn er ausgerechnet nur die beiden Male geschrieben hätte, als ich ebenfalls online war.

Joan sagt etwas, und ich unterbreche meine Überlegungen. »Hast du dir mal überlegt, ihn anzurufen? Wie lange ist es denn her?«, fragt sie.

»Fast zwei Monate. Und nein. Ich bin feige. Aber ich habe eine Nachricht geschrieben. Auf die er nicht geantwortet hat. Ich werde ihn nicht anrufen, ich habe den ersten Schritt auf ihn zu gemacht, um unsere Freundschaft zu erhalten. Jetzt ist er dran.«

»Selbst wenn es ihm richtig schlecht geht? Würdest du auch in diesem Fall sagen, dass er am Zug ist?«

Ich nicke. »Gerade weil es ihm schlecht geht, ist er am Zug. Er hat mich gebeten, ihn in Ruhe zu lassen. Woran ich mich nicht gehalten habe. Also kann ich ihn jetzt schlecht weiterbedrängen, ich muss den nächsten Schritt wirklich ihm überlassen.«

»Ja, verstehe ich«, lenkt Joan ein und wirft einen dezenten Blick auf den Keksteller, der auf meiner Seite des Gartens steht. Sofort halte ich ihr den Teller hin und stelle ihn, nachdem sie sich einen Keks genommen hat, wieder zurück.

»Willst du keinen?«, fragt sie.

Ich schüttle den Kopf. »Ich glaube, George findet, dass ich im Urlaub dick geworden bin.«

Joan macht ein entsetztes Gesicht. »Der George von den elf erwachsenen Pyjamapartys?«

»Ja.«

»Hannah«, sagt Joan warnend.

»Nein, nein. So ist es nicht. Gesundheit und Fitness sind einfach voll sein Ding, und deshalb möchte er wohl, dass ich mich auch um so was kümmere. Aber er hat sich wirklich alle Mühe gegeben, mir glaubhaft zu versichern, dass er mich nicht zu dick findet. Er liebt eben seine fünf Portionen Obst und Gemüse am Tag. Und ich mag ein Frühstücksbuffet mit Pfannkuchen, vor allem, wenn jemand anderes sie macht.«

»O ja«, stimmt Joan sofort zu. »Ich gehe fest davon aus, dass ich auf der Kreuzfahrt einige Pfunde zulegen werde, wenn es da jeden Tag Pfannkuchen gibt.«

»Schließlich lebt man nur einmal, richtig?«, gebe ich zu bedenken.

»Und dann kommt der Herzinfarkt zu dir«, fügt Joan weise hinzu.

∴

Samstagabend sitzen Paul, Miranda und ich im Pub und warten geduldig auf George. Wir sind bereits bei der zweiten Runde Drinks, und Miranda hat mich gnadenlos mit Fragen bombardiert und mir ein Detail des Urlaubs mit George nach dem anderen entlockt, was Paul extrem peinlich findet, während wir beide jede Sekunde des Gesprächs auskosten.

»Wie groß?«, fragt sie und legt die Hand an Pauls Bierglas. »Hier etwa?« Sie berührt eine Stelle in der Nähe des oberen Rands, ich schüttle den Kopf und schiebe ihre Hand ein Stück höher.

»Was für ein Glückspilz du bist«, kreischt Miranda, streckt die Hand zum High-Five in meine Richtung, und ich schlage ein.

Angeekelt blickt Paul auf sein Bierglas. »Verdammt nochmal«, schimpft er und schiebt das Glas ein Stück von sich weg. »So was kannst du doch nicht fragen! Und du hast jede existierende Regel gebrochen, indem du ihr geantwortet hast«, fügt er, an mich gewandt, hinzu.

»Was?«, geht Miranda auf ihn los. »Solches Zeug muss ich sie doch fragen, denn wenn sie in ungefähr einem Monat total verliebt und absolut loyal geworden ist, rückt sie damit nicht mehr raus.« Damit wendet sie sich wieder mir zu. »Erzähl mir alles.«

»Oh, bitte nicht!«, ruft Paul und blickt resigniert hinaus auf die dunklen Bürogebäude in der Nähe.

»Elf Mal«, sagt Miranda wenig später. »Elf Mal. Wie hast du es geschafft, keine Blasenentzündung zu kriegen?«

»Keine Ahnung. Glück wahrscheinlich«, antworte ich lachend.
»Ich glaube, das Häufigste, was Paul und ich geschafft haben, waren fünf Mal in einer Woche. Da waren wir in Scarborough, erinnerst du dich, Paul?«

»Miranda!« Paul ist offenkundig entsetzt.

Ich kichere und werfe einen schnellen Blick auf meine Armbanduhr. Wo bleibt George denn nur?

»Also«, mischt Paul sich ins Geschehen ein. »Abgesehen vom Sex, der natürlich *großartig* ist und bla bla bla … ist er denn auch nett? Magst du ihn?«

»Ja«, antworte ich, werde aber nachdenklich, denn der müde, hart arbeitende George in London unterscheidet sich schon ein bisschen vom entspannten, lockeren Urlaubs-George in Thailand. Was ich jedoch nicht ausspreche.

»Ich kann es kaum erwarten, ihn kennenzulernen«, sagt Miranda, »und werde wahrscheinlich so begeistert sein, dass ich eventuell Gefahr laufen könnte, etwas kokett und albern rüberzukommen. Also entschuldige ich mich gleich vorab dafür.«

»Bei mir oder bei Hannah?«, fragt Paul und verschränkt die Arme vor der Brust.

»Natürlich bei euch beiden«, sagt sie und zwinkert mir vielsagend zu.

»Gut«, antwortet Paul gedehnt. »Wollte mich nur vergewissern.« Dann murmelt er noch etwas vor sich hin, Miranda und ich sehen uns an und unterdrücken ein Kichern.

»Du hast ihm aber schon gesagt, wo wir uns treffen und wann?«, fragt Miranda.

»Klar. Er war es auch, der vorgeschlagen hat, euch zu treffen. Vermutlich verspätet er sich einfach.«

»Ich bin am Verhungern«, verkündet Paul, winkt die Bedienung herbei, und wir bestellen ein paar Knabbereien.

Als George eine halbe Stunde später durch die Tür marschiert, schaut er sich um, entdeckt mich, grinst breit und kommt sofort zu uns. Obwohl er sich so verspätet hat, schmilzt unter seinem typischen Strahlelächeln sowohl alle Nervosität dahin, die Miranda im Spaß heraufbeschworen hat, als auch die Anspannung, die durchs Pauls Worte in mir wach geworden ist. George küsst mich, murmelt »Sorry«, während Paul lächelnd aufsteht und ihm die Hand drückt. Es folgt ein kraftvolles Händeschütteln der Männer, dann küsst George charmant die ihm von Miranda bereitwillig dargebotene Wange und entschuldigt sich auch bei den beiden für sein Zuspätkommen. Allerdings liefert er keinerlei Erklärung, obwohl wir alle drei im Stillen darauf warten dürften. Er kommt sofort zur Sache und fragt: »Was trinkt ihr denn, darf ich die nächste Runde übernehmen?«

»Hier wird man bedient«, erklärt Paul. »Aber danke.«

»Supi«, sagt George und lässt sich auf dem freien Platz neben mir nieder.

So viel ist klar: George befolgt das *Never-explain-never-complain*-Mantra bis zum bitteren Ende, und wir erfahren den ganzen Abend nicht, warum er erst so spät erschienen ist.

»Alles gut?«, frage ich trotzdem.

»Klar. Bei dir?«, fragt er zurück und rutscht ein Stück näher, um mich zu küssen.

»Jetzt schon«, antworte ich, als die Kellnerin erscheint, um unsere Bestellung aufzunehmen. George hatte noch keine Gelegenheit, sich die Speisekarte anzuschauen, spult aber die Namen einiger Gerichte ab und erklärt der Kellnerin: »Ich habe in letzter Zeit viel Thai gegessen.« Sie nickt, kritzelt auf ihren Block und wendet sich dann dem Rest von uns zu.

George ist in Bestform, und erwartungsgemäß verfällt Miranda in einen Lachanfall nach dem anderen, während Paul mir hin und wieder einen Blick zuwirft, den ich nicht ganz deuten kann. George ist amüsant, freundlich, zeigt Interesse daran, wie Paul seine Freizeit verbringt, erkundigt sich jedoch kein einziges Mal, womit meine beiden Freunde ihren Lebensunterhalt verdienen – was ja, wie ich einmal in einer Frauenzeitschrift gelesen habe, sowieso die langweiligste Frage ist, die man bei sozialen Anlässen jemals stellen kann. So unterhalten wir uns über Urlaube, über das Leben und über Fitnessprogramme, ein Thema, das wir zu meinem Erstaunen völlig organisch ansteuern – es ist nicht George, der es zur Sprache bringt. Unter dem Tisch drücke ich zärtlich sein Bein, er wirft mir einen zufriedenen Blick zu, beugt sich wieder zu mir herüber und küsst mich, woraufhin Miranda ihn fragt, wie lange er eigentlich schon scharf auf mich ist.

»Oh, eine Ewigkeit«, antwortet er. »Ich meine … schau sie dir an«, improvisiert George gekonnt.

»Ihr beiden seid echt süß«, sagt Miranda.

Später liegen George und ich aneinandergekuschelt im Bett, und als ich gerade dabei bin einzuschlafen, bekomme ich eine begeisterte Nachricht von Miranda: Paul und ich LIEBEN ihn. Er ist einfach großartig!

Ich lächle George an.

Doch dann schickt sie eine Folgenachricht: Der perfekte Rebound, um deine Gedanken von Davey abzulenken.

Plötzlich wird mir übel, und ich starre stirnrunzelnd auf den Text. Warum sagt sie so etwas? Warum erwähnt sie Davey? Ich antworte ihr und formuliere die Frage so wenig passiv-aggressiv wie möglich.

Oh, so hab ich das nicht gemeint!, antwortet sie umgehend. War nur Spaß. Tut mir echt leid. Ich weiß selbst nicht, warum ich das gesagt habe. Aber George scheint wirklich perfekt für dich zu sein und … Es tut mir wirklich leid. Mist, kann ich dich anrufen?

Nein, antworte ich. Bin schon im Bett. Mach dir keine Sorgen. Ist nicht so schlimm.

Ich lege das Handy weg. Neben mir ist George eingeschlafen, sein Brustkorb hebt und senkt sich langsam und regelmäßig. Ich hole tief Luft durch die Nase und atme durch den Mund wieder aus. Aber Schlafen kann ich jetzt vergessen. Behutsam und leise stehe ich auf, ich will keine Diskussion darüber, warum ich nicht schlafen kann. Was sollte ich ihm auch sagen? Seit dem Tag, an dem ich ihm erklärt habe, dass ich nicht mit in den Urlaub kommen würde, weil jemand mit mir Schluss gemacht hat, habe ich Davey ihm gegenüber nicht mehr erwähnt.

Doch irgendetwas treibt mich zurück zu meinem Handy, ich hole es vom Nachttisch und nehme es mit ins Wohnzimmer, scrolle durch meine Nachrichten, vorbei an der, die Miranda gerade geschickt hat, vorbei an denen von Mum und Dad, von George, Clare, Joan, den Chats mit meinen alten Uni-Freunden und bis zu meinem Chat mit Davey. Auf die Nachricht, die ich ihm aus Thailand geschrieben habe, hat er noch immer nicht geantwortet.

Ich nehme das Handy mit in die Küche, knipse auf dem Weg durch den Flur die Tischlampe an, die schwaches Licht in die kleine Küche wirft, mache mir einen Tee, ziehe das Rollo hoch und blicke hinaus in den Garten. Bisher habe ich mit dem Betonrechteck nicht viel angefangen, aber ich beschließe, sobald es wärmer wird, wenigstens ein, zwei Bänke, ein paar Kissen und Blumentöpfe zu kaufen. Zwar ist Veränderung allein um der Veränderung willen überhaupt nicht mein Ding, aber ich sollte mich dazu durchringen zuzugeben, dass ich jetzt schon ein paar Jahre hier wohne und vermutlich so bald nicht wegziehen werde. Also muss ich es mir doch hübsch machen und mich ein bisschen um den Garten kümmern, und schließlich ist der Sommer nicht mehr fern. Echt verrückt, wie rasant die Zeit seit Weihnachten vergangen ist – genauer, seit Anfang Dezember, als Davey mich versehentlich angerufen hat.

Plötzlich habe ich das dringende Bedürfnis, mir noch einmal

Zimmer mit Aussicht anzuschauen – einfach so, um mich zu trösten und mir Mut zu machen. Vielleicht könnte ich dabei einschlafen. Womöglich hat es den Film für mich verdorben, dass ich ihn mit Davey angeschaut habe. Ich muss es herausfinden. Die Teetasse in der einen Hand, stelle ich mit der anderen den Fernseher an, drehe schnell die Lautstärke herunter, damit ich George nicht aufwecke, suche den Film raus und starte ihn. Doch ich bin so unruhig, dass ich mir auch mein Handy zum Surfen greife, aber es öffnet sich natürlich genau da, wo ich zuletzt war. Bei meiner Nachricht an Davey, in der ich ihm geschrieben habe, dass ich mit jemandem zusammen und glücklich bin, dass ich hoffe, dass er zurechtkommt und dass ich immer noch gern mit ihm befreundet sein möchte. Eigentlich habe ich vor, die App gleich wieder zu schließen, aber da sehe ich, dass Davey online ist. Und schreibt. Ich reagiere, ohne nachzudenken. Keine Zeit zum Grübeln. Und ich komme sofort zur Sache: Ich sehe, dass du mir schreibst. Was immer es ist, bitte schick es mir diesmal.

FÜNFZEHNTES KAPITEL
Davey

Ich lasse mein Handy fallen, als stünde es in Flammen. Scheiße! Sie hat mich beim Tippen erwischt! Wie lange schon? Und dann lese ich ihre Nachricht noch einmal: Was immer du schreibst, bitte schick es mir diesmal. Hannah hat mich schon vorher gesehen. Wie oft schon? Womöglich jedes Mal? Mehr als einmal, so viel ist sicher. O mein Gott, ich schäme mich. Ich traue mich nicht weiterzuschreiben. Aber ich traue mich auch nicht, alles zu löschen, was ich gerade geschrieben habe. Sieht es aus, als würde ich schreiben, selbst wenn ich nur lösche? Eines ist klar – ich werde todsicher nicht auf *Senden* tippen, diesen Ausbruch kann ich ihr auf keinen Fall schicken. Mein Handy leuchtet noch und starrt mich von der Couch her an. Jeden Moment wird es wieder zum Sperrbildschirm zurückgehen. Dann werde ich für sie als offline angezeigt und stehe als absoluter Feigling da, als hätte ich ihre Nachricht gesehen und vor einer Antwort gekniffen. Was ich ja auch tue. Genau das. Wie erwartet wird der Bildschirm nun dunkel. Problem gelöst. Später werde ich mich wieder herwagen und diesen weitschweifigen Bewusstseinsstrom löschen.

Seit Hannah mir die letzte Nachricht geschickt hat, konnte ich nicht aufhören, daran zu denken. Eine Antwort nach der anderen habe ich entworfen, alle unendlich lang. Ich erzähle ihr alles, was mit mir passiert ist, weil ich es will, ich kann gar nicht anders. Dabei habe ich doch behauptet, ich wolle sie gehen lassen. Und so tippe ich nie auf *Senden*. Aber schon ihr zu schreiben hilft mir. Es ist ein gutes Gefühl, alles rauszulassen, und je klarer mir ist, dass ich ihr nichts davon schicke, desto mehr tippe und desto mehr erzähle ich ihr.

Ich spreche jeden Tag mit Grant, und dann sind da noch Mom und Dad. Dad sieht aus, als würde er gleich losweinen, aber er tut es nicht. Mom dagegen weint. Viel und hemmungslos. Und dann ist da noch Hannah ... die so weit weg ist. Jedes Mal, wenn ich an sie denke, scheint sie mir weiter entfernt. Doch nur so kann ich ihr erzählen, wie sehr es mich auslaugt, wie grässlich ich aussehe, dass meine Kopfhaut so glatt ist, glatter als mein Arsch, dass meine Augenbrauen fast verschwunden sind. Und weil das alles klingt, als wäre ich der absolute Freak, lösche ich jedes einzelne Wort wieder ... jedes Mal.

Hannah und ich sind als Freunde auseinandergegangen. Also sollte ich doch in der Lage sein, ihr den ganzen Kram zu erzählen. Aber es fühlt sich alles so viel schlimmer an. Ich fühle mich so viel schlechter. Und ich bin wütend. Irgendwie auch auf Hannah, weil sie gesehen hat, dass ich ihr schreibe. Und weil sie mich auch noch darauf angesprochen hat. Das Schreiben war alles, was noch mir gehörte. Ihr zu schreiben, nichts abzuschicken, später in den Chat zurückzukehren und noch mehr Mist abzusondern. Und jetzt kann ich das nicht mehr. Jetzt muss ich damit aufhören. Vielen Dank auch, Hannah.

Ich nehme mein Handy, schleudere es weg und beobachte, wie es zerschellt. Die Erleichterung, die ich fühle, als es durch die Luft segelt, die Genugtuung, zu sehen, wie es von etwas Starkem zu einem Nichts zerfällt – genau wie ich.

Man sagt, bei Hodenkrebs sei das K im bösen K-Wort kleiner, da die Überlebenschance ziemlich hoch ist, seit man vor ungefähr fünfzehn Jahren die richtige Medikamentendosis erwischt hat. Umso größer ist allerdings das C im bösen Wort Chemo. Nicht vom Krebs selbst ist mir so elend, sondern von der Chemo. Und genau darum kann ich meine Nachrichten auch nicht verschicken. Sie erzählen die Geschichte eines gesunden, starken Mannes, dem Tag für Tag ein Stückchen mehr genommen wird, und ich möchte nicht, dass Hannah diese Version von mir zu Gesicht bekommt.

Ich mache mir nicht die Mühe, aufzustehen und die teuren Einzelteile meines Handys aufzuheben. Mir fehlt die Energie dazu. Ich starre aus dem Wohnzimmerfenster. Jeden Moment kann meine Mom zur Tür hereinkommen, und dann wird sie in Panik ausbrechen – warum ich getan habe, was ich gerade getan habe. Also zwinge ich mich hoch, energielos, wie ich bin. Auf Händen und Knien sammle ich die Überreste dessen ein, was früher mal mein Telefon war. Sieht nicht aus, als wäre es reparabel. Ich kann nicht einmal aufstehen, so erschöpft bin ich. Ich krieche in die Küche, werfe die Handvoll Handy in den Müll. Nur die SIM-Karte hebe ich auf. Dann krieche ich zurück ins Wohnzimmer, klettere zurück aufs Sofa, hole tief Luft, bis ich wieder zu Atem komme, klappe den Laptop neben mir auf und mache mich daran, ein neues Handy zu bestellen.

SECHZEHNTES KAPITEL
Hannah
März

Es ist Sonntagvormittag, George und ich sind im Garten – es ist Zeit, dass ich Joan und ihn miteinander bekannt mache. Ich fühle mich ungefähr so nervös, als müsste ich ihn meinen Eltern vorstellen, und auf einmal wird mir klar, dass Joan für mich so etwas wie meine London-Mom ist. Außerdem fällt mir auf, dass ich sie nicht gewarnt habe, Davey besser nicht zu erwähnen, oder dass er mir immer noch schreibt, aber nichts davon abschickt. Obwohl ich mir selbst nicht so recht erklären kann, warum, finde ich, das Thema Davey sollte nicht angeschnitten werden. Zwar habe ich das Miranda gestern auch nicht gesagt, allerdings weiß sie weder, dass ich Davey beim Schreiben ertappt, noch, dass ich ihm selbst eine Nachricht geschickt habe.

Wie dem auch sei, eigentlich ist das doch ein ungeschriebenes Gesetz unter Freundinnen – man erwähnt vor dem aktuellen Freund einer Freundin keine anderen Männer, die einmal die Hauptrolle in ihrem Leben gespielt haben. Es sei denn, sie haben sich als Mistkerle entpuppt, was Davey ... nicht getan hat. Aber ist Joan in diesen Dingen wirklich auf dem Laufenden? Vielleicht denke ich einfach zu viel nach, trotzdem ziehe ich mein Handy aus der Tasche meines Morgenmantels und tippe blitzschnell eine Nachricht an sie – Bitte erwähn Davey gegenüber George nicht – und stopfe das Handy wieder in die Tasche. Dann beuge ich mich ein Stückchen über den Zaun, so dass ich sehen kann, wie sie in ihrer Küche aufs Handy schaut, das neben ihr auf der Anrichte aufleuchtet. Okay, gut, sie hat die Nachricht gesehen, schüttelt allerdings den Kopf, als würde meine Nachricht sie verwundern, und jetzt komme ich mir doch ein bisschen dämlich vor. Natürlich hätte sie Davey nicht erwähnt. Warum sollte sie?«

Neben mir wirft George einen Blick auf seine Uhr.

»Alles okay bei dir?«, frage ich.

»Ja«, antwortet er und gibt mir einen Kuss auf die Wange. »Ich weiß aber immer noch nicht, warum ihr eure Treffen unbedingt im Morgenmantel abhalten müsst«, fügt er hinzu.

»Das ist einfach … unser Ding. So haben wir es von Anfang an gemacht.«

George hat sich erst geweigert, sich einen meiner Morgenmäntel von mir zu leihen, und mich stattdessen angebettelt, noch zu warten, bevor ich Joan mitteile, dass wir so weit seien. Aber dann hat er es sich anders überlegt, ist unter die Dusche gesaust, hat sich die Zähne geputzt, Jeans und einen Pullover angezogen und sich für präsentabel erklärt.

Weil das alles ziemlich lange gedauert hat, lechze ich nach Kaffee, auch wenn George wirklich gut aussieht. Seine Pullis sind immer auf der richtigen Seite der Gratwanderung »Heiße, fast schon zu heiße Klamotte« und umschließen seinen Bizeps auf eine Art, dass ich die Hand danach ausstrecken und ihn streicheln möchte, als wäre er eine Katze. Ich dagegen sehe morgens immer scheiße aus, habe mit dieser Tatsache aber längst meinen Frieden gemacht. Aber nur für George. Und für Joan. Und früher einmal für Davey.

Ich weiß nicht recht, was ich davon halten soll, dass Davey gestern erneut wie durch Zauberhand verschwunden ist. Ich habe *Zimmer mit Aussicht* so lange auf Pause gelassen, auf mein Handy gestarrt und gewartet, ob er wieder auftaucht, dass ich irgendwann ins Bett zurückgekrochen bin, ohne daran zu denken, den Apparat auszuschalten. Heute Morgen hat George den Film gleich entdeckt und wollte wissen, was das sei. Als ich ihm gesagt habe, dass es sich um meinen Lieblingsfilm handelt, hat er vorgeschlagen, ihn bei Gelegenheit zusammen anzuschauen. Möglicherweise bin ich bei dem Gedanken zurückgezuckt. Aber ich kann mich wohl kaum weigern, meinen Lieblingsfilm mit ihm anzusehen, das wäre nicht fair, und ich will doch auch, dass es zwischen uns funktioniert. So stand ich da, hatte im Stillen eine existenzielle Krise und fragte mich, ob die Tatsache, dass ich meinen Lieblingsfilm nicht mit George teilen möchte, mir in Wahrheit als Zeichen dienen sollte, dass ich nicht an ihn und mich glaube. Was so ungefähr der schlechteste Start für eine Beziehung wäre. Also habe ich zugestimmt, gelächelt, mir vorgenommen, später Popcorn zu kaufen und ein Event daraus zu machen – und George ein kleines Stückchen näher an mich heranzulassen.

Joan erscheint mit dem Kaffeetablett, mustert George aufmerksam, lächelt erst ihn und dann mich strahlend an. George wirkt etwas nervös, der Arme, erwidert das Lächeln jedoch.

»Er ist tatsächlich so umwerfend, wie du ihn beschrieben hast«, meint Joan. »Elf erwachsene Pyjamapartys … ja, ich kann es mir vorstellen«, fügt sie kichernd hinzu.

Ich spüre förmlich, wie George sich in die Brust wirft – natürlich nur mental –, während ich innerlich sterbe. Sein Charmeniveau steigt deutlich an, als er sich mit Joan bekannt macht.

Da Joan an nichts anderes mehr denken kann, reden wir über die bevorstehende Kreuzfahrt, und ich gebe zu, dass ich sie vermissen werde, wenn sie morgen loszieht. Schon vor einer Ewigkeit hat sie alles gepackt, eine Marotte, die wir gemeinsam haben, und sie sagt: »O ja, Thailand. Und wegen deines gebrochenen Herzens wolltest du eigentlich gar nicht mitfahren.«

Verdammt nochmal, Joan. Nur an diese eine Sache solltest du denken!
»Ich meine …«, setze ich an. »Nicht gerade gebrochen, nur …«

Joan macht ein verlegenes Gesicht, lächelt mir entschuldigend zu und versucht, ihren Ausrutscher zu überspielen: »Master Origin India, Monsun-Robusta. Intensität elf.«

»Hä?«, fragt George.

»Der Kaffee«, murmle ich und starre in meine Tasse, erschüttert ob der unerwarteten Stolperfallen dieses Morgens, denn nun redet Joan auch noch viel zu ausführlich über die Aromen irgendwelcher Edelhölzer und darüber, wie der monatelange Monsun den Geschmack des Kaffees in unseren Tassen beeinflusst. George sieht komplett verwirrt aus. Ich habe ihm zwar erzählt, dass Joan und ich uns im Garten treffen und unseren Kaffee bewerten, aber darauf war er offensichtlich nicht gefasst.

»Ich will heute mal großzügig sein«, verkündet Joan. »Fünf von fünf Sternchen.«

Zwar weiß ich, dass sie noch keinen einzigen Schluck getrunken hat, nippe jedoch an meiner Tasse und nicke zustimmend. »Und was sagst du, George?«, frage ich vorsichtig.

Auch George nippt gehorsam. »Äh, ich weiß nicht. Vier vielleicht?«

»Großartig«, sage ich, und jetzt, wo wir diese Routine hinter uns gebracht haben, möchte ich sofort zurück ins Haus verschwinden.

»Was habt ihr denn heute noch so vor?«, fragt Joan.

Darüber haben George und ich noch gar nicht gesprochen, und ich sehe ihn fragend an. »Heute Abend wollen wir uns *Zimmer mit Aussicht* anschauen«, antworte ich halbherzig.

Joan nimmt es mit einem Nicken zur Kenntnis. »Und den Rest des Tages?«

Eigentlich habe ich keine Ahnung, was wir sonst noch tun wollen. »Da wir uns nur so wenig sehen, werden wir unsere gemeinsame Zeit sicher nicht damit verschwenden, einfach nur rumzusitzen.«

»Aber Zeit, die man genussvoll verschwendet, ist nicht verschwendet«, zwitschert Joan und fügt hinzu: »John Lennon.« Lennon ist ihr Idol, sie zitiert ihn an jeder Ecke.

George staunt, bläst nachdenklich die Wangen auf und sagt: »Wollen wir nachher vielleicht einfach mal in die Stadt gehen?«

»Klar, gern«, antworte ich. »Einkaufen oder …?«

»Nein. Das kann man online machen. Warum benehmen wir uns nicht mal wie Touristen?«

»Ooo-kay …«

»Hast du keine Lust?«, fragt er.

»Doch, doch, lass uns das machen.«

Ich sehe, wie Joans Blick bei unserem verbalen Tennis zwischen uns hin- und herflitzt.

»Lass uns doch eine Stadtrundfahrt machen«, sagt George plötzlich. »Du weißt schon, eine dieser grotesken Bustouren, bei denen man in ein paar Stunden alles von London zu sehen bekommen soll und alle Infos gebrüllt werden.«

Ich trinke meinen Kaffee. »Danke, das dann doch lieber nicht.« Genau das hatte ich mit Davey geplant, und ich ärgere mich über mich selbst, weil ich es mit niemand außer ihm machen möchte. Selbst wenn Davey vielleicht niemals nach London kommt. Ich schlucke. Ich sollte es mir anders überlegen und Georges Vorschlag zustimmen.

»Okay …«, lenkt er ein und senkt den Blick. »Was ist von hier aus leicht zu erreichen? Der Tower?«

Ich sehe ihn an. Er führt genau die Sehenswürdigkeiten ins Feld, die Davey und ich zusammen erkunden wollten, und ich schwöre, wenn er als Nächstes die National Portrait Gallery vorschlägt, werde ich laut schreien.

»Gibt es vielleicht irgendetwas Neues anzuschauen?«, frage ich. »Eine Ausstellung oder so?«

»Ja, es gibt da was über James Bond …«

»Großartig. Lass uns das machen.«

»Aber du hast noch nicht mal gehört, was ich sagen wollte«, entgegnet er lachend. »Da geht's um Autos. Findest du Autos etwa interessant?«

»Autos sind gut«, beharre ich. Ich hasse Autos. »Ist bestimmt faszinierend.« Auf jeden Fall besser als irgendeine der absurden

Unternehmungen, die ich mit Davey geplant hatte. Die kann ich auf keinen Fall mit George machen. Noch nicht jetzt. Ich versuche mir einzureden, dass ich einfach ein paar Monate brauche und dann schon klarkommen werde. Leider bedeutet das auch, dass ich jetzt *nicht* klarkomme. Aber ich werde, irgendwann. Und das ist die Hauptsache.

Wir verabschieden uns von Joan, und ich muss daran denken, dass ich sie einen ganzen Monat nicht sehen werde, weil sie ihren Weg über die Meere antritt, um Pfannkuchen zu essen, auf Eisbahnen herumzuschlittern und mit Geoff alle möglichen neuen Erfahrungen zu sammeln.

Ist es nicht das, worum es in Beziehungen geht, zumindest teilweise? Neues aneinander, ja miteinander zu entdecken und die Welt um sich herum kennenzulernen … gemeinsam.

George schließt die Küchentür hinter uns und lacht. »Das war ja sehr amüsant«, sagt er. »Diese Frau ist einmalig.«

»Wie bitte?«, frage ich erstaunt.

»Durchgeknallt, total meschugge«, erklärt er.

»Ich weiß schon, was du meinst, aber das stimmt doch nicht«, erwidere ich und merke, dass ich das nicht so stehen lassen kann.

»Klar ist sie das. Dieser ganze Fünf-von-fünf-Sterne-Unsinn. Bei einer Kaffeesorte? Und das tut sie dir jede Woche an? Das ist doch lächerlich. Und dann tut sie auch noch so, als hätte dir jemand das Herz gebrochen.«

Ich schweige.

»Ich weiß, dass du nicht mit nach Thailand kommen wolltest«, sagt er. »Aber dir hatte doch niemand das Herz gebrochen, oder?«

Jetzt, da ich darüber nachdenke, kommt es mir auf einmal seltsam vor – George wusste, dass ich wegen Davey traurig war, er wusste, dass ich nicht in Urlaub fahren wollte, und dann stand er plötzlich vor meiner Tür, um mich zu überreden, trotzdem mit ihm wegzufahren. In Thailand haben wir kein einziges Mal von Davey gesprochen, haben einfach unsere Reise genossen. Und kamen dabei so gut miteinander aus, dass wir plötzlich … zusammen waren, einfach so. Ich war froh, dass wir Davey nie erwähnt haben. Denn ich wollte um keinen Preis darüber reden, aus so vielen Gründen.

Aber jetzt lässt es sich wahrscheinlich nicht länger vermeiden.

»Ihr beiden hattet doch nur Videodates oder so was, stimmt's?«

Und genau deshalb ist es ja so schwer, darüber zu sprechen.

»Jepp.« Ich nicke. »Nein, kein Herzschmerz. Ja, wir hatten nur Kontakt per Video.«

»Okay, uff«, meint er, offensichtlich erleichtert. »Denn wenn du von mir erwarten würdest, dass ich mit jemandem mithalte, der dir gerade das Herz gebrochen hat, ohne dass du ihn jemals getroffen hast, dann … dann wäre ich vermutlich aufgeschmissen.«

»Nein«, sage ich und gehe zu ihm. Ich bin fest entschlossen. »Du bist nicht aufgeschmissen. Du bist großartig.«

∴

Bei der James-Bond-Ausstellung bin ich zu Tode gelangweilt, sosehr ich mich auch bemühe, es nicht zu sein. Ich lese ein paar Schautafeln über das Alter des jeweiligen Autos und wie oft man in dem und dem Film versucht hat, es in die Luft zu jagen, und denke dabei an den Geschenkartikelladen, der hoffentlich nicht nur James-Bond-Artikel verkauft.

Meine Gedanken wandern zur Arbeit, was am Wochenende eine gewisse Tragik hat, vor allem, wenn ich doch eigentlich die Zeit mit George genießen sollte. Aber ich werde den Gedanken nicht los, dass ich in meinem Job auf der Stelle trete. Je länger ich mich einfach treiben lasse, desto unzufriedener werde ich. In der letzten Zeit war ich so mit Davey beschäftigt, dass ich erst jetzt anfange zu begreifen, wie ziellos ich durchs Leben gehe. Klar, ich habe auf meiner jetzigen Position etwas mehr Verantwortung, aber vermutlich schlicht deshalb, weil Craig, mein Vorgesetzter, weniger Arbeit haben will und darum alles auf meinem Schreibtisch ablädt, und nicht, weil er Wert darauf legen würde, dass ich mich weiterentwickle. Und ich will mich entwickeln – ganz ehrlich. Ich starre auf das nächste Auto. Bis Craig irgendwann zu neuen Ufern aufbricht, warte ich nur darauf, dass ich eine Beförderung kriege. Aber mit welchem Ziel eigentlich? Da bin ich mir nicht sicher.

Im Gegensatz zu mir ist George in dieser Ausstellung ganz in seinem Element, liest jede einzelne Schautafel, nimmt alle Details auf, und nach einer Weile lässt er sogar meine Hand los, und er wandert davon, um sich den Prototyp eines Helikopters aus *Golden Eye* anzusehen. Ich heuchle Interesse, weil ich denke, dass man das als Teil eines Paares tun sollte. Oder etwa nicht? Den anderen in seinen Interessen unterstützen, zu Ausstellungen gehen, die einen selbst nicht interessieren, damit man Zeit miteinander verbringen kann. So machen es normale Frauen. Also mache ich es auch.

»Oh, Hannah«, ruft er jetzt, und seine Hand findet wieder meine. »Schau mal, ein Eurocopter …« Und ich nicke, lächle, frage etwas zum Hubraum, worauf ich eine unverständliche Antwort erhalte, und wir gehen Hand in Hand weiter zum nächsten Fahrzeug. George ist glücklich, also bin ich es auch, obwohl ich inzwischen darauf brenne, das Ende des Ganzen zu erreichen und ein bisschen im Souvenirladen herumzuschnüffeln.

Aus dem Augenwinkel nehme ich eine Bewegung neben mir wahr, drehe mich um und sehe einen großen blonden Mann, der seinen Rucksack zurechtrückt. Ich starre ihn an, und einen kurzen Schreckmoment lang denke ich, es wäre Davey. Ich schnappe nach Luft. Der Mann dreht sich um, sieht, wie ich ihn anstarre, und lächelt mir zu, ehe er sich wieder abwendet.

»O mein Gott«, murmle ich. Was ist bloß los mit mir? Natürlich ist Davey nicht hier. Vermutlich liegt er, an tausend Schläuche angeschlossen, in einem Krankenhausbett in Texas und wird mit Medikamenten vollgepumpt. Trotzdem sehe ich ihn immer wieder – neulich in der Kassenschlange bei Tesco ist es mir auch schon passiert. In Wirklichkeit handelte es sich um einen blonden jungen Mann, der die Regale einräumte. Dabei tue ich mir nur selbst weh, wenn ich mir dauernd einbilde, er wäre in der Nähe. Womöglich verliere ich allmählich den Verstand.

Was den Souvenirshop angeht, werden meine düstersten Befürchtungen wahr: Im Angebot sind ausschließlich James-Bond-Artikel. Und Bücher. Eine Unmenge Bücher. Selbstverständlich allesamt über James Bond.

»Was hast du denn erwartet?« George lacht.

»Dekoartikel, Seife – eben das Übliche in solchen Läden«, gestehe ich.

»Weißt du was, wir gehen nachher einkaufen. Wir besorgen dir irgendwas für Mädels, wenn du magst. Auf meine Rechnung.«

Ich küsse ihn, aber dann entdeckt er ein gebundenes Buch – eine signierte limitierte Auflage, die fast hundert Pfund kostet –, und mir fallen beinahe die Augen aus dem Kopf.

»Du kannst doch nicht hundert Pfund für ein Buch ausgeben«, sage ich entsetzt.

»Warum nicht? Ist doch mein Geld«, sagt er, schaut das Buch bis zum Ende durch und reiht sich dann in die Kassenschlange ein.

»Es kostet hundert Pfund«, wiederhole ich. Vielleicht hat er das Preisschild ja falsch gelesen.

»Ich weiß. Es ist signiert. Limitierte Auflage. Und ich möchte es haben.«

»Okay«, lenke ich ein und bin plötzlich unsicher, warum ich ihn eigentlich darauf aufmerksam mache, dass das Buch so teuer ist. Was sollte das bringen? »Wirst du es mehr als einmal ansehen?«

»Aber ja, es hat tolle Bilder – schau mal, hier.«

»Okay«, sage ich wieder.

Warum diskutiere ich mit George über so etwas? Er hat doch recht, es ist sein Geld. Nachdem er bezahlt hat, ist es höchste Zeit für einen Lunch, und wir machen uns auf die Suche. Wir haben nirgends reserviert, und ich liebe es, ziellos umherzuziehen, bis man genau den passenden Ort findet. George und ich sind uns einig, dass wir eine Kombination aus cool und nicht zu teuer fern der Touristenströme suchen, was jedoch nicht ganz leicht zu finden ist. Also beschließen wir, den Bus über die Themse in Richtung Southbank zu nehmen. In der Gegend zwischen der Royal Festival Hall und der Tate Modern gibt es ein Riesenaufgebot an Ständen, zwischen denen wir herumwandern und über die Kochkünste aus aller Welt diskutieren, die hier angeboten werden.

Während wir Hand in Hand von einem Stand zum nächsten schlendern, gehen mir ein paar Fragen durch den Kopf. »George?«

»Mmmm?«, antwortet er und reckt mit gerunzelter Stirn den Hals, um über die Köpfe von Touristen und Einheimischen hinweg die Preise sehen zu können. Vielleicht könnte ich ihn einladen. Schließlich hat er gerade sein ganzes Geld für dieses Buch ausgegeben. »Wo bist du eigentlich geboren?«, frage ich ihn.

»Dagenham«, antwortet er nach kurzem Zögern. »Warum?«

Ich zucke die Achseln. »Wir hatten eine so intensive Zeit in Thailand, aber ich weiß so gut wie nichts über dich. Bist du in Dagenham aufgewachsen?«

»Ja«, sagt er und nickt.

»Hast du Geschwister?«

»Eine Schwester. Und du?«

»Ich bin Einzelkind«, erkläre ich, und während wir ein Stück am Fluss entlanggehen, frage ich: »Und wie heißt deine Schwester?«

»Amanda.«

Eine Weile schweigen wir, dann frage ich weiter: »Wie alt ist sie?«

»Was soll das denn werden, Gallagher? Ein Quiz?«

Ich lache. »Nein, ich mache nur ein bisschen Konversation.«

Fürs Erste lasse ich das Thema fallen, aber dann fällt mir etwas ein. »George? Wo wohnst du eigentlich?«

»Wie bitte?« Er lacht.

»Wo wohnst du?«, wiederhole ich.

»Nicht sehr weit weg von dir«, antwortet er. »Ungefähr zehn Minuten.«

»Und wo?«

»Möchtest du gern mal eine Nacht in meiner Wohnung verbringen?«, fragt er. »Zu einer – wie nennt ihr das? Joan und du? Pyjamaparty für Erwachsene? Möchtest du zu einer erwachsenen Pyjamaparty in meine Wohnung kommen?«, neckt er mich.

Ich kichere. »Ja, klar«, antworte ich und stupse ihn in die Rippen.

An einem Pfannkuchenstand machen wir halt und beschließen, uns zum Lunch pikante Crêpes zu bestellen. »Siehst du, Gallagher, deine Lieblingsspeise. Ich zahle.«

»Nein, lass mich auch mal. Du hast dir schon die Mühe gemacht, etwas für uns zu finden. Außerdem hast du dein ganzes Geld für dieses Buch ausgegeben.« Ich kann es einfach nicht lassen, ihm das noch einmal unter die Nase zu reiben.

George grinst, allerdings etwas dünn, und ich frage mich, was in aller Welt mich dazu bringt, so auf dem Thema herumzureiten. Wenn ich gehofft habe, ihn damit zum Lachen zu bringen, habe mich jedenfalls gründlich verrechnet. Da zuckt George plötzlich zusammen und starrt irritiert auf seine Hände. »Das Buch! Wo ist das Buch?«, fragt er, als hätte ich es ihm weggenommen.

Ich schaue ebenfalls auf seine Hände – die nicht länger die Tüte des James-Bond-Ladens halten. »Wo …?«, beginne ich seine Frage zu wiederholen, unterbreche mich jedoch: »Hast du es im Bus liegen lassen?«

Ich weiß nicht, ob er kurz davor ist, zu platzen oder in Tränen auszubrechen. »Fuck«, murmelt er leise.

Ich weiß nicht, was ich sagen soll. Gleich sind wir ganz vorn in der Schlange. Ich bestelle meinen Crêpe und streichle dabei beruhigend seinen Arm, aber unter seiner Jacke spannt sich sein Bizeps an, ein Zucken, das auf mich ein bisschen wirkt, als wolle er mich abschütteln. Ich reagiere auf den Wink und nehme meine Hand weg. Bei seiner Bestellung spricht er so leise, dass der Verkäufer ihn bitten muss, alles noch einmal zu wiederholen. Danach verläuft unser Spaziergang am Fluss in äußerst unbehaglicher Stimmung. Ich schweige und warte, dass er etwas sagt und das Thema wechselt. Doch offensichtlich ist er in Gedanken noch bei dem verlorenen Buch, und jetzt traue ich mich gar nicht mehr zu reden. Wir essen im Gehen, und ein wenig später, nachdem wir den Müll weggeworfen haben, nimmt er tatsächlich wieder meine Hand und lächelt zu mir herunter.

»Sorry«, sagt er dann.

»Alles gut. Ich kaufe dir das Buch noch mal«, höre ich mich sagen.

»Wirklich? Hannah, das musst du wirklich nicht.«

»Ich weiß. Aber es macht dir doch zu schaffen. Du hast dich so darüber gefreut.«

»Aber ich habe vorhin gesagt, ich würde dir etwas Nettes kaufen. Komm, das machen wir jetzt.« Anscheinend hat er sich wieder gefasst.

Inzwischen sind wir ein ganzes Stück am Fluss entlanggewandert und können am anderen Themseufer den Tower sehen. Hand in Hand überqueren wir die Tower Bridge mit ihren kunstvollen Brückentürmen, Autos und Busse flitzen an uns vorbei, und erst denke ich, wir sind auf dem Weg zu einem Bus, der uns nach Hause bringt. Aber als wir am Tower vorbeigehen, entdeckt George den riesigen Souvenirladen, in dem all diejenigen, die in der Festung selbst noch nicht genug Geld ausgegeben haben, jeden erdenklichen royalen Plunder erwerben können.

»Komm, lass uns reingehen«, ruft er begeistert.

»Da rein? In den Souvenirladen des Tower of London?«

»Ja, ich will dir doch etwas schenken.«

»Von da drin?«, hake ich noch einmal nach.

»Jetzt komm schon«, beharrt er und zieht mich durch die Tür. »Hättest du vielleicht gern einen Kugelschreiber mit einer Krone?«, fragt er mit einer Kopfbewegung zum entsprechenden Drehständer.

»Ja, nur zu.« Mein größter Wunsch ist es, diesen Laden so schnell wie möglich wieder zu verlassen. Diese Aktion soll wohl süß sein, aber ich finde das alles nur peinlich.

»Oder … einen Untersetzer?«

»Einen Untersetzer?«, wiederhole ich. »Nein, der Stift sieht wirklich nett aus.«

»Ja? Du klingst aber nicht sonderlich begeistert«, meint er zweifelnd, wobei der Anflug von Verdrossenheit in seine Stimme zurückkehrt.

Also lächle ich, so gut ich kann. »Ich bin hundertprozentig sicher, dass ich den Stift mit der Krone haben möchte.«

»Verdammt, Gallagher, der kostet sechzehn Pfund!«

Ich starre erst auf den Stift, dann zu George und sage leise: »Leg ihn einfach zurück. Ehrlich, alles gut.«

»Aber ich möchte, dass du ihn bekommst«, beharrt er und scheint sich ernsthaft Sorgen zu machen, ich könne zu kurz kommen.

»Dann kauf ich ihn eben«, sage ich.

Er seufzt, gibt mir den Stift, und ich stelle mich in die Kassenschlange.

Als wir endlich wieder zu Hause sind, ist die Vorbereitung eines Filmabends so ziemlich das Letzte, worauf ich Lust habe, und ich überlege, das fehlende Popcorn und die Tatsache, dass ich vom vielen Spazierengehen schrecklich müde bin, als Ausrede zu nutzen. Aber gerade, als wir beschlossen haben, es für heute genug sein zu lassen und ich den Nachmittag schon als »schlimmstes Date aller Zeiten« abhake – selbst der Sänger in *La La Land* ist weit abgeschlagen –, entschuldigt George sich direkt an meiner Wohnungstür so wortreich und von Herzen dafür, dass er uns den Nachmittag verdorben hat, bezeichnet sich selbst als einen totalen Idioten und beteuert mir, wie gern er mich hat.

»Ich weiß auch nicht, was heute mit mir los war, Gallagher. Ich meine, ich habe keine Ahnung, warum ich so schnell von null auf hundert war. Ich bin ein Blödmann. Tut mir ehrlich leid.«

Ich lächle schon wieder. »Ist okay, alles gut.« Die Sache mit dem Blödmann bestätige ich weder, noch streite ich es ab. »Ich war auch ein bisschen daneben. Und ein bisschen undankbar.« Dabei ist mir natürlich klar, dass ich undankbar war wegen eines Stifts, den ich nicht haben und den er mir eigentlich auch nicht kaufen wollte. Aber im Moment kann ich mir das auch nicht genauer zusammenreimen.

»Es war wegen des Buchs«, erklärt er. »Ich habe mich so geärgert, dass ich es im Bus liegen gelassen habe. Ich war wütend auf mich selbst und habe es an dir ausgelassen. Ich ärgere mich immer noch. Aber ich hätte deswegen ja nicht so arschig sein müssen.«

»Alles gut, ehrlich. Ich würde mich auch ärgern, wenn ich einfach so hundert Pfund in den Wind geschossen hätte.«

»Ja, in Ordnung«, sagt er und rutscht lächelnd Stück für Stück auf mich zu. »Können wir jetzt das Thema wechseln?«

»Kein Problem!«, antworte ich nur.

George schmust mit meinem Nacken. »Kann ich es wiedergutmachen?«

»Ja«, antworte ich und gebe sofort klein bei, seine Lippen bewegen sich zärtlich weiter über meinen Nacken, wir stolpern in meine Wohnung, und George tut genau das, wovon ich immer weiche Knie bekomme, gibt der Tür einen Tritt, so dass sie mit einem Krachen hinter uns ins Schloss fällt. Dann zieht er mir die

Jacke aus, lässt sie auf den Boden fallen, hebt mich hoch und trägt mich ins Schlafzimmer.

∴

Danach geht er, nur mit Boxershorts bekleidet, in die Küche. Ich liebe es, wie er halb nackt in der Küche herumläuft, sich alle möglichen langweiligen Zutaten aus meinem Kühlschrank holt und anfängt, sie zu irgendwelchen Wunderwerken zu verarbeiten. Da ich ein gewisses Niveau von Anstand besitze, trödle ich in T-Shirt und Slip in der Küche herum und bereite mich darauf vor, als Hilfskoch zu fungieren, aber er braucht mich nicht.

»Hast du eine Küchenmaschine?«, erkundigt er sich, schaut sich nach einem Küchengerät um, das ich meines Wissens nicht besitze, und fängt schon an, die Schränke zu öffnen.

»Nein, sorry.«

»Aha«, sagt er und zieht eine Küchenmaschine heraus, die ich noch nie gesehen habe.

»Bestimmt hat Miranda das Teil hier vergessen, als sie ausgezogen ist«, sage ich und nähere mich neugierig dem Schrank. »Was ist denn da noch alles drin? Oh, sogar ein Dampfgarer!«

»Du bist kein Fan von gesundem Essen, was, Gallagher?«

»Schon. Aber in Maßen«, erwidere ich, gehe zum Kühlschrank und hole eine Flasche Wein heraus. »Magst du auch ein Glas?«

»Nein. Ich dachte, ich gehe später laufen, nachdem wir gegessen haben. Kommst du mit?«

»Vielleicht«, antworte ich unverbindlich und öffne den Wein.

George runzelt die Stirn, schüttelt den Kopf und macht sich wieder an die Arbeit.

»Was machst du überhaupt?«

»Spinat-Pesto.«

Ich nicke. Bislang hatte ich keine Ahnung, dass man aus Spinat Pesto herstellen kann. Unterdessen entdeckt George im Kühlschrank einen Rest Hähnchen, schnüffelt daran, kommt zu dem Schluss, dass es die Mühe wert ist, und wirft es in eine andere Pfanne, wo es leise zu brutzeln beginnt.

»Du bist dein Gewicht in Gold wert, stimmt's?«, sage ich.

»Das kannst du glauben, Baby«, antwortet er, hebt mich auf die Arbeitsplatte und küsst mich. Dann wendet er sich wieder der Küchenmaschine zu, wirft dies und das hinein und fängt an, darin verschiedene grüne Zutaten zu zerkleinern.

Ich beobachte ihn und nippe an meinem Wein – George rührt, wirft Pinienkerne in die Maschine, ich sitze gemütlich auf der Anrichte. Es ist richtig schön. So wollte ich es. Ich bin glücklich. In diesem Moment bin ich richtig glücklich. Wir hätten heute einfach nicht ausgehen sollen. Wir hätten zu Hause bleiben, jede Menge Sex haben und kochen sollen. Und nachher werde ich mit George laufen gehen. Zuerst werde ich allerdings meinen Wein austrinken.

SIEBZEHNTES KAPITEL
Davey
April

Ich warte mal wieder auf meinen Onkologen. Heute bin ich ganz allein in seinem Büro. Mom ist im Klinikrestaurant, wartet darauf, dass ich Bescheid gebe, wie meine zweite Runde gelaufen ist, wie die Ergebnisse bisher aussehen. Ob die Therapie anschlägt. Zwei Chemo-Runden habe ich hinter mir. Eine vor mir. Und das gibt mir zu denken. Diese letzte Runde.

Am schrecklichsten ist, dass mein Körper ein Schlachtfeld geworden ist. Erstaunlich, wie schnell die meisten Freunde einen im Stich lassen, wenn man unkontrollierbar krank ist. Diejenigen, die mich besucht haben, wussten nicht, wo sie hinschauen sollten – meine Augenbrauen sind fast haarlose Beulen, ich bin dick geworden, aufgedunsen (mein Dank dafür geht an die Steroide), auf meinem kahlen Kopf ist keine Spur meiner blonden Haare mehr zu sehen. Es war für alle Beteiligten extrem unangenehm.

Vermutlich denke ich zu viel darüber nach. Ich denke über alles zu viel nach. Immer wieder übermannen mich dunkle Gedanken, darüber, was geschieht, wenn die Chemo letzten Endes nicht wirkt. Ich habe meinen Onkologen Dr. Khader schon danach gefragt, worauf er ein ernstes Gesicht aufsetzte. Aber vermutlich läuft er ja den ganzen Tag mit ernstem Gesicht herum. Wer zur Hölle will so einen Job?

»Gute Neuigkeiten«, sagt Dr. Kader gleich, als ich sein Zimmer betrete. »Ihre Tumormarker sind …« Er rezitiert eine Dezimalzahl, die mir überhaupt nichts sagt, und die Art und Weise, wie ich ihn darauf aufmerksam mache, zeigt mir einmal mehr, wie bissig ich geworden bin. Eigentlich bin ich jetzt die ganze Zeit bissig.

Dr. Khader dagegen lächelt freundlich. Natürlich ist er es gewohnt, Patienten Informationen zu geben, die sie nicht verstehen, und von ihnen darauf hingewiesen zu werden. Bereitwillig geht er ins Detail, und ich höre ihm aufmerksam zu, während er mir erklärt, dass die Markerwerte niedrig sind, dass das gut ist, dass die Chemo ihren Zweck erfüllt, dass alles nach Plan läuft. Dann fragt er mich, wie es mir geht. Sonst hat mich immer am Anfang danach gefragt, aber irgendwann war ich deswegen so angepisst, denn es kommt doch wirklich niemand zum Onkologen, um Smalltalk über das Leben, die Liebe und alles rechts und links davon zu machen und erst dann zu erfahren, wie gut die Behandlung anschlägt – oder eben auch nicht. Deshalb hat er sich jetzt, Klemmbrett in der Hand, gleich auf die Details gestürzt, mir die Fakten über den Tumormarker präsentiert, erklärt, was zur Hölle das bedeutet, und nun gestatte ich ihm das sprichwörtliche Plaudern, auf das er, da bin ich ziemlich sicher, genauso gut verzichten könnte, wozu er sich aber, um seinen guten Ruf im Umgang mit seinen Patienten zu bewahren, verpflichtet fühlt.

»Ganz okay«, antworte ich ihm, was meine Standardantwort geworden ist. Natürlich geht es mir nicht ganz okay. Ich bin schwach, müde, alles tut mir weh, mir ist ständig übel, ich bin wütend, aber wenn ich das sage, klinge ich wie eine kaputte Schallplatte, also wiederhole ich »ganz okay«, und er sieht mich an und weiß, dass ich lüge.

Er nickt. »Dann schau ich Sie mir jetzt mal an«, sagt er. Diesen ganzen Zirkus machen wir auch jedes Mal, ziemlich irre. Man hat mir einen Hoden entfernt und dafür einen falschen eingesetzt, der ein bisschen merkwürdig sitzt – der Himmel weiß, wonach er da schaut. Aber auf dem Klemmbrett sind vermutlich Kästchen abzuhaken, also lege ich mich auf den Untersuchungstisch, Hosen runter, Arme hinter den Kopf, während mein Untergeschoss begutachtet und in alle Richtungen bewegt wird und ich immer wieder zusammenzucke.

»Okay?«, fragt er. »Es tut also noch weh – so lange nach der Operation?«

»Nein, nur wenn Sie meine Eier dermaßen misshandeln. Mein Ei, sollte ich sagen«, korrigiere ich mich. »Und Sie haben mich nicht mal vorher zum Essen eingeladen.«

Er lacht, aber aus Höflichkeit, nicht, weil er den Witz lustig findet. Vermutlich hat er ihn schon eine Million Mal gehört.

»Sie können sich wieder anziehen. Alles erwartungsgemäß. Die Narbe verheilt gut – nichts Außergewöhnliches.« Außer der Tatsache, dass mir da unten die Hälfte fehlt.

Dr. Khader wäscht sich die Hände und fragt: »Wie geht es Ihnen? Ich meine, wirklich. Sie sind heute allein?« Er schaut sich im Sprechzimmer um, als könnte ich meine Mom sich vielleicht irgendwo hinter einem der Plastikstühle versteckt haben.

»Ja, allerdings.« Ich stehe auf, schlüpfe wieder in meine Sporthose und gehe zurück zum Stuhl.

»Haben Sie genug Unterstützung bei dieser ganzen Geschichte?«

»Aber ja. Mom, Dad, bester Freund.«

Er nickt, schaut mich misstrauisch an … und wartet darauf, dass ich mich öffne.

»Na gut«, sagt er schließlich. »Gibt es sonst noch etwas zu besprechen? Haben Sie irgendwelche Fragen zum dritten Behandlungszyklus?« Mir fällt auf, dass er nicht von meinem letzten Zyklus spricht, er lässt diese Tür weit offen. Für den Fall des Falles.

»Ja«, antworte ich. »Ich wollte tatsächlich etwas fragen. Was passiert, wenn ich den dritten Zyklus nicht mache?«

Dr. Khader wirft mir einen erschrockenen Blick zu, eine Mischung aus *Was zur Hölle* und *Das muss ein Missverständnis sein*.

»Wenn Sie *was* nicht machen?«

»Wenn ich diese Behandlung nicht mache. Den letzten Zyklus.« Ich werde ihn den letzten nennen. Weil ich es kann. Das habe ich mir verdient.

Dr. Khader lehnt sich zurück und verschränkt die Arme vor der Brust. »Fragen Sie mich, was passieren wird, wenn Sie beschließen, den ganzen Behandlungsablauf zu verweigern? Wenn Sie jetzt, nach Ihrem zweiten Zyklus, abbrechen?«

»Ja.« Am liebsten möchte ich ihm gratulieren, dass er es verstanden hat, aber dann wird mir klar, dass ich mich wie ein Esel benehme.

Ich sehe ihm an, dass er sich genau überlegt, wie er seine Antwort formulieren soll. »Das ist eigentlich keine Option.«

»Warum nicht?« Jetzt bin ich ehrlich neugierig. »Meine Marker sind niedrig. Das haben Sie selbst gesagt. Der Krebs ist so gut wie verschwunden.«

»Ja«, bestätigt er und nickt. »So gut wie.«

Wie in einem stummen Gedankenaustausch ist er nun an der Reihe zu warten, bis ich begriffen habe, was er mir sagen will, aber ich lasse mich nicht darauf ein, sondern antworte: »Es macht mich wirklich fertig«, dabei spüre ich, wie mir die Tränen kommen. Ich blinzle sie weg. »Es macht mich fertig«, wiederhole ich etwas ruhiger. »Ich glaube, ich schaffe das nicht noch einmal. Ich *will* es nicht noch einmal machen müssen.«

Vielleicht habe ich ihm endlich eine Frage gestellt, die ihm vor mir noch niemand gestellt hat, denn er sieht mich an, blinzelt langsam und schweigt ziemlich lange.

»Haben Sie einen Berater oder einen Therapeuten?«, fragt er schließlich, und jetzt bin ich es, der staunt.

»Nein.«

»Wollen Sie keinen?«

»Nein. Aber ich möchte eine Antwort auf meine Frage. Bitte. Wenn das für Sie in Ordnung ist.« Vorübergehend ist mein altes, höfliches Ich wieder da.

Dr. Khader reibt sich das Kinn, und ich beneide ihn um die Stoppeln seiner Zweitagebarts. So etwas hatte ich schon so lange nicht mehr, und ich vermisse das regelmäßige Rasieren, das ich immer für selbstverständlich genommen habe.

»Ich glaube nicht, dass zwei Zyklen ausreichen«, sagt er. »Genau deshalb machen wir drei Durchgänge.«

»*Glauben* Sie das, oder *wissen* Sie, dass es nicht ausreicht?«

Er rutscht auf seinem Stuhl herum, die Frage ist ihm offensichtlich unbehaglich.

»Drei Runden«, sagt er. »Wir machen drei Runden BEP-Chemotherapie, in ganz bestimmten Abständen. In einer Dosierung, die erprobt ist und sich bewährt hat. Wenn wir nach zwei Zyklen aufhören könnten, würden wir das tun.«

Ich nicke. »Okay«, sage ich. Es hat keinen Sinn, sich im Kreis zu drehen. Also stehe ich auf.

»Okay, Sie werden den dritten Zyklus machen, oder okay, Sie wollen gehen und nicht mehr mit mir sprechen?«, fragt er mit einem Lächeln. Doch in seinem Gesicht sehe ich einen schwachen Sorgenschimmer.

Ich erwidere sein Lächeln. Ich muss nachdenken, halte ihm die Hand hin, und Dr. Khader nimmt sie.

»Sie haben die Nummer der Klinik. Sie können mich anrufen, wann immer Sie mich brauchen. Wenn ich gerade einen Patientenbesuch habe, rufe ich zurück. Wir können das jederzeit noch einmal durchsprechen.«

»Ich glaube, das brauche ich nicht«, behaupte ich, obwohl ich überhaupt nicht sicher bin.

Mir ist klar, dass er mich eigentlich nicht gehen lassen will, aber wir stecken jetzt in einer Pattsituation, und er lässt meine Hand schließlich los.

Ich spüre, wie er mir nachschaut, als ich den Korridor hinunter zur Aufnahme gehe, um mich abzumelden. Erst als ich um die Ecke biege, höre ich, wie Dr. Khader den nächsten armen

Schlucker in sein Büro bittet, um ihm seine Ergebnisse mitzuteilen.

∴

Auf dem Weg nach Hause sitze ich still im Auto, nachdem ich meine Mom informiert und versucht habe, mich an den genauen Wortlaut dessen zu erinnern, was Dr. Khader gesagt hat, wie ermutigend er war, dass er gesagt hat, der Krebs sei *so gut wie verschwunden*. Ich muss nachdenken, muss herausfinden, was als Nächstes zu tun ist.

Dieses Jahr war mein Leben fast die ganze Zeit auf Warteschleife. Wie es jetzt schon April sein kann, ist mir ein Rätsel. Was ich jetzt tun würde, wenn mich das alles nicht überrumpelt hätte? Ich wäre wohl in London und würde vielleicht gerade irgendetwas Nettes, Albernes mit Hannah unternehmen. Natürlich habe ich immer noch nicht auf ihre Nachricht geantwortet, und ich werde es auch nicht tun. Aber gelegentlich schaue ich mir auf meinem neuen Handy die Nachrichten an, die wir uns geschickt haben. Ich denke an das erste Mal, als ich aus Versehen auf ihrem Handy angerufen habe, und wie glücklich ich in der Zeit danach war – die Videodates, die langen Gespräche, wie sehr ich mir wünschte, sie endlich zu treffen – aus dem Flugzeug zu steigen und in London ein neues Leben zu beginnen. Zu sagen, dass ich verbittert bin, ist die pure Untertreibung.

Wir halten vor unserem Haus, und meine Mom versucht, mit mir zu reden, aber ich lächle und nicke nur stumm. Keine Ahnung, was sie sagt, irgendetwas darüber, dass sie uns Sandwiches machen will. Ich gehe hinein. Nur noch eine Woche Ruhe, dann fängt die nächste Chemo-Runde an. Meine Tasche ist gepackt, alles bereit zum Loslegen. Meine Mom hat gewissenhaft meine Sporthosen und T-Shirts gewaschen und dafür gesorgt, dass ich genug Zahncreme dabeihabe. In der Zeit zwischen den Behandlungsrunden steht meine Tasche hier und wartet darauf, mit mir zurück in die Klinik geschleppt zu werden.

Die Klimaanlage weht mich an, ich sitze im Wohnzimmer vor dem Fernseher, bekomme aber nichts mit, und dann sehe ich Grant hereinkommen. Bestimmt hat meine Mom ihn reingelassen, wie üblich, ihn umarmt, nach seiner Mom gefragt. Jetzt steht er im Türrahmen – aber ganz gegen seine Gewohnheit trägt er heute eine Baseballkappe.

Ich kneife die Augen zusammen. »Was ist los?«, frage ich.

»Nichts«, antwortet er in seinem seltsamen britischen Englisch mit breitem texanischem Akzent. Unsere Eltern haben sich in der Community der britischen Auswanderer kennengelernt, als sie alle hergezogen sind, um für BP zu arbeiten. Allerdings haben meine Eltern sich hier niedergelassen, als ich noch klein war, während Grant schon dreizehn war und aus seinem Internat geholt werden musste. Aber sie hätten es nicht ausgehalten, ihn zurückzulassen. Und jetzt ist sein Akzent eben seine ganz persönliche wilde Mischung. Als er zu mir auf die Schule kam, hat er versucht, seinen britischen Akzent zu verstecken, und so getan, als wäre er Amerikaner, weil er dachte, das wäre cool. Später jedoch hat er begriffen, dass sein britisches Englisch es ihm in Amerika erleichtern könnte, flachgelegt zu werden, also wechselte er – erfolglos – zurück und klingt jetzt wie eine Art Cockney-Australier und wird ständig gefragt, woher aus Down Under er denn komme.

Grant stürmt zur Couch, lässt sich so energisch fallen, wie er es schon mit dreizehn getan hat, und wirft mir dann einen vielsagenden Blick zu. Irgendetwas ist heute anders an ihm, nicht nur die Kappe, was mich ein bisschen aus dem Konzept bringt.

Ich mustere ihn.

»Was schaust du dir an?«, fragt er.

Ich werfe einen Blick zum Fernseher, der jetzt auf stumm geschaltet ist. »*Grey's Anatomy*. Wiederholung.«

»Wenn du dir so was freiwillig im Fernsehen anschaust, hast

du anscheinend die Nase immer noch nicht voll vom Krankenhaus, was?«

Ich lache. »Daran hab ich gar nicht gedacht. Es lief eben.«

»Zähl auf drei«, verlangt er abrupt.

Ich gehorche, und bei drei nimmt er seine Kappe ab.

Mir bleibt der Mund offen stehen. »Was hast du getan?«, schreie ich und setze mich auf.

»Ich hab mir den Kopf rasiert. Aus Solidarität mit dir.« Er streckt mir seine Faust entgegen, aber im ersten Moment kann ich mich nicht rühren, sondern nur seinen Kopf anstarren. Dann hebe ich ganz langsam die Faust zu seiner.

Seine Zuversicht gerät ins Wanken, und er berührt die Stoppeln auf seinem Kopf. »Gefällt es dir nicht? Bist du gekränkt?«

Ich schüttle den Kopf und wiederhole meine Frage: »Was hast du getan?« Jetzt muss er lachen. »Warum?, frage ich. »Ich meine, es steht dir. Du siehst aus wie Jason Statham. In jung. Aber … warum?«

»Na, für dich, Alter. Aus Solidarität. Ich weiß gar nicht, warum ich nicht schon früher darauf gekommen bin. Ich hätte es gleich machen sollen, als wir deinen Kopf rasiert haben.«

»Aber deine Haare waren super«, sage ich.

»Danke, Alter.« Er sieht aus, als freue er sich. »Deine auch. Und wenn sie zurückkommen, lasse ich meine auch wachsen. Aber bis du diesen ganzen Scheiß hinter dir hast und deine Haare wieder wachsen, rasiere ich mich regelmäßig.«

Ich weiß nicht, ob ich lachen oder weinen soll, und bemühe mich, den verräterischen Kloß in meinem Hals hinunterzuschlucken.

»Nicht heulen, Alter«, warnt Grant mich lächelnd.

In den letzten Monaten habe ich viel geheult, aber nie in Gegenwart der anderen.

»Okay, ich lasse es bleiben«, sage ich, hole tief Luft und atme langsam wieder aus. »Danke« ist alles, was ich hinzufügen kann.

»Gern geschehen.« Und dann gesteht er: »Erinnerst du dich, wie wir dich rasiert haben und du laut ›Fuck!‹ gebrüllt hast, als die erste Locke abgeschnitten zu Boden ging?«

Ich nicke.

»Genau das Gleiche habe ich auch getan«, erzählt Grant. »Es ist ein Schock!« Meine nachwachsenden Haare sind ganz weich, wie Babyhaare. Grant liest meine Gedanken und sagt: »Möchtest du, dass ich dich heute noch mal rasiere? Damit es wieder gleichmäßiger aussieht?«

Ich nicke wieder, gebe ein zustimmendes Geräusch von mir, und dann sitzen wir eine Weile schweigend nebeneinander.

»Danke«, sage ich endlich. Das gilt sowohl seiner Rasur auf meinem wie auf seinem Kopf. »Aber du hättest das nicht tun müssen.«

»Ich weiß. Also ... wie geht es dir? Wirklich?«

»Nicht so gut«, antworte ich und schaue zur Küche, in die meine Mutter sich zurückgezogen hat. Ich hoffe, sie hört uns nicht. »Ich glaube, ich werde den letzten Zyklus nicht machen.«

Grant erstarrt. Ausnahmsweise fehlen ihm die Worte, selbst die übliche Schimpfkanonade. »Was?«, stößt er schließlich hervor.

»Du hast mich verstanden.«

»Aber warum denn nicht?«, fragt er.

»Es macht mich fertig. Ich fühle mich danach so grauenhaft, dass ich sterben möchte.«

»Okay«, sagt Grant leise. »Ich war bei dem Termin mit deinem Onkologen dabei, als er dir erklärt hat, was in den einzelnen Phasen passiert.«

»Meine Markerwerte sind viel niedriger geworden«, sage ich und ignoriere die Richtung, in die er das Gespräch zu lenken versucht.

»Das ist doch scheißegal. Du musst diese Chemo-Runde noch machen.«

»Nein. Ich mache sie nicht.«

»Doch, du musst.«

»Es ist, als würde dich jemand mit einem Messer traktieren, Grant. Ich fühle mich kränker, als ich mich in meinem ganzen Leben je gefühlt habe.«

»Aber denk doch mal daran, was du schon geschafft hast«, kontert er. »Willst du, dass das alles umsonst war? Damit der Krebs dich einfach nur ein paar Monate später als geplant kriegt?«

»Ach, leck mich doch am Arsch!«

»Nein, Davey. Ich mach diese ganze beschissene Reise nicht mir dir, damit du auf halbem Weg einfach schlappmachst, du faules ... Arschloch.«

Aber ich gebe nicht klein bei. »Grant, ich kann dir nicht beschreiben, wie schrecklich diese Schmerzen sind. Dieser metallene Geschmack im Mund, der nie ganz weggeht. Der Tinnitus in den Ohren. Aber ich kann ihn schlagen. Ich kann den Krebs besiegen. Ohne diese Chemo.«

»Allein? Ohne Medikamente? Wer bist du denn, ein bescheuerter Hippie vielleicht? Du machst die Chemo, oder ... oder ich erzähle es deiner Mutter.«

Ich lache bitter. »Du willst es meiner Mom sagen? Sind wir Kleinkinder? Ich werde es meiner Mutter ohnehin verraten müssen. Was für Drohungen hast du sonst noch auf Lager?«

Grant erhebt sich und schaut auf mich herab, sein ganzer Körper ist angespannt, von Kopf bis Fuß. Er findet keine Worte, starrt mich nur mit zusammengebissenen Zähnen an. Ich frage mich, ob er vorhat, mich zu schlagen. Jedenfalls sieht er aus, als hätte er gute Lust dazu.

»Sieh mal«, beginne ich. »Ich weiß, dass das nicht der Plan war. Aber, Grant ... ich kann das nicht durchziehen, ich schaffe es nicht. Ich kann einfach nicht mehr. Es ist zu hart für mich. Ich möchte mein Leben wiederhaben, ich möchte einfach ... leben – und all die Sachen tun, die ich auf Eis gelegt habe.«

»Ich weiß, dass es hart ist«, entgegnet er.

Ich bin erschöpft, das weiß ich jetzt. Psychisch, physisch. Ich habe keine Kraft mehr, keine Reserven. »Ich bin fertig«, sage ich und genauso fühle ich mich auch. Nein, ich werde diesen letzten Chemo-Durchgang nicht machen. Sogar der Arzt meint, der Krebs sei so gut wie weg, also werde ich aufhören.

»Du musst trotzdem weitermachen, dranbleiben«, sagt Grant verzweifelt.

Ich schüttle den Kopf. »Nein, das muss ich nicht.«

ACHTZEHNTES KAPITEL
Davey

So wütend habe ich Grant noch nie erlebt. So schockiert, in seinen Grundfesten erschüttert. Doch je mehr ich darüber nachdenke, desto sicherer bin ich, dass es die richtige Entscheidung ist, diese letzte Runde wegzulassen. Ich bin fertig. Jetzt kann ich Pläne machen. Pläne zu leben.

Ehe er geht, fragt Grant mich noch, ob ich es ehrlich meine oder ob das ein Hilfeschrei ist und er meine Signale falsch deutet. Ob ich will oder nicht, ich muss die Hartnäckigkeit bewundern, mit der er an der Diskussion festhält, um ganz sicher sein zu können, dass ich nicht total verrückt geworden bin. Aber ich bin nicht verrückt. Ich versichere ihm, dass es kein Hilfeschrei ist.

»Aber das ist Selbstmord«, sagt er. »Begreifst du das nicht? Du bist dabei, dich umzubringen … ganz langsam.«

»Nein«, erwidere ich, und jetzt, da ich weiß, dass ich die Chemo nicht machen werde, fühle ich mich viel leichter, heiterer. Ich fühle mich wie an dem Abend, bevor ich nach England aufbrechen sollte – die ganze Welt neuer Möglichkeiten ist wieder in meiner Reichweite. Ich muss nur zugreifen. Endlich kann ich wieder Pläne machen, auch wenn ich noch keine Ahnung habe, wie sie aussehen werden. Aber ich kann wenigstens an den Start gehen, kann auf *Play* drücken, noch einmal von vorn anfangen. Wenn Grant weg ist, werde ich Flüge nach Rom googeln und mir eine Kochschule suchen. Vielleicht reise ich ein Jahr in der Gegend herum und vergesse einfach, dass die letzten Monate je geschehen sind.

Anscheinend weiß mein bester Freund nicht mehr, was er noch tun oder sagen soll – ich sehe es ihm an. Und statt mich selbst zu bemitleiden, wie ich es so oft getan habe, ist er nun derjenige, der mir leidtut. Er fühlt sich genauso hilflos wie meine Eltern, und ich schulde diesen drei Menschen doch so viel dafür, dass sie einfach für mich da waren. Ich muss ihnen allen eine Pause gönnen. Sie hätten mir wirklich alles durchgehen lassen, und ich habe mich abwechselnd in Schweigen, Schlafen oder Appetitlosigkeit zurückgezogen und dann irgendwann – wenn keiner mehr da war – allein in meinem Schlafzimmer geheult. Aber jetzt bin ich durch damit, ich lasse diese ganze Geschichte hinter mir.

Grant starrt vor sich hin, er kann nicht anders. In unregelmäßigen Abständen fährt er sich mit der Hand über den Kopf, und sobald er merkt, dass dort keine Haare mehr sind, verfällt er wieder in seine starre Ratlosigkeit.

»Alles okay bei dir?«, frage ich ihn.

Mit einem Ruck kommt er zur Besinnung. »Du bist ein egoistisches Arschloch«, sagt er, steht auf und verlässt das Zimmer.

Ich seufze. Mir ist klar, dass er ich mit dieser Reaktion auf meinen Entschluss rechnen muss, und frage mich, ob ich es mir womöglich doch anders überlegen kann. Aber der Gedanke, wieder ins Krankenhaus zu gehen, von Neuem in diesem Stuhl zu sitzen, während die Infusionen durch meine Adern fließen, immer wieder, einen ganzen Monat lang ... da steigt mir die Galle hoch, und ich springe unter Einsatz all meiner Energie von der Couch auf, renne ins Badezimmer und übergebe mich. Ich ertrage es nicht noch einmal, das weiß ich genau. Jetzt muss Schluss sein.

∴

Normalerweise hätte ich eine Pause von etwa einer Woche, doch das Wissen, am Ende dieser Woche nicht ins Krankenhaus zu müssen, zaubert mir jeden Tag ein Lächeln auf die Lippen.

»Alles okay mit dir, Liebling?«, fragt mich meine Mom.

»Ja«, antworte ich und wende mich ihr zu. Es stimmt, ich meine es ganz ernst, es geht mir gut. Stoßweise kommt meine Energie zurück, und heute Abend koche ich für uns drei. Ob ich es essen kann, sei dahingestellt, aber ich werde es zumindest versuchen. Ich kann nicht viel essen, aber ich mache Spaghetti carbonara, meine Lieblingspasta. Die Spaghetti stelle ich selbst her, leider werden sie ein bisschen klumpig. Wieder denke ich an den Kochkurs in Rom, und mein Entschluss, das Pastamachen richtig zu lernen, festigt sich noch mehr. Meinen Eltern habe ich noch nichts davon erzählt, dass ich aus der letzten Chemo-Runde aussteige, weil ich sicher bin, sie nicht zu brauchen. Allem Anschein nach hat Grant seine Drohung nicht wahr gemacht, ihnen meinen Plan zu verraten. Ich sehe meine Mutter, ihre selige Ahnungslosigkeit, und beschließe, sie vielleicht einfach gar nicht einzuweihen. Was sie nicht wissen, tut ihnen auch nicht weh. An meiner Entscheidung können sie sowieso nichts ändern. Warum also sollte ich ihnen unter die Nase reiben, dass sie machtlos sind? Ich gehe zu meiner Mutter und küsse sie auf die Wange, wobei ich meine Eier-und-Mehl-Hände wie ein Chirurg vor der OP sorgfältig in die Höhe strecke. Mom sieht älter aus denn je, was wohl meine Schuld ist. Mitanzusehen, wie ihr einziges Kind so etwas Grauenvolles durchmachen muss, hat ihre Haare grauer werden lassen.

»Ich liebe dich, Mom.«

»Ich weiß«, antwortet sie lächelnd, fügt hinzu, dass sie mich auch liebt, und fragt, ob sie mir irgendwie helfen kann.

»Du könntest den Salat machen«, schlage ich vor.

»Ich meinte damit eigentlich nicht das Abendessen.«

Ich sehe sie an, lächle und schüttle den Kopf. »Danke, alles im Griff.«

Ich muss verhindern, dass sie zu viel redet. Sie möchte mir das Herz ausschütten, und ich weiß, wenn sie das tut, werde ich schwach, fange an zu weinen und gestehe ihr doch noch meinen

Entschluss. Also sage ich: »Hast du vielleicht noch ein paar getrocknete Tomaten?«

Ich fühle, wie sie sich umdreht, ein Stück von mir entfernt und die Schränke öffnet, dann bereiten wir schweigend das Essen weiter zu und warten, dass mein Dad von der Arbeit kommt.

∴

Ein paar Stunden später bin ich im Bett und starre auf mein Handy. Ich habe eine sehr seltsame Nachricht von meiner Exfreundin Charlotte bekommen. Die sprichwörtliche Begegnung mit der Vergangenheit. Obwohl wir uns erst vor ungefähr achtzehn Monaten getrennt haben, also vor nicht allzu langer Zeit, und auch nicht im Bösen. Tatsächlich habe ich Schluss gemacht, als klar wurde, dass wir völlig unterschiedliche Ziele verfolgten. Von meiner Seite gab es nie Ärger, Hass oder Feinseligkeit, und aus ihrer Nachricht wird klar, dass es von ihrer Seite genauso ist.

Davey, schreibt sie, *ich habe gerade erfahren, dass du krank bist. Es tut mir so leid. Kann ich dich besuchen kommen?* Dann fährt sie fort, dass sie keine Ahnung hatte und »tief bestürzt« ist, dass ich (1) Krebs und (2) ihr nichts davon gesagt habe.

Ehe ich auch nur anfange zu überlegen, was ich darauf antworten soll, starre ich die Nachricht ziemlich lange an. Ich möchte nicht unhöflich sein, doch solche Informationen bin ich ihr nicht schuldig. Wir sind nicht mehr zusammen. Aber ich weiß noch genau, wie sie damals war, ein Wirbelwind, immer musste alles schnell gehen, und das mochte ich auch an ihr. Anfangs klappte es gut mit uns, irgendwann jedoch nicht mehr. Im Grunde hatte Charlotte eine ähnliche »Jetzt oder nie«-Einstellung wie ich, für sie gab es kein Zögern – entscheide dich und zieh es durch –, und ich glaube, obwohl sie mir manchmal ein bisschen zu hektisch war, ticke ich selbst so. Sonst hätte ich mich nicht entschieden, meine Zelte in Austin abzubrechen und nach London zu ziehen.

Am Ende jedoch hatte ich das Gefühl, dass wir uns auf ganz unterschiedlichen Wegen befanden, auch wenn es nicht den *einen* Anlass gab, der zu der Trennung führte.

Vielleicht wäre es tatsächlich schön, Charlotte zu sehen. Ich antworte ihr, sie könne gern morgen vorbeikommen und Eiscreme mitbringen. Eis ist momentan das Einzige, was für mich nicht nach Metall schmeckt. Sogar die Carbonara – wie gesagt, mein Lieblingsessen – hätte genauso gut Pasta mit Wandfarbe sein können. Ich tippe noch einmal auf *Antworten* und füge noch *bitte* hinzu, schließlich möchte ich mich nicht in die Art Mann verwandeln, der so mit sich beschäftigt ist, dass er keinen Sinn mehr für Manieren hat. Es ist nicht okay, von anderen Menschen zu erwarten, dass sie mir alles verzeihen, bloß weil ich Krebs habe.

Am nächsten Tag steht Charlotte vor unserer Haustür, aber sie sieht vollkommen anders aus als in der Zeit, in der wir zusammen waren. Ich bin ziemlich beeindruckt. Natürlich sehe auch ich anders aus, wenn auch eher im Sinne von beschissen anders. Obwohl ich Charlotte ganz sicher nicht mit meinem guten Aussehen beeindrucken wollte, habe ich mir immerhin eine Baseballkappe aufgesetzt, um meine Haare, beziehungsweise meine Glatze zu verstecken, aber ansonsten bin ich meiner Uniform aus Jogginghose und T-Shirt treu geblieben. Alles ist sauber, wenn auch nicht gerade hübsch anzusehen.

»Davey!«, ruft Charlotte, fällt mir um den Hals und drückt mich fest an sich. Ohne jede Vorwarnung. Ohne die geringste Verlegenheit. Und sie riecht gut, nach Vanille-Cupcakes.

»Hey«, sage ich in ihre Haare und warte, dass sie sich von mir losmacht. Aber sie tut es nicht, ihre Hände bleiben auf meinen Schultern liegen, und sie studiert intensiv mein Gesicht. Ich schaue weg, weil mir der intensive Blick irgendwann ein bisschen zu intensiv ist.

»Davey, wir haben uns so lange nicht mehr gesehen.«

Ich nicke. »Stimmt. Wie geht es dir?«

Sie kommt herein, in der Hand eine braune Papiertüte. »Ich habe extra haltgemacht, um Eis zu kaufen. Wie gewünscht. Ist Pecannuss immer noch deine Lieblingssorte?«

»O ja.«

»Ich habe mich tatsächlich noch daran erinnert«, erklärt sie stolz und streckt mir den Becher und zwei Plastiklöffel entgegen.

Wir setzen uns an den Küchentisch, die Fenster sind offen, warme Luft umweht uns, und nachdem Charlotte den Behälter geöffnet hat, stürzen wir uns auf das Eis.

»Erzähl doch mal«, verlangt sie. »Wie es dir geht. Wie die Behandlung läuft – alles.«

Ich beiße die Zähne zusammen. Ich habe keine Ahnung, was ich mir davon erwartet habe, sie wiederzusehen. Erst jetzt wird mir wieder bewusst, was für eine Naturgewalt sie ist. »Ich möchte eigentlich nicht darüber reden«, sage ich.

»Oh. Okay … Warum?«

Ich muss lachen. Offensichtlich ist Charlotte immer noch Charlotte. Nur hübscher. Sehr viel hübscher sogar. Ihr Lidstrich hat einen ganz raffinierten Schwung, durch den ihre Augen viel größer wirken. Und … ich komme nicht dahinter, woran es liegt. »Du hast irgendwas mit deinen Haaren gemacht, stimmt's?«

»Ja, ich hab mir einen Pony schneiden lassen und lasse sie jetzt färben.«

»Ah«, sage ich gedehnt. »Deshalb ist es jetzt rötlich. Gefällt mir.«

»Danke«, sagt sie und versucht es noch einmal. »Ist die Chemo so schlimm? Wenn du sogar lieber über meine Haare reden willst.«

»Es ist ätzend. Richtig beschissen«, antworte ich und tauche meinen Löffel ins Eis. Und weil anscheinend kein Weg daran vorbeiführt – sie wird keine Ruhe geben, bevor ich gestehe, also bringe ich es lieber gleich hinter mich –, erzähle ich ihr tatsächlich alles. Sie hört mir schweigend zu, nickt an genau den richtigen Stellen, und als ich etwas zögernd erwähne, dass ich die letzte Behandlungsrunde abbrechen werde, zuckt Charlotte nicht mit der Wimper. Ich warte, weil ich denke, dass sie diese Tatsache verdauen muss, aber sie schaut mich an und wartet offenbar darauf, dass ich weiterrede. Als ich schweige, sagt sie: »Tu, was du tun musst.«

»Findest du?« Vermutlich klinge ich jetzt, als bitte ich meine Ex-Freundin um Erlaubnis, aber ich bin einfach verblüfft.

»Klar. Du kennst deinen Körper am besten, oder nicht?«

»Ja, sicher«, bestätige ich.

»Gut. Dann lass es einfach bleiben. Wenn es dir so zusetzt und du es hasst, wenn du das Gefühl hast, du kannst es nicht mehr ertragen und bist damit endgültig fertig …«

»Genauso ist es«, falle ich ihr ins Wort. »Ich bin fertig. Ich kann das nicht mehr.«

»Dann hör auf. Tu, was sich für dich richtig anfühlt.«

»Grant meint, ich solle trotzdem weitermachen …«, setze ich an.

»Vergiss Grant. Der Typ ist ein Trottel.«

Ich lache. »Er ist mein bester Freund!«

»Trotzdem ist er ein Trottel.«

»Hm, okay«, sage ich unsicher. Der Eisbehälter ist inzwischen halb leer.

»Ich hab das vermisst«, sagt sie leise. »Du und ich. Zusammen. Wie jetzt.«

Das habe ich nicht kommen sehen. »Echt?«

Sie nickt.

»Bist du nicht mit jemandem zusammen?«, frage ich. Wie könnte sie nicht, so wie sie jetzt aussieht.

»Nein. Du?«

Natürlich denke ich sofort an Hannah. »Nein. Nicht wirklich. Ich meine, nein, überhaupt nicht. Schau mich doch an, Charlotte. Die Steroide haben mich fett gemacht. Na ja, vielleicht ist das viele Eis auch nicht ganz unschuldig daran. Ich habe keine Haare mehr, ich habe Krebs, keinen Job und lebe bei meinen Eltern. Wer würde so einen Mann wollen?«

»Ich«, antwortet sie leise, und ihre Hand berührt meine, die schnell den Löffel wieder ins Eis taucht.

»Charlotte«, sage ich. »Das kannst du nicht ernst meinen.«

»O doch. Wenn du damals nicht Schluss gemacht hättest, wäre ich immer noch bei dir. Ich habe dich geliebt. Liebe dich immer noch«, verbessert sie sich. »Will dich immer noch«, fügt sie hinzu, wobei sie meinem Blick ausweicht und ihren Löffel in den Eisbottich taucht. Sie legt sich das Eis auf die Zunge und veranstaltet dabei irgendetwas mit dem Löffel, was dazu führt, dass ich plötzlich hart werde.

»Himmel«, murmle ich und sehe sie an. »Hm, okay«, sage ich, nicht zum ersten Mal heute.

»Du willst mich nicht?«, fragt sie, aber ihre Stimme klingt, als wolle sie sagen, dass *sie mich* will.

Ich bin mir unsicher, ob sie damit Sex meint oder dass wir wieder zusammenkommen. Genauso wenig weiß ich, wie meine Antwort in dem einen wie im anderen Fall lauten würde. Passiert das gerade wirklich? Ich weiß doch, wie ich aussehe. Ist sie in den letzten anderthalb Jahren erblindet?

»Meine Mom ist zu Hause«, ist das Einzige, was mir zu stottern einfällt, für den Fall, dass sie tatsächlich das angedeutet hat, was ich glaube.

»Wäre das der einzige Hinderungsgrund?«, fragt sie, und ihre Stimme hat einen verführerischen Unterton angenommen.

»Ich denke schon«, antworte ich langsam, aber ein Lächeln stiehlt sich auf meine Lippen. Oder verstehe ich doch irgendetwas falsch?

»Und sie ist nicht einmal runtergekommen, um mir Hallo zu sagen?«, fragt Charlotte mit einem abfälligen Grinsen. Meine Mutter hat nie einen Hehl daraus gemacht, dass sie Charlotte nicht mochte. Es war also keine große Überraschung für mich, dass sie, als ich ihr gesagt habe, Charlotte würde vorbeikommen, etwas von ihrer Wäsche murmelnd nach oben verschwunden ist. »Aber ich wohne nicht bei meiner Mom«, fährt Charlotte fort, und irgendwie schafft sie es, selbst diesen harmlosen Satz zweideutig klingen zu lassen.

»Okay«, sage ich schon wieder. Und weil ich Charlotte schon so lange kenne und wir die Art von Beziehung hatten, in der zwar der Sex großartig war, die Gespräche aber ... na ja ... frage ich lieber noch einmal nach: »Nur, damit ich dich richtig verstehe – du willst Sex mit mir haben?«

Sie lacht und senkt ihren Löffel wieder ins Eis. »Na klar.«

»Jetzt?«

Sie nickt. »Mein Auto steht vor der Tür.«

Ich reiße die Augen auf. »Du meinst damit eine Art Mitleidssex, oder nicht?«

Sie lacht, steht auf und zieht ihren Autoschlüssel aus der Hosentasche. »Wenn du magst, kannst du es Mitleidssex nennen. Oder Noch-einen-für-den-Weg-Sex. Meinetwegen kannst du es nennen, wie du magst, Davey Carew. Aber Tatsache ist: Entweder möchtest du dir von mir das Hirn rausvögeln lassen oder nicht.«

Ich stehe so schnell auf, dass der Stuhl hinter mir umfällt.

NEUNZEHNTES KAPITEL

Ein paar Stunden später bin ich mit Charlotte im Bett. Ich habe vergessen, wie *pink* ihre Wohnung ist. Und es scheint, als hätte ich ebenfalls vergessen, wie Sex *geht*. Genau, wie ich es mir erhofft habe, hat Charlotte daraufhin die Kontrolle übernommen, so dass ich eigentlich nichts anderes tun musste als daliegen. Was gut war, denn meine Energie verließ mich genau in dem Augenblick, als ich aus Charlottes Auto stieg und mich von ihr in ihr Apartment führen ließ, wo sie sich prompt auf mich stürzte. Ich war so verdutzt, dass ich sie einfach machen ließ. Der Sex war gut, wenn auch nicht ganz so gut wie in meiner Erinnerung. Wie auch immer – nun weiß ich, dass es womöglich Frauen gibt, die Mitleidssex mit mir haben wollen. Vielleicht hätte ich einfach vor Monaten meinen Status in den sozialen Medien updaten sollen – »Schönen Sonntag allerseits, ich habe jetzt Krebs« – und hätte nur zu warten brauchen, dass die Frauen vor meiner Tür Schlange stehen.

Obwohl ich mir die ganze Zeit nur eine einzige gewünscht hätte. Und ausgerechnet sie habe ich fortgeschickt. Außerdem wohnt sie fünftausend Meilen von mir entfernt und lebt ihr eigenes Leben.

Charlotte zündet sich eine Zigarette an, und ich frage staunend: »Wann hast du denn angefangen zu rauchen?«

»Ungefähr fünf Minuten, nachdem du mit mir Schluss gemacht hast.«

Ich weiß nicht, was ich dazu sagen soll.

»Möchtest du eine?«, fragt sie mich.

Ich schüttle den Kopf. »Äh … ich habe Krebs, deshalb … nein, danke.«

Sie nickt, rollt sich auf die Seite und schaut mich an. Ich steige aus dem Bett, öffne das Fenster und bleibe dort stehen, damit ich den Rauch nicht einatmen muss.

»Sorry«, sagt sie. »Daran hab ich gar nicht gedacht.« Sie drückt die Zigarette in einer hübschen, altmodischen Teetasse aus, die neben ihrem Bett steht. Mir ist nicht klar, ob es ein echt niedlicher Aschenbecher ist oder ob es sich um eine Tasse handelt, die sie nicht ganz ausgetrunken und hier stehen gelassen hat. Ich schaue sie an.

»Zweieinhalb Jahre, Davey«, sagt sie.

Ich nicke, entferne mich vom Fenster, frage dann doch lieber nach: »Was meinst du?«

»Ich meine uns, Dummchen.«

Wirklich? Ich dachte, es wäre kürzer gewesen.

Als ich wieder zu ihr ins Bett steige, knufft sie mich in die Rippen. »Und du hast unsere Beziehung einfach weggeworfen.«

Ich runzle die Stirn. So war es nicht. In dieser Wohnung zu sein hat mir alles wieder in Erinnerung gerufen. Charlotte war immer seltsamer geworden, bedürftig, übergriffig, aber ich habe es tunlichst übersehen und dachte nur: *So sind die Frauen eben. Sind wirklich alle Frauen so?* Meine Erfahrung beschränkte sich bis dahin auf eine Reihe oberflächlicher Begegnungen in der Collegezeit und nur auf eine einzige feste Beziehung, die ganz natürlich nach und nach im Sand verlief. Als Charlotte dann auftauchte – mit ihrem Hochglanzhaar und einer Libido, die Hugh Heffner alle Ehre gemacht hätte –, habe ich nie wirklich begriffen, was da auf mich zukommt. Sie hatte gerade als Assistentin bei einem lokalen Nachrichtensender angefangen und war überzeugt, nach ein paar Jahren zur Anchor Woman aufzusteigen. Und sie hatte nie Schwierigkeiten zu bekommen, was sie wollte. Zwar ist sie noch immer kein Anchor, aber wie ich sie kenne, wird sie es wahrscheinlich bald sein. Es gefiel ihr, dass ich Architekt war und eine eigene Wohnung in einem Neubau mit Fitnessstudio hatte. Sie prahlte gern mit mir, definierte uns als Power-Paar, was wir – so viel war mir immerhin klar – nie wirklich waren. Bevor ich krank wurde, habe ich nicht schlecht ausgesehen, glaube ich, zumindest sagte Charlotte mir, ich sei ein heißer Typ. Und nun fällt mir Stück für Stück wieder ein, warum unsere Trennung so leicht vonstattenging, aber sie schaut mich immer noch mit diesem post-koitalen Gesichtsausdruck an, volle Lippen und große Augen.

»Charlotte, was willst du eigentlich von mir?«, frage ich. »Ich habe dir nichts zu bieten.«

Sie kniet sich nackt über mich aufs Bett, und da auch ich nur ein Mensch bin, wandert mein Blick nach unten.

»Nichts«, antwortet sie, legt einen Finger unter mein Kinn und neigt meinen Kopf, so dass ich gezwungen bin, ihr in die Augen zu schauen. »Nein, ich will dich«, korrigiert sie sich. »Ich will dich. Und wenn du mich nicht willst …«

»Das habe ich nie gesagt«, protestiere ich sofort. Ich meine, ich will sie ja nicht verletzen. Angeblich waren wir zweieinhalb Jahre zusammen.

»Wenn du mich nicht willst«, wiederholt sie, »dann können wir einfach gelegentlich das hier machen.«

Ich ziehe eine so gut wie haarlose Augenbraue in die Höhe. »Das hier?«

»Wir sind doch Freunde mit … gewissen Vorteilen.«

Jetzt ziehe ich beide fast kahlen Augenbrauen in die Höhe. Das muss doch ein Trick sein. So ein gutes Angebot habe ich noch nie bekommen.

»Okay«, erwidere ich unsicher.

Dann liege ich da und denke nach. Vielleicht hat Charlotte sich verändert. Jedenfalls brennt sie anscheinend darauf, wieder mit mir zusammenzukommen. Oder irre ich mich? Ich weiß es wirklich nicht, das ist mir alles so fremd. Ich möchte nicht wissen, was sie sieht, wenn sie mich anschaut. Und doch sieht sie mich an. Und sie will mich, sie will Sex mit mir, obwohl ich so aussehe.

»Also, Baby«, sagt sie, und ich zucke unwillkürlich zusammen, als sie mich so nennt. Aber sie merkt es Gott sei Dank gar nicht. »Vorhin, in eurer Küche«, fährt sie fort, »da hast du mir von Grant erzählt, und ich habe dich gnadenlos unterbrochen, damit ich dich hierherlocken und alles Mögliche mit dir anstellen kann.« Sie lacht ihr glockenhelles Lachen.

»Ich weiß es gar nicht mehr«, sage ich wahrheitsgemäß. »Ich glaube, ich habe dir erzählt, dass Grant und ich uns gestritten haben. Weil ich die letzte Chemo-Runde nicht machen will.«

»Also, ich hasse Grant«, sagt Charlotte.

»Na, das ist aber ziemlich hart«, sage ich.

»Aber du solltest wirklich aufhören, Baby. Wenn du solche Schmerzen hast. Das Leben muss nicht so hart sein«, beruhigt sie mich.

Ich schließe die Augen, nicke langsam und bin kurz davor, einzuschlafen. Charlotte versteht mich, ich bin einfach erschöpft. »Ich werde die dritte Chemo nicht mehr machen«, murmle ich entschlossen.

Aber dann reiße ich die Augen doch wieder auf, denn Charlotte beugt sich über mich, und ihre Haare streifen meine Leiste. »Dann hör damit auf, Baby«, sagt sie, bevor sich ihr Mund um mich schließt und alle Gedanken an Chemotherapie aus meinem Kopf verschwinden.

ZWANZIGSTES KAPITEL
Hannah
Mai

Inzwischen bin ich mit George länger zusammen als mit Davey – wenn man das denn so nennen will. Ich merke, dass ich immer mehr in diese Beziehung investiere und dem, was so langsam anfing und so schnell wieder zu Ende gegangen ist, immer weniger nachhänge. Mit mir und George fing es umso schneller an und … nein, nein. Ich arbeite an dieser Beziehung.

Immerhin muss ich den Hut vor George ziehen, da es ihm gelungen ist, mich schlank zu machen – obwohl er behauptet, dass es nicht seine Absicht gewesen sei und er nur gewollt habe, dass ich gesünder lebe und mehr Energie bekomme. Fast tägliche Zufuhr von Hobnobs und Weißbrot gilt auf jeden Fall nicht als Prophylaxe gegen Herzerkrankungen im späteren Leben. So scheint es jedenfalls. Gesundheit und Fitness waren in den letzten Wochen Georges wichtigste Mission, nachdem ich beim Brunch eines Morgens etwas davon gemurmelt habe, dass ich Pfannkuchen zwar liebe, sie mir jedoch nicht die gleichen Gefühle entgegenbringen. Wir gehen immer noch gelegentlich etwas trinken, aber inzwischen eigentlich nur noch Gin und kalorienarme Tonics, die ich glücklicherweise allmählich lieben lerne, und kaum noch Piña Colada, die ja voller Kokosnussrum und Sahne steckt und anscheinend die Ausgeburt des Teufels ist.

Und ich habe angefangen, mit George laufen zu gehen. Wirklich fit zu werden. Weniger zu essen. Weniger zu trinken. Auch im Fitnessstudio habe ich einen Gang zugelegt, ich mache sogar bei diesem Boot-Camp mit, das George zur Vorbereitung auf den Sommer und den unerlässlichen Bikini-Body gegründet hat. Dabei bin ich so was wie sein Versuchskaninchen, um andere pfannkuchenliebende Mädels zu motivieren, an Bord zu kommen. George macht ständig Fotos von mir in Trainingsklamotten, und wir verfolgen meine Fortschritte mit einem Maßband und geradezu religiösem Eifer. »Es geht um die Zentimeter, Gallagher, nicht um Kilos und Pfunde!« Das war mir tatsächlich neu, weshalb ich mich traue, meine elektronische Waage außer Sichtweite zu schieben. Keine Ahnung, ob das eine gute Entscheidung ist.

Am Monatsende steht Georges Geburtstag an, und ich will ihm das James-Bond-Buch schenken, das ihm so gut gefallen hat. Es kostet signiert immer noch hundert Pfund. Ich habe darauf gewartet, dass der Preis runtergeht, aber Goerge hat mir erklärt, dass das bestimmt nicht passieren wird – im Gegenteil, bei solchen Dingen steigen die Preise eher noch an. Also habe ich in den sauren Apfel gebissen und das Buch für ihn gekauft. Sicher, es wird nicht gerade eine Überraschung sein, aber ich erinnere mich noch gut an sein trauriges Gesicht, als er es im Bus vergessen hatte. Insgeheim denke ich, es war eher ein wütendes Gesicht, aber egal. Auf alle Fälle lag ihm viel daran. Außerdem habe ich ihm bei einem Online-Händler für royale Souvenirs einen Untersetzer gekauft, in der Hoffnung, dass er ihn witzig findet. Ich finde ihn jedenfalls lustig. Na ja, es ist kein Brüller, und ich bin offen gestanden gar nicht sicher, ob ich ihm den Untersetzer überhaupt geben werde.

Fürs Erste lege ich ihn in mein übliches Geschenkversteck, einen Schrank unter der Treppe, die zur Wohnung über mir führt, aber als ich ihn dort unterbringen will, fällt etwas heraus und landet in der Dunkelheit auf meinem Fuß. Ich hebe es auf – und erkenne das Buch über London, das ich für Davey gekauft und dann weggepackt habe, als er mit mir Schluss gemacht hat. Aus den Augen, aus dem Sinn und all so was. Auch meine Widmung hatte ich vergessen:

*Davey,
ich kann es kaum erwarten, all das gemeinsam mit Dir zu erleben. Wenn ich es Dir überreiche, wird Weihnachten vorbei sein, aber dafür ...
Fröhliche Weihnachten und alles Liebe von Hannah xxx*

Weihnachten – meine Güte, das ist ewig her. Seitdem ist so viel passiert, und zu meinem Glück habe ich in der letzten Zeit kaum mehr an Davey gedacht – jedenfalls nicht richtig. Ich glaube, das letzte Mal war vor ... hm, mindestens einer Woche. Das ist eine reife Leistung für mich. Ich habe irgendwas im Fernsehen gesehen, das mich zum Lachen gebracht hat, aber George musste nicht lachen, und ich dachte: Davey hätte das auch witzig gefunden. Vermutlich würde er auch den Untersetzer witzig finden. Um Himmels willen, was ist bloß los mit mir?

Ich stelle das Buch ins Bücherregal, vielleicht werde ich es tatsächlich lesen und ein paar der vorgeschlagenen Touri-Sachen unternehmen. Womöglich bin ich sogar fähig, eine dieser Bustouren mitzumachen, ohne dass es mir allzu sehr wehtut. Ich könnte mich mit George neben einen Beefeater stellen, ohne daran zu denken, dass ich das ursprünglich mit Davey geplant hatte. Es war so viel, das wir gemeinsam erleben wollten. Ich klappe das Buch zu – immer nach vorn schauen.

EINUNDZWANZIGSTES KAPITEL
Davey

Ich fühle mich mutig wie nie, ein neues Ich. Seit ich wieder mit Charlotte zusammen bin, habe ich viel mehr Energie. Genau wie damals, als wir uns das erste Mal begegnet sind. Sie hat alles unter Kontrolle, während ich von ihrer Bugwelle mitgerissen und in die Richtung getragen werde, in die es sie treibt. Ich muss nicht nachdenken, brauche nicht zu reagieren. Ich muss mich nur mitreißen lassen. Gott, das ist so einfach. Genau das habe ich gebraucht. Nicht nur den Sex, obwohl der auch großartig ist. Charlotte versteht, was ich brauche, sie sieht mich nicht als das, was aus mir geworden ist, sondern so, wie ich war – und wie ich wieder sein werde, und zwar möglichst bald. Und das alles ist möglich dank der Entscheidung, die ich getroffen habe, der Entscheidung, die Charlotte hundertprozentig versteht. Es ist gut, sich auf diese Art zu begegnen. Zusammenzuwachsen durch Gespräche und durch das Leben – so hätte es auch das erste Mal sein sollen.

Als wir uns kennenlernten, haben wir uns in der Dunkelheit einer Bar aufeinander zubewegt, high vom Leben, vom Alkohol und unseren Möglichkeiten. Charlotte ist mir damals einfach so passiert.

Jetzt wandern wir Hand in Hand durchs Einkaufszentrum und genießen es, zusammen zu sein. Seit ich meine Diagnose bekommen habe, bin ich kaum draußen gewesen, weil es für mein geschwächtes Immunsystem zu riskant gewesen wäre, in der Nähe von Menschen zu sein, die mich mit etwas, was für sie eine leichte Erkältung war, hätten anstecken können.

Heute sind wir auf dem Weg zum Eisessen, ausdrücklich ohne Shopping. Mir steht nicht der Sinn danach, Charlotte beim Anprobieren zahlloser Outfits zuzuschauen, die in meinen Augen alle gleich aussehen. Zwar wage ich nicht, ihr das so zu sagen, aber immerhin habe ich klargemacht, dass ich zum Shoppen zu müde bin. Sie schlägt vor, ins Kino nebenan zu gehen. Auch das kann ich nicht, weil ich Gefahr laufen würde, den Film zu verschlafen. Charlotte lässt ihr glockenhelles Lachen hören und sagt, dass sie ihn sich irgendwann später anschauen kann.

»Mit wem?«, frage ich etwas scharf.

»Mit irgendwem«, antwortet sie.

Zu meinen Eltern nehme ich Charlotte allerdings nie mit, deshalb sind wir meistens bei ihr. Mir gefällt das, ich fühle mich endlich wieder wie ein erwachsener Mensch, wenn meine Mutter nicht mehr zu Hause um mich herumgluckt. Manche Frauen bemuttern Männer gern, nicht jedoch Charlotte. Sie lässt mich den ganzen Tag Eis essen.

Als wir über den Parkplatz zurückgehen, entdecke ich Grant. Er hat den Arm um eine junge Frau gelegt, die ich nicht kenne, und ich höre, wie er in seinem viel zu dick aufgetragenen und nicht wirklich britischen Akzent mit ihr redet.

»Ja, ich komme tatsächlich aus Sidney. Wie hast du das nur erraten?«, höre ich ihn sagen, als ich näher komme. Wenn Grant sich nicht die Mühe macht, seine britischen Wurzeln zu erklären, ist das immer ein Zeichen, dass er sich nur kurzweilig mit einer Frau vergnügen will. Ich grinse in mich hinein. Aber als Grant mich sieht, verdüstert sich sein Gesicht.

Ich schaue zu Charlotte, die sich über sein Auftauchen ebenfalls nicht zu freuen scheint. Als ich stehen bleibe, um mit ihm zu reden, nickt er mir nur zu, ignoriert Charlotte und geht hastig an uns vorbei. Ich drehe mich um und blicke ihm nach, wie er und die junge Frau auf das Kino zugehen. Aber er schaut nicht zu mir zurück.

Als er außer Hörweite ist, sagt Charlotte: »Siehst du. Er ist überhaupt nicht nett.«

Ich runzle die Stirn, beobachte weiter, wie sich die Kinotür öffnet und, obwohl Charlotte versucht, mich zum Auto zu zerren, lasse ich das Kino nicht aus den Augen. Für den Fall, dass Grant sich doch noch umdreht. Was er nicht tut. Die Kinotüren schließen sich hinter ihm.

∴

Ich bin wild entschlossen, all das hinter mir zu lassen: Ich will die Pfunde von den Steroiden loswerden, weniger Eis und mehr Gemüse essen. Im Netz habe ich schon nach Kochkursen geschaut. Ich kann es kaum erwarten, mich endlich besser zu fühlen, Flüge zu buchen. Hin und wieder denke ich an Hannah, frage mich, wie es ihr geht. Ich habe ein schlechtes Gewissen. Obwohl ich weiß, dass ich die Nachricht sowieso nicht abschicken würde, habe ich in letzter Zeit nicht einmal mehr die Nerven, ihr zu schreiben. Was, wenn sie wieder online ist? Was, wenn ich irgendetwas Blödes tue, wie versehentlich auf *Senden* zu tippen, wieder Kontakt zu ihr aufnehme? Ich habe mich gezwungen, sie zu vergessen. Es zumindest zu versuchen. Was natürlich nicht funktioniert hat. Das Schlimmste ist, dass ich so gern mit ihr reden würde, nun aber wegen Charlotte ein doppelt schlechtes Gewissen habe. Mit Hannah war alles so leicht, so hoffnungsvoll. Natürlich auch kompliziert, schon allein wegen der Entfernung und wegen des Krebs. Die Entfernung wird nicht kleiner, aber wenigstens ist der Krebs so gut wie weg.

Mit fünfzehn war ich verknallt in ein Mädchen namens Candice Williams und bin auf dem Fahrrad regelmäßig an ihrem Haus vorbeigefahren, immer hin und her. Auf der einen Straßenseite hin, auf der anderen zurück. Endlose Male. Was ich mit den Nachrichten mache, ist so ähnlich. Ich gehe online und schaue nach, ob

Hannah auch online ist, gewissermaßen die transatlantische Spielart des Vorbeifahrens auf dem Fahrrad im Jahr zweitausendsoundsoviel, immer die Straße rauf und wieder runter, in der Hoffnung, eine bestimmte Person könne in der Tür erscheinen. Obwohl ich weiß, dass es wegen Charlotte nicht in Ordnung ist, kann ich es nicht lassen – ich gehe online, weil ich sehen will, ob Hannah auch online ist. Ärgerlicherweise ist sie nicht da, und noch ärgerlicherer Weise ähnelt sie mir allzu sehr, was ihren Umgang mit Social Media angeht: Sie postet rein gar nichts. Nie. Und entweder lebt sie als Einsiedlerkrebs, oder ihre Freunde sind ebensolche Ignoranten der sozialen Medien. Ich habe sogar schon versucht, mich mit der Hoffnung zu quälen, dass ihr neuer Freund, wer immer er sein mag, ein, zwei Fotos von ihnen beiden postet, wie sie glückselig irgendwo beieinandersitzen, und sie dabei taggt. Ich will wissen, wie dieser neue Freund aussieht. Ich will den Schmerz fühlen. Aber es gibt nichts Neues, von dem ich zehren könnte – wie ein Junkie, der seinen nächsten Schuss nicht bekommt.

Plötzlich wird meine Zimmertür aufgerissen, ich lasse vor Schreck mein Handy fallen, schreie »Himmel!«, und herein stürmt Grant. »Was zur Hölle soll das denn, Grant? Du kannst doch nicht einfach so hier reinplatzen, ich hätte ja gerade mit Gott weiß was beschäftigt sein können!«, brülle ich. Der Schock hat mich überwältigt, aber dann kann ich nicht anders als zu lächeln, denn ich bin froh, dass er endlich auftaucht.

»Charlotte?«, brüllt er zurück. »Charlotte?«

Ich schaue um mich. »Sie ist nicht hier, Mann.«

Er schließt die Augen, als wäre ich blöd, wappnet sich. »Ich weiß, dass sie nicht hier ist, ich hab deinen Dad gefragt. Nur deshalb bin ich zu dir hochgekommen.«

Ich setze mich aufrecht und mache auf dem Bett neben mir Platz für Grant.

»Was machst du da, Davey?«, fragt er besorgt, und jedes bisschen Ärger ist aus seiner Stimme verschwunden. »Was um Himmels willen machst du da? Zuerst schmeißt du die Chemo hin, und dann fängst du wieder was mit dieser Tusse an?«

»Dieser Tusse?«, frage ich. »Sie hasst dich übrigens auch von Herzen.«

»Gut. Sie ist eine Kackbratze.«

»Grant«, gebe ich warnend zurück. »Charlotte und ich sind zusammen … mehr oder weniger.«

»Nein!«, entgegnet er, »Nein, das kann nicht sein. Mach sofort Schluss mit ihr!«

»Wie bitte?«

»Warum ist die überhaupt wieder aufgetaucht?«, fragt er abrupt.

»Sie … sie will mich«, antworte ich, und mir wird sofort klar, wie bescheuert das klingt. »Sie ist nett.«

»Sie ist nicht nett, sie ist ein übles Arschloch.«

»So absurd das jetzt vielleicht klingt – sie kann dich auch nicht ausstehen und hat dich neulich als Arschloch bezeichnet.«

»Davey, sie ist einfach falsch. Es war einfach nur ekelhaft, wie schamlos sie mit jedem geflirtet hat, als ihr zusammen wart.

»Hat sie das? Das wusste ich nicht. Mit jedem? Mit wem denn?«

»Mit Männern. Mit mir zum Beispiel«, faucht Grant.

»Mit dir?«

»Ja, während ihr zusammen wart. Und auch danach.«

Meine Augen werden schmal. »Wirklich?«

»Diese Frau ist nicht gut für dich. Aber sie ist entschlossen, dich zurückzukriegen, das habe ich in ihren Augen gesehen, schon von der anderen Seite des Parkplatzes. Wild entschlossen ist sie, das sage ich dir. Klar, ihr habt auch wirklich gut ausgesehen zusammen – genau, wie sie es sich gewünscht hat. Ihr Architektenfreund mit seiner eigenen Wohnung.«

Er wiederholt Dinge, die ich ihm erzählt habe, doch das ist mir gleich. »Aber jetzt habe ich keinen Job und wohne dazu bei meinen Eltern. Ich hab nur noch Krebs und bin ganz sicher kein guter Fang mehr für sie. Sie meint es ehrlich.«

»Das bezweifle ich stark. Aber hey, du kannst sie ruhig ein paar Mal vögeln, bis sie dir langweilig wird und du dich wieder erinnerst, warum du beim ersten Mal mit ihr Schluss gemacht hast.«

»Grant, was soll das?«

»Ich mag sie wirklich überhaupt nicht, Kumpel.« Jetzt jammert er. »Sie ist durch und durch toxisch. Kann ja sein, dass du eine Weile mit ihr zusammen sein musst, aber heirate sie wenigstens nicht. Himmel, heirate sie bloß nicht. Ich würde nicht zur Hochzeit kommen.«

»Danke.« Und er hat die Frechheit, Charlotte »toxisch« zu nennen?

»Ich werde heute zwei Dinge für dich tun«, erklärt Grant. »Das Erste wird dir tierisch wehtun. Das andere …« Er zuckt die Achseln.

»Na, dann mal los«, sage ich halbherzig, da ich inzwischen erschöpft bin.

»Also, das Erste.« Er holt tief Luft und blickt mir in die Augen. Aber dann weicht sein Blick mir aus. »Charlotte und ich … wir …« Er verstummt.

Ich erstarre. »Was? Was habt ihr getan?«

»Es ist passiert, direkt nachdem ihr euch getrennt habt. Ich mag sie überhaupt nicht. Das möchte ich klarstellen. Ich mochte sie schon nicht, als ihr zusammen wart. Und ich mag sie auch jetzt nicht.«

»Was ist denn nun passiert?« Ich möchte es wissen. Gleichzeitig auch nicht.

»Ich war mit ein paar Arbeitskollegen in einem Club«, beginnt er. »Du hattest ungefähr einen Monat vorher mit Charlotte Schluss gemacht, und sie kam einfach zu mir und hat sich mir praktisch an den Hals geworfen. Dabei hatte sie nicht mal was getrunken, sie war mit dem Auto da. Eigentlich hätte ich ahnen müssen, dass sie wahrscheinlich wegen eurer Trennung beleidigt war. Aber ich war zu bekloppt, um irgendwas zu kapieren.«

»Oooo-kay. Ist das alles?« Was Grant mir bisher erzählt hat, ist nicht gerade toll, aber …

Er schüttelt den Kopf. »Nein, das ist nicht alles. Wir haben uns geküsst. Oft. Im Club. Und dann waren wir plötzlich draußen auf dem Parkplatz und haben uns weitergeküsst. Und dann in ihrem Auto. Sie wollte unbedingt, dass wir in ihr Auto gehen … aus offensichtlichen Gründen.«

Ich starre ihn an. Keine Ahnung, was ich empfinde. Schock. Ja, ich bin schockiert. Mein bester Freund. Und meine Freundin. Na ja, genau genommen meine Ex-Freundin, aber … trotzdem. Das ist ein Verstoß gegen jeden Verhaltenskodex, der je existiert hat.

Da Grant nichts mehr sagt, tue ich es: »Und dann hast du mit ihr geschlafen?«

»Nein. Wir haben nur ein bisschen rumgemacht.«

Ich zucke zusammen. Und schaue weg.

»Ihre Hände waren … na ja, überall, du weißt schon«, fährt er fort.

Ich weiß genau, was er meint, aber das werde ich nicht aussprechen.

»Und dann haben wir uns auf dem Rücksitz geküsst und …« Wieder wendet er den Blick ab. »Und wir haben … na ja, wir haben Sachen gemacht … und ich war betrunken.«

»Schön.« Jetzt ist mir richtig schlecht, und ich schließe die Augen. »Und was ist dann passiert?« Warum will ich das überhaupt wissen?

»Wahrscheinlich hätten wir …« Er zuckt die Achseln. »Nur … nur hab ich dann gekotzt.«

Das überrascht mich jetzt doch. »Hä? Du hast dich übergeben? In Charlottes Auto?«

Ein winziges Lächeln flackert in seinem Mundwinkel, und dann fällt Grant offensichtlich ein, dass wir uns mitten in einem allmächtigen Streit befinden, und sein Gesicht wird wieder ernst.

»Ein bisschen. Ja. Genau genommen war es ziemlich viel. Wenn ich jetzt daran denke, finde ich, sie hat es verdient, das sauber machen zu müssen. Sie hat mich dermaßen angebaggert – und das garantiert nur, um sich an dir zu rächen. Aber ich war zu besoffen, um das zu begreifen. Mir ist das erst am nächsten Tag klar geworden, dann allerdings ziemlich schnell. Sie hat sich in diesem Club auf mich gestürzt – auf den besten Freund ihres Ex-Freunds. Ich war betrunken. Sie war stocknüchtern. Klar, ich hätte sie nicht küssen dürfen, ich hätte verhindern müssen, dass sie mich küsst. Ich hätte nicht zulassen dürfen, dass sie … mich so befummelt. Aber diese Frau kann kolossal überzeugend sein. Sicher kannst du nie wieder mit mir befreundet sein, aber ich will einfach nicht, dass du in ihre Nähe kommst. Damals war sie toxisch, und das ist sie auch heute noch. Sie ist …«

»Ich hab verstanden«, sage ich. Die Unterhaltung hat mich endgültig geschafft, ich habe das Gefühl, hundert Jahre schlafen zu müssen. »Ich hab alles verstanden«, wiederhole ich teilnahmslos.

»Tut mir leid, dass du so müde bist, Mann. Aber ich musste das loswerden, ehe du mich rausschmeißt und unsere Freundschaft endgültig vorbei ist, was, fürchte ich, sowieso der Fall sein wird. Aber wie dem auch sei … Du musst diese Chemo machen«, sagt er. »Denk doch mal nach. Es geht nicht um dich.«

»Ach nein? Irgendwie dachte ich schon, dass es um mich geht.«

»Aber es geht auch um deine Eltern. Und um mich. Was soll ich denn ohne dich anfangen? Niemand sonst will mein bester Freund sein«, sagt er, und ganz gegen meinen Willen muss ich lachen.

»Ich werde nicht sterben.«

»Doch, das wirst du«, behauptet er. »Ich habe es recherchiert. Du brauchst diese drei Runden Chemo. Es hat sich schon in deinen Brustkorb ausgebreitet. Es kommt durch deine Lymphdrüsen. Danach ist es im Gehirn, der Lunge, der Leber.«

»Stopp!«, sage ich.

»Du glaubst anscheinend, dass der Krebs nach zwei Runden weg ist. Das stimmt aber nicht. Er wird sich wieder einschleichen. Du *musst* das durchstehen. Du musst ein Superheld sein.«

»Aber ich bin kein Superheld. Ich bin fix und fertig. Ich muss aufhören.«

»Wegen Charlotte.«

Zum ersten Mal seit langer Zeit schreie ich los. Ich brülle meinen Freund an. »Es geht hier nicht um Charlotte! Es ist mir scheißegal, was du und Charlotte, was ihr getan habt. Ich habe nicht die Energie, um mich darum zu kümmern. Es geht nicht um dich. Und auch nicht um meine Eltern. Es geht um mich, und ich möchte mit meinem Leben weitermachen und es wieder in der Hand haben!«

Er starrt mich an. Nickt schließlich. »Dann habe ich keine andere Wahl«, sagt er, steht auf und wendet sich zum Gehen. »Du wirst es mir später danken.«

»Was werde ich dir danken?«, schreie ich ihm nach.

»Was ich als Zweites tun werde.« Dann ist er weg, und ich höre seine Schritte auf der Treppe und das Knallen der Haustür, als mein bester Freund das Haus verlässt.

ZWEIUNDZWANZIGSTES KAPITEL
Hannah

Heute Abend kommt George. Ich bin mit Kochen an der Reihe, was mich aus zwei Gründen nervt: (1) müsste ich mich eigentlich auf eine mega wichtige Präsentation vorbereiten und (2) bin ich eine schrecklich schlechte Köchin.

Zudem versucht George, mich dazu zu bringen, mich »voll und ganz auf eine gesunde Ernährung einzulassen«, selbst wenn er nicht da ist, um mich bei den Vorbereitungen zu beraten, daher machen wir heute einen angeberischen Salat, in dem unter anderem Grünkohl eine Rolle spielt. Ich fluche nur selten, wenn es um Gemüse geht, aber ich hasse diesen gottverdammten Grünkohl. Ganz egal, was man mit ihm anstellt, er schmeckt unweigerlich nach Grünkohl.

Als George gemüseschwenkend mit den Zutaten eintrifft, ist er mal wieder ganz im Duracell-Häschen-Modus, den ich in der letzten Zeit häufiger an ihm beobachte. Er hat den Einsatz für alle denkbaren grünen Gemüsesorten erhöht, womöglich beflügelt durch meine Begeisterung darüber, dass ich ein bisschen abgenommen habe und mich tatsächlich gesünder fühle. Der Personal Trainer in ihm kann nicht zulassen, dass ich nachlasse, vor allem, weil es, wie er sagt, »so lange dauert, gesundes Essen zur Gewohnheit werden zu lassen«.

Trotzdem möchte ich das, was er zum Abendessen vorschlägt, eigentlich nicht essen. Ein Teil von mir könnte durchaus ein bisschen Nutella vertragen, nicht mal unbedingt als Aufstrich. Serviert lediglich mit einem Löffel. Meine Augen werden glasig, als ich genauer darüber nachdenke, aber dann erinnert George mich daran, dass ich heute kochen muss, und hält mir den Beutel mit dem Grünkohl hin. Ich lächle dünn.

»Also, am besten nimmst du den Grünkohl, Gallagher, und ...«

»... schmeiße ihn direkt in den Müll?«, schlage ich vor und höre auf zu grinsen, als ich sehe, wie George stirnrunzelnd die Augen verdreht. Er meint es ernst, der Gute, er nimmt sich so viel Zeit für mich – und investiert so viel Energie in das Zusammensein mit mir.

»Nein, wir werden ihn salzen – nicht zu viel – und dann ...«

Meine Gedanken gehen auf Wanderschaft, während er weiterdoziert. Zwar dachte ich, dass ich mit Kochen dran wäre, aber er nimmt mir so gut wie alles aus der Hand.

Nach dem Essen, das ich mit viel Wasser runterspülen muss, machen wir es uns auf dem Sofa gemütlich, um zusammen fernzusehen, allerdings mit der strikten Vorgabe, uns danach entweder mit großartigem Sex zu verausgaben, um so einen Teil der Kalorien abzuarbeiten (von Grünkohl? Echt jetzt?), oder laufen zu gehen. Ich bin natürlich für die Sex-Version, denn so langsam beginne ich das Laufen zu hassen. Als Teil meines Vorhabens, mich wirklich auf George einzulassen – wirklich teilzunehmen an seinem Leben und mich ihm zu öffnen – werden wir uns endlich *Zimmer mit Aussicht* anschauen. Ich habe ihm den Inhalt der Handlung zusammengefasst und ihn gewarnt, dass es ein alter Film ist. Er ist trotzdem dabei.

»Wenn es dein Lieblingsfilm ist, muss er gut sein.«

Doch aus offensichtlichen Gründen graut mir davor. Mir war schon mulmig, als ich ihn mit Davey gesehen habe, aber ihm hat er gefallen. Ich glaube, er war auch überrascht, aber er hat immer wieder innegehalten, um Fragen zu stellen, und wenn er nicht gelogen hat, konnte er der ganzen Szenerie, den Charakteren, der Zeit und dem Ort der Handlung durchaus etwas abgewinnen.

Anfangs beobachte ich eher George als den Film. Eine Weile kneift er die Augen zusammen, aber ich sage mir, dass es schließlich sein Vorschlag war, diesen Film anzusehen. Nicht meiner.

Irgendwann wendet er sich mir zu. »Die tragen alle so lustige Outfits.«

Macht er Witze? »Das sind Jugendstil-Sachen.«

Er schneidet eine Grimasse, die er dann zu einem Lächeln werden lässt. »Aaa-ha!«

»Wir müssen nicht weiterschauen …«

»Doch, doch, ich möchte schon den ganzen Film sehen!«, beteuert er.

Also fahren wir fort, und in der Szene, in der der junge Held Helena Bonham-Carter vom Boden hebt, weil sie ohnmächtig geworden ist, nachdem sie einen Mord beobachtet hat, bin ich wieder richtig drin. Das ist so romantisch, auf so sonderbare Weise, und ich werfe einen raschen Blick zu George, der fleißig auf seinem Handy herumscrollt.

»Hast du keine Lust mehr?«

Er lässt das Handy sinken. »Ich liebe es.«

Ich rutsche auf dem Sofa herum und will nur noch, dass der Film endlich zu Ende ist, aber er dauert ewig. Weil ich mich nicht mehr konzentrieren kann, nehme auch ich mir mein Handy vor. Ich brauche Ablenkung.

So klicke ich mich durch die Social-Media-Kanäle und erwische mich dabei, wie ich checke, ob es vielleicht irgendwelche Updates von Davey gibt. Natürlich nicht. Damit hat er nichts am Hut. Was erwarte ich denn? Ein Foto, auf dem er, an Infusionsschläuchen hängend, mir fröhlich zulächelt? Ich wollte, ich würde nicht so oft an ihn denken. Ich wollte, ich hätte ihm die Nachricht, dass ich gesehen habe, wie er geschrieben hat, niemals geschickt. Das hat ihn endgültig vergrault. Soweit ich gesehen habe, war er seither überhaupt nicht mehr online. Und geantwortet hat er mir natürlich auch nicht. Vielleicht war damals genau der Moment, in dem er vorhatte, auf *Senden* zu tippen, und ich habe ihn davon abgebracht. Ich könnte mir in den Hintern treten. So oft ich mich auch frage, was er mir sagen wollte, ich werde es wohl nie erfahren.

Der Film endet, George ist so gut wie eingeschlafen, und ich knuffe ihn, als der Abspann läuft. »Nicht dein Ding?«, frage ich.

»Nicht so ganz, nein«, antwortet er. »Aber ich freue mich, dass du den Film so magst.« Eine Bemerkung, die absolut keinen Sinn ergibt, aber ich lasse es dabei bewenden.

Eigentlich habe ich weder Lust auf Sex noch auf Laufen, zugleich habe ich nicht den Eindruck, dass es bei George anders ist, aber er steht auf, streckt sich und blinzelt ein paarmal. »Sollen wir?« fragt er. »The Flats?«, schlägt er vor, womit er den Park in meiner Nähe meint.

»Zum Sex oder zum Laufen?«, frage ich etwas spitz.

»Zum Laufen«, lacht er.

»Na gut.« Obwohl ich ein kleines bisschen besorgt bin, dass er lieber laufen als Sex mit mir haben will, ziehe ich meine Sportsachen an, binde mir die Laufschuhe, stecke mein Handy in die Tasche und überwinde das Bedauern, soeben einen Teil meiner Seele vor George entblößt zu haben, der ihn kaum weniger hätte interessieren können.

Er streckt sich noch einmal, tippt auf den Timer seiner Uhr und läuft sofort los, sobald wir meine Wohnung verlassen haben. Ich jogge hinter ihm her, es nieselt und wird allmählich dunkel. Ich bin eine Schönwetterfreundin und hasse es inbrünstig, im Regen zu laufen, dennoch quäle ich mich pflichtbewusst weiter. George ist ein paar Schritte vor mir, als die Musik in meinen Earpods unterbrochen wird vom Klingeln meines Telefons. Ich bleibe stehen, wische zum Anruf, halte jedoch inne, als ich sehe, dass es eine Nummer ist, die mit +1 beginnt. Mein Herz stolpert. Es ist nicht Davey. Wenn es Daveys Handynummer wäre, würde das angezeigt. Aber es ist eine amerikanische Nummer, und natürlich denke ich sofort an Davey. Ich gehe nicht dran, sondern schaue hoch, um George Bescheid zu sagen, dass ich kurz anhalte, aber er ist schon viel zu weit weg – ohne sich ein einziges Mal nach mir umzusehen. Wahrscheinlich hat er gar nicht bemerkt, dass ich zurückgeblieben bin.

Wenn ich nicht schnell etwas unternehme, wird derjenige am anderen Ende der Leitung auflegen, also nehme ich den Anruf mit klopfendem Herzen an.

»Hallo?« Tief in meinem Herzen wünsche ich mir, dass es Davey ist, so viel ist mir inzwischen klar. Ich habe Angst, dass er es ist. Und Angst, dass er es nicht ist.

»Hey«, sagt eine Stimme mit einem leicht australischen Akzent. »Hannah?«

»Ja. Mit wem spreche ich?«

»Hier ist Grant, Daveys Freund, erinnerst du dich? Ich habe dir vor einiger Zeit, als er aus dem OP kam, eine Nachricht geschickt, und ich habe deine Nummer noch«, antwortet er.

»Ja, ich erinnere mich.« Ich schaue mich nach einer Parkbank um und gehe mit raschen Schritten darauf zu. Ich muss mich setzen. Warum ruft Grant mich an? Ich zögere, eiskalte Angst steigt in mir auf. Womöglich ist das Schlimmste passiert, und ich will die nächste Frage nicht stellen, tue es aber doch. »Davey ist tot, oder?«

»Was? Nein!«, erwidert Grant.

Die Erleichterung durchfließt mich so ruckartig, dass ich einen seltsamen Laut von mir gebe und spüre, wie mir Tränen in die Augen schießen. »O Gott«, schluchze ich, und die Tränen quellen über. »Entschuldige«, sage ich. »Ich hab wirklich gedacht … ich dachte, du rufst deshalb an.«

»Nein.« Seine Stimme klingt tröstlich und nett. »Nein, er ist nicht tot. Aber Hannah, ich glaube, dass er sterben wird, und ich weiß nicht, was ich tun soll. Er will die Chemo vor der letzten Runde abbrechen. Ich habe ihn angebrüllt, ich habe ihn angefleht.

Jetzt fällt mir nichts mehr ein, ich bin völlig ratlos. Ich weiß nicht, was ich noch tun kann«, wiederholt er, und ich höre die Verzweiflung in seiner Stimme und schweige, weil ich keine Ahnung habe, was ich dazu sagen soll. Und auch nicht, was ich tun könnte.

»Bist du noch dran?«, fragt Grant nach einer Weile.

»Ja.«

»Wenn er die Chemo abbricht, war alles, was er bisher durchgemacht hat, umsonst. Kannst du helfen?«, fragt Grant.

»Wie denn?«

»Kannst du … ihn anrufen?«

Ich schüttle den Kopf, obwohl Grant mich nicht sehen kann. »Das will er nicht. Er hat mir klar und deutlich gesagt, dass ich ihn nicht mehr kontaktieren soll.«

»Er hat dich wirklich gern.« Das ist alles, was Grant dazu einfällt.

»Ich glaube nicht, dass er mich jetzt noch mag«, gebe ich zurück. »Sonst hätte er doch nicht … mit mir Schluss gemacht. Und mir nicht verboten, Kontakt mit ihm aufzunehmen.«

»Machst du Witze?«, fragt Grant. »Er mag dich sehr. Er hat ständig von dir geredet, von nichts anderem. Du und er, ihr würdet euch jetzt irgendwo in London zusammenkuscheln, euch wahrscheinlich schrecklich den Arsch abfrieren, wenn nicht …«

»… wenn nicht der Krebs dazwischengekommen wäre«, vollende ich den Satz für ihn.

»Ja, der Krebs«, wiederholt er. »Der ihn umbringen wird, wenn er diesen letzten Durchgang nicht mitmacht. Vielleicht noch nicht heute, vielleicht auch nicht morgen, aber in ein, zwei Jahren. Ich muss etwas tun. Und das ist es, was ich tue: Ich flehe dich an. Du bist alles, was ich noch habe. Du bist alles, was Davey noch hat, um ihn zu überzeugen. Zu allem Übel unterstützt ihn diese verdammt bösartige Charlotte auch noch in seinem dummen Entschluss und flüstert ihm genau das ein, was er hören will. Du musst irgendwas tun.«

Wer zur Hölle ist denn diese verdammt bösartige Charlotte?

»Aber es gibt doch bestimmt eine Menge anderer Leute, die viel kompetenter mit ihm reden können als ich. Ärzte zum Beispiel. Vielleicht auch seine Eltern.«

»Bitte, Hannah«, bettelt Grant, und ich habe den Verdacht, dass er weint. »Er war mein einziger Freund, als wir von England nach Austin gezogen sind. Seither waren wir immer beste Freunde. Ich darf ihn nicht verlieren, Hannah, auf keinen Fall.«

Davey wird sterben. Selbst wenn wir nicht zusammen sind, jagt die Vorstellung einer Welt ohne Davey mir Angst ein, und ich fühle schon wieder Tränen in den Augen brennen.

»Ich habe keine Ahnung, was ich tun soll.«

»Du musst es versuchen. Bitte, Hannah, ich flehe dich an. Für Davey.«

Ich werde jeglichen Stolz hinunterschlucken. Ich muss es versuchen. Mein Magen krampft, und ich spüre, dass mir das Grünkohl-Abendessen wieder hochkommen will.

Aber zuerst muss ich meinen Dad anrufen. Er ist Arzt. Er wird wissen, was man in so einem Fall sagen muss. Ich blicke zum Himmel empor. Der Regen hat zwar aufgehört, trotzdem bin ich ziemlich nass, merke es jedoch kaum.

Ich wähle die Nummer meines Vaters, und er antwortet etwas abgelenkt. Im Hintergrund höre ich die Nachrichten laufen. »Hi«, sagt er. »Was kann ich für dich tun?«

»Dad – ich brauche deine Hilfe.« Dann stolpere ich direkt zum Punkt und erzähle ihm, was Grant mir gerade erzählt hat, und Dad hört mir schweigend zu. Zum ersten Mal spreche ich aus, dass ein Teil von mir Davey liebt. Noch nie habe ich das zugegeben, nicht einmal vor mir selbst. Aber es ist die Wahrheit. Auch wenn wir niemals wieder zusammenkommen, liebe ich Davey.

Diesen Mann, dem ich nie begegnet bin. Diesen Mann, der mir ein Stück meines Herzens gestohlen hat, als er mir sagte, er wolle mich verschonen und alles allein durchstehen.

»Ich muss wissen, was ich tun soll«, erkläre ich. »Ich muss wissen, was ich ihm sagen soll. Statistiken und … so was.«

»Hannah«, sagt mein Vater, und ich höre den liebevoll warnenden Ton in seiner Stimme und weiß, dass mir seine Antwort nicht gefallen wird. »Erstens bin ich kein Onkologe«, sagt er. »Sondern nur praktischer Arzt.«

»Ich weiß, ich weiß«, beteure ich hastig, stehe auf und mache mich auf den Rückweg zu meiner Wohnung. Alle Gedanken an George irgendwo in der Ferne sind aus meinem Kopf verschwunden.

»Zweitens«, fährt mein Vater fort, »ist es nicht deine Aufgabe, Hannah, einen Mann auf der anderen Seite der Welt zu retten.«

»Doch, das ist meine Aufgabe, Dad«, widerspreche ich entschieden. »Das ist es wirklich, verdammt. Es ist nur ein Telefonanruf. Hat sein Freund recht? Wenn Davey die letzte Chemo verweigert, wird er dann wirklich sterben?«

Mein Dad schweigt eine Weile. Dann seufzt er tief. »Wahrscheinlich schon, ja. Irgendwann an einem Rezidiv. Die Dosierungsschemata der Chemotherapie sind aus gutem Grunde sorgfältig geplant, zeitlich genau eingeteilt, und …«

»Danke, Dad«, unterbreche ich ihn, denn mehr brauche ich nicht zu hören. »Ich liebe dich.«

»Hannah«, sagt er, aber ich erkläre ihm, dass ich Schluss machen muss. Ich muss mir überlegen, was ich Davey sagen werde.

Das Handy in der Hand, schließe ich meine Wohnungstür auf, aber meine Hand verfehlt das Schloss, und der Schlüssel fällt herunter. Ich hebe ihn auf, versuche es noch einmal, schaffe es und lasse die Tür hinter mir ins Schloss fallen.

Ich setze mich mit meinem Telefon aufs Sofa. Ich weiß nicht, was ich tun, was ich sagen soll, ich bin starr vor Angst. Ich kann nicht einmal Daveys Nummer wählen. Aber ich weiß, dass ich es tun muss. Niemals hätte ich mir gedacht, dass es so sein würde, wenn ich das nächste Mal mit ihm spreche.

Schließlich scrolle ich durch meine Kontaktliste, finde Daveys Nummer und tippe auf den grünen Kreis mit dem weißen Telefonsymbol. Die Schmetterlinge in meinem Bauch flattern, rauf und runter. *Geh bitte ran, geh bitte ran.*

Aber er geht nicht dran. Die Verbindung geht auf Voicemail, und ich höre Daveys Stimme, die mir sagt, ich soll eine Nachricht hinterlassen. Nach all der Zeit auch nur seine Stimme zu hören tut mehr weh, als ich erwartet habe, so sachlich und unverbindlich sie auch klingt.

Ich blicke auf mein Handy hinab. Das kann es nicht gewesen sein. Auf gar keinen Fall.

Mir bleibt nichts anderes übrig, ich muss wirklich auch den letzten Rest Stolz hinunterwürgen. Ich hole tief Luft, tippe auf den Button und lasse es noch einmal bei Davey klingeln. Und diesmal nimmt er das Gespräch an.

DREIUNDZWANZIGSTES KAPITEL

»Hannah?«, fragt er mit unsicherer Stimme, und es raubt mir fast den Atem. In die Erleichterung darüber, dass er das Gespräch tatsächlich angenommen hat, mischt sich die Sorge, dass er jede Sekunde wieder auflegen könnte.

»Davey«, sage ich. Wir haben so lange nicht miteinander gesprochen, dass ich einen Moment lang gar nicht mehr weiß, wie ich mit ihm reden soll. Das Risiko, dass ich anfange zu weinen, ist sehr groß. »Bitte leg nicht auf«, sage ich kraftvoller, als ich mich fühle.

»Ich bleibe dran«, verspricht er leise.

»Du bist zuerst nicht drangegangen«, sage ich.

»Ich dachte, du hast meine Nummer versehentlich gewählt, und ich wollte nicht annehmen und es für uns beide peinlich enden lassen.«

»Es war kein Versehen«, beteure ich.

»Ich weiß. Sonst hättest du nicht noch einmal angerufen.«

»Ich wollte ...« Auf einmal merke ich, dass ich keine Ahnung habe, wie ich den Satz beenden könnte. Ich kann nicht lügen. *Ich wollte nur mal fragen, wie es dir geht* wäre großer Blödsinn, er kommt mir nicht über die Lippen. »Du fehlst mir«, sage ich stattdessen. »Du fehlst mir wirklich sehr.«

»Du fehlst mir auch«, sagt er, und mich durchflutet große Freude.

»Davey«, sage ich, und auch er sagt als Erwiderung nur meinen Namen. »Ich habe versucht, loszulassen. Aber es klappt nicht.«

Ich höre ihn seufzen, und schließlich sagt er: »Mir geht es genauso.« Ich lächle, und er fährt fort: »Ich halte dauernd online nach dir Ausschau, aber niemand postet etwas über dich. Du selbst auch nicht.«

»Genauso wenig wie du«, sage ich.

»Im Moment hab ich nicht viel zu posten.«

»Natürlich nicht. Ach, Davey …«

»Ich weiß«, sagt er beschwichtigend. »Ich weiß.«

»Du schreibst mir Nachrichten. Aber du schickst sie mir nicht.« Ich höre ihn schlucken. »Nein.«

»Warum nicht?«

»Es tut gut, dir Sachen zu erzählen. Und dann …« Er hält inne.

»Und dann tut es auf einmal nicht mehr gut?«, frage ich.

Er schweigt. Dann antwortet er: »Ja. Jetzt hältst du mich wahrscheinlich für bescheuert.«

»Du glaubst, ich halte dich für bescheuert, wenn du mir erzählst, wie du dich fühlst?«

»Ja.«

»Glaubst du das wirklich?«, sage ich. »Dass ich dich verurteile?«

»Ich weiß nicht. Ich bin feige. Ich habe nicht genug Mumm, um die Sachen abzuschicken.«

»Was schreibst du denn so?«, frage ich.

»Sachen halt.«

»Wie viele Nachrichten hast du schon an mich geschrieben? Und dann nicht abgeschickt?«

»Wie oft hast du gesehen, dass ich schreibe? Ohne es abzuschicken?«

»Zwei Mal«, antworte ich.

»Dann lautet die Antwort zwei.«

»Und wie oft hast du *wirklich* an mich geschrieben und es nicht abgeschickt?«

Er lacht. »Zehn, fünfzehn Mal vielleicht. Die Nachrichten an dich sind immer sehr lang. Und dann …« Er verstummt.

»Und dann schickst du sie nicht ab«, stelle ich das Offensichtliche fest.

»Genau. Und nachdem du mich erwischt und auch noch zur Rede gestellt und mir diese Nachricht geschickt hast …«

»Du meinst ›Ich sehe, dass du mir schreibst‹«, erinnere ich ihn.

»Ja«, bestätigt er. »Die *Ich-sehe-dass-du-mir-schreibst*-Nachricht … danach habe ich damit aufgehört.«

»Hast du jemanden, mit dem du reden kannst?«, frage ich, denn ich habe Angst, dass es sein einziges Ventil war, Nachrichten an mich zu schreiben und dann auf *Löschen* zu tippen.

»Nicht wirklich, nein«, antwortet er. »Mom weint. Dad ist zu … zu männlich, um sich mit Gefühlen konfrontieren zu können. Grant war gut, aber er versteht es nicht.«

»Meinst du, ich könnte es verstehen?«, frage ich.

»Das bezweifle ich.«

»Versuch, es mir zu erklären. Sag mir, was in dir vorgeht. Mal abgesehen vom Offensichtlichen.«

»Viel zu viel«, antwortet er. »Als Erstes: Sind wir Freunde, Hannah?«

Ich sinke auf mein Sofa und ziehe die Beine unter mich. »Natürlich.«

»Ist es komisch, wenn ich dir erzähle, dass ich mit jemandem zusammen bin?«

Aber so was von. »Nein«, antworte ich, aber mir tut das Herz weh, noch schlimmer als vor fünf Minuten. »Erzähl mir davon. Wie ist sie so?«

»Äh …«, beginnt Davey. »Sie ist meine Ex-Freundin, Charlotte.«

Die verdammt bösartige Charlotte von Grant. Ich wusste doch, dass ich mich an irgendeine Charlotte erinnere. »Du bist wieder mit deiner Ex zusammen?«, frage ich. »Wie kam es denn dazu?«

Wir sind auf entgegengesetzten Seiten der Welt. Wir können nicht zusammen sein. Das weiß ich nun. Es überrollt mich geradezu. Aber ich starre vor mich hin, lausche dem Mann, den ich liebe und von dem ich nichts weniger hören will, als dass er mir von seiner neuen Freundin erzählt.

»Sie ist … Charlotte. Und einfach … da«, sagt er, und ich kann das nicht deuten, tue es aber trotzdem.

»Zur richtigen Zeit am richtigen Ort«, schlage ich vor.

»So in der Art, ja«, sagt er. »Bist du immer noch mit dem Typen zusammen, den du in deiner Nachricht erwähnt hast?«

Ich zucke zusammen. »Ja, aber ich habe diese Nachricht nicht geschickt, um es dir unter die Nase zu reiben. Ich wollte dich wissen lassen, dass ich für dich da bin, als Freundin und dass ich glücklich bin – wie du es von mir verlangt hast.«

Davey schweigt, und ich muss dem Drang widerstehen, ihn zu fragen, ob er noch da ist.

»Und bist du glücklich?«, fragt er weiter.

Ich denke an George, der allein in den Wanstead Flats herumrennt. Vermutlich hat er sich immer noch nicht umgedreht und weiß gar nicht, dass ich nicht mehr da bin. »Ja«, antworte ich und belasse es dabei.

»Gut«, sagt Davey.

Das könnte ganz leicht das Ende unseres Gesprächs werden, aber es gibt so vieles, was ich ihm sagen möchte, so viel, was ich noch tun muss, ehe er Schluss macht. Wieder.

»Davey«, beginne ich.

»Ja?« Er klingt traurig, und ich möchte ihm gern sagen, dass ich ihn liebe. Ich möchte noch einmal sagen, dass er mir fehlt. Aber das hilft uns nicht weiter. Jetzt nicht mehr. Dafür ist es zu spät. Also wappne ich mich.

»Wie läuft deine Behandlung? Du müsstest doch bald alles hinter dir haben und es los sein, oder nicht?«

»Ja«, bestätigt er, aber es klingt unverbindlich.

»Für wann ist der nächste Zyklus angesetzt? Der letzte oder ... welcher auch immer.« Ich klinge übergriffig, ich weiß es genau. Ich muss mich zusammennehmen, muss langsam vorgehen. Einen Schritt nach dem anderen.

»Morgen«, sagt er.

Hier entscheidet es sich. Hier entscheidet sich, wie weit er mir vertraut, wie viel ihm das, was wir damals, vor vielen Monaten, zusammen hatten, wert ist. Wenn er es mir erzählt. Mir wird bang ums Herz, denn wir rutschen langsam, aber sicher, ins Schweigen. Er wird nicht ...

»Ich will es nicht machen«, sagt er.

Ich hole tief Luft und atme langsam wieder aus. Auf einmal habe ich das Gefühl, ihn hinters Licht geführt zu haben.

»Warum?«, frage ich.

Eine Weile schweigt er, und dann höre ich es. Ich glaube, er weint. »Ich halte es nicht aus, Hannah, es ist zu heftig für mich.«

Tränen, die ich lange zurückgehalten habe, steigen mir in die Augen. »Es tut mir so leid«, sage ich. »Es tut mir so leid, dass dir das passiert ist.«

»Du kannst nichts dafür. Wir hätten zusammen sein sollen«, sagt er abrupt. »Ich hab es vermasselt.«

»Hast du nicht«, entgegne ich.

»Es hat mich als Geisel genommen ... dieses schreckliche Unding. Es hat mich erwischt und will mich nicht wieder loslassen. Deshalb muss ich es loslassen. Ich will wieder zu leben beginnen. Ich will weitermachen und ... irgendwas tun. Ich möchte etwas anderes tun als schlafen, kotzen und mit Medikamenten vollgepumpt werden.«

»Es lässt dich aber los«, erkläre ich ihm. »Richtig? Die Behandlung wirkt doch, oder etwa nicht?«, frage ich und werde plötzlich panisch. Vielleicht hat er Grant nicht die Wahrheit gesagt.

Davey atmet hörbar aus. »Doch, die Chemo wirkt. Ich glaube, sie hat ihre Wirkung getan, und ich möchte es nicht noch einmal durchmachen, weil ich glaube, es genügt. Ich glaube, ich brauche den letzten Zyklus nicht mehr. Ich kann das nicht mehr. Es ist eine gnadenlose Tortur. Wenn ich nur daran denke, wird mir schon übel. Ich möchte mich im Bett zusammenrollen und so tun, als wäre alles wieder gut, und dann aufwachen und irgendwo anders sein.«

»Wie lange dauert es, Davey?«

»Was meinst du?«, fragt er.

»Wie lange dauert eine dieser Behandlungen? Wie viele Tage musst du überstehen?«

»Es dauert Stunden«, antwortet er. »Stunden, Stunden und Stunden. Den ganzen Tag, fünf volle Tage, und dann noch mehr Stunden ein paar Wochen später. Aber es ist nicht nur das. Es macht mich so schwach. Es ist erbarmungslos. Heute fühle ich mich okay, aber morgen werde ich mich krank fühlen, dabei, danach. Am Ende kann ich mich nicht mehr rühren, alles tut mir weh. Es kostet mich meine ganze Kraft, aufzustehen und aufs Klo zu gehen. Schon Denken erfordert eine unglaubliche Anstrengung.«

Ich höre ihn weinen. »Davey«, sage ich leise. »Du musst morgen trotzdem hingehen. Wenn du zu Hause sitzt und dir wünschst, dass der Krebs verschwindet, kannst du ihn nicht besiegen.«

»Ich weiß. Aber ich habe die Nase voll davon.«

Ganz sicher werde ich es bereuen, aber ich sage es trotzdem. »Ich kann und will mir eine Welt ohne dich nicht vorstellen. Wenn du nicht bereit bist zu kämpfen ...« Ich verstumme. Und dann werde ich brutal. Er wird nie mehr mit mir sprechen, ganz bestimmt. Aber ich muss es tun. »Es gibt Leute, die würden töten, um diese Überlebenschance zu bekommen. Da draußen sind Menschen, die betteln jeden Tag für nur eine zusätzliche Behandlung. Für nur noch ein einziges zusätzliches Medikament, das nicht existiert. Alles nur, um sie vor einer Krankheit zu retten, gegen die sie keine Chance haben. Und du bekommst diesen ... diesen Medikamentencocktail, der erwiesenermaßen wirkt. Zwei

Drittel des Weges hast du schon hinter dich gebracht. Dieses letzte Drittel – tu es einfach! Ich bitte dich, es zu tun, für mich. Für deine Eltern. Für Grant. Aber mehr als alles andere bitte ich dich, dass du es für dich selbst tust. Nicht für den Davey im Hier und Jetzt, sondern für den Davey der Zukunft. Für den, der sich nicht unterkriegen lässt, der diese Krankheit besiegt. Weil du es kannst. Weil du es musst.«

Er hat aufgehört zu weinen.

»Hallo? Bist du noch da?«, frage ich.

»Ja, ich bin da«, antwortet er.

»Versprichst du mir, dass du morgen hingehst, Davey? Versprichst du mir das? Ganz ehrlich – ich möchte das nächste Mal von dir hören, dass du diesen letzten Zyklus angefangen hast. Du hast so vieles, wofür es sich zu leben lohnt. Gib nicht auf, gib jetzt bitte nicht auf. Ich flehe dich an.« *Ich liebe dich. Obwohl du mit einer anderen Frau zusammen bist. Obwohl ich mit einem anderen zusammen bin. Ich liebe dich. Ich kann nichts dagegen machen.*

»Ich muss aufhören«, sagt er.

»Nein, Davey, bitte …«

Aber die Verbindung bricht ab. Ich starre auf das Display. Er ist weg. Mir ist eng um die Brust, mir schwirrt der Kopf. Ich weiß nicht, was ich denken soll. Oder fühlen. Sekunden später bahnen sich die Tränen, die sich den ganzen Anruf über angesammelt haben, einen Weg und strömen mir übers Gesicht. Mir wird klar, dass ich, wenn Davey diesen Chemo-Termin nicht wahrnimmt, weiter nichts tun kann als warten – ein Jahr, zwei Jahre –, bis Grant anruft und mir sagt, dass der Krebs Davey besiegt hat, dass er daran gestorben ist.

Der Gedanke, ihn zu verlieren – auch wenn ich weiß, dass ich ihn längst verloren habe –, tut so weh, dass mich das Gefühl überkommt, daran zu zerbrechen. Ich kann nichts mehr tun. Ich habe alles gegeben. Aber ich habe nicht die Macht, die Grant sich von mir erhofft hat.

Es klingelt an der Tür, und ich stehe auf, wische mir die Tränenspuren aus dem Gesicht und öffne. George steht auf der Schwelle.

»Hier bist du ja!«, ruft er. »Wo zur Hölle warst du denn?«

Ich schaue mich im Flur um. »Hier«, antworte ich, als könnten wir es nicht beide deutlich sehen.

»Du warst ewig weg, ich hab mir Sorgen gemacht. Auf einmal warst du nicht mehr hinter mir.«

»Nein«, antworte ich schlicht. »Es geht mir nicht so gut«, lüge ich dann. »Ich bin erschöpft und muss schlafen.« Letzteres ist zumindest teilweise die Wahrheit. Ich bin tatsächlich fix und fertig.

»Okay«, sagt er und legt die Hand an meine Stirn. »Du fühlst dich nicht heiß an, aber du siehst schrecklich aus. Hast du geweint?«

Ich schüttle den Kopf und reibe mir das Gesicht, das bestimmt ganz fleckig ist.

»Soll ich dir ein Bad einlaufen lassen?«

Im heißen Wasser zu liegen ist so ziemlich das Letzte, worauf ich Lust habe. »Nein, danke. Ich muss nur schlafen.«

»Möchtest du, dass ich bleibe?«

»Wolltest du nicht sowieso bleiben?«

»Nein, heute nicht. Ich muss morgen früh aufstehen, mein erster Termin ist schon um sechs.«

»Okay«, sage ich.

»Okay, dass ich bleibe, oder okay, dass ich gehe?«, fragt er.

»Ist mir gleich. Ich muss einfach nur schlafen.«

»Okay«, wiederholt er. »Dann lasse ich dich wohl am besten einfach schlafen.« Er kommt zu mir, küsst mich mechanisch, ich küsse ihn ebenfalls, sehe zu, wie er seine Sachen packt, zur Tür geht und sie hinter sich zuzieht.

Ohne mir die Mühe zu machen, mich zu waschen, die Zähne zu putzen oder in meine Schlafsachen zu schlüpfen, falle ich ins

Bett, völlig überreizt, noch in den eng anliegenden Sportklamotten. Aber ich schlafe wie ein Stein. Träume von Davey brausen durch meinen Kopf, und obwohl ich träume, wird mir schwindlig.

VIERUNDZWANZIGSTES KAPITEL

Ich habe getan, was ich konnte. Aber es liegt hier auf meiner Seite der Welt nicht in meiner Macht, einen Mann auf der anderen Seite zu retten, und ein Teil von mir hasst diese Verantwortung und ist unglaublich wütend, dass Grant fand, er müsse sich an mich wenden, um Davey zu überzeugen. Ein anderer Teil findet es unglaublich, dass Grant nach der ganzen langen Zeit tatsächlich denkt, ich hätte überhaupt die Möglichkeit, seinen Freund zur Vernunft zu bringen. Seit Monaten haben Davey und ich nicht mehr miteinander geredet. Sagt es etwas über Daveys Gefühle für mich aus, dass Grant mich angerufen hat? Worüber hat Davey mit Grant gesprochen? Spricht er mit seinem besten Freund immer noch über mich, nach all dieser Zeit? Ich verdränge den Gedanken. Er hilft keinem, am wenigsten mir selbst, wenn ich mich in diesen Mutmaßungen verliere. Und wie ich George gestern behandelt habe, ist unverzeihlich – ihn einfach im Park stehen zu lassen.

Am nächsten Morgen steige ich voller Tatkraft aus dem Bett. Ich bin mit der Sache noch nicht ganz im Reinen, aber auf dem besten Weg. Anscheinend brauchte ich das gestern. Ich hatte die ganze Zeit das Gefühl, unbedingt noch einmal mit Davey sprechen zu müssen. Aber das gestrige Gespräch war kein Anfang, sondern ein Ende. Ich muss Davey hinter mir lassen. Ich dachte, wenn wir uns das nächste Mal unterhalten würden, wäre es der Neubeginn von etwas, ein Feuer, das wieder aufflammen, alles neu beleben würde. Aber er ist mit einer anderen Frau zusammen. Und ich mit George.

Es ist vorbei. Mit ihm zu sprechen hätte nie der Wegbereiter für etwas Größeres sein können. Das sehe ich jetzt, im kalten Licht des Tages, wie ich es gern nennen würde. Allerdings ist es die sanfte Frühlingssonne, die durchs Fenster strahlt und London bis an die Schwelle zum Sommer bringt. Der Frühling macht Platz für eine Leuchtkraft, die fast schon so etwas wie Hitze mit sich führt. Heute lasse ich meinen Mantel zu Hause. Ganz hinten in meinem Schrank hängt ein leichter weißer Blazer, den ich mit Skinny Jeans und spitzen flachen Schuhen kombiniere. So kleide ich mich eigentlich nie. Wahrscheinlich würde mich niemand als farblos beschreiben, aber was meine Büroklamotten angeht, bin ich tatsächlich nicht sehr kreativ. Heute jedoch steigere ich mich ein kleines bisschen.

Unbewusst habe ich wohl darauf gewartet, dass die Sache mit Davey zu Ende ist. Als ich zur Station laufe, atme ich die – für Londoner Verhältnisse – frische Luft ein und hole mir unterwegs noch schnell meinen Kaffee, und zwar einen Macchiato mit einem Schuss Vanillesirup, den ich George tunlichst verschweigen werde. Ich fühle mich anders. Ich bin dabei, mich zu verändern. Einen Augenblick überlege ich, ob ich George den Sirup wirklich verschweigen will. Vielleicht ist heute ein guter Tag, um ihm gegenüber ehrlicher zu werden und mich mehr auf ihn, auf uns zu fokussieren. Davey ist weg, aber George ist da. Heute könnte ein Neubeginn für alles Mögliche sein.

Heute Nachmittag habe ich bei der Arbeit eine Präsentation. Wir wollen das Marketing für eine Wohltätigkeitsorganisation übernehmen, die sich auf die Rehabilitation von Gefängnisinsassen spezialisiert hat, und ich spiele bei dem Pitch eine wichtige Rolle. Da Craig – mein Chef – großen Wert darauf legt, diesen neuen Klienten für uns zu gewinnen, haben wir alle die Anweisung, nach Leibeskräften zu glänzen. Und ausnahmsweise denke ich, dass mir das nicht schwerfallen wird. Ich mache meinen Job lange genug und habe in diese Präsentation viel Zeit investiert.

Zwar möchte ich den Bogen auch nicht überspannen und mich allzu sehr in den Vordergrund spielen, aber ich habe eine Menge Ideen, wie sich das Marketing des Unternehmens neu gestalten ließe und welche Quellen angezapft werden könnten. Zusätzlich könnten sie ihre Außenwahrnehmung durch enge Kooperationen und Mentorenprogramme mit Großunternehmen verbessern.

Wie so oft bin ich besser vorbereitet als nötig und fühle mich selbstbewusst und für alles gewappnet. Für mich beginnt ein neues Leben. Dafür wird der heutige Tag sorgen.

Doch als ich vor Beginn der Präsentation schnell noch einmal zur Toilette gehe, um mein Make-up zu checken, plingt mein Handy. Ich bekomme einen Heidenschreck: wieder eine amerikanische Nummer, die ich nicht in meinen Kontakten gespeichert habe – Grant. Mein Magen zieht sich zusammen, mir graut vor dem Inhalt der Nachricht, aber ich öffne sie trotzdem. Ich weiß nicht, was du ihm gesagt hast, Hannah. Aber Davey ist gerade zu seiner letzten Chemo-Runde aufgebrochen. Danke! Grant x

Ich presse mir das Handy aufs Herz, schließe die Augen und danke dem Himmel – den Schicksalsgöttinnen, wem auch immer –, dass sie Davey zur Chemotherapie geschickt haben. Zwar gehört er nicht mehr zu mir, trotzdem bin ich so überwältigt, dass mir die Tränen übers Gesicht laufen. In diesem Augenblick taucht eine Frau aus einer der Kabinen auf, sieht, dass ich weine, und reicht mir ein Papiertaschentuch aus dem Spender beim Spiegel.

»Alles klar bei Ihnen?«, fragt sie mich.

Ich nicke. »Danke, ja.« Obwohl sie natürlich sehen kann, dass das nicht stimmt. Aber »Nein« zu antworten und dann loszuschluchzen wäre wohl nicht gerade besonders höflich. Also reiße ich mich zusammen.

»Kann ich irgendetwas tun?«, fragt sie.

Ich schüttle den Kopf. »Nein, nein. Aber danke.« Dann lächle ich kleinlaut, verdrehe die Augen und füge, ehe ich es verhindern kann, hinzu: »Männerprobleme.«

»Ah«, sagt sie verständnisvoll. »Sie können solche Mistkerle sein, oder? Aus genau diesem Grund date ich nur noch Frauen«, fügt sie hinzu und lacht.

Ich grinse verlegen, und sie fährt mit einem vielsagenden Blick auf mein verheultes Gesicht fort: »Aber wenn *so was* dabei herauskommt, ist er es aller Wahrscheinlichkeit nach nicht wert.«

»Normalerweise würde ich Ihnen recht geben«, erwidere ich. »Aber in diesem Fall geht es um etwas anderes. Er ist sehr krank. Krebs. Und deshalb ...« Ich verstumme. O Gott, warum erzähle ich das alles? Ich hätte doch einfach nicken und so tun können, als hätte ich einen richtig fiesen Freund.

Ihr Gesicht verändert sich sofort. »Oh, das tut mir so leid.«

»Sie sind ja nicht schuld«, erwidere ich, und erst im Nachhinein fällt mir auf, dass ich dasselbe geantwortet habe wie damals Davey, als ich ihm sagte, es tue mir so leid, dass er Krebs hat.

Die Frau beugt sich übers Waschbecken, holt noch ein Papiertuch aus dem Behälter und reicht es mir.

Als ich in den Spiegel schaue, stelle ich fest, dass meine Mascara sich ungefähr einen Zentimeter südwärts verschoben hat. »Ach, du lieber Himmel«, sage ich und reibe die Schminke kurz entschlossen ab.

»Meine Freundin hatte Brustkrebs«, sagt die Frau neben mir plötzlich. Ich fahre herum und starre sie an. »Grausame Krankheit«, fügt sie schlicht hinzu.

Ich nicke ernst. »So ist es. Ist Ihre Freundin ... ist sie inzwischen wieder gesund?«

»Ja, sie lebt, sie hatte Glück«, sagt sie. »Der Krebs war sehr aggressiv, und jetzt hält sie ständig Ausschau nach Anzeichen, ob er zurückkommt. Wir versuchen, unser Leben davon nicht dominieren zu lassen, aber wir sind vorsichtig geworden.«

»Ich fühle mich so ahnungslos. Mein Freund wohnt in den USA

und ich hier, deshalb sehen wir einander nicht mehr – oder was das auch immer war, was wir über Tausende von Meilen miteinander hatten.« Dann hole ich tief Luft und schütte dieser armen Frau, die das Pech hatte, mich heulend auf dem Damenklo zu finden, mein Herz aus. »Und ich habe ihn nicht mehr gesehen, weil er es nicht wollte. Er hat mich von sich weggestoßen. Da wohnt er schon so weit weg und hält mich noch weiter auf Abstand.«

Sie lächelt mich an. »Manche stoßen dich auch weg, wenn du im gleichen Haus wohnst. Manche wollen unbedingt allein damit fertigwerden. Und manche wollen das Grauen einfach von dir fernhalten.«

Ich wische mir die Tränen aus den Augen und danke dieser Frau für ihre Liebenswürdigkeit. Mein Make-up ist so gut wie nicht mehr vorhanden. Als wir gleichzeitig Anstalten machen, die Toilette zu verlassen, geht sie voraus und hält mir die Tür auf.

»Viel Glück. Ich weiß, das klingt jetzt komisch«, sagt sie. »Aber ich glaube, der Trick ist, dass Sie Ihr Leben trotzdem weiterleben. Legen Sie auf keinen Fall alles auf die Warteschleife. Seien Sie für ihn da. Aber die Welt dreht sich weiter. Geben Sie nicht alles auf, was Sie ausmacht.«

»Mit genau diesem Gefühl bin ich heute Morgen aufgewacht.«

»Gut.«

»Himmel, es tut mir echt leid, dass ich Sie so vollgeschwallt habe.«

Sie lacht. »Gar kein Problem. Ehrlich. Im Gegenteil.«

Ich gehe hinter ihr den Korridor entlang in Richtung des Sitzungssaals, wo ich bereits meine Unterlagen und meinen Laptop platziert habe, und schaue auf die Uhr. Ich bin ein bisschen spät dran, was gar nicht dem professionellen Auftreten entspricht, das ich mir vorgenommen habe. Als die Frau vor mir in den gleichen Raum einbiegt, gerate ich ins Stocken. Ist sie vielleicht eine leitende Angestellte meiner Agentur, die ich noch nicht kenne? Doch sie setzt sich auf die andere Seite des Tischs, dorthin, wo das Team unseres potenziellen Klienten sitzt, und schaut dann zu mir herüber. Als mein Chef sagt: »Und das ist Hannah Gallagher, unsere Marketingmanagerin«, macht sie ein einigermaßen überraschtes Gesicht. Nach und nach werden alle Anwesenden einander vorgestellt, und es wird klar, dass die Person, die ich hier beeindrucken muss, ausgerechnet die Frau ist, die ich gerade auf dem Damenklo vollgeheult habe.

Auf einmal bin ich völlig neben der Spur, von kompetent zur größten Idiotin in zehn Sekunden. Als wäre ich nicht verunsichert genug, sehe ich auch noch, wie Craig bei fast allem, was ich sage, die Stirn runzelt und sich nur hie und da ein kleines Nicken abringt. Ich habe keine Ahnung, ob ich dabei bin, die Sache zu vermasseln oder zu brillieren, nehme aber vorsichtig Blickkontakt mit meiner Trösterin auf – Cindy heißt sie – und auch mit ihren Kollegen. Ich versuche, meine Worte fließen zu lassen, und die Darstellung der Erfolge, zu denen ich anderen Unternehmen verholfen habe, mit meinen Ideen für Cindys Organisation zu verbinden. Irgendwann ist der Zeitpunkt gekommen, das Wort zu übergeben, nun geht es um Strategien, und Craig spricht sehr energisch und engagiert – womöglich war mein Vortrag nicht gut genug, und er versucht, meine Fehler auszubügeln.

Cindy allerdings sieht eher aus, als fühle sie sich von meinem Chef angebrüllt, denn Craig spricht wirklich extrem laut. Haben er und ich jetzt die Sache endgültig in den Teich gesetzt? Ich schaue zum Fenster hinaus und lasse meine Gedanken zu den grauen Wolken wandern, die über der Londoner Skyline dahinjagen. Und dann ist das Meeting auf einmal zu Ende, Visitenkarten werden ausgetauscht, man verabschiedet sich, Hände werden geschüttelt.

Mein Chef wendet sich mir und den beiden Kolleginnen zu, die mit mir gepitcht haben, und verkündet: »Ich finde, das ging echt gut.« Niemand sagt etwas. Keiner stimmt ihm zu. Nur vages Nicken rundum. Ich muss hier raus. Heute sollte Tag eins vom

Neubeginn sein, mit dem ich wieder Bewegung in mein festgefahrenes Leben bringe. Stattdessen versaue ich in einem gemeinsamen Kraftakt mit meinem Chef ein wichtiges Meeting. Aber nach der Arbeit steht immerhin ein Treffen mit Clare im Pub auf dem Programm, und das ist großartig.

»Er ist ein Blödmann«, sagt sie. »Ich weiß wirklich nicht, wie er zu seinem Job gekommen ist.« Clare ist wirklich die am wenigsten diskrete HR-Managerin, die mir je begegnet ist. »Du bist weit besser qualifiziert als er«, fährt sie eindringlich fort.

»Aber er hat mehr Erfahrung«, wende ich ein, als wolle ich ihn verteidigen.

Clare überlegt. »Nicht wirklich. Nein. Höchstens ein Jahr.«

»Oh.«

»Er hat den Job bloß gekriegt, weil er so forsch auftritt«, meint Clare, als antworte sie auf eine Frage, die ich nie gestellt habe.

»Oh«, sage ich erneut, starre auf mein Weinglas und überlege krampfhaft, was ich von dieser Bemerkung halten soll.

»Du bist nicht forsch«, fährt Clare fort und leert ihr zweites Glas schneller als ich. Die nächste Runde geht auf mich, in einer Sekunde werde ich aufstehen. Außerdem will ich Chips für uns kaufen, von denen ich George auch nichts erzählen werde. Ich spüre, dass Clare an dem Pegel angelangt ist, wo sie etwas zu essen braucht.

»Wie meinst du das – ich bin nicht forsch?«, frage ich, während ich in meiner Tasche nach meinem Portemonnaie wühle.

»Äh ... vergiss es«, wiegelt Clare ab.

»Nein, erklär es mir ruhig. Ich bin ein großes Mädchen. Du kannst es mir sagen.«

Ich sehe förmlich die Zahnräder, die sich in Clares weinseligem Gehirn drehen. Sie ist dabei, massiv indiskret zu werden, und ich will sie mit reiner Willenskraft unbedingt darin bestärken. »Erinnerst du dich an den Tag, als du zu deinem zweiten Jobinterview kamst?«

Ich denke zurück, vor fünf Jahren war das. »Ja, klar.«

»Dann denk mal daran, wie Craig – der übrigens zu diesem Zeitpunkt erst seit einem Jahr hier gearbeitet hatte und gerade von dem Job wegbefördert worden war, um den du dich beworben hast ...« Jetzt lallt sie wirklich ein bisschen. »Erinnerst du sich, dass Craig dich nach deinen Gehaltsvorstellungen gefragt hat?«

Allerdings erinnere ich mich daran. Ich dachte, es sei eine Fangfrage. In der Stellenanzeige stand dreißig- bis fünfunddreißigtausend Pfund. Ich nicke.

»Erinnerst du dich auch noch an deine Antwort?«

»Nein«, antworte ich und fange an zu grübeln.

»Aber ich«, verkündet Clare, beugt sich über den Tisch, um einen Schluck aus ihrem leeren Glas zu nehmen, starrt hinein, stellt fest, dass tatsächlich kein Wein mehr darin ist, und setzt es wieder ab. »Es war einfach nur furchtbar. Du hast gesagt: ›*Nun, ich freue mich über dreißigtausend, weil das ein bisschen mehr ist, als ich jetzt bekomme, und ich möchte diesen Job wirklich sehr gern.*‹« Clare rollt die Augen und tut dann so, als wolle sie den Kopf auf den Tisch schlagen.

»Stimmt.« Ich erinnere mich wieder.

Sie schaut mich an. »Ist dir immer noch nicht klar, was falsch daran war? Nicht einmal jetzt?«

»Nein.«

»Echt jetzt?«, kreischt sie. »Hannah, du hättest auf das höhere Gehalt drängen müssen. Die Anzeige hat dir ein Fünftausender-Fenster vorgegeben, und du hast dich unter Wert verkauft und dich mit dem niedrigsten Betrag zufriedengegeben, den wir doch sowieso schon angeboten hatten. Selbstverständlich hätten wir uns den höheren leisten können – sonst hätten wir ihn ja nicht in die Stellenanzeige geschrieben. Warum sollte man dann um den niedrigeren bitten?«

»Ähm ... keine Ahnung. Ich hab nur ...«

»Genau hier liegt dein Problem. Du bist eben nicht forsch, nicht zielstrebig genug. Weißt du, wie viel Craig bekommen hat, als er deinen Job innehatte?«

»Äh … ich glaube, das darfst du mir wahrscheinlich nicht verraten«, stottere ich, um ihr noch einen Ausweg zu bieten.

»Ja, stimmt«, sagt sie und rutscht auf ihrem Stuhl herum. »Ich darf es dir nicht sagen. Sagen wir mal, es war am anderen Ende der Vorgabe. Und sagen wir mal, er hat nur ein Jahr Berufserfahrung mehr als du und bekommt jetzt als Marketing-Direktor ungefähr das Doppelte.«

»Was zur Hölle …?«

»Ganz ehrlich, Hannah, ich hätte dich gern angeschrien, als du das damals gesagt hast. Glaub mir. Ich weiß, wie lange es dauert, bei dieser verdammten Firma auch nur einen zusätzlichen Tausender in die Lohntüte zu kriegen. Craig ist ein forscher Mistkerl. Wenn du so weitermachst wie bisher, wird es Jahre dauern, bis du ein Gehalt bekommst, das deinem tatsächlichen Wert entspricht.«

Ich schaue in mein Glas. Tag eins der neuen Hannah geht ziemlich schnell den Bach runter. »Mehr Wein«, sage ich und stehe auf.

»Hol uns eine Flasche«, befiehlt Clare. »Mit diesen winzigen Gläschen ist doch nichts anzufangen.«

Ein paar Stunden später sind wir beide betrunken, wanken aus dem Pub und nehmen zusammen ein Uber nach Hause. Völlig beschwipst falle ich ins Bett, alles dreht sich, aber ich bin fest entschlossen, dass Tag zwei der neuen Hannah der neue Tag eins werden muss.

∴

Auf dem Weg zur Arbeit am nächsten Morgen checke ich meine Mails, und finde eine Nachricht von Cindy.

Hannah, war wirklich nett, Sie gestern kennenzulernen.

Könnten Sie mich auf dem Handy anrufen, wenn Sie einen Moment Zeit haben?

Mit freundlichen Grüßen, Cindy.

Darunter steht ihre Handynummer.

Ich starre die kryptische Nachricht an und komme nicht dahinter, ob sie mit der Arbeit zu tun hat oder ob Cindy mir weitere kluge Ratschläge geben will, die ich, wie ich inzwischen beschlossen habe, gar nicht will. Ich darf einfach nicht mehr an Davey denken, fertig.

Ich warte, bis ich an der Station meinen großen Kaffee geholt und die Höllen-U-Bahn Richtung Liverpool Street hinter mir habe und wie üblich den Rest des Wegs zum Büro zu Fuß zurücklege, dann rufe ich an. Ich möchte dieses Gespräch auf keinen Fall an meinen Schreibtisch führen und gehe extra langsam.

»Hallo«, sagt Cindy.

»Hi, hier ist Hannah Gallagher, von gestern. Ich habe Ihre Nachricht erhalten.«

»Gut, danke, dass Sie anrufen. Ich wollte Ihnen nur kurz etwas mitteilen. Wir haben uns entschieden, die Dienste Ihrer Agentur nicht in Anspruch zu nehmen.«

»Oh.« Schon wieder ein Dämpfer. Tag zwei läuft ja wie geschmiert.

»Mit Ihnen hat das allerdings rein gar nichts zu tun.«

»Ach nein?«

»Nein. Aber Craig ist ein wenig ... na ja, wie dem auch sei«, fährt sie fort, »was Sie zu sagen hatten, hat mir gut gefallen.«

»Schön«, antworte ich.

»Hannah, es wäre wohl unmoralisch von mir, Ihnen einen Job anzubieten, und was ich jetzt tue, ist noch immer grenzwertig, aber ich möchte Sie gern auf eine Stelle aufmerksam machen, die wir ausgeschrieben haben. Wir sind ja nur eine kleine Wohltätigkeitsorganisation, aber unsere Marketing-Direktorin zieht mit ihrem Mann in die USA, daher suchen wir dringend einen

Ersatz. Wenn Sie dafür in Erwägung gezogen werden möchten, schauen Sie doch auf unsere Website, da stehen die Details.«

Ich bleibe stehen, und jemand hinter mir flucht und wirft mir einen ausgesprochen bösen Blick zu, als er mich umrundet.

»Oh. Schön«, sage ich noch einmal. »Danke.«

»Hannah?«, sagt sie.

»Ja?«

»Ich bin entschieden der Meinung, dass Sie sich bewerben sollten.«

»Oh, danke«, antworte ich. »Ich werde … mir alles genau anschauen.«

»Tun Sie das. Und selbst wenn Sie sich nicht bewerben – und ich möchte wiederholen, dass ich unbedingt finde, Sie sollten es tun –, möchte ich Ihnen sagen, dass ich mich sehr gefreut habe, Sie kennenzulernen.«

»Danke. Ebenfalls. Und vielen Dank für den Tipp. Und die Taschentücher.«

Cindy lacht leise. »War mir ein Vergnügen. Bye, Hannah.«

»Bye.«

Langsam setze ich mich wieder in Bewegung, und ein Lächeln breitet sich auf meinem Gesicht aus. Tag zwei ist gerade ein ganzes Stück besser geworden.

FÜNFUNDZWANZIGSTES KAPITEL

Juni

Auf einmal gehe ich beschwingt durchs Leben, das Gefühl ist kaum zu toppen. Obwohl es schon ziemlich spät ist, habe ich am Ende meiner ersten Arbeitswoche mit Cindy und ihrem Team gerade erst das Büro verlassen. Bisher geht es noch ganz behutsam los, aber die Projekte, die auf meinem Schreibtisch landen, sind tatsächlich von Bedeutung. Fast gleichzeitig mit mir hat noch eine andere junge Frau angefangen, und wir werden gemeinsam von meiner Vorgängerin, die noch für eine Übergangszeit dableibt, eingearbeitet. Cindy besitzt als Chefin eine Autorität, mit der nicht zu spaßen ist und die man keinesfalls unterschätzen sollte, aber wir kommen gut miteinander aus, und die Organisation veranstaltet diesen Samstag als Dank für ihre treuen Spender eine ganz entspannte Sommerparty. Es gefällt mir, mich für diese Wohltätigkeitsorganisation zu engagieren, statt zehn oder fünfzehn verschiedene Marken gleichzeitig repräsentieren zu müssen, und meine neue Rolle, ein ziemlich ranghohes Teammitglied zu sein, lässt mich Tag für Tag fröhlich aus dem Bett springen. Mir war gar nicht klar, wie festgefahren ich auf meiner alten Stelle war. Und wie wenig Craig meine Arbeit tatsächlich zu schätzen wusste.

Als er von meiner Kündigung erfahren hat, war er zuerst außer sich, zog aber bei meiner Abschiedsparty eine große Show ab, wollte mir einreden, ich hätte alles, was ich kann, von ihm gelernt und solle in meinem neuen Job bloß nichts »verbocken« – weil das ein schlechtes Licht auf ihn werfen könnte. Ich hielt den

Mund, umarmte ihn zum Abschied halbherzig und sah zu, wie Clare hinter seinem Rücken beide Mittelfinger hochreckte. Ich werde sie als Kollegin vermissen, aber wir haben schon unser nächstes Treffen vereinbart.

Am Wochenende ziehe ich ein Flatterkleid und hochhackige Schuhe an, dann mache ich mich auf den Weg zum Sommerfest im Artillery Garden in der City. Meine Vorgängerin arbeitet noch bis zum Monatsende mit mir, dieses Event ist sozusagen die Krönung ihrer Arbeit, und bevor sie geht, möchte ich noch so viel wie möglich von ihr lernen – einschließlich der Kniffe, wie man mit geringem Budget ein so phantastisches Fest auf die Beine stellt. Alle sind mit ihren Partnern gekommen, und ich habe George mitgebracht, mit dem ich wirklich angeben kann, so gut sieht er in seinem frischen weißen Hemd mit offenem Kragen, edel geschnittenen Shorts und Deckschuhen aus. In letzter Zeit hatten wir nur wenig Zeit füreinander – wir arbeiten beide abends sehr lange –, und ich freue mich wirklich, endlich mal wieder mit ihm zusammen zu sein. Dank meiner tollen neuen Stelle reite ich immer noch auf der Welle des Glücks, befinde mich bereits im zweiten Monat der »neuen Hannah« und plane, am nächsten Wochenende mit George nach Whitstable zu fahren und ihn meinen Eltern vorzustellen. Ich hätte nicht gedacht, dass es eine große Sache sein würde – für mich fühlte es sich eher selbstverständlich an –, doch meine Mutter klang regelrecht aufgeregt, als ich nachfragte, ob dieses Wochenende passt. Sie sagte sofort, dass ich noch nie einen festen Freund mit nach Hause gebracht hätte, und obwohl ich das natürlich wusste, macht es mich jetzt doch ein bisschen nervös. »Den Eltern vorstellen«, das klingt so … offiziell. Und dann wird mir bewusst, dass George und ich tatsächlich ein Paar sind. Zwar tragen wir dieses Etikett noch nicht offiziell, denoch ist es so.

George hält meine Hand, als wir über das Festgelände wandern, eine große, in der City versteckte, von Gebäuden umgebene Grünanlage. Für die Kinder gibt es allerlei Aktionen und Wettbewerbe, bei denen alle mitmachen können, die Lust haben, sich am inoffiziellen Sportfest (dem Motto des Tages) zu beteiligen. Nachdem wir ein paar Minuten mit Kollegen geplaudert haben und mit einigen Spendern bekannt gemacht worden sind, lässt George meine Hand los. »Ich hol uns mal was zu trinken«, flüstert er und geht davon.

Ich werde von meiner Vorgängerin Kate zu verschiedenen Gästen geführt und ihnen vorgestellt.

»Das ist Jonathan White«, erklärt sie mir, und ich schüttle einem Mann die Hand. Der Name kommt mir bekannt vor, aber ich komme nicht darauf, wo ich ihn schon gehört habe, aber sie erklärt mir, dass er als Architekt in der City arbeitet und für den neuesten spektakulären Wolkenkratzer verantwortlich ist, der im Osten der Innenstadt entsteht. Jonathan White ist nett, herzlich, unglaublich schick, und während er sich mit Kate unterhält – wobei er mir immer wieder zunickt, um mich ins Gespräch einzubeziehen –, fällt mir plötzlich ein, woher ich ihn kenne. Er sollte Daveys Chef werden! Vor so langer Zeit. Ich versuche, mir vorzustellen, wie er das Vorstellungsgespräch mit Davey geführt und einem Mann, dem er noch nie begegnet ist, am Telefon einen Job angeboten hat. Ich kann es förmlich vor mir sehen. Dieser Mann ist sehr sympathisch, die beiden wären sicher gut miteinander ausgekommen. Aber es ist unmöglich, ihn auf Davey anzusprechen – obwohl ich es schrecklich gern täte. Wahrscheinlich hat er die Sache längst vergessen. Wahrscheinlich hat er nicht mal mit der Wimper gezuckt, sondern jemanden von HR damit beauftragt, die Stelle neu auszuschreiben. Und alle haben einfach weitergemacht, als wäre nichts passiert.

Wir reden eine Weile über die Möglichkeit, dass Jonathan ein Mentorenprogramm anbieten könnte. Er spendet bereits sehr großzügig, und während ich seinen wohlinformierten Kommentaren zu unserer Arbeit lausche, überlege ich, warum es manchen Menschen so leichtfällt, andere Menschen zu vergessen, und warum manchen von uns das einfach nicht gelingen will, ganz gleich, wie sehr sie es versuchen. Schließlich komplimentiert Kate mich weiter, um mich mit möglichst vielen einflussreichen Persönlichkeiten bekanntzumachen. Dann ist es Zeit fürs Barbecue, doch ich schleiche mich noch für ein paar Minuten in Richtung der Toiletten davon, wo ich Cindy treffe, die heimlich eine Zigarette raucht.

»Ich sollte eigentlich nicht rauchen«, erklärt sie schuldbewusst. »Vor allem in Anbetracht … na, du weißt schon«, fügt sie hinzu. »Aber es ist mein einziges Laster. Und nur eine am Tag. Schrecklich, ich weiß, aber ich trinke nicht und nehme keinen Blödsinn, also verurteile mich bitte nicht.«

»Würde ich nie«, erwidere ich und erzähle ihr, dass ich vorhin ihre Freundin Lynn getroffen habe, die, während ich mit potenziellen Spendern geplaudert habe, mit George zusammen beim Eierlaufen gestartet ist.

»O ja, Lynn ist sehr kompetitiv. Hat sie George gewinnen lassen?«

»Da bin ich mir nicht sicher.« Ich muss lachen. »Ich konnte nicht richtig zuschauen, weil ich im Gespräch war.«

»Er scheint sehr nett zu sein«, stellt Cindy fest.

»Ist er«, bestätige ich lächelnd.

»Macht einen kerngesunden Eindruck. Aber man weiß ja nie«, sagt sie.

Ich kneife verwirrt die Augen zusammen, dann dämmert es mir. »Oh. Nein, nein … George ist nicht der mit … du weißt schon. George ist nicht krank.«

»Ach so.«

»Das ist ein anderer«, sage ich noch einmal. »Einer, mit dem ich nicht … zusammen bin. Schon so lange nicht mehr. Aber George und ich sind seit Februar zusammen, und …« Ich bin nicht sicher, was ich eigentlich sagen will, und breche ab.

»Dann ist der, der krank ist, also noch in den Staaten?«
Ich nicke. »Ja. Wir sind nicht zusammen. Nicht mehr.«

Sie schaut an mir vorbei zu der Stelle, wo George gerade rennend die Ziellinie überquert. Als ich mich umdrehe und in die gleiche Richtung blicke, drängt sich mir der Verdacht auf, dass es wohl kaum der erste Wettbewerb ist, den George gewinnt, denn die Zuschauer applaudieren eher halbherzig. Es tut mir ein bisschen leid, dass er so wenig Beifall bekommt. Wahrscheinlich ist er zu ehrgeizig und zu sehr darauf bedacht, die Leute zu beeindrucken. Die Sonne brennt vom Himmel, und George ist nie mit den angekündigten Drinks zurückgekommen, ich könnte wirklich etwas zu trinken brauchen.

»Derjenige, der es hätte sein sollen«, sagt Cindy.

Ich drehe mich um und starre sie an. »Wie bitte?«

»Der Typ in den Staaten. Ist das der, der es hätte sein sollen?«

Ich lache nervös und verlegen, es klingt nicht nach mir. »Vielleicht.«

»Okay«, sagt Cindy und zieht zum letzten Mal an ihrer Zigarette. Sie sieht ein bisschen verdutzt aus, als hätte ich sie absichtlich an der Nase herumgeführt. Aber sie hakt nicht weiter nach, sondern legt mir fürsorglich die Hand auf die Schulter und macht sich dann wieder auf den Weg in die Menge.

SECHSUNDZWANZIGSTES KAPITEL

Juli

»Es ist so hübsch hier«, sagt George, als wir durch die High Street von Whitstable zum Strand hinunterwandern. Meine Hand liegt in seiner, wie immer, wenn wir zusammen irgendwo unterwegs sind. Jetzt, in den Schulsommerferien, sind die Touristen in Scharen eingefallen, Kinder in Schwimmsachen balancieren vorsichtig über die Steine zum Wasser hinunter, in der Hand ihre Eimerchen, um sie mit Steinen zu füllen und Türmchen zu bauen.

Ich frage mich, was mir wohl als Nächstes bevorsteht, mit George, mit uns. Im Gehen umfasst er meine Hand etwas fester. Meine Eltern haben am Strand ein Picknick vorbereitet und ein paar Liegestühle mitgebracht, wir treffen uns dort mit ihnen. Andrex, unser Hund, ist im schattigen Garten geblieben, und ich kann es kaum abwarten, wieder sein Bällchen für ihn zu werfen und zuzuschauen, wie er an der Terrasse entlangrast und versucht zu erschnüffeln, wo es geblieben ist.

»Hier bist du also aufgewachsen, Gallagher«, sagt George. »Idyllisch.«

»Mhmm«, antworte ich. »Ich liebe es hier und würde sehr gern irgendwann wieder hierherziehen«, füge ich viel zu beiläufig hinzu, in Hinblick auf eine Reaktion, auch wenn ich mir nicht sicher bin, ob ich sie bekommen werde.

Aber er überrascht mich und antwortet: »Hier?«

»Ja. Gefällt es dir nicht?«

»Wir sind erst vor fünf Minuten aus dem Zug gestiegen, Gallagher, lass mir einen Augenblick Zeit. Möchtest du mit mir hierherziehen?«, fragt er dann, aber es ist keine echte Frage. Er nimmt mich auf den Arm.

»Vielleicht. Du, ich und unsere fünf Kinder«, erwidere ich und behalte den scherzhaften Ton bei.

»Hier sieht es schon ein bisschen anders aus als in Dagenham, wo ich aufgewachsen bin«, sagt er und vermeidet damit eine direkte Antwort.

»Ja, wahrscheinlich. Du musst bald mal mit mir hinfahren und mich deinen Eltern vorstellen«, sage ich.

»Schauen wir doch erst mal, wie es heute geht, ja?«, schlägt er vor.

Ich lache. »Meinst du etwa, deine Begegnung mit meinen Eltern könnte einen Einfluss darauf haben, ob ich deine treffen werde?«

»Ist doch so«, meint er achselzuckend.

»Aber warum denn?«

»Weiß ich nicht. Ist einfach so.«

Ich spähe den Strand entlang, entdecke meine Eltern und winke ihnen zu. George umfasst meine Hand noch fester. »Jetzt geht's los«, sagt er.

»Bist du nervös?«, frage ich.

»Dads hassen mich immer«, erinnert er mich. »Dein Dad wird mich auch hassen.«

»Wieso?«

»Weil ich seine Tochter vögle.«

Ich weiß nicht, ob ich staunen oder lachen soll.

∴

Zwei Stunden später kommen wir vom Strand zurück, George hat angeboten, alle schweren Sachen zu tragen, was meinen Vater ungemein gefreut hat. Die Zeit am Strand war ein Erfolg, meine

Mum geht mit George voraus, und er lässt für sie unentwegt seinen Charme spielen.

»Was meinst du?«, frage ich meinen Dad etwas nervös.

»Er ist sehr nett«, antwortet er.

»Dann magst du ihn also?«

»Ja. Tu ich. Er redet viel, ist sehr offen. Und er mag seinen Job offensichtlich sehr.«

»Ich glaube, er war ein bisschen nervös«, verteidige ich George. »Er hat gesagt, dass Väter ihn grundsätzlich immer hassen.«

»*Alle* Väter? Wie viele Freundinnen hatte er denn schon?«

»Nicht sehr viele. Aber ich glaube, er hatte ein bisschen Pech in der Liebe.«

»So wie du?«, sagt mein Dad und lächelt.

»Hey! Ich bin einfach sehr wählerisch.«

Mein Dad schaut nach vorn zu Mom und George, die sich weiterhin angeregt unterhalten, dann wieder zu mir. »Wie geht es denn dem anderen jungen Mann? Du hast mich doch neulich seinetwegen angerufen.« Ohne mir Gelegenheit zu einer Antwort zu geben, fährt er fort: »Darüber habe ich in letzter Zeit oft nachgedacht, weißt du. Und mir Sorgen um dich gemacht.«

»Um mich?«

»Natürlich. Du warst so aufgewühlt.«

Ich schaue hinaus aufs Meer. »Ich war aufgewühlt, ja. Bin ich, was das angeht, immer noch, glaube ich. Erzähl es bloß nicht Mum. Und auch nicht George, um Himmels willen.«

»Du hast meine Frage nicht beantwortet«, beharrt mein Dad. »Wie geht es ihm? Hat er mit der Behandlung weitergemacht?«

»Ja, hat er tatsächlich.«

»Gut«, sagt mein Dad mit fester Stimme. »Gut.«

Inzwischen müsste Davey die Chemo sogar schon hinter sich haben. Was er jetzt wohl gerade tut? Wahrscheinlich muss er endlose Check-ups, Tests, CT-Scans über sich ergehen lassen. Immer mal wieder versuche ich, nachzurechnen, an welcher Stelle im Behandlungszyklus er inzwischen sein müsste. Ich stöbere in Foren und lese nach, was andere Männer in seiner Lage durchmachen. So viel dazu, dass ich nicht mehr an Davey denke.

»Was hält George denn von diesem Mann … wie heißt er noch mal?«

»Davey«, antworte ich. Schon seinen Namen laut auszusprechen fühlt sich an, als würde ich George betrügen, und mit meinem Dad über Davey zu reden fühlt sich erst recht falsch an. Wir sollten über etwas anderes reden. Egal was.

»Ich habe nicht wirklich … Ich habe George nie wirklich von Davey erzählt. Und ich möchte es auch nicht.« Davey ist ganz allein meine Sache, sicher in meinem Gedächtnis versteckt, und ich werde das, was Davey und ich fast geworden wäre, nicht zur Diskussion stellen oder von irgendjemandem auseinandernehmen lassen. Es ist sicherer, das Thema ruhen zu lassen. Aber obwohl ich mir wünsche, dass mein Dad nicht weiter nach ihm fragt, freue ich zugleich, dass er es tut. Dass es ihm wichtig genug ist, um sich danach zu erkundigen.

Mein Dad schweigt, doch ich sehe ihm an, dass er noch darüber nachdenkt. Auch ohne dass wir lange über Davey sprechen, wird mein Dad meine Geschichte mit ihm genau analysieren.

»Meldest du dich nicht hin und wieder bei ihm, um zu fragen, wie es ihm geht?«

»Nein«, antworte ich fest. »Wir sprechen nicht miteinander. Das werden wir auch nicht mehr, denke ich.«

Dad nickt und fasst den Griff der Kühlbox fester. Ich wende den Blick ab. Die Flut ist gekommen und wieder gegangen, hat das Meer in eine andere Richtung geführt, die Kiesel lassen sich im Strudel des Wassers treiben. Ich spüre, dass mein Dad mich mustert.

Zu Hause fragt George nach der Toilette. »Und dann machen wir uns auf den Weg, oder, Hannah?«

»So bald wollt ihr schon los?«, fragt meine Mutter nach.

»Ich hätte gern noch ein paar Minuten mit Andrex«, sage ich. »Und eine schnelle Tasse Tee. Dann können wir aufbrechen, ja?«

Für einen kurzen Moment sieht George unzufrieden aus, aber dann lässt er wieder sein typisches Lächeln blitzen. »Na klar.«

»Magst du auch mit dem Hund Ball spielen? Oder dich einfach danebensetzen?«, frage ich ihn. Eigentlich will ich noch hinzufügen, dass es bei dem Wetter ohnehin ein kurzes Vergnügen wird, da es für Hunde nicht gesund ist, sich zu lange in der Hitze zu verausgaben, aber George verzieht schon das Gesicht: »Ich mag keine Hunde, Gallagher. Spiel du mit ihm. Ich helfe deiner Mum beim Teekochen.«

Dann geht er nach oben ins Bad, meine Mum verschwindet hinten in der Küche, um den Wasserkocher anzustellen, und mein Dad wendet sich mir zu und sagt, ohne die Miene zu verziehen: »Er mag keine Hunde, Hannah. Wir müssen George sofort umbringen.«

SIEBENUNDZWANZIGSTES KAPITEL

August

»Diesen hier«, sage ich zu Paul. Wir sind in der Bond Street bei Tiffany & Co. »Oder ...« – ich strecke die Hand zu der Schmucklade ganz hinten aus – »oder vielleicht den da. Fangen wir erst mal mit den beiden an, sie sind beide perfekt. Damit meine ich, sie sind wunderschön, glitzern und sind natürlich atemberaubend teuer.«

»Ich weiß«, erwidert Paul. »Aber sie ist es wert.«

»Weißt du überhaupt, wie hart das für mich war?«, frage ich, als die Verkäuferin die beiden Ringe bereit macht, damit ich sie für Miranda anprobieren kann. »Miranda die ganze letzte Woche nicht zu verraten, dass du ihr einen Antrag machen wirst?« Ich packe Paul am Hemdkragen und schüttle ihn freundlich, bevor ich wiederhole: »Weißt du, wie hart das war?«

Er lacht. »Du bist hart im Nehmen, Hannah. Weißt du, wie hart es für mich war, nicht zu ihr zu sagen: ›Ich geh mit Hannah einen Verlobungsring für dich kaufen – könntest du bitte endlich aufhören, mich zu fragen, was ich heute vorhabe?‹ Mindestens fünfmal hat sie mich gelöchert. Keine Ahnung, wie Männer das allein hinkriegen. Ich weiß nicht, wie sie sich allein wegschleichen, ohne dass ihre bessere Hälfte sie der Spanischen Inquisition unterzieht. Ich bin heute nur deshalb allein rausgekommen, weil ich behauptet habe, ich würde ihr ein Geburtstagsgeschenk kaufen. Apropos – das müssen wir auch noch erledigen.«

Ich zucke um seinetwillen zusammen, als ich den ersten Ring an meinen Finger stecke und die Hand vor mir ausstrecke. »Ein

Verlobungsring *und* ein Geburtstagsgeschenk. Teurer Tag für dich, Kumpel.«

»Ich weiß.« Er schaut auf meine ausgestreckte Hand. »Wow, der ist aber hübsch. Allerdings bin ich nicht ganz sicher, warum wir eigentlich bei Tiffany sind, wenn es doch so viele andere Geschäfte gibt, die ähnliche Dinge wesentlich preiswerter verkaufen«, sagt Paul taktloserweise in Hörweite der Verkäuferin, die jedoch so tut, als hätte sie ihn nicht gehört.

»Weil Miranda sich schon immer einen Verlobungsring von Tiffany gewünscht hat«, erkläre ich ihm und kann den Blick nicht mehr von dem Ring an meiner Hand abwenden. »Gott, Verlobungsringe sind so schön.«

Paul schenkt mir ein mitleidiges Lächeln, als wäre ich eine arme, bedauernswerte alte Jungfer. Wenn wir außerhalb der Hörweite der Verkäuferin sind, werde ich ihm dazu ein paar Worte sagen. Ich nehme den Ring ab und probiere den nächsten an. Er ist noch ein bisschen größer, und Paul lässt sich mit der Verkäuferin auf eine Plauderei über die Reinheit von Diamanten ein, das heißt, er nickt hauptsächlich, während die Verkäuferin redet. Ich bin geblendet vom Funkeln des Rings. Ich freue mich so für meine Freunde. Sie sind wirklich wie füreinander gemacht.

Nach dem Ringkauf geben Paul und ich uns große Mühe, in der Gegend um Bond Street einen anständigen normalen Pub mit Preisen, die einem nicht die Tränen in die Augen treiben, zu finden, aber nach einer halben Stunde geben wir die Suche auf und nehmen Kurs auf einen Burgerladen mit einer anständigen Cocktailkarte.

»Geht auf meine Rechnung«, verkündet Paul. »Ein kleines Dankeschön dafür, dass du deinen freien Tag geopfert hast, um mir bei der Suche nach einem Ring für meine zukünftige Ehefrau behilflich zu sein.«

»Danke«, sage ich und bin im Handumdrehen bei meiner Essensauswahl deutlich weniger preissensibel.«In dem Fall nehme ich einen Hummerburger.«

»Ha, nichts wie ran!«, erwidert er. »Champagnercocktail zum Runterspülen?«

»Ernsthaft? Ich hab dich ja schon immer gemocht, Paul.«

Wir lachen, prosten uns zu, als unsere Getränkebestellung eintrifft, und warten dann geduldig auf unser Essen.

»Gestern Abend im Pub war es echt hart, so zu tun, als würden wir beide, also du und ich, heute unterschiedliche Dinge tun«, sage ich nachdenklich. »Und uns nicht etwa treffen, um einen Ring auszusuchen.«

»Wir waren ja auch noch nie zu zweit unterwegs«, sagt er. »Nur du und ich, meine ich. Wir sind immer zu dritt, du, ich und Miranda.«

Ich nicke. »Mal zu zweit ist auch ganz nett. Aber wir dürfen es nicht zur Gewohnheit werden lassen, sonst flippt Miranda aus.«

»Nicht, nachdem ich ihr diese funkelnde Wunderkerze von einem Ring geschenkt habe«, meint er zuversichtlich und klopft auf den Rucksack auf dem Sitz neben ihm, in dem sich die verräterische türkisfarbene Tiffany-Tüte befindet. »Damit wird alles möglich. Sie wird so hingerissen sein, dass ich tun und lassen kann, was immer ich will.«

»Da solltest du lieber vorsichtig sein«, warne ich ihn.

»Ach, ich würde Miranda doch niemals wehtun, schließlich liebe ich sie über alles«, beteuert er sehr ernst.

»Du hast wirklich Glück«, bestätige ich. »Du hast deinen Lieblingsmenschen gefunden. Halte sie bloß gut fest.«

»Das werde ich«, verspricht er.

»Wie willst du den Antrag eigentlich machen? Was hast du vor?«

Paul erzählt, dass er Miranda an ihrem Geburtstag in ein kleines Landhotel in den Cotswolds einladen will. Dort haben sie schon einmal auf der Rückfahrt von einem Wochenendausflug zusammen ein Pint getrunken, saßen mit ihren Biergläsern unter einem Weidenbaum, wobei hinter ihnen ein kleiner Bach plätscherte. »Dort will ich sie fragen. Genau an der Stelle, wo wir damals gesessen und über das Leben, die Liebe und uns geredet haben. Unter diesem Weidenbaum. Kein klischeehaftes Trara in einem Restaurant. Nein, nichts dergleichen. Sie wird es nicht kommen sehen.«

»Das wird bestimmt schön«, sage ich und kann mir die Situation lebhaft vorstellen. Miranda, die vor diesem erlesenen Naturhintergrund nicht sehr ladylike einen gewaltigen Freudenschrei ausstößt und vor Begeisterung auf und ab hüpft. Wahrscheinlich wird sie »Fuck!« brüllen, und zwar nicht nur ein Mal. Ich grinse in mich hinein und sage: »Ich freue mich so sehr für euch.«

»Himmel, hoffentlich sagt sie Ja«, murmelt er, als unsere halben Hummer und »The Big One«-Burger kommen, zusammen mit Trüffel-Pommes und der nächsten Runde Cocktails.

Ich beschließe, Paul nichts davon zu sagen, dass Miranda längst angefangen hat, heimlich Hochzeitslocations im Ausland zu recherchieren, und nur darauf wartet, dass Paul ihr endlich einen Antrag macht. An ihrem großen Tag braucht sie eine Sonnenscheingarantie, gleichzeitig hasst sie Strandhochzeiten. Anscheinend ist diese Kombination etwas schwierig, deshalb hat sie schon vor ziemlich langer Zeit angefangen zu suchen. »Sie wird Ja sagen«, verspreche ich ihm, denn daran besteht nicht der geringste Zweifel. Und wieder steigen Aufregung und Freude in mir auf.

»Wollen wir uns betrinken?«, fragt Paul, kippt den Rest seines Cocktails und schaut sich forschend nach der Karte um.

»Unbedingt«, antworte ich.

Eine Stunde später liegt zwar noch das halbe Essen auf meinem Teller – ein Verbrechen –, aber dank Georges Mammutprojekt für meine Gesundheit bin ich so schmal geworden, dass in meinem Magen kein Platz mehr für die Portionen ist, die ich heute bestellt habe.

»Wie ist eigentlich dein neuer Job?«, fragt Paul.

»Ich liebe ihn. Und meine Chefin ebenfalls. Meine Kollegen auch. Und natürlich meine Lohntüte.«

»Gut, dann kannst du das hier ruhig bezahlen«, sagt Paul mit einem schiefen Grinsen.

Ich werfe ein Pommes nach ihm.

»Es freut mich übrigens sehr, dass du dich um diesen Job bemüht hast. Sonst hängst du dich nie für etwas wirklich rein. Deshalb bin ich froh, dass du dich dafür so engagiert hast.«

Ich stutze, den Mund auf halbem Weg zum Strohhalm meines Drinks. »Wie bitte?«, frage ich und setze mich wieder aufrecht.

»Ach, du weißt doch, was ich meine. Du strengst dich nie sonderlich an, etwas Bestimmtes zu erreichen. Kämpfst nie für etwas, was du wirklich willst.« Paul schlürft lautstark seinen Cocktail, ich starre ihn an.

»Da muss ich dir augenblicklich widersprechen. Hast du vergessen, dass ich soeben einen neuen Job angefangen habe?«, kontere ich.

»Weil jemand dich angerufen und dir gesagt hast, du sollst dich bewerben.«

Autsch! Ich nehme mein Glas in die Hand, spiele mit dem Strohhalm. Und stelle das Glas wieder ab.

»Was gibt es denn noch, wofür ich nicht kämpfe?« Kaum ist die Frage aus meinem Mund, bereue ich sie auch schon.

»Für diesen Ami beispielsweise. Du bist nicht ins Flugzeug gestiegen, um ihn zu besuchen.«

Meine Kehle ist wie zugeschnürt. »Er hat mir gesagt, ich soll wegbleiben.«

»Pfft!«, antwortet Paul. »Du bist stattdessen einfach in ein anderes Flugzeug gestiegen. Mit einem anderen Mann.« Er hebt die Augenbrauen.

»Der Urlaub war schon gebucht. Ich bin nicht einfach nur in ein Flugzeug nach Thailand gestiegen. George und ich hatten das alles schon geplant. Und wir sind als Freunde losgeflogen.« Allerdings nicht nur als Freunde zurückgekommen. Aber das sage ich lieber nicht.

»Mir ist aufgefallen, dass George samstags nicht mehr mit zum Thai-Essen in den Pub kommt«, sagt Paul, womit ihm fast ein Themenwechsel gelingt. Aber nur fast.

»Nein, er hat zu viel zu tun«, erkläre ich. »Es ist Sommer. Die Last-Minute-Bikini-Panik führt sehr viele Mädels ins Studio.«

Wir nippen unsere Cocktails, die praktisch Milkshakes mit reichlich Baileys sind. Paul beugt sich über den Tisch und stürzt sich auf die Pommes, die ich in der kleinen Silberschale liegen gelassen habe, und gibt der Kellnerin, die gerade vorübersaust und meinen Teller mitnehmen will, stumm zu verstehen, dass sie ihn genau dort stehen lassen soll. An der Tür steht ein blonder Mann in der Warteschlange für einen Tisch, und ich lasse meinen Blick eine Weile auf seinem Hinterkopf ruhen. Er dreht sich um. Natürlich ist es nicht Davey. Warum tue ich mir das immer wieder an?

»Liebst du ihn?«, fragt Paul schließlich, den Mund voller Pommes.

»Wie bitte?« Die Frage bringt mich völlig aus dem Konzept. Meint er George? Bestimmt meint er George. »Ich bin nicht sicher, wie ich das beantworten soll.«

Er hört auf zu kauen. »Am besten wahrheitsgemäß«, sagt er, als wäre ich auf den Kopf gefallen.

Ich antworte nicht gleich, weil ich nachdenken muss.

»Hannah, das ist ein ziemlich aufschlussreiches Schweigen«, sagt er, als er fertig ist mit Kauen.

»Wie weiß man denn, ob man jemanden liebt? Ich glaube … ich glaube, das kommt erst nach und nach, weißt du. Es wächst einfach von allein, ganz organisch«, antworte ich. »Und ich mag ihn wirklich.«

Paul kneift die Augen zusammen, schlürft langsam seinen Milkshake, der Papiertrinkhalm löst sich schon in seinem Drink auf.

»Wir haben uns nie gesagt, dass wir uns lieben. Wir sind immer noch … irgendwie … in der Kennenlernphase«, versuche ich zu erklären. Jetzt müsste Paul dringend etwas sagen, sonst besteht die Gefahr, dass ich endlos weiterfasle.

»Wie lange geht das jetzt schon so?«

Ich rechne. »Sechs Monate.«

»Ihr seid seit sechs Monaten zusammen und immer noch in der Kennenlernphase? Das ist doch bloß ein Code dafür, dass ihr euch beide die Möglichkeit offenlassen wollt, auch andere Leute zu vögeln.«

»Nein«, protestiere ich entschieden. »Das tun wir überhaupt nicht.«

»Aber du liebst ihn nicht.« Es ist eine Feststellung, keine Frage.

Wieder muss ich nachdenken. »Ich bin nicht sicher.« Diesmal entscheide ich mich für die Wahrheit. »Es fühlt sich immer noch neu an, weißt du. Als hätte ich der Sache noch keine Chance gegeben – als hätte ich George und mir zusammen noch nicht wirklich eine Chance gegeben.« Das stimmt. Ich habe mit Männern schon viel früher Schluss gemacht, weil ich *wusste*, dass es zwischen uns nicht stimmte. Bei George habe ich dieses Gefühl nicht. Wir kommen gut miteinander aus, verstehen uns gut. Sicher, ich war ziemlich mit Davey beschäftigt, aber das war nicht Georges Schuld. Ich möchte uns die Chance geben, die wir verdienen.

»Wenn man es nicht sofort weiß, heißt das immer Nein.«

Ich schlucke. Mein Blutdruck steigt.

»Ich wusste ziemlich schnell, dass ich Miranda liebe«, sagt Paul, ehe ich auf seine letzte Bemerkung eingehen kann. »Und ich war mir sicher, dass ich meine Zeit nicht verschwende«, fügt er hinzu.

»Reizend.«

»Du weißt doch, was ich meine«, erwidert Paul und beäugt nun den halben Burger, den ich zur Seite geschoben habe. Ich

schiebe ihm den Teller hin, und er fährt fort: »Obwohl ich von vornherein geahnt habe, wie das Resultat ausfällt, habe ich meine Gefühle für Miranda mit dem verglichen, was ich für eine Ex-Freundin empfunden habe. Camilla.«
»Schicker Name.«
»Schickes Mädchen«, bestätigt er. »Aber eher schmuddelschick, wenn du verstehst. Am Wochenende hat sie mit ihren Eltern Bollinger getrunken und fand nichts dabei, mir an der Bushaltestelle um zwei Uhr früh einen zu blasen.«
»Himmel!«
»Ich war damals zweiundzwanzig und höllisch geil.«
»Hat sich nicht geändert, nehme ich an.«
Er kichert. »Ich dachte, das muss es sein – Camilla und ich waren ein paar Monate zusammen, und ich dachte, ich wäre verliebt. Allerdings habe ich es nie ausgesprochen, weil ich im Grunde doch nicht sicher war. Damals habe ich meine Mum gefragt, woher man denn weiß, dass man verliebt ist. Sie hat gesagt, wenn man fragen muss, ist man höchstwahrscheinlich nicht verliebt, denn sonst wüsste man es genau. Und tatsächlich wusste ich tief im Innern, dass ich nicht in Camilla verliebt war. Und es auch wahrscheinlich nicht werden würde.«
Ich nicke. »Weise Worte von deiner Mum. Also hast du dich von Camilla getrennt?«
»Bist du irre? Natürlich nicht. Mit ihr gab es regelmäßig Sex. Hatte ich nicht erwähnt, dass ich ein sexgeiler Zweiundzwanzigjähriger war?«
Ich lache.
»Aber bei Miranda, da wusste ich es einfach. Sie hat mich von Anfang an umgehauen, ich war – bin – vernarrt in sie, blind und benebelt von ihr. Wir sind ein Team. Wir tun so viel füreinander, der eine gibt für den anderen immer den Cheerleader. Wir haben Zeit füreinander, und wenn wir keine haben, nehmen wir uns welche. Sie ist die Erste, die ich anrufe, wenn etwas Tolles passiert,

und auch, wenn etwas Beschissenes passiert. Ist George für dich so ein Mensch?«, fragt er.

Schon wieder muss ich nachdenken, schaue hinunter auf den Ketchupklecks vor mir auf dem Marmortisch. Schließlich zucke ich die Achseln und antworte leise: »Nein.« Dann denke ich: Wem würde ich das gern erzählen? Als ich mit Davey »zusammen« war, habe ich ihm alles Gute und alles Schlechte erzählt, ganz automatisch. Und dann, als das Allerschlimmste passierte und ich ihm nichts mehr erzählen konnte, konnte ich nicht einmal mit Miranda darüber reden, dass Davey mir geschrieben, aber nichts geschickt hat. Miranda ist meine beste Freundin, dennoch hatte ich Angst vor ihrem Urteil. Dabei habe ich Miranda gar keine Chance gegeben, sich eine Meinung zu bilden. Schließlich antworte ich: »Ich erzähle so etwas entweder Joan, meiner Nachbarin, oder Miranda, je nachdem, wen ich zuerst treffe.«

»Joan ist ein Glückspilz. Und was Miranda angeht, musst du dich hinten anstellen«, sagt er.

»Lass mich bitte den Ring noch mal sehen.« Ich will unbedingt das Thema wechseln. Paul kramt in seiner Tüte, öffnet die Box, und auf einmal bekommt sogar das Schummerlicht im Restaurant etwas Funkelndes. »Miranda ist ein Glückspilz«, sage ich.

»Verdammt richtig.« Paul lacht. »Danke, dass du mir beim Aussuchen geholfen hast.«

»War mir ein Vergnügen.«

»Liebst du ihn?«, fragt er mich plötzlich erneut.

»Wie betrunken bist du denn? Darüber haben wir doch die ganze Zeit geredet.«

»Ich meine nicht George«, erwidert Paul leise. »Sondern den anderen. Den Amerikaner.«

Ich schaue weg. »Bitte nicht. Es hat keinen Wert. Er ist mit einer anderen zusammen. Ich bin mit einem anderen zusammen.«

»Für jeden ist irgendwo da draußen der oder die Richtige«, sagt Paul in einem hoffnungslosen Versuch, weise zu klingen. »Aber nicht immer in der Nähe.«

»Paul?«

»Ja?«

Ich beuge mich vor und lächle, um von dem, was ich sagen werde, abzulenken. »Halt die Klappe.«

ACHTUNDZWANZIGSTES KAPITEL
Davey
September

Es ist ein ganzes Jahr her, dass ich angefangen habe, in London nach Jobs zu suchen. Zuerst halbherzig, dann wurde die Sache ernst. Ich begann, Pläne zu schmieden, brachte meinen Lebenslauf auf den neuesten Stand, richtete E-Mail-Alerts ein, registrierte mich bei Agenturen in England und beobachtete den Jobmarkt.

Ich weiß nicht mehr, was mich dazu gebracht hat, ausgerechnet dort auf die Suche zu gehen. Ich glaube nicht, dass es pure Rastlosigkeit war, sondern eher ... der Wunsch nach Veränderung. Nicht Veränderung um der Veränderung willen, sondern die Sehnsucht, neue Erfahrungen zu machen. Je mehr ich darüber nachdachte, desto mehr wollte ich es. Und desto logischer erschien es mir, nach London zu gehen. Meine Eltern sind Engländer, theoretisch bin ich es also auch. Was ich allerdings noch nie so empfunden hatte, daher wollte ich endlich wissen, was mir bislang entgangen war.

Es dauerte eine Weile, bis ich fand, was ich suchte, doch der Job bei Jonathan White erfüllte all meine Anforderungen, sogar die, von denen ich bislang nicht gewusst hatte, dass ich sie habe. Und als man mir im Dezember die Stelle anbot, empfand ich eine Mischung aus Angst, Schock und: »Das ist es. Jetzt passiert es wirklich.«

Ich glaube, wenn ich es Grant nicht hätte erzählen können – und ... Hannah –, wenn die beiden mir nicht Mut gemacht und mir versichert hätten, dass mein Vorhaben irgendwie cool sei, hätte ich es nicht durchgezogen. Aber je mehr Aufregung und

Erwartung sich aufbauten, Stück für Stück, und je näher der D-Day rückte (so hatten Grant und ich den Tag meiner Abreise getauft), desto mehr stieg mein Tatendrang, hatte ich das Gefühl, nichts könne mich bremsen. Was für eine Ironie. Ich fühlte mich unaufhaltbar.

Doch dann wurde ich gestoppt, einfach so. Mannomann, wie beschissen hat sich das angefühlt – jeder einzelne Moment davon. Inzwischen bin ich im Nachsorgestadium, und dazu gehört, von denen, die mich lieben, unermüdlich daran erinnert zu werden, dass ich zu den Menschen gehöre, die großes Glück haben.

Ich nicke stumm, und wenn ich Dr. Khader sehe und er in meine Krankenakte schaut und mich fragt, wie es mir geht, widerstehe ich dem Impuls, ihn anzufauchen: »Sagen *Sie* es mir doch.«

Stattdessen antworte ich: »Es geht mir großartig, Mann«, denn es ist schwer, gegen diese Reaktion Einwände vorzubringen.

Manches habe ich in letzter Zeit nicht geschafft, Dinge, die ich zwar tun wollte, aber zu lange vor mir hergeschoben habe, und, ehrlich gesagt, nicht unbedingt aus ehrenwerten Gründen. Ich habe die Sache mit Charlotte nicht beendet. Grant und ich haben versucht, das zu analysieren – weshalb ich das Gefühl hatte, die Verbindung zu Hannah abbrechen zu müssen, mich jedoch nicht dazu bringen konnte, mit Charlotte Schluss zu machen. Zum zweiten Mal. Grant meinte, der Grund sei, dass ich bei Charlotte leichten Zugang zu gutem Sex hatte und mich dafür noch nicht einmal anstrengen musste. Sicher, das hat geholfen, aber es gab auch andere Gründe dafür, dass es schön für mich war, Charlotte weiterhin zu sehen. Sie hat mir zugehört – obwohl ich allmählich merkte, dass sie mir immer nur das antwortete, was ich hören wollte. Was ihre Motivation dafür war, konnte ich nicht verstehen, vielleicht hatte sie auch keine. Aber als ich am Tiefpunkt angelangt war und es mir so mies ging wie noch nie zuvor, war sie für mich da, gab mir das Gefühl, normal zu sein, gewollt zu werden. Und dafür war ich ihr so dankbar, denn es war das größte Geschenk, das sie mir hätte machen können.

Dabei übersah ich allerdings, dass unsere Beziehung sich immer mehr wie harte Arbeit anfühlte, dass wir in unsere alten, gänzlich inkompatiblen Verhaltensweisen zurückfielen und Charlotte wieder anfing, an den Abenden, die wir nicht zusammen waren, auf wilde Partys zu gehen und sich zu benehmen, als wäre sie mindestens zehn Jahre jünger.

In den sozialen Medien konnte ich alles mitverfolgen, was sie veranstaltete, und fand ihren Lebenswandel vor allem … anstrengend, übertrieben. Obendrein war da in meinem Hinterkopf – oder vielleicht auch weiter vorn – immer die Tatsache, dass sie sich an Grant rangemacht hatte. Inzwischen bin ich überzeugt, Grant hat recht mit seiner Einschätzung, dass es nichts weiter war als ein Racheakt. Und ich glaube, die Sache hat ihm lebenslange Narben verpasst. Mit Charlotte habe ich nie darüber geredet, ich sah keinen Sinn darin, weil ich tief in meinem Innern wusste, dass meine Beziehung zu ihr nicht für immer halten würde. Und so habe ich wie der letzte Feigling den Dingen ihren Lauf gelassen, weil es der Weg des geringsten Widerstands war.

Am letzten Tag der Chemo dann, als ich mich so entsetzlich krank fühlte und alles getan hätte, um der Übelkeit zu entgehen und wenigstens ein bisschen Schlaf zu finden, aber trotzdem nicht nach der Schwester klingeln wollte, um mir Tabletten gegen das Erbrechen geben zu lassen, saß Charlotte an meinem Bett. Und hat auf ihrem Handy herumgespielt. Das war der Moment, wo ich mich von ihr getrennt habe. Es war nicht fair, sie länger bei der Stange zu halten, und ich hatte auch den Verdacht, der Kick, den Leuten zu erzählen, dass sie mit jemandem zusammen ist, der Krebs hat, würde für sie allmählich schal. Das mag gemein klingen, aber sie interessierte sich offensichtlich immer weniger für mich. Diese Beziehung war für uns beide nicht gut.

Erstaunlicherweise schrie sie mich nicht einmal an, obwohl mein Vater sie immer als hysterisch bezeichnet hat. Sie stand einfach auf und sagte: »Viel Glück, dass du eine andere Frau findest, die bereit ist, sich mit dem ganzen Scheiß abzugeben.« Dabei machte sie eine ausladende Geste über meine Infusionen und Kanülen.

Ich wollte sie lieber nicht darauf hinweisen, dass dieser »Scheiß« nicht mehr lange andauern würde, dass dies der letzte Chemo-Zyklus war – was, wenn das gar nicht stimmte? Was, wenn die Chemo nicht wirkte? Was, wenn mein Scan, meine Blutbefunde mit einem roten Warnfähnchen zurückkommen und alles noch einmal von vorn anfangen würde? In diesem Augenblick verließ Charlotte das Zimmer, und ich musste mich übergeben. Allein bei dem Gedanken.

Und jetzt haben sie mir auch noch eine Psychotherapie vorgeschlagen. Wieder einmal. Vielleicht sehen die Ärzte einfach, dass ich sie brauche, und ich stimme ihnen zu, dass spät besser ist als nie, also werde ich zu jemandem gehen, um mir wegen der Dinge, die ich verloren habe, helfen zu lassen. Denn wie Grant betont: Ich bin nun eine Art Harry Potter – der Junge, der überlebt hat. Auch wenn ich das teuer bezahlt habe, mir wurden dafür Teile meiner Persönlichkeit genommen, meiner Seele. Und ich glaube, es ist Zeit, sich damit auseinanderzusetzen. Zeit, dass ich aufstehe, mir den Staub abklopfe und zu meinem alten Ich zurückkehre, zu etwas, was meinem alten Leben ähnelt.

Grant fährt mich zu meiner ersten Therapiestunde. Als wir parken, sagt er: »Selbst wenn du da drin nichts wirklich Nützliches besprochen kriegst, ist es der erste große Schritt, dass du überhaupt hingehst.«

Eigentlich möchte ich ihm sagen: »Quatsch nicht so blöd, Mann«, aber ich liebe ihn zu sehr. Also sage ich nur »Danke« und zwinge ihn in eine linkische Umarmung quer über die Vordersitze seines Autos.

Dann mache ich die Tür auf, und die Kühle der Klimaanlage geht in der wabernden Hitze augenblicklich verloren. Plötzlich fällt mir etwas ein, und ich wende mich zurück.

»Hey«, sage ich. »Du hast mir doch gesagt, du würdest zwei Dinge für mich tun. Erinnerst du dich?«

Grant blickt mich verständnislos an.

»Wenn ich mich weigere, die letzte Chemo-Runde zu machen«, helfe ich ihm auf die Sprünge.

Jetzt weiß er Bescheid, er lächelt. »Okay, klar.«

»Und dann hast du mir wegen Charlotte reinen Wein eingeschenkt.«

»Tut mir leid, ja«, bestätigt er etwas verlegen.

»Aber was war das Zweite?«, frage ich.

»Das spielt jetzt keine Rolle mehr, oder? Es hat ja funktioniert. Du hast den letzten Teil der Chemo hinter dich gebracht.«

Nachdenklich streiche ich mir über den Kopf und fühle dort zu meiner Überraschung weiche Stoppeln. Ich grinse und steige aus. Ich bin bereit. In diesem Moment steigt Grant ebenfalls aus, ruft meinen Namen, und es ist klar, dass er darauf brennt, mir ein Geständnis zu machen. Und schon legt er los.

»Ich hab es Hannah erzählt.«

»Du hast es Hannah erzählt?«, wiederhole ich und drehe mich zu ihm um. »Was hast du Hannah erzählt?«

»Dass du dich weigerst, den letzten Teil deiner Behandlung mitzumachen. Und dass du, wenn du dabei bleibst, wahrscheinlich sterben wirst.«

Grant wartet, dass ich etwas sage. Ich habe meine Hände in die Taschen meiner lockersten Jeans gestopft, die sich jetzt, da man mich nicht mehr mit *Ich-esse-alles-auch-wenn-es-nach-Metall-schmeckt*-Steroiden vollstopft, jeden Tag ein bisschen größer werden. Wenn ich so weitermache, werde ich in ein, zwei Monaten wieder in meine alten Klamotten passen. Und mir ein Stückchen normaler vorkommen. Noch ist es allerdings nicht so weit.

»Ich weiß nicht, ob du mir dein Handy an den Kopf schmeißen oder dich bei mir bedanken willst«, sagt er.

»Du hast Hannah gebeten, mich anzurufen?«

»Ich hab sie nicht nur gebeten, ich habe sie angefleht«, antwortet Grant schlicht.

»Warum ausgerechnet Hannah?«

»Weil ich … einfach wusste, dass sie es schaffen könnte.«

»Wie das? Du bist ihr nie begegnet. Du hattest bis dahin kein einziges Wort mit ihr geredet.«

»O doch«, verteidigt sich Grant. »Ich hab ihr ein Hallo zugebrüllt. An Silvester.«

Ich lächle, doch das Lächeln erlischt, und ich merke, dass ich stinksauer bin.

»Aber woher wusstest du, dass sie helfen würde?«

»Ich wusste es nicht. Ich hab es gehofft. Mir blieb nichts anderes übrig. Und Hannah … Wie du über sie gesprochen hast, was du für sie empfunden hast. Sie ist nett, Alter, sie war echt nett am Telefon. Und …« Er verstummt. Und fängt noch einmal an. »Was ist in dem Gespräch passiert?«

Ich schüttle den Kopf. »Darüber möchte ich nicht sprechen.«

»Echt reife Entscheidung, Alter«, kommentiert er ironisch. »Liebst du sie noch?«

»Ich habe nie behauptet, dass ich sie liebe«, entgegne ich hastig.

Grant schweigt, die Hitze macht uns beiden zu schaffen.

»Du liebst sie also nicht?«

»Lass gut sein«, sage ich. »Sie ist mit einem anderen zusammen.«

»Vielleicht schon längst nicht mehr, es ist viel Zeit vergangen.«

»Egal. Ich habe ihr Dinge eingeredet. Mir selbst ebenfalls. Es wäre nicht fair, ihr jetzt wieder nachzulaufen.«

»Alter, sie ist nett – und sie mochte dich wirklich, sie hat für dich sogar Wohnungen besichtigt. Aber alles klar, sie hatte eindeutig kein ernsthaftes Interesse an dir, du solltest auf gar keinen Fall wieder Kontakt zu ihr aufnehmen.«

Und dann ist da auch noch der ganze Rest. Wir haben zusammen Filme angeschaut, wir haben nebeneinander geschlafen. Das alles habe ich mir nicht eingebildet. In meinen schlimmsten Stunden, wenn ich mich in die Einwegschüssel der Klinik erbrochen habe, dann dachte ich an diese Nächte. Wie ich Hannah beobachtet habe, die im Pyjama und mit auf den Kopf getürmten Haaren fest schlief, während ich mein Handy, auf lautlos gestellt, mit mir herumtrug, wenn ich mein Abendessen zubereitete, bis spätabends arbeitete und langsam anfing, meine Sachen für den Umzug zu packen. Eine seltsam süchtig machende Beschäftigung, Hannah beim Schlafen zuzusehen, und ich denke daran, wie es wäre, es wieder zu tun. Doch warum habe ich zugelassen, dass ich dieser Erinnerung nachhänge? Es tut einfach nur weh.

Grant hustet. Ich hatte fast vergessen, dass er da ist. »Du solltest sie anrufen«, sagt er.

»Ich sollte sauer auf dich sein, weil du deine Nase in meine Angelegenheiten steckst«, gebe ich kindisch zurück.

»Sei ruhig sauer«, meint Grant. »Immerhin haben wir, Hannah und ich, dich dazu gekriegt, die letzte Chemo durchzustehen. Wir haben dir das Leben gerettet. Zumindest ein Dankeschön bist du uns beiden schuldig.«

»Ich danke euch von ganzem Herzen«, sage ich und meine es auch so, aber ich weiß, dass es sich nicht so anhört.

»Und Hannah?«

Ich schaue ihm in die Augen. »Ich habe ihr gesagt, dass ich sie ihr eigenes Leben weiterleben lasse. Und das werde ich auch tun. Jetzt bei ihr aufzutauchen wäre nichts als unfair.«

NEUNUNDZWANZIGSTES KAPITEL

Wie sich herausstellt, habe ich noch wesentlich mehr Probleme als nur den Ärger mit der Chemotherapie. Mir war klar, dass so etwas auf mich zukommt. Haben wir nicht alle unsere Probleme? Obwohl ich immer noch unsicher bin, was die Therapie angeht, weiß ich, dass der Therapeut ganz subtil – so subtil, dass ich es erst gemerkt habe, als ich wieder zu Hause war – versucht, zur Wurzel meiner Wut vorzudringen. Und er hat mir ohne Umschweife bestätigt, dass mir ein großer Teil meiner selbst genommen worden ist. Als ich darauf – im Witz – antwortete: »Ja klar, ein Testikel«, zog er eine Augenbraue in die Höhe und lächelte schwach. Doch dieses Lächeln empfand ich als kleinen Triumph.

Aber jetzt muss ich daran arbeiten, diesen verlorenen Teil meines Inneren zurückzuerobern, den Teil meines Lebens, den ich verplant hatte und auf Eis legen musste. Ich werde daran erinnert, dass es tatsächlich nur eine Pause war, eine Verzögerung, dass meine Pläne nicht für alle Zeiten verloren sind. Am meisten Sorge macht mir wohl die Unsicherheit, dass der Krebs zurückkommen könnte. Dafür gibt es keine Gewissheit. Stattdessen: Warten und viele Kontrolluntersuchungen, die ich in den nächsten Jahren machen muss. Das Wort »Remission« wird gern und viel benutzt, als wäre es eine glitzernde Trophäe. Dabei ist es höchstens das Minimum, was ich mir von der ganzen Geschichte wünsche.

Und jetzt werde ich mein Leben aus dieser Pause herausholen. Ich öffne zwei Fenster meines Browsers. Architektenstellen in London. Kochschulen in Italien. Ich starre auf beide Optionen. Ich kann mich nicht entscheiden, was mir wichtiger ist. Mich in der Stadt, in der ich mich ursprünglich niederlassen wollte, von Neuem in meine Karriere zu stürzen? Oder eine Auszeit zu nehmen? Kochen lernen? Lernen, meine Umgebung zu genießen? Einfach nur ... zu sein? Ich habe mich, wenn auch unfreiwillig, ziemlich lange der Verpflichtung entzogen, Geld zu verdienen, vielleicht sollte ich mich also eher darauf konzentrieren. Vielleicht sollte ich hierbleiben, einen neuen Job suchen oder fragen, ob ich meinen alten wiederkriegen kann? Auf jeden Fall brauche ich eine neue Wohnung – bei meinen Eltern kann ich wirklich nicht länger bleiben.

Aber ich kann pro Tag nur eine begrenzte Anzahl wichtiger Entscheidungen treffen, selbst wenn mir klar ist, dass ich irgendwann herausfinden muss, was ich will. Ich muss wieder Pläne machen, es gibt ja genug Dinge, die ich tun möchte. Dr. Khader sagt, er wird dafür sorgen, dass meine Patientenunterlagen dorthin geschickt werden, wo immer ich sie brauche. Wenn ich mich entschließe – genauer gesagt zum zweiten Mal –, die USA zu verlassen, werden meine Unterlagen mich begleiten, ganz gleich, wohin ich gehe, und Dr. Khader hat mir außerdem versprochen, sicherzustellen, dass ich nicht im System verlorengehe und alle Untersuchungen bekomme, die ich brauche, alle Bluttests, die notwendig sind. An einen anderen Ort zu ziehen ... es ist eine echte Option.

Ich schaue zu meiner Mutter hinüber, die neben mir auf der Couch sitzt und auf den Fernseher starrt, wahrscheinlich, ohne wirklich etwas zu sehen. Mir ist klar, was sie denkt, wenn sie hie und da zum Bildschirm meines Laptops herüberschielt. Um ein Haar hätte sie mich an eine grausige Krankheit verloren, jetzt möchte sie mich nicht an einen anderen Kontinent verlieren.

Aber wenn ich nicht von vorn anfange, wenn ich nicht weitermache mit … mit meinem Leben, war dann diese ganze Kämpferei nicht umsonst?

DREISSIGSTES KAPITEL
Hannah
Oktober

Miranda und Paul sind nun also offiziell verlobt. Es kam genauso, wie Paul es geplant hat, unter dem Weidenbaum an einem Bach, der durch den lauschigen Garten eines Hotels in den Cotswolds fließt. Ich könnte platzen vor Glück. Miranda hat mich angerufen, um mir alles zu erzählen, und vor Aufregung sehr laut ins Telefon gebrüllt. Und dann hat sie sich bei mir bedankt, dass ich für sie den allerschönsten Verlobungsring der Welt ausgesucht habe. »Er ist von Tiffany, Hannah, du schlaues Ding!«

Freundlicherweise habe ich sie nicht darauf hingewiesen, wie oft sie mir eingeschärft hat, dass ich Paul, sobald die Zeichen auf Verlobung stehen, augenblicklich in Richtung Tiffany lenken müsse.

Nun planen wir die Klamotten für die Hochzeit. Und für die Junggesellinnenabschiedspartys. Das volle Programm. Ich bin Erste Brautjungfer, eine Ehre, die mir noch nie zuteil geworden ist. Das letzte Mal war ich Brautjungfer bei meiner älteren Cousine, damals war ich sieben Jahre alt, und die Cousine ist inzwischen geschieden, was ich lieber ganz schnell verdränge. Damals war ich unglaublich süß, jetzt werde ich achtundzwanzig sein und höllisch sexy.

»Was hattest du denn damals an?«, fragt Miranda, als wir in ihrer Wohnung sitzen, vor uns eine halb aufgegessene Pizza. Auch davon werde ich George nichts erzählen, denke ich, während ich die deftige Kruste in den Knoblauch-Kräuter-Dip tunke. Mein Gott, das ist so lecker! Vor allem, weil es kein Grünkohl ist.

»Selbstverständlich rosa Taft.«

»Selbstverständlich.« Miranda nickt ernst.

»Und weiße Spitzenhandschuhe, sehr viktorianisch.«

Miranda denkt nach. »Könnte funktionieren«, witzelt sie. »Sieht an einer Siebenjährigen süß aus. Und bei einer Über-Zwanzigjährigen richtig schön nuttig.«

Ich nicke zu allem. Mit nuttigen Spitzenhandschuhen kann ich mich für meinen Auftritt durchaus anfreunden. Taft dagegen ist ausgeschlossen. »Sogar ein Sonnenschirmchen kam zum Einsatz«, fahre ich tapfer fort.

»O mein Gott, Sonnenschirme!«, ruft Miranda aufgeregt und googelt auf der Stelle Sonnenschirme für Hochzeiten.

»Aber wenn ich einen Sonnenschirm in der Hand habe, wie kann ich am Altar dann noch meinen und deinen Strauß halten?«

»Guter Einwand.« Miranda rudert von der Sonnenschirmidee zurück.

»Ich bin so aufgeregt«, seufze ich.

»Ich auch.« Miranda steht auf und kommt mit einem Stapel Zeitschriften zurück zum Tisch.

Bei diesem Anblick beginnt mein Herz zu rasen, auf gute Art. Wie oft habe ich all diese schillernden Hochzeitsmagazine in den Regalen im Supermarkt liegen sehen, jedoch nie den Mut aufgebracht, eine durchzublättern und einfach zu träumen. Und jetzt präsentiert mir Miranda sechs Hochglanzmagazine auf einmal, und ich werde sie alle verschlingen.

»Heute Abend haken wir alles auf unserer Liste ab«, sagt sie.

Ich blicke auf und starre sie an. »Alles? Wie meinst du das – alles?«

»Na, unsere Kleider – meine und deine, den Anzug für Paul, seinen Trauzeugen und die kleinen Pagen; das Farbschema und natürlich auch das Wichtigste, den Ort.«

»Ach du Scheiße!« Ich kann nur staunen. »Wozu denn die Eile? Bist du etwa schwanger?«

Sie kippt einen großen Schluck Wein. »Himmel, nein. Aber wir wollen nicht warten und peilen den Mai an. Im Ausland natürlich. Dann können wir die Hochzeit auch mit unseren Flitterwochen kombinieren.« Sie sieht ziemlich zufrieden aus, aber das klingt anstrengend, und ich fange an zu überlegen.

»Mai? Das ist ...« Ich muss zum Rechnen die Finger benutzen, wir sind bei der zweiten Flasche Wein, unsere Pizza kam verspätet und hat noch nicht genügend Alkohol aufgesaugt. Betrunkene Hochzeitsplanung geht gar nicht. »Bis dahin sind es noch sieben Monate. Braucht man bei den meisten Hochzeiten nicht ein Jahr, bis ...«

»Zeit ist Geld, Hannah. Lass uns loslegen.« Sie nimmt eines der Hochzeitsmagazine zur Hand, beginnt, darin zu blättern, und ich tue es ihr – voll neu geschöpfter Furcht und mit großem Respekt vor meiner Freundin – gleich.

EINUNDDREISSIGSTES KAPITEL

November

Im Supermarkt werden schon Weihnachtslieder gespielt, als George und ich unseren Wocheneinkauf erledigen. Die Saison hat also begonnen. Tatsächlich habe ich schon im Oktober Weihnachtszeug in den Läden gesehen, es aber tunlichst ignoriert. Dabei habe ich ehrlich nichts gegen Weihnachten, es macht die Stadt heller und fröhlicher, ja, ich liebe Weihnachten so sehr, dass ich die Weihnachtlichter das ganze Jahr über in meiner Wohnung lasse. Aber ob ich will oder nicht – das letzte Jahr ist wahnsinnig schnell vergangen. In der letzten Weihnachtszeit hat mich ein Mann von der anderen Seite der Welt versehentlich angerufen. Ich lächle – was für ein seltsamer Zufall, aus dem sich etwas so Unerwartetes entwickelt hat, das beinahe zu etwas Wunderbarem geworden wäre. Leider hat es das Schicksal dann nicht mehr ganz so gut mit uns gemeint.

Und nun bin ich mit George zusammen. Ich habe ihn wirklich immer näher an mich herangelassen, in jeder Facette meines Lebens, und ganz langsam tut er es mir nach. Nach mehreren schmerzhaften Erfahrungen in der Vergangenheit sind wir beide vorsichtig geworden, wenn es um Nähe geht, und wir achten darauf, nichts zu übereilen. Keiner will vom anderen verletzt oder verlassen werden. Und ganz langsam nähern wir uns dem Ziel.

In ein paar Wochen werde ich seine Mum kennenlernen. Es hat sich lange angekündigt und einige Überzeugungsarbeit gekostet, aber es ist doch der ganz natürliche nächste Schritt. Dabei ist er immer noch nicht sicher, ob wir uns schon mit seinen Kumpeln treffen sollten. Auch hier ist Überzeugungsarbeit vonnöten. Er glaubt, dass sie mich womöglich anbaggern wollen oder mir Geschichten von früher erzählen, die mich abstoßen könnten. Erst einmal räumen wir das beängstigende »Elternkennenlernen« aus dem Weg, danach sehen wir weiter.

Auch Georges Wohnung habe ich noch immer nicht gesehen, weil er sagt, sein Mitbewohner benutzt sie als Müllkippe, und lieber zu mir kommt, wo nur wir beide sind und Sex haben können, ohne leise sein zu müssen. Ich spare mir den Hinweis, dass meine Wohnung so wunderbar makellos ist, weil ich sie mit nicht wenig Aufwand putze, und dass er das Gleiche auch bei seiner eigenen tun könnte. Es wäre schön zu sehen, wo er wohnt. Obwohl es inzwischen vielleicht nicht mehr so wichtig ist, weil er fast ganz bei mir wohnt.

Normalerweise ist er drei bis vier Nächte in der Woche bei mir, aber er hat sich aus den samstäglichen Pubtreffen mit Miranda und Paul ausgeklinkt und schafft es auch, das Kaffeetrinken mit Joan am Wochenende regelmäßig zu verpassen, weil er dank der endlosen Klientenliste immer früher bei der Arbeit sein muss.

Wir sind uns näher, sind alberner und glücklicher miteinander und planen auch schon unseren nächsten Urlaub. Ich wünsche mir diese hedonistische Version von uns zurück, die Albernheiten, das Flirten unserer Zeit in Asien. George und sein Reisehandbuch, Sonnenlotion und Lachen beim Vergleichen unserer misslungenen Dates oder Piña-Colada-Schlürfen mit Schirmchen. Wenn bei Tesco nicht einer von uns den Einkaufswagen schieben müsste, würde er bestimmt meine Hand nehmen. Ehrlich gesagt gehörte der Lebensmitteleinkauf nicht zu den Dingen in meinem Leben, bei denen ich ihn unbedingt näher an mich heranlassen wollte. Alles auf den Regalen, wonach ich greife, erntet von ihm ein Stirnrunzeln, und ich verspüre einen starken Drang, Großpackungen Hobnobs in den Wagen zu werfen, nur um beobachten zu können, wie der kleine Muskel neben seinem rechten Auge bei der Berechnung von Makronährstoffen und Kalorien völlig durchdreht. Aber ich widerstehe dem Impuls und hole die Hobnobs auf dem Heimweg von der Arbeit. Meine Ausrede, dass ich die Kekse für meine Treffen mit Joan benötige, hat nicht gezogen, also muss ich sie heimlich beschaffen. Wahrscheinlich verstecke ich sie demnächst im Spülkasten der Toilette, wie ein Junkie.

Ungefähr siebzig Prozent der Einkaufszeit verbringen wir in der Obst- und Gemüseabteilung. Was ja gut ist. Immerhin hat George auf die harte Tour gelernt, nicht mehr infrage zu stellen, wie viele Flaschen des Fünf-Pfund-Weins in meinem Wagen landen. Sosehr ich mich nach einem Becher Häagen-Dazs-Eis sehne, lohnt es sich nicht, darüber zu diskutieren, also lassen wir die Kühltruhen links liegen und gehen weiter zur Kasse. Im Gegensatz zu vielen anderen kalorienreichen Produkten würden sich die Häagen-Dasz-Kalorien wenigstens lohnen, aber ich habe leider zwei Hochzeits-Outfits, in die ich demnächst reinpassen muss, in das erste schon nächsten Monat. Deshalb seufze ich wehmütig, gehe an sämtlichen Pralinen- und Sahnebottichen vorüber und male mir aus, wie gut ich nächsten Monat in meinem Kleid aussehen werde.

Dass gleich zwei meiner engsten Freundinnen in den Hafen der Ehe einlaufen würden, hatte ich nicht erwartet. Aber dann überrascht Joan mich mit der Ankündigung, dass sie direkt vor Weihnachten heiraten wollen. Wir umarmen uns über den Gartenzaun hinweg, und ich gratuliere ihr, und ich muss gestehen, dass ihr Glück auch mir neuen Auftrieb gibt. Sie und Geoff sind genauso lange zusammen wie George und ich, und sie sind der beste Beweis, dass alte Beziehungen und vergangene Lieben einem Menschen nicht für alle Zeit nachhängen, sondern dass man die Vergangenheit hinter sich lassen und einen Neuanfang wagen kann, auch in der Liebe.

Aber würde ich George nach der kurzen Zeit, die wir uns kennen, heiraten? Wahrscheinlich nicht, nein. Und so kommentiere ich an diesem Sonntagmorgen, an dem sie es mir erzählt, die Lage mit einem beiläufigen »Das ging aber schnell, Joan.« Wir stehen in der bitteren Kälte, tunken unerlaubte Hobnobs in unseren Nespresso *Palermo Kazaar*, der ungefähr so bitter ist wie das Wetter, von uns aber trotzdem viereinhalb Sterne bekommt. Hauptsächlich dafür, dass er uns wärmt, wenn sonst nichts verfügbar ist.

»Der Tod kommt schneller, als man denkt, Hannah. Wir haben keine Zeit zu verschwenden wie ihr Kids.«

Der Tod kommt schneller, als man denkt. Das geht mir nicht mehr aus dem Kopf, als ich später in der Küche stehe und George zuschaue, wie er sich wiederum auf seinem Handy ein YouTube-Video von Joe Wicks anschaut, der irgendetwas mit Brokkolistängeln macht, die ich an seiner Stelle schon vor Tagen in den Biomüll entsorgt hätte.

»Haben wir Mandeln da?«, fragt George.

Ich weiß nicht, was und ob ich ihm überhaupt antworte, denn er beginnt sofort, in den Schränken zu fahnden. *Der Tod kommt schneller, als man denkt.* Sollte ich die Dinge mit George doch beschleunigen? Wenn ich morgen sterben würde, hätte ich dann alles getan, was ich je tun wollte? Nein, natürlich nicht. Das sind zwei dumme Gedanken, die man nicht in Verbindung miteinander bringen sollte. Aber ich bin ganz zufrieden damit, wie es jetzt zwischen uns ist. Ich starre aus dem Fenster. Hinter mir hat George tatsächlich ein Päckchen Mandeln mit abgelaufenem Haltbarkeitsdatum gefunden, sein YouTube-Video wieder angestellt und brummt nun stirnrunzelnd etwas von Tahin vor sich hin.

Draußen schneit es. Schon seit einer ganzen Weile, der kleine Betonbereich vor meiner Küche ist von einer dicken, fluffig-weißen Schneeschicht bedeckt. Ich stelle mein Weinglas auf den Tisch, öffne die Hintertür und sehe zu, wie der Schnee ununterbrochen vom Himmel fällt.

»Brr, Hannah, es ist eiskalt. Mach die Tür zu.«

»Es schneit«, entgegne ich und rühre mich nicht von der Stelle. Meine Stimme klingt anders, der Schnee schluckt alle Geräusche und lässt sie entweder näher oder ferner klingen ... ich weiß nicht, was von beidem.

»Stimmt. Hast du vielleicht auch irgendwo Tahin versteckt?«

Eigentlich weiß er genau, dass die Antwort Nein lautet. »Wenn du meine geheimen Hobnobs so nennen möchtest, haben wir bestimmt reichlich«, murmle ich, mehr zu mir als zu ihm.

»Was?«, erkundigt er sich fahrig, und ich höre ihn bereits mit sich selbst Tahin-Alternativen diskutieren.

Als es das letzte Mal geschneit hat, sagte mir ein Mann Tausende Meilen von mir entfernt, ich solle nach draußen gehen und Schneeengel machen. Ich lache, weil ich es tatsächlich getan habe. Und jetzt wieder tun werde. Außerdem werde ich George dazu bringen, mitzumachen.

»Komm mal her«, locke ich ihn mit verführerischer Stimme.

»Sex in der Küche? Schon wieder, Gallagher? Da kann ich nicht mithalten.«

»Und ob du kannst«, entgegne ich. »Aber nein, kein Sex. Wir machen Schneeengel.«

»Himmel, nein«, protestiert er und wendet sich wieder seinem Handy und dem Brokkolistrunk zu.

»Doch«, beharre ich. »Sei mal ein bisschen spontan.«

»Nein«, widerspricht er. »Du kriegst nur eine Lungenentzündung.«

»Auf gar keinen Fall«, sage ich und schlüpfe in meine ramponierten Uggs. »Jetzt komm schon.«

»Du wirst nass. Zieh wenigstens deinen Mantel an.«

»Es ist nicht spontan, wenn ich mir erst einen Mantel holen muss«, wende ich lachend ein.

Er schaut auf meine Füße. »Du hattest doch auch Zeit, diese hässlichen Schlupfstiefel anzuziehen.«

Jetzt reicht es mir, ich ignoriere ihn, wandere weiter in den Garten hinaus, dorthin, wo der Beton aufhört und der etwas lückenhafte Rasen anfängt. Da ist es weicher. Inzwischen steht George an der Tür, weigert sich zwar stumm, mir zu folgen, zeigt jedoch auch keine Ambitionen, mit seinem Kochvideo weiterzumachen. Er beobachtet mich, die Arme vor der Brust verschränkt, in der Hand noch immer den blöden Brokkolistrunk.

Ich lege mich rücklings in den Schnee, rühre mich eine Weile nicht und lasse die Flocken auf mich herabschweben, die auf meinen Wangen und meiner Stirn, in meinen Wimpern landen, dann öffne ich den Mund, strecke die Zunge heraus und muss über mich selbst lachen. Schließlich recke ich die Arme in die Länge und fange an, mit Armen und Beinen im frisch gefallenen Schnee auf und ab zu rudern, bis ich ganz sicher bin, eine Kontur geschaffen zu haben, die eines Erzengels Gabriel würdig wäre. Ich denke an Davey, und der Satz *Der Tod kommt schneller, als man denkt* schwirrt in meinem Kopf herum und legt sich gleich dem Schnee wie eine safte, weiche Decke über alles. Ich stehe auf, klatschnass, aber lächelnd.

»Du hast einen Knall«, brummt George, und ich kann nicht beurteilen, ob es eine Feststellung ist oder ob er es liebevoll meint.

ZWEIUNDDREISSIGSTES KAPITEL

Dezember

Es ist erst Anfang Dezember, aber dieses Jahr habe ich, was Weihnachten angeht, alles im Griff. Mein Weihnachtsbaum steht, und ich habe neue Lichter gekauft. Am 23. kommen Miranda und Paul zu einem frühen pseudo-weihnachtlichen Treffen, ehe wir dann am 24. alle nach der Arbeit davonflitzen, uns wie der Rest von ganz London auf Züge verteilen und hinaus aus der Stadt zu unseren Familien fahren. Am 23. ist George mit dabei, und ich bin tatsächlich ein bisschen aufgeregt wegen dieses Dinners, wegen Weihnachten und all der Dinge, die das neue Jahr bringen mag. Meine Probezeit bei der Arbeit habe ich überstanden, ich bin jetzt festes Mitglied des Teams. Nicht, dass ich das vorher nicht gewesen wäre, aber die Probezeit geht doch immer mit einer gewissen Anspannung einher, unabhängig davon, wie gut man den betreffenden Job macht.

Eigentlich schließt sich dieses Jahr ganz schön. Es ist unser erstes gemeinsames Weihnachten – na ja, keiner von uns konnte sich durchringen, den großen Tag in der Familie des anderen zu verbringen, deshalb ist es genau genommen nur ein pseudo-gemeinsames Weihnachten. George fährt zum richtigen Fest zu seinen Eltern, ich nach Whitstable zu meinen, aber wir versichern uns gegenseitig, dass das trotzdem zählt. Vielleicht machen wir es nächstes Jahr anders.

Ich schenke George einen ganzen Karton voller feiner Dinge. Zu sagen, ich hätte Zeit und Mühe hineingesteckt, wäre eine Untertreibung. Neben ein paar Kleinigkeiten und Proteinpulvern verschiedener Geschmacksrichtungen habe ich noch das neueste Kochbuch von Joe Wicks besorgt, dazu einen Gutschein für ein Wellnesshotel im Norden von Essex mit sensationellem Fitnessbereich, Pool, Sauna und zahllosen Spa-Anwendungen, das ich selbst unbedingt ausprobieren will. Ich lege zum letzten Mal Hand an die Dekoration des Kartons, um das Werk zu vollenden: rotes Geschenkband mit Glitzer und dazu noch etwas von dem tollen synthetischen Band, das ich energisch über die offene Scherenklinge ziehe, um es zu kräuseln. Und ich hoffe wirklich, dass das alles nach seinem Geschmack ist.

Aber bevor Weihnachten kommt, sind wir noch zu Joans und Geoffs Hochzeit eingeladen, am letzten Adventssamstag, während das ganze Land in Scharen unterwegs ist, um noch die allerletzten Einkäufe zu erledigen. Der festlichen Saison angemessen, trage ich ein rotes Kleid, eine Stola aus Kunstpelz und rote Kitten-Heels, ein Ensemble, das praktisch schreit: »Ich gehe zu einer Weihnachtshochzeit!« Zu meiner großen Freude konnte ich das Kleid sogar eine Größe kleiner als sonst nehmen, aber ich frage mich, ob das vielleicht nur daran liegt, dass meine Brüste aus irgendeinem Grund geschrumpft zu sein scheinen, während der Rest von mir ungefähr gleich geblieben ist.

George hat bei mir übernachtet, und wir machen uns zusammen fertig. Als ich jedoch noch einmal mit dem Glätteisen über meine Haare gehe, ist seine Geduld am Ende angelangt.

»Du siehst gut aus, Gallagher«, sagt er und klopft auf seine Uhr.

Ich drehe mich zu ihm um und mustere ihn in seinem blauen Anzug, die Haare gerade richtig lässig, ohne ungepflegt zu wirken. »Du auch. Hast du schon eine Freundin?«, scherze ich.

Er lacht. »Nicht mehr lange, wenn wir ihretwegen zu spät kommen. Und es sind deine Freunde.«

»Charmant! Geoff wird sich freuen, das zu hören. Er mag dich nämlich.«

»Geoff ist schon okay. Wird sonderbar sein, die beiden mal in voller Länge kennenzulernen. Hinter deinem Gartenzaun sieht man ja immer nur ihre obere Hälfte. Jetzt aber mal husch-husch, Gallagher, mach voran!«

Er stellt das Glätteisen ab und scheucht mich zur Tür hinaus. Für einen Mann, der immer zu spät kommt, ist er heute echt auf Zack. Ich aber auch. Schließlich ist diese Hochzeit wahrscheinlich die nobelste, zu der ich je eingeladen war. Geoff hat Geld wie Heu, so viel ist klar, man sieht es schon an der Wahl des Veranstaltungsorts, der Tagesordnung und der Tatsache, dass über hundert Gäste kommen. Joan hat auch kein Geheimnis daraus gemacht, dass bei der Kreuzfahrt nicht gerade aufs Geld geachtet wurde, und für die Flitterwochen hat Geoff Mauritius gebucht. Ich habe keine Ahnung, was genau er vor seiner Pensionierung gemacht hat, aber was immer es gewesen sein mag, er war offenbar sehr erfolgreich darin und erntet nun die Früchte des Ruhestands.

Als George und ich in der Central Line sitzen, lese ich mir noch einmal die geprägte Einladungskarte durch.

»Wir müssen gleich in die District Line umsteigen«, meint George gedankenverloren, während er seine Krawatte geradezieht und sich dabei fast den Hals verrenkt.

»Mhmm«, antworte ich, versunken in die Abfolge der Ereignisse, die in den Royal Botanic Gardens in Kew geplant sind. Die standesamtliche Trauung findet im Nash Conservatory statt, dann werden im Princess of Wales Conservatory Drinks gereicht, und der Empfang findet in der Orangery statt. Ganz schön viele Glashäuser. Aber ich freue mich sehr für Joan und Geoff und auch ein bisschen für mich selbst, weil ich seit einem Schulausflug vor vielen Jahren nie wieder in Kew Gardens war. Um mich auf den Geschmack zu bringen, habe ich mir Bilder von früheren Winterhochzeiten dort angeschaut. Alles wird mit Lichterketten geschmückt sein. Und es wird Glühwein geben. Gott sei Dank habe ich mich für ein rotes Kleid entschieden, denn wann immer Rotwein und ich aufeinandertreffen, hat es in der Regel Kleckerei zur Folge.

Ich kann es kaum erwarten, endlich Joans Brautkleid zu sehen. Zwar hat sie es mir als dezent und elegant beschrieben, aber sie hat es weder mir noch sonst jemandem gezeigt. In der Bahn halte ich Georges Hand, unsere Hände ruhen, ineinander verschränkt, zwischen uns auf dem Sitz.

Ich habe mich für eine Clutch entschieden, die so klein ist, dass eigentlich nur mein Handy und meine Taschentücher reinpassen – Taschentücher brauche ich in Reichweite, da ich unter Garantie weine, wenn die beiden »Ich will« sagen –, weshalb Georges Hosentaschen und die Innentaschen seines Jacketts mit all meinen sonstigen Utensilien beladen sind: eine Konfettischachtel mit echten Rosenblättern, Lipgloss, Puder, Deo.

George schaut mich an, als würde er mich zum ersten Mal sehen. »Verdammt, Gallagher, du siehst echt gut aus.«

»Danke«, murmle ich an seinen Lippen und küsse ihn.

Als wir umsteigen müssen, zieht er mich hoch, und wir machen uns auf die üblichen langen Wege von einer U-Bahn-Linie zur anderen.

»Meinst du, sie wird nach dem Dinner den Kaffee bewerten lassen?«, witzelt George, während wir inmitten der Menschenmenge zielstrebig durch die Station zum Bahnsteig der District Line wandern. George ist schon lange nicht mehr zu unseren Wochenendplaudereien am Zaun gekommen, entweder eilt er gleich zur Arbeit oder sagt bestenfalls kurz Hallo, winkt uns zu und verschwindet wieder. Und ehrlich gesagt bin ich ganz froh darüber. Diese Pläuschchen gehören Joan und mir allein. »Vier von fünf Sternen«, imitiert George meine Freundin, als wir am richtigen Bahnsteig angekommen sind. »Aber nicht ganz so gut wie die Valpolicella-Kapsel letzte Woche.«

Ich verziehe das Gesicht. »Valpolicella ist ein Wein, George. Und sei nicht so fies.«

Und dann passiert es: Das, was ich mir so lange gewünscht und mir aber schließlich – als ungefähr so wahrscheinlich wie einen Lottogewinn – aus dem Kopf geschlagen habe. Ich stehe mit George am Bahnsteig und warte auf die Bahn …
Und da sehe ich ihn – Davey.
Auf der anderen Seite der Gleise wartet er auf die Bahn in die entgegengesetzte Richtung. Zumindest sieht der Mann dort aus, als könne er Davey sein. Ich habe mich so bemüht, ihn aus meinem Gedächtnis zu verbannen, habe es schon so lange geschafft, ihn unterwegs nicht mehr herbeizuhalluzinieren, und doch … jetzt … da steht auf dem Bahnsteig gegenüber ein Mann, der aussieht wie Davey. Er ähnelt ihm so sehr, dass mir die Worte im Hals stecken bleiben und ich nicht mehr auf George achte, der Joan noch immer schlechtmacht und sich darüber kaputtlacht.

Er hält meine Hand, und ich versuche, mir klarzumachen, dass ich übergeschnappt bin, dass das da drüben nicht Davey ist, weil er es gar nicht sein kann. Dann löse ich meine Hand aus der von George. Er nutzt es, um auf die Uhr zu sehen, und ich wollte eigentlich so tun, als müsste ich mich kratzen, mache mir aber gar mehr nicht die Mühe. Zwar kenne ich Davey nur von unseren Videocalls und den paar Fotos, die er vor so langer Zeit geschickt hat, doch ich versuche krampfhaft, den Mann, der mir da – auf der anderen Seite der Gleise – gegenübersteht, mit dem von diesen Fotos abzugleichen. Gott, er sieht wirklich so aus. Sicher, seine Haare sind ein ganzes Stück kürzer, fast so, als hätte er sie abrasiert und sie würden jetzt ein bisschen chaotisch nachwachsen. Neben ihm stehen ein riesiger und ein kleinerer Rucksack, er dreht gerade den Deckel von einer Wasserflasche und setzt zum Trinken an, als ihn ein paar Leute etwas fragen. Er gibt lächelnd Auskunft, die Leute bedanken sich, und sein Mund formt ein sehr amerikanisches »You're welcome«. Plötzlich ist es um mich herum ganz still.

Dieses Lächeln. Lieber Gott, ich glaube, er ist es wirklich. Ich trete von George weg, und dann, ohne recht zu wissen, was ich tue, laufe ich los, immer schneller, sause durch die Menschenmenge. Hinter mir höre ich George meinen Namen rufen, reagiere aber nicht darauf. Zwei Stufen auf einmal bringe ich die Treppe hinter mich, renne an der Stelle, wo der Gang sich gabelt, durchs Gedränge und beginne den Abstieg zum anderen Gleis.

Auf der Treppe kommen mir Leute entgegen – was nur eines bedeuten kann: Der Zug ist da, die Passagiere steigen aus. Ich möchte schreien, laufe noch schneller, der Menschenmenge entgegen bahne ich mir den Weg, doch als ich am Bahnsteig lande, ist er fort. Da der Zug noch steht, laufe ich am Gleis entlang zu der Stelle, wo er gestanden hat, ungefähr in der Mitte des Bahnsteigs. Als ich ungefähr dort angekommen bin, fange ich an, durch die Fenster in die Waggons zu spähen. Die Türen sind noch offen. Ich sollte einsteigen, auch wenn das der reine Wahnsinn wäre ... ich muss einsteigen! Aber ich tue es nicht. Stattdessen schaue ich den Bahnsteig hinunter, dorthin, wo die Leute sich noch bewegen, und ... Vielleicht ist er ja nicht in diesem Zug, vielleicht ist er weitergegangen und wartet auf den nächsten. Ich renne los und halte unterwegs Ausschau nach dem großen blonden Mann mit den zwei Rucksäcken, starre immer wieder in die Fenster, renne weiter. Und da schließen sich die Türen. »Nein. Scheiße! Nein.« Alles geschieht so schnell, viel zu schnell.

In diesem Moment sehe ich ihn, er tippt auf seinem Handy. Ich starre ihn an. Wäre ich geistesgegenwärtig genug, würde ich an die Scheibe klopfen, aber das bin ich leider nicht. Ich rühre mich nicht von der Stelle und sehe ihm einfach nur beim Tippen zu. Mir bleibt keine Zeit mehr, mein Handy aus meiner kleinen Tasche zu ziehen – ihn anzurufen, ihm zu schreiben, ihm zu sagen, er soll einen Blick aus dem Fenster werfen. Stattdessen stehe ich stocksteif da und starre den Mann an, dem ich noch nie begegnet bin und den ich jetzt endlich in Fleisch und Blut vor mir sehe.

Denn auf einmal bin ich ganz sicher, dass er es ist. Und als würde er ahnen, dass er beobachtet wird … schaut er auf und sieht mir direkt ins Gesicht.

Er senkt das Telefon, doch ich kann kein Zeichen des Erkennens sehen und denke: *Er ist es nicht. Das war's, Hannah, jetzt tickst du endgültig aus.* Der Zug setzt sich in Bewegung, und auf einmal schaut der Mann nicht mehr durch mich hindurch, sondern blickt mich wirklich an, und dann trifft ihn der Blitz des Erkennens, er schnappt sichtbar nach Luft, der Zug bewegt sich weiter, und ich sehe, wie seine Lippen den Namen »Hannah« formen und sich seine Augen weiten vor Staunen. Aber dann ist er weg, verschluckt vom U-Bahntunnel.

Ich stehe so unter Schock, dass ich nur auf den Punkt starren kann, wo er gerade verschwunden ist, und ich komme nicht mal auf die Idee, mich zu fragen, was er hier zu suchen hat, warum er mir keine Nachricht geschickt hat oder … sonst etwas. Wir sind damals so sonderbar auseinandergegangen.

Dann höre ich hinter mir meinen Namen rufen und drehe mich um. Keine Ahnung, warum ich es für möglich halte, dass es Davey sein könnte, wo ich doch gerade gesehen habe, wie er im Dunkel des U-Bahntunnels verschwunden ist, aber ich rechne tatsächlich mit ihm und hasse mich, weil ich so enttäuscht bin, als ich George erkenne.

»Hannah!«, ruft er. »Was zur Hölle sollte das denn?«

»Ich … ich hab gedacht, wir wären auf dem falschen Bahnsteig.«

Er schaut sich um, als könnte ihm der Bahnsteig eine Erklärung für meinen Durchdreher liefern.

»Nein. Wir waren auf dem richtigen Bahnsteig.« Er starrt mich an.

Ich nicke. »Okay.«

»Du bist einfach weggelaufen, ohne mich«, bemerkt er. »Wolltest du ohne mich in den Zug steigen?«

»Nein«, erwidere ich. »Nein, ich wollte gar nicht in den Zug steigen.«

George macht ein Gesicht, als sei er verletzt, enttäuscht, verwirrt. »Was ist denn los?«

»Nichts«, behaupte ich, und der Schock hallt in meinem Kopf so laut nach, dass mir nichts anderes zu sagen einfällt, als meine Lüge zu wiederholen. »Ich dachte, wir wären auf dem falschen Gleis.«

George öffnet den Mund, klappt ihn wieder zu, ohne etwas zu sagen. Schüttelt den Kopf. Will die Hände in die Taschen stopfen, schafft es aber nicht, weil sie mit all meinem Kram gefüllt sind, worauf er die Hände schlaff herunterhängen lässt. Da ist er den ganzen Weg über die Brücke und das Gleis entlanggerannt, kein bisschen außer Atem, geschweige denn verschwitzt.

»Sollen wir zurück auf den anderen Bahnsteig, den richtigen?«, fragt er ruhig.

»Ja.« Ich nicke, er greift nach meiner Hand, und nachdem ich ein letztes Mal in die Dunkelheit des Tunnels gespäht habe, in dem Davey verschwunden ist, nehme ich sie.

∴

Ich brauche den ganzen Weg bis Kew Gardens, um meine Gedanken einigermaßen zu sortieren, spreche jedoch nicht mit George und schaue auch nicht auf mein Handy. Mit starrem Blick sitze ich da, während die Bahn eine Station nach der anderen erreicht und wieder verlässt, uns ein ums andere Mal durch die Dunkelheit und zurück ins Licht katapultiert, bis wir schließlich Kew erreichen.

Erst als ich Platz nehme und die Trauung beobachte, bilden sich allmählich zusammenhängende Gedanken in meinem Kopf. Es geht Davey gut, er sah gesund aus. Er hatte so viel Gepäck dabei. Wohnt er jetzt hier? Ist er womöglich genau in dieser Sekunde hierhergezogen? Oder ist er schon seit Wochen da und schon wieder auf dem Absprung – zurück in die USA? Dieser Gedanke trifft mich mit Macht, und wenn ich nicht schon säße, ließe er mich ins Stolpern geraten. Und was, wenn er es doch nicht war? Aber er war es, ich bin ganz sicher. Er hat meinen Namen gesagt. *Er hat meinen Namen gesagt.*

DREIUNDDREISSIGSTES KAPITEL
Davey

Es war Hannah. Es war tatsächlich Hannah. Ich bin so baff, dass ich nicht weiß, was ich tun soll. Soll ich zurückfahren? Ja, ich sollte zurückfahren. Ich muss. Aber inzwischen ist sie bestimmt schon längst weg. Ich habe meine Station sowieso verpasst und musste umkehren und zurückfahren, bis ich die richtige gefunden hatte. Total verwirrt starre ich auf die Karte der Tube, die in der nächsten Bahn über mir an der Wand klebt. Ich sehe sie, ohne etwas zu erkennen. Die verschiedenfarbigen Linien sagen mir nichts, bis ein freundlicher Mensch mir den Weg zum Gatwick Express erklärt.

Erst als ich in dem Expresszug sitze, der mich in Richtung Flughafen bringt, schaffe ich es, mich zu sammeln und zu überlegen, was da gerade passiert ist. Und *wie*. Hannah war zur gleichen Zeit auf dem Bahnsteig wie ich, vor meinem Zugfenster, sie war direkt vor mir in den wenigen Augenblicken, die der Zug dort hielt … Sie war am gleichen Ort wie ich. Wie ist das möglich? Wenn ich an die Macht des Schicksals glauben würde, könnte ich sagen, es sollte so kommen. Aber wenn es so kommen sollte, wieso ist sie dann nicht eingestiegen? Wieso habe ich nicht länger dort gewartet? Warum hatte der Zug keine Verspätung, irgendetwas, das uns die Möglichkeit gegeben hätte, uns wirklich … zu begegnen?

Ich lehne mich zurück, schließe die Augen jedoch nicht, so erschöpft ich auch bin, wehre mich mit aufgerissenen Augen gegen die noch immer heftige Müdigkeit, um meine Station nicht noch einmal zu verpassen.

Ich verlasse England schon wieder, meine Zeit hier war kurz, trotzdem habe ich eine Menge reingequetscht und war sogar übers Wochenende in Cornwall. In gewisser Weise musste ich mir beweisen, dass ich all die Dinge, die ich hätte tun können, bevor die Chemo mich so plattgemacht hat, immer noch tun kann. Natürlich macht sie mich immer noch platt, aber diese Reise hatte ich bitter nötig. Ich habe den Krebs besiegt, ich bin nicht zu bremsen – bis etwa vier Uhr am Nachmittag, dann muss ich zwanzig Minuten schlafen. Nicht jeden Tag. Nur manchmal. Und danach bin ich wieder nicht zu bremsen.

Die Reise nach Cornwall war weit für eine so kurze Zeit, aber sie hat sich gelohnt. Das Türkisblau des Meeres in St. Ives hat mich umgehauen. Es ist Teil meiner Wurzeln, meiner DNA, aber ich habe dort keine lebenden Verwandten mehr und hatte sehr mit meiner Einsamkeit zu kämpfen, während ich deftige Cornish Pasties in Falmouth und sahnige Eiscreme auf der Hafenmauer von Padstow aß.

Und dann bin ich nach Whitstable gefahren. Ich würde gern behaupten, dass ich es aus einem rein touristischen Interesse sehen wollte, aber der wahre Grund ist natürlich, dass Hannah mir so viel davon erzählt hat. Ich wollte sehen, was sie gesehen hat und wo sie aufgewachsen ist. So saß ich in dem kleinen Küstenstädtchen auf den Ufersteinen und blickte hinaus zur Themsemündung, dorthin, wo der große Fluss ins Meer mündet.

Das hatte sie an Silvester vor Augen, als ich sie angerufen habe.

Ich holte mir Fish and Chips und setzte mich zum Essen an den Strand, wo ich einen Kieselstein aufhob und ihn in die Tasche steckte, um ihn immer wieder herauszuholen und anzuschauen, einfach so. Ich wanderte durch die Straßen und verliebte mich tatsächlich in das Städtchen, von dem ich, bevor Hannah es erwähnte, noch nie gehört hatte. Und zurück in London verflog die Zeit dann viel schneller, als ich erwartet hatte. Doch in den wenigen Tagen habe ich all das unternommen, was wir uns zusammen vorgenommen hatten. Ich machte die Tour im großen roten Bus, besichtigte den Tower, wenn auch ohne das Selfie mit den Jungs in den roten Uniformen – das war mir dann doch zu peinlich. Aber als ich ungefähr zwei Stunden in der Schlange stand und darauf wartete, die Kronjuwelen zu sehen, habe ich ihnen immerhin Hallo gesagt. Ich ging zur National Portrait Gallery, wo ich das Bild der drei Brontë-Schwestern fand, das Hannah so gern mag. Eine ganze Weile saß ich davor und betrachtete den Schatten, wo einst der Brontë-Bruder Branwell zu sehen gewesen war – er war da und gleichzeitig auch nicht. So ähnlich habe ich mich auch lange gefühlt. Aber jetzt nicht mehr. Dann ging ich nach nebenan in die National Gallery und verirrte mich. Hannah hatte recht. Die National Portrait Gallery ist tatsächlich besser.

Und heute, an meinem letzten Tag, bin ich aufgewacht, habe meine Sachen wieder in die Rucksäcke gepackt, meine Hotelrechnung bezahlt und, um Geld zu sparen, beschlossen, statt eines Taxis die U-Bahn zu nehmen. Und dann habe ich sie gesehen. Erst dachte ich, ich sei verrückt geworden. Aber sie war es. Es war Hannah. Sie sah … unglaublich aus. Wunderschön. Dieses Kleid. Ihre Haare. Sie war so aufgedonnert, dass ich sie fast nicht erkannt hätte, und ich brauchte so lange, zu lange, um die Puzzleteile in meinem Kopf zusammenzusetzen und zu begreifen – dass sie es tatsächlich war. Sie stand am Bahnsteig, direkt vor mir, und starrte mich an, als könne sie es genauso wenig glauben wie ich.

Und jetzt ziehe ich meine Taschenbuchausgabe von *Zimmer mit Aussicht* heraus, die ich spontan in einem Buchladen in der Nähe von Covent Garden gekauft habe, betrachte das Cover und fühle nichts als Bedauern, dass ich London schon wieder verlasse. Nichts als Bedauern, dass ich nie wieder Kontakt zu ihr aufgenommen habe. Ich war so feige. Bei allem, was mit Hannah zu tun hatte, habe ich mich als Feigling erwiesen, schlicht und einfach. Ich habe sie nie kontaktiert, weil ich die schlimmste Art von Drückeberger bin. Bei Hannah habe ich einfach gekniffen.

Und bei der Chemo ebenso, bis Hannah und Grant mich mit vereinten Kräften gezwungen haben, weiterzumachen. Jetzt bin ich auf einem anderen Weg, aber mit welchem Ziel? Keine Ahnung. Es ist ein neuer Weg, einer, auf dem ich nicht weiß, was hinter der nächsten Ecke kommt. Einer, auf dem ich die Richtung bestimmen und mein Leben wieder in die Hand nehmen kann. Und ich bin sicher, dass es die richtige Entscheidung war, der Sache mit Hannah ein Ende zu setzen. Es war klar, als ich den Typen gesehen habe, der auf dem Bahnsteig zu ihr kam, und sein Blick mich getroffen hat. Dieser Gesichtsausdruck! Besitzgier und Wut. Offensichtlich ein sehr unglücklicher Mensch. Aber der Ausdruck auf Hannahs Gesicht – da waren Schock, Schmerz und Verwirrung. Und das alles habe ich ihr angetan. Dafür bin ich verantwortlich.

Ich habe ihr gesagt, sie müsse mit ihrem Leben weitermachen, statt ihre Zeit mit einem Mann zu vergeuden, der Tausende Meilen entfernt mit Medikamenten vollgepumpt wird, einem Mann, der darum kämpfte, sein Leben nicht aufzugeben – und dann doch genau das getan hat. Deshalb war die Entscheidung, mich von ihr loszusagen, die richtige. Ich bin mir sicher. Es muss einfach richtig gewesen sein. Ich wollte sie nicht noch mehr aus dem Gleichgewicht bringen, als ich es bereits getan hatte. Außerdem habe ich nun gesehen, dass sie mit einem anderen zusammen ist.

Ich mag viele Fehler haben, aber ich bin keiner, der sich in eine Beziehung einmischt, keiner, der Paare auseinanderbringt. Selbst wenn Hannah einmal – zumindest nach einer sehr weit gefassten Definition – zu mir gehört hat.

VIERUNDDREISSIGSTES KAPITEL
Hannah

Ich stehe noch immer unter Schock. Ich nicke, ich lächle, ich beobachte, wie Joan – mit einer zarten Tiara auf dem Kopf, in einem eleganten Kleid, das ihre zierliche Figur umschmeichelt – den Gang entlangkommt. Und ich sehe Geoff, der schwer verliebt aussieht, als seine zukünftige Braut auf ihn zuschwebt. Aber ich kann nichts davon wirklich verarbeiten. Auf einmal ist alles so weit weg. Davey ist hier. Er ist hier.

Ich bin froh, dass es nur eine standesamtliche Trauung ist, ohne Choräle oder Kirchenlieder. So geht alles etwas schneller über die Bühne, das glückliche Paar wünscht sich nur, dass wir alle zusammen »When I'm Sixty-Four« von den Beatles singen. Obwohl ich nicht richtig bei der Sache bin, um es wirklich zu genießen, bringt es mich immerhin zum Lächeln. Joan kichert die ganze Zeit, denn sowohl sie als auch Geoff haben dieses ehrwürdige Alter bereits überschritten.

Auch Paul und Miranda sind eingeladen. Schließlich hat Miranda lange Zeit mit mir zusammengewohnt und manchmal an den Gartenzaun-Chats teilgenommen. Immer vorausgesetzt natürlich, dass sie gerade keinen allzu grauenhaften Kater hatte.

Die Hochzeit ist schön wie keine zweite. Weihnachtlich wundervoll. Aber ich bewege mich wie per Autopilot auf unseren Tisch zu. Während wir auf das Hochzeitsfrühstück warten, plaudern Paul und George miteinander, ich beobachte die beiden und habe den Eindruck, dass sie zwar ganz gut miteinander auskommen, aber eben nur wie Menschen, die sich zufällig im gleichen

Raum befinden. Gerade sagt Paul etwas, worauf George lacht, mir dann einen Blick zuwirft, als würde er gern die Augen verdrehen. Ich lächle dünn, und als George wegschaut, verschwindet das Lächeln sofort.

Eine Weile plaudert Miranda mit mir über ihre eigene Hochzeit. Bestimmt sagt sie etwas darüber, dass sie im Ausland heiraten will, weil es hier immer regnet, und ich gebe in dieser einseitigen Unterhaltung hoffentlich die richtigen Laute zur richtigen Zeit von mir. Ich kann nicht denken, kann nicht sprechen. Schon gar nicht über Davey, darüber, dass ich ihn gesehen habe. Mir ist übel. Womöglich muss ich mich übergeben. Oder schreien. Oder beides.

Unvermittelt stehe ich auf und schiebe meinen Stuhl zurück. Miranda unterbricht sich mitten im Satz. Ich bin so unhöflich. Was ich überhaupt nicht will. Aber ich muss hier weg.

»Sorry«, sage ich, »aber ich muss …« Damit wende ich mich zum Gehen und hoffe, dass die anderen Gäste davon ausgehen, dass ich zur Toilette will. Halb erwarte ich, dass Miranda oder George mir folgt, was jedoch nicht passiert, und ich bin froh darüber, denn zum ersten Mal, seit ich Davey gesehen habe, gelingt es mir, einen klaren Gedanken zu fassen. Ich gehe in eine Kabine, klappe den Deckel herunter, setze mich – und treffe eine Entscheidung. Ich werde Daveys Nummer löschen. Hätte er mit mir reden, mit mir zusammen sein oder mit mir in Kontakt bleiben wollen, hätte er das inzwischen längst getan. Aber er hat nicht angerufen, nie. Genauso wenig, wie er mir erzählt hat, dass er herkommen will. Ich habe ihn angerufen, weil Grant mich darum gebeten, mich praktisch angefleht hat. In diesem Augenblick fühle ich mich einfach nur noch dumm.

Und wenn ich ihn nie wiedersehen werde, muss ich endlich akzeptieren, dass es vorbei ist. Ich muss irgendetwas Drastisches tun, ich muss mir wirklich eingestehen, dass es zwischen uns vorbei ist und auch nie mehr anders sein wird.

Ich ziehe mein Handy aus meinem Täschchen und öffne meinen WhatsApp-Chat mit Davey. Dann klicke ich auf *Löschen* und sehe zu, wie eine Nachricht nach der anderen verschwindet. Doch danach fühle ich mich keinesfalls von ihm befreit, sondern eher, als wäre mir ein Teil meines Herzens aus der Brust gerissen worden. Trotzdem mache ich weiter, lösche auch die Fotos von ihm, schaue in sein schönes Gesicht, auf die alberne Pose, mit der er Kristie und Phil anhimmelt, und erst als die Tränen auf das Display tropfen und die Pixel vor meinen Augen verschwimmen, merke ich, dass ich weine.

Meine Hand zittert, schwebt über der Papierkorbsymbol, aber ich klicke darauf, tippe dann auf das *Ja*, um das Löschen zu bestätigen. Und dann das erste, das er geschickt hat, spontan, mit freiem Oberkörper, sonnengebräunt, mit Wassertropfen auf der Haut. Er sieht so gut aus. Er war so liebenswürdig, so lustig und nett, und dann war er nur noch krank, und jetzt ist er hergekommen, ohne mir ein Wort davon zu sagen. *Löschen*. Auch dieses Foto muss verschwinden. Ich kann es nicht behalten, kann mein Herz nicht mehr daran hängen. Und auch nicht an ihn.

Und dann rufe ich eine Nachricht von mir an Davey auf, weil ich weiß, dass ich, wenn ich das jetzt nicht hinter mich bringe, womöglich doch noch klein beigebe. In dieser Nachricht gestehe ich ihm, was ich schon lange weiß, ihm aber nie gesagt habe. Ich liebe dich, steht da. Ich liebe dich.

Und dann tue ich genau das, was Davey vor vielen Monaten getan hat. Ich drücke die Löschtaste, einen Buchstaben nach dem anderen. Ich habe es geschrieben, aber nicht geschickt. Und dann suche ich seine Nummer in meinen Kontakten. *Kontakt löschen?* Ich tippe auf *Ja*, und Davey verschwindet aus meinem Handy und meinem Leben.

∴

Nachdem ich mein Make-up mit den Fingern wieder einigermaßen in Ordnung gebracht habe, gehe ich zurück und sehe, dass Miranda gerade einen leeren Teller über mein Essen stülpt, um es warm zu halten. Ich werfe ihr einen dankbaren Blick zu, und sie wischt dafür einen verirrten Mascarafleck, der mir entgangen ist, von meiner Wange.

»Bist du okay?«, fragt sie.

Ich nicke. »Jetzt schon, ja.«

Sie drückt unter dem Tisch mein Bein, eine stumme Solidaritätsbezeigung, die keiner Erklärung bedarf.

George beobachtet mich, lächelt nicht, sagt auch nichts, und als ich mich ihm zuwende und ihn meinerseits anlächle – ein Lächeln, das sogar mich selbst anwidert –, dreht er sich schnell weg und setzt seine Unterhaltung mit Paul fort.

Was habe ich getan? Was soll ich tun? Keine Ahnung. Ich bin erschöpft. Doch Miranda schenkt uns beiden Wein nach, ehe der arme Kellner auch nur die Chance hat, zu bemerken, dass sie ihr Glas leer getrunken hat.

»Komm, trink was. Wir feiern hier eine Hochzeit, und an diesem Tisch herrscht eine Stimmung, als wären wir auf einer Beerdigung.«

Ich tue, was sie mir sagt, es ist leichter, als Widerstand zu leisten. Ich kippe den Wein runter, kann aber nicht entscheiden, ob ich mich danach besser oder schlechter fühle. Ich werde es später schon merken.

∵

»Ich war schon ein paar Sekunden hinter dir, bevor ich deinen Namen gerufen habe«, erklärt George und stopft die Hände in die Taschen. Inzwischen sind wir wieder in meiner Wohnung, und er hat den ganzen Krimskrams, den ich dort untergebracht hatte, ordentlich wieder ausgeräumt.

»Wie bitte?« Ich bin betrunken, das weiß ich. Noch dreht die Welt sich nicht um mich herum, und wenn ich mich heute nicht so ... sonderbar fühlen würde, könnte ich meinen Zustand durchaus als angeheitert bezeichnen. Aber ich bin so ziemlich das Gegenteil von heiter.

»In der U-Bahn, als du weggerannt bist«, fährt er fort. »Ich war schon ein paar Sekunden bei dir angekommen, ehe ich gerufen habe.«

Ich drehe mich um und mustere ihn. »Ich glaube, ich bin ziemlich hinüber«, sage ich, weil ich nicht recht weiß, ob er mir eine Frage stellt, auf die ich mir eine Antwort ausdenken muss.

»Ab in die Küche«, blafft er. »Kaffee.«

Er macht uns Instantkaffee, und wir setzen uns an den kleinen Tisch.

»Kann ich bitte etwas Milch haben?«, frage ich, als er mir einen starken schwarzen Kaffee vorsetzt. »Er ist ein bisschen bitter.«

»Das bin ich auch«, erwidert er, und ich erschrecke.

Ich sehe ihn an, wie er sich hinsetzt und meine Bitte um Milch einfach ignoriert. Eigentlich würde ich gern aufstehen und mir selbst welche aus dem Kühlschrank holen, tue es aber nicht, weil ich nicht weiß, ob es die Situation noch verschlimmern würde.

»Du bist jemandem nachgelaufen«, sagt er, und es ist keine Frage. »Ich habe gesehen, wie er dich angeschaut hat. Ich habe gesehen, wie er deinen Namen gesagt hat. Wer war das?«

Also hat George alles mitbekommen. Ich weiß nicht, ob ich mich schämen oder mich freuen soll. Denn wenigstens bedeutet das, dass ich es mir nicht eingebildet habe.

»Ach, niemand«, lüge ich instinktiv. Ich möchte nicht darüber sprechen. Es wird uns nicht helfen. Und es wird mir nicht helfen. Es führt zu nichts. »Niemand, der mir noch etwas bedeutet.« Natürlich ist mir klar, dass das auch eine Lüge ist, aber ich hoffe immer noch, dass sie sich irgendwann in die Wahrheit verwandelt.

Er hält sich am Griff seiner Tasse fest, und ich ahne, dass er sich gut überlegt, wie er das, was er jetzt sagen will, am besten formuliert.

»Dein Gesicht habe ich nicht gesehen, nur deinen Hinterkopf. Aber ich habe gesehen, was für ein Tempo du vorgelegt hast. So habe ich dich noch nie laufen sehen, Hannah.«

Mir fällt natürlich auf, dass er mich nicht »Gallagher« nennt, und ich weiß, das ist ein schlechtes Zeichen.

»Ich muss wissen, wer das war. Ich finde, du schuldest mir eine Erklärung, warum du so plötzlich losgerannt bist – und zu wem.«

Jetzt kann ich nicht mehr lügen. Ich habe nicht das Zeug dazu, und es wäre George gegenüber auch nicht fair. Also antworte ich: »Davey.«

Er macht ein verwirrtes Gesicht. Anscheinend weiß er nicht, von wem ich spreche. »Wer ist das?«

»Davey. Der Amerikaner.«

Er versteht noch immer nicht, vermutlich, weil er mit dem Namen allein nichts anfangen kann. Wahrscheinlich sagt das einiges über uns. Ich weiß, dass ich George kaum etwas von Davey erzählt habe. Aber immerhin war ich ehrlich und habe ihm gesagt, dass Davey mit mir Schluss gemacht hat. Ich habe seinen Namen erwähnt. Und ich habe auch erzählt, dass wir uns zwar per Video gesehen haben, aber nie wirklich zusammen waren. Dass Davey Schluss gemacht hat, weil er wollte, dass ich mein eigenes Leben lebe, statt mich verpflichtet zu fühlen, bei ihm zu bleiben, während er gegen den Krebs kämpft. Als ich George daran erinnere, fängt er an zu lachen.

Ich stutze. »Habe ich irgendwas Komisches gesagt?«, frage ich leise.

»Davey? *Das* war Davey?«

»Ja.«

Und dann hört er auf zu lachen. »Video-Davey. Davey aus Amerika. Tausende Meilen entfernt. Der Davey, dem du kein einziges verdammtes Mal begegnet bist? Davey, der dich hat sitzenlassen?« Er lässt mich nicht zu Wort kommen, sondern fährt einfach fort: »Du lässt mich also auf diesem Bahnsteig stehen, um hinter einem Mann herzurennen, der dich hat sitzenlassen und dem du nie begegnet bist?«

Ich schweige. So formuliert, klingt es wirklich schlimm.

George legt den Kopf in den Nacken und schaut an die Decke, als könne er dort alle Antworten lesen.

»Du bist vor mir weggelaufen wegen eines Manns, dem du nie wirklich begegnet bist«, wiederholt er, mehr zu sich selbst. Als müsse er die schmerzliche Wahrheit aussprechen, um sie zu begreifen.

»Ich bin nicht vor dir weggelaufen. Es war … ganz impulsiv. Ich bin einfach losgelaufen.«

»Das ist nicht gut genug, Hannah. Das ist nicht gut genug.« Er sackt auf seinem Stuhl zusammen. »Das ist schon lange nicht mehr gut genug zwischen uns.«

Ich weiß es. Schon viel zu lange.

»Habe ich jemals etwas von dir verlangt?«, fragt George.

»Eigentlich nicht.«

»Nur ein einziges Mal habe ich dich gebeten, etwas für mich zu tun. Nur dieses eine Mal. Ich wollte, dass du die Pille nimmst.«

Auf diese Wendung war ich nicht gefasst, ich blinzle irritiert.

»Ich habe dir gesagt, dass ich es hasse, Kondome zu benutzen«, fügt er hinzu.

»Aber ich hasse es, die Pille zu nehmen«, kontere ich. »Das habe ich dir auch gesagt. Ich habe nie eine gefunden, von der ich nicht entweder gefräßig und fett geworden bin oder die meine Libido auf null reduziert hat. Jetzt habe ich einen Termin, mir eine Spirale einsetzen zu lassen und …«

»Aber wie lange hat das gedauert? Ich habe das mit den Kondomen mehrfach erwähnt, und du hast sie mich trotzdem dauernd benutzen lassen. Wir sind seit fast einem Jahr zusammen.

Wie lange hast du gewartet, bis du den Arzt auch nur angerufen hast?«

Ich hatte nie vor, für einen Mann, den ich nicht liebe, die Pille zu nehmen, möchte ich ihn anschreien. Erst in der Arztpraxis hat sich jemand mit mir hingesetzt und mich höflich darüber informiert, dass die Welt sich verändert hat, seit ich das letzte Mal langfristige Verhütung benutzt habe, und mir geholfen, mich für die Spirale zu entscheiden.

Als ich aufstehe und zum Kühlschrank gehe, um mir endlich die Milch zu holen, muss ich erst eine Weinflasche, die davor steht, aus dem Weg räumen.

»Hast du immer noch nicht genug getrunken?«, fährt George mich an, als er den Wein entdeckt. »Verdammte Scheiße, du und deine langweiligen Freunde, ihr habt doch die ganze Bar mit den Gratisgetränken leer gesoffen.«

Ich starre ihn an. »Das stimmt überhaupt nicht. Miranda hat nur ein paar Gläser getrunken, weil sie jetzt schon für ihre Hochzeit nächstes Jahr auf Diät ist, und Paul habe ich nur gesehen mit …«

»Ich gehe jetzt lieber«, faucht George.

Ich habe nicht die Absicht, ihn aufzuhalten. Wir waren beide so unfair zueinander, wie mir jetzt erst dämmert. Ich wusste, dass wir nicht richtig füreinander sind, aber ich habe immer gedacht, es wird besser.

»Hast du vor, irgendetwas dazu zu sagen?«, fragt er noch.

So blamabel es ist, bin ich dafür viel zu sehr mit Nachdenken beschäftigt. Das ist der Schubs, den ich gebraucht habe, der Schubs, auf den ich gewartet habe, ohne es zu wissen. Ich glaube, George und ich sollten das einander nicht mehr antun. So sollten Beziehungen nicht laufen. Wir wünschen uns völlig unterschiedliche Dinge, wir sind einfach zu unterschiedlich. Anfangs war es gut, aber inzwischen ist es allzu offensichtlich geworden, dass wir nicht zueinander passen. Ich habe mich in diese Beziehung treiben lassen, und als sie immer schlechter wurde, habe ich es ignoriert. Ich weiß jetzt, dass ich meine Entscheidung nicht bereuen werde, aber dass ich es bereuen würde, George noch mehr zu verletzen. Aber als ich mich bereitmache, etwas zu sagen, ist George schneller.

»Hannah – ich nehme meine Sachen mit. Das hier … es funktioniert einfach nicht mehr für mich.«

Ich hole tief Luft, und mich überkommen gemischte Gefühle. Ausgerechnet jetzt sind George und ich der gleichen Meinung. Es tut weh, aber nur einen Augenblick. Danach bin ich dankbar, dass auch er zu diesem Schluss gelangt ist.

»Ich glaube, du warst schon eine ganze Weile nicht mehr richtig bei der Sache«, fügt er noch hinzu. »Ich glaube, du bist einfach aus Gewohnheit bei mir geblieben. Vielleicht war das sogar bei uns beiden der Fall.«

Ich kann ihm nicht widersprechen. George hat mich nie wirklich in sein Leben einbezogen. Er hatte immer eine Entschuldigung, immer einen Grund, weshalb ich fernbleiben sollte. Aber gilt das Gleiche auch für mich? Er hat mir nie gesagt, dass er mich liebt. Und ich habe es auch ihm nie gesagt. Der Grund dafür ist offensichtlich.

So wandert George schweigend in meiner Wohnung umher, sucht seine Siebensachen zusammen, und da ich ihm nicht in die Quere kommen will, bleibe ich einfach in meiner Küche sitzen. Eigentlich dürfte ich nicht schockiert sein. Wirklich nicht. Aber irgendwie bin ich es trotzdem. Enden Beziehungen immer viel schneller, als sie beginnen? Schon nach wenigen Minuten steht George an der Tür. Ein Teil von ihm scheint nur widerwillig zu gehen, und ein Teil von mir empfindet das Gleiche.

»Ich habe ein Weihnachtsgeschenk für dich«, sage ich.

Er lacht bitter. »Behalte es ruhig.«

»Nein, ich möchte es dir geben.« Ich gehe an ihm vorbei und hole die Box unter dem Weihnachtsbaum hervor. »Ich habe mir viel Mühe damit gegeben.«

»Schade, dass du nicht ein bisschen mehr Mühe in unsere Beziehung gesteckt hast.«

Ich schließe die Augen, hole tief Luft und reagiere nicht darauf. Er möchte das letzte Wort haben. So viel habe ich verstanden.

»Danke«, murmelt er, als ich ihm das Geschenk überreiche. »Aber ich bin noch nicht dazu gekommen, dir etwas zu besorgen.«

Es sind nur noch ein paar Tage bis Weihnachten. Wie lange hätte er wohl gewartet? Hätte er überhaupt etwas für mich besorgt?

»Es hat so gut angefangen«, sagt er. »Mit uns, meine ich. Thailand hat richtig Spaß gemacht, aber wahrscheinlich hätten wir es dabei bewenden lassen sollen, stimmt's?«

Mit einem Lächeln, das er halbwegs erwidert, gebe ich ihm recht. Obwohl es mir auf der Zunge liegt, erinnere ich ihn nicht daran, was ich damals tatsächlich gesagt habe. Und dass er es war, der uns dazu ermuntert hat, es miteinander zu versuchen. Aber ich hätte nicht bei ihm bleiben sollen, ich habe doch gesehen, wie anders er nach der Rückkehr von unserer Reise war. Zehn Monate waren wir zusammen, zehn Tage wären besser gewesen. Ich könnte drauf wetten, dass alles meine Schuld war. Vielleicht habe ich George nie die Chance gegeben, die er verdient hätte, aber jetzt kann ich es nicht mehr ändern.

Paul hatte recht: Ich bin viel zu leicht zu beeinflussen. Ich habe zugelassen, dass Davey mit mir Schluss gemacht hat, ich habe mich nicht dagegen gewehrt. Ich wusste, dass George und ich nicht hätten zusammen sein sollen, und trotzdem ließ ich es geschehen. Letztlich habe ich nur dank Cindy meinen alten Job verlassen und den neuen angefangen. Was Gott sei Dank funktioniert hat. Ob sie mich auch eingestellt hätte, wenn sie gewusst hätte, wie ich drauf bin? Aber dieses Ende mit George war so sicher wie das Amen in der Kirche, das weiß ich, auch wenn ich es nicht als Erste ausgesprochen habe. Punkte zählen ist nicht mein Ding.

Zu meiner großen Überraschung stellt George seine Weihnachtsbox auf die Anrichte, kommt zu mir und nimmt mich in den Arm. »Na gut, Gallagher, wir haben es jedenfalls beide versucht.«

Lächelnd schaue ich zu ihm auf. »Das haben wir, ja.« Und ich bin froh, dass diese Beziehung im Guten und in Freundlichkeit endet.

»Aber hör mal – kannst du mir einen Gefallen tun und deine Mitgliedschaft im Fitnessstudio kündigen?«, fährt er fort. »Du findest bestimmt ein anderes.«

»Oh. Klar. Okay.«

»Ich möchte dich nämlich lieber nicht mehr sehen, wenn das in Ordnung ist für dich.«

Oh. Wow. So viel zur Freundlichkeit. Ich nicke. »Klar. Okay.« Ich spare mir den Hinweis, dass ich bei meinem neuen Job dank eines Spenders die Mitgliedschaft in einem Fitnesscenter gratis bekomme und nur noch in Georges Studio gekommen bin, um ihm nahe zu sein, weil er so viel gearbeitet hat, dass ich ihn sonst kaum gesehen hätte. Aber sein Nachtreten zum Schluss tut trotzdem ein bisschen weh.

»Bye, Hannah«, sagt er und klemmt sein Weihnachtsgeschenk wieder unter den Arm. Dann murmelt er ein verlegenes »Danke für das Geschenk«, fummelt an dem Türriegel herum und geht davon.

Als ich die Tür hinter ihm schließen will, weht die kalte Dezemberluft in den Flur herein, und ich trete hinaus, um George nachzuschauen, der ohne einen Blick zurück davongeht.

Ich starre in den kalten Nachthimmel empor. Die Wolkendecke ist aufgebrochen, und Tausende Meilen über mir funkeln hell die Sterne, deren Licht so weit reisen musste, um mich zu erreichen.

Als ich zum Ende der Straße schaue, ist George bereits verschwunden.

∴

»Du meinst, du hast ihn nicht an dich rangelassen?«, explodiert Miranda bei unserem Pseudo-Weihnachten, als ich ihr zu erklären versuche, warum George und ich uns getrennt haben. Bei unserem Treffen die Gastgeberin zu sein war ungefähr das Letzte, was ich mir gewünscht hätte – aber gleichzeitig auch das Beste. »Er hat *dich* nie an sich rangelassen! Hast du je seine Wohnung gesehen? In fast einem ganzen Jahr?«

»Nein. George hat immer gesagt, sie wäre hässlich, sein Mitbewohner wäre unangenehm, und bei mir sei es viel schöner.«

»Weißt du überhaupt, wo er wohnt?«

»Etwa zehn Minuten von hier.«

»Zehn Minuten mit dem Auto oder zu Fuß? Wie heißt die Straße?«, drängt Miranda.

Ich reibe mir die Stirn. Seit vierundzwanzig Stunden plagen mich Stresskopfschmerzen, und Mirandas Fragen machen sie nicht besser. »Bestimmt hat er es mir irgendwann mal gesagt. Ich hab's vergessen.«

»Und du hast ihn zu deinen Eltern mitgenommen. Hast du seine je zu Gesicht bekommen?«

»Nein. Aber wir haben es geplant.«

»Warum habt ihr das im Lauf von fast einem Jahr jetzt erst geplant?«

Ich versuche, nachzudenken. »Es gab irgendeinen Grund. Es ist einfach nie passiert. Timing und Arbeit und …« Diese lahme Ausrede hat George mir beigebracht, und ich lasse sie lieber wieder fallen.

Jetzt meldet sich auch Paul zu Wort. »Im Grunde hat er dir einen Gefallen getan. Er ist ein Arsch. Ein ärgerlicherweise gut aussehender Arsch, der dir anscheinend wenigstens guten Sex hat angedeihen lassen, aber jetzt ist er Geschichte. Und wie es sich anhört, ohne allzu großen Krach. Dass er weg ist, kann nur gut für dich sein.«

Ich schenke ihm ein Lächeln und ein Nicken, was er sich wirklich verdient hat. Der Abschied von George ist tatsächlich gut für mich, das weiß ich ja.

Miranda klopft sich den Staub von den Händen, als wolle sie sagen: »Fall erledigt.«

»Ja, ich weine ihm keine Träne nach«, versichere ich den beiden. »Es geht mir gut. Ehrlich. Ich muss nur morgen nach Hause, zu Mum und Dad und, ihr wisst schon … Autsch!« Ich reibe mir die Stirn. Mir ist durchaus bewusst, dass genau jetzt der beste Zeitpunkt ist, um meinen Freunden zu sagen, was der Grund dafür war, dass George sich von mir getrennt hat. Aber wie soll ich es ihnen sagen? Ich kann nicht, es tut so weh. Es tut viel zu weh, um auch nur einen weiteren Gedanken daran zu verschwenden. Und ich möchte wirklich nicht anfangen zu weinen, wenn ich von Davey erzähle. Aus reinem Selbsterhaltungstrieb werde ich das Thema einfach nicht ansprechen.

»Ja«, sagt Miranda, »Gut. Perfekt sogar, Du brauchst also keine traurig-aufmunternden Worte?«

»Nein danke, traurig-aufmunternde Worte sind nicht notwendig.«

»Gott sei Dank.« Sie zieht aus einer riesigen Tüte von Selfridges meine Geschenke hervor. »Können wir dann jetzt mit dem Auspacken anfangen?«

FÜNFUNDDREISSIGSTES KAPITEL

Januar

Ich stehe im Matsch. Der pappige Winterschnee schmilzt unter meinen Stiefeln, die von Tag zu Tag ramponierter aussehen und nun obendrein Schneeränder haben. Ich reiche Joan den Keksteller über den Zaun, und sie beäugt ihn genüsslich, während sie den Reißverschluss ihres Wintermantels hochzieht. Mit fällt auf, dass sie jetzt, wo sie sich keine Sorgen mehr wegen ihres Hochzeitskleids zu machen braucht, wesentlich gelassener in die Kekse beißt. So hat nun eine Freundin den gröbsten Hochzeitsstress hinter sich, während die andere, Miranda, frohgemut dem Gipfel entgegenstrebt. Wahrscheinlich sollte ich mich in dem ganzen Hochzeitsbrimborium ein bisschen abgehängt fühlen, aber eigentlich bin ich ziemlich dankbar, dass ich jung, frei und Single bin.

»Halleluja«, sagt Joan, als ich ihr das erzähle.

Dann vollführt sie mal wieder ihr Kunststück, den Keks einzutauchen und in letzter Sekunde vor dem Untergang zu retten. Sehr eindrucksvoll. Ich habe das immer noch nicht gemeistert.

»Und ich sehe, dass du ein bisschen zugenommen hast«, stellt sie dann fest.

Ich stutze, genieße meinen Keks. »Was? Aber ich gehe dreimal die Woche ins Fitnessstudio«, protestiere ich.

»Ich meine das auf gute Art«, ergänzt Joan eilig. »Auf wirklich gute Art. Du warst nämlich auf dem besten Weg, dürr und ungesund auszusehen. Dieses ständige Joggen.«

»Dieses ständige Grünzeug«, füge ich hinzu. »Ich vermisse es kein bisschen.«

»Du vermisst *ihn* also nicht?«, fragt sie.

»Du meinst George? Nein«, bestätige ich nachdrücklich.

»Natürlich George«, sagt Joan. »Wen soll ich denn wohl sonst meinen?«

Mir ist nicht ganz klar, ob sie mich auf die Schippe nimmt oder ob sie mich testet. Aber ich schlucke den Köder nicht, sondern wechsle diskret das Thema. »Erzähl mir bitte von den Flitterwochen.«

So lausche ich fasziniert, während sie mir von den schönen alten Gebäuden auf Mauritius erzählt, vom Nationalpark, vom Schnorcheln in kristallklarem Wasser, vom Sonnenbaden und Lesen. Dann jedoch schockiert sie mich zutiefst: Sie gesteht mir, dass sie Wanstead verlassen wird.

Mit bleibt der Mund offen stehen. »Meinst du das ernst?«

Sie nickt. »Geoff ist in Hertfordshire zu Hause, er wohnt im Grünen, und wir sind ja jetzt immerhin verheiratet.«

Natürlich. Es ist so offensichtlich, dass ich auch nicht weiß, warum ich nicht früher darüber nachgedacht habe.

»Wir haben uns lange überlegt, ob wir die Wohnung hier behalten, falls wir mal in London übernachten wollen, aber die Zugverbindung von Hertfordshire ist so gut, dass wir jederzeit für einen Tag in die City kommen können, wenn wir Lust darauf haben. Geoff ist bisher immer hergefahren … na ja, und ich denke, wir werden ohnehin nicht sehr oft in Hertfordshire sein. Geoff liebt es zu reisen, und ich muss schon zugeben, dass ich mich an die Upper-Class-Kabinen auf der Virgin Atlantic durchaus gewöhnen könnte. Die haben eine Bar an Bord, Hannah …«

Ich lache und greife nach ihrer Hand. »Ich freue mich für dich, Joan. Ehrlich. Ich freue mich für euch beide.«

»Danke«, sagt sie und drückt meine Hand.

Hinter dem Küchenfenster sehe ich Bewegung, und Geoff erscheint in einen von Joans Morgenmänteln gehüllt, lächelt mir zu und winkt. Bereitwillig erwidere ich beides.

»Ich finde es einfach toll, wenn Liebe zu Liebe findet«, sage ich mit einem kleinen Seufzer.

Joan zwinkert. »Ich auch. Hast du nichts gehört von deinem … ähm …?« Sie gibt ein genervtes Geräusch von sich.

Ich bin es nicht gewohnt, dass Joan um Worte verlegen ist, kneife die Augen zusammen und warte.

»… deinem Amerikaner?«, vollendet sie schließlich ihre Frage.

Ich hole tief Luft. »Oh … nein. Kein Wort.« Das ist die reine Wahrheit. »Obwohl … ich habe ihn gesehen«, füge ich dann doch hinzu.

Joan will etwas sagen, schließt den Mund jedoch wieder.

»Und das ausgerechnet an deinem Hochzeitstag«, fahre ich fort. »Ich hab ihn leibhaftig gesehen. Hier. In London. In der U-Bahn.« In abgehackten Sätzen erzähle ich mein Erlebnis, aber jedes Mal, wenn ich daran denke – was ungefähr alle drei Minuten passiert –, bringe ich auch nichts Besseres als abgehackte Gedankenfetzen zustande.

»Hast du mit ihm gesprochen?«, fragt Joan.

»Nein. Ich stand auf dem Bahnsteig, er saß in der U-Bahn. In die entgegengesetzte Richtung.«

Sie nickt. »Scheiße!«, sagt sie dann.

Ich kichere. Solche Worte benutzt Joan sonst nur, wenn sie betrunken ist, was nicht oft passiert. »Ganz richtig, Scheiße«, bestätige ich. »Ich bin hingerannt. Um ihn noch zu erreichen. Und er hat mich auch gesehen. George ist mir nachgerannt. Aber dann haben die Türen sich geschlossen, und … na ja, das war's. Davey war weg. Und George hat es während eurer ganzen Hochzeitsfeier nicht erwähnt. Aber als wir nach Hause kamen …« Jetzt gebe ich ein ähnlich genervtes Geräusch von mir, weil ich nicht weiß, wie ich den Satz vollenden soll, und zucke die Achseln. »Und bei all den Gründen, aus denen George und ich nicht zusammenpassten, war genau dies der Katalysator, der alles beendet hat.«

Jetzt sieht Joan besorgt aus, aber sie sagt nichts, und weil ich kein unbehagliches Schweigen ertrage, rede ich weiter.

»Ich hatte die Gedanken an ihn in meinem Kopf ganz tief begraben, weißt du.«

Joan nickt.

»Aber ob ich will oder nicht, sie kommen immer wieder hoch. Und dann war er auf einmal da. Direkt vor mir. Ich wusste nicht, ob ich lachen oder weinen soll oder sonst was … ich wusste nur, ich musste zu ihm.«

»Aber ihr habt nicht miteinander gesprochen?«

Ich schüttle den Kopf.

»Wie sah er denn aus?«

»Joan, das ist eine Folterfrage. Total toll sah er aus.«

»Nein«, wehrt sie ab. »Das meine ich nicht. Ich meine … hat er ärgerlich, unglücklich, erfreut oder überrascht ausgesehen?«

Wieder zucke ich die Achseln. »Keine Ahnung. Anfangs hat er durch mich hindurchgesehen, aber dann fing er an zu lächeln und hat meinen Namen gesagt. Und dann war er weg.«

Voller Staunen und fast ehrfürchtig flüstert Joan: »O mein Gott.«

»Er hat mich nicht angerufen«, füge ich schlicht hinzu.

»Wann?« Joan beugt sich über den Zaun.

»Nie. Er hat mich nicht angerufen, als er die Chemotherapie hinter sich hatte. Also, ich nehme an, dass er damit fertig ist. Eigentlich weiß ich es gar nicht. Und er war in London und hat mich nicht angerufen. Insofern …« Ich lasse meine Worte in der Luft hängen und hoffe, dass Joan sein Verhalten rechtfertigen wird.

Aber das tut sie nicht. »Ich weiß nicht, was ich davon halten soll«, sagt sie.

»Ich auch nicht.«

»Wärst du wegen Goerge auch so gerannt?«, fragt sie dann.

Darauf war ich nicht gefasst, und eine Weile schaue ich sie mit fragend zusammengekniffenen Augen an. Bis sie endlich erklärt:

»Deine Situation mit George war nicht so anders als die mit Davey. Beide Männer haben sich nicht lange gehalten …«

»Danke«, unterbreche ich sie etwas spitz.

»Du weißt doch, was ich meine. Aber nur einer hatte diese Wirkung auf dich. George ist nicht derjenige, der sich getrennt hat. Sondern Davey. Aber ihm bist du nachgerannt, obwohl er mit dir Schluss gemacht hat. Hast du George geliebt?«

Ich will antworten, aber es geht nicht, also schüttle ich nur den Kopf und blicke in meine Kaffeetasse.

»Hast du Davey geliebt?«

Sofort hebe ich den Blick aus meiner leeren Tasse und sehe sie an. »Ich glaube …« Und dann nicke ich. »Ja, ich glaube schon. Wir hatten diese Verbindung zueinander. Aber wenn ich das sage, komme ich mir blöd vor.«

»George war ein klassischer Fall von Rebound, der reine Ersatz. Du hast dich bei ihm ein bisschen erholt«, meint Joan wissend.

Ich brauche eine Sekunde, ehe ich antworten kann: »Ich weiß. Aber die Erholung hat ziemlich lange gedauert.«

»Allerdings. Und was jetzt?«

»Nichts«, sage ich. »Ich bin durch damit. Ich habe Daveys Nummer gelöscht.« Und füge noch meinen derzeitigen Lieblingsausdruck hinzu: »Selbsterhaltungstrieb.«

Joan blickt tief in ihre Kaffeetasse, als lägen dort Teeblätter, aus denen sie die Zukunft lesen könnte.

»Ich brauche keinen Mann«, fahre ich selbstbewusst fort. »Ich muss meine Freunde sehen, gute Arbeit leisten in meinem Job, den ich liebe. Ich muss so oft wie möglich meine Familie besuchen und mir ein paar Monate Verschnaufpause von schlechten Dates mit miesen Männern gönnen. Es ist einfach nicht sehr heilsam, von einem Kerl zum nächsten zu schlittern, wie ich das zuletzt praktiziert habe. Ich werde Spaß haben. Ich werde mein Leben als Single kultivieren«, verkünde ich, als wäre es ein Mantra.

»Das Leben ist das, was dir passiert, während du dabei bist, andere Pläne zu machen«, zitiert Joan. »John Lennon«, fügt sie hinzu, als bräuchte ich eine Erklärung.

»Du liebst Lennon wirklich.«

»Allerdings. Der Mann war ein Genie.«

Darauf stoßen wir mit unseren leeren Kaffeetassen an. »Das kannst du laut sagen.«

∴

Als ich wieder in meiner Wohnung bin, kann ich nicht anders, als die Upper-Class-Kabine zu googeln, und das bringt mich dazu, Urlaubsziele zu recherchieren. Seit letztem Februar, als ich mit George in Thailand war, habe ich keine richtige Reise mehr gemacht. Innerlich zucke ich kurz zusammen, wenn ich daran denke, wozu das geführt hat, dann gelobe ich mir, allein auf Reisen zu gehen.

Bei der Eingabe von *Solo-Reisen im Februar* bekomme ich jede Menge Ergebnisse, und seltsamerweise ist es ein Skiurlaub, der mich am meisten anspricht. Das habe ich noch nie gemacht, geschweige denn, dass ich Ski fahren könnte. Aber ich finde, jedes neue Jahr sollte eine Herausforderung mit sich bringen, und das Beste ist immer, etwas Neues zu lernen. Ich werde zum ersten Mal allein in den Urlaub fahren, und ich werde Skifahren lernen. Wahrscheinlich werde ich mir an einem Hang den Arm brechen und vieles jenseits meiner Komfortzone erleben, aber wenn ich nur daran denke, fühle ich schon die neuen Impulse, die mir genau das geben wird.

Also schreibe ich eine Mail an die Personalabteilung, beantrage Urlaub für Februar und lasse mir einen Kostenvoranschlag für den Zeitraum zusammenstellen, den ich buchen will. Ich werde eine Skischule besuchen und nach Herzenslust Ski fahren, ich werde köstliche käsige Tartiflette essen, Rotwein trinken, mich mit Unbekannten anfreunden, alles mitmachen, was zu dem Solo-Reisepaket dazugehört, und ich werde mich vom Leben und vom Schicksal leiten lassen, solange es eben sein soll. Nein, anders: Ich werde mich vom Leben und vom Schicksal leiten lassen, solange *ich* es will.

SECHSUNDDREISSIGSTES KAPITEL

Februar

Als ich auf dem einfachsten Anfängerhang einen Anruf von Miranda bekomme, bleibe ich wie angewurzelt stehen. Es geht um ihren Junggesellinnenabschied. Ich komme mir vor wie eine Pistenposerin, die Stöcke in der linken Hand, das Handy mit der rechten ans Ohr geklemmt, Skibrille auf die Stirn geschoben. Am liebsten möchte ich übertrieben laut »Ja, ja« auf alles antworten, was sie sagt, damit ich mich angemessen ski-schick fühle, aber ich widerstehe dem Drang. Wenn auch nur mit Müh und Not.

Der Hochzeits-Countdown läuft. Wie ein Sträfling hinter Gittern in Erwartung seiner Freilassung macht Miranda jeden Tag Kreuzchen auf dem Kalender. Jeden Tag bekomme ich eine Nachricht mit dem neuen Countdown, was mir erheblich auf die Nerven geht, weil ich in den letzten Tagen mit den anderen Alleinreisenden schon zum Lunch so viel leckeren Glühwein konsumiert habe, dass ich fürchte, ich werde bei meiner Heimkehr einen neuen Brautjungfernkleid-Anprobetermin brauchen. Schon zum dritten Mal in Folge nehme ich mir vor, zum Nachtisch nicht die Käseplatte zu bestellen. Das heißt, am besten bestelle ich gar keinen Nachtisch. Punktum. Aber nach einem Tag Herumrutschen auf den Anfängerhängen (ich bin so kurz davor, die nächsthöhere Schwierigkeitsstufe zu erreichen, so kurz!) bin ich so ausgehungert, dass ich abends alles essen muss, was die Speisekarte zu bieten hat.

Die Solo-Aktivität des heutigen Abends (ich bin so froh, dass sie es »Solo« nennen und nicht »Singles«) ist ein Quiz, und unsere

Achtergruppe bildet ganz automatisch ein Team, das gegen die anderen Tische des Hotels antritt. Neben Paaren sind das auch Familien mit Kindern, obwohl gerade nirgendwo Schulferien sind. Offensichtlich haben sie ihre Kinder ganz ungeniert aus der Schule genommen, denn in den Winterferien steigen die Preise ins Unermessliche.

Ich habe mich mit einem der anderen Solo-Skifahrer angefreundet, ein Typ namens John, der sehr nett ist, und wir haben uns mehrmals zum Skifahren am Nachmittag nach dem Skikurs am Morgen verabredet. Aber meine Abneigung dagegen, mich in diesem Urlaub mit Männern einzulassen (mein Bedarf daran ist vorerst gedeckt), ist groß, und als ich merkte, wie John in Flirtlaune geriet – nicht unangenehm, aber seiner Sache ein bisschen zu sicher –, habe ich dafür gesorgt, dass Nicole, eine sehr stille Frau um die dreißig, die Probleme zu haben scheint, ihren Platz in der Gruppe zu finden, uns begleitet.

Und jetzt habe ich Miranda im Ohr, während Nicole sich anstrengt, nicht zu lauschen, und eine Gruppe sechsjähriger Skischüler im Schneepflug problemlos an uns vorübergleitet, ohne auch nur die Skistöcke einzusetzen.

»Eingebildete kleine Blagen«, höre ich die auf einmal gar nicht mehr so stille Nicole lachend murmeln, und ich weiß, dass wir uns gut verstehen werden.

»Ihr Gleichgewichtszentrum liegt einfach tiefer«, flüstere ich ihr zu, während Miranda mir die neuesten Beschlüsse zur Hochzeit durchgibt, alles akkurat abgestimmt mit sämtlichen Hochzeitsmagazinen in ihrem Besitz.

»Also«, wechselt sie dann abrupt das Thema, »ist dieser Singleurlaub so eine Art ›Tinder im echten Leben‹? Wie eine Reality-TV-Show: Jede Menge Singles in einem Skiresort, und dann schauen wir mal, wer mit wem vögelt?«

»Miranda!«, schimpfe ich. »Nein, natürlich nicht.«

Genau das war ja meine größte Sorge, dass es eine *Single-auf-*

Zeit-zu-allem-bereit-Sache werden könnte. Dann wären meine Schotten nämlich blitzschnell dicht gewesen.

John ist nett und lustig, und wir haben uns in den letzten Tagen wirklich gut verstanden. Aber irgendwann ist mir klar geworden, dass es die alte Hannah ist, die da wieder ans Tageslicht kommt, worauf ich kräftig auf die Bremse getreten und den arme John ein bisschen vor den Kopf gestoßen habe. Jetzt beobachte ich, wie er eine der Skilehrerinnen beäugt, und bin sicher, dass er die Sache mit mir bereits hinter sich gelassen hat. Nicole und ich haben uns überlegt, morgen an einer Weinverkostung teilzunehmen, uns also eine Pause vom Skifahren und unseren Füßen etwas Erholung von den unerträglich unbequemen Skistiefeln zu gönnen. Es ist schön, etwas zu entdecken, was einen mit einem anderen Menschen verbindet, und so neue Freundschaften zu schließen. Ich wünschte, ich hätte das auch in Thailand gemacht.

Mein Dad sagt immer, das Einzige, was man aus der Geschichte lernen könne, sei, dass wir nie etwas aus der Geschichte lernen. Und so bin ich ziemlich stolz auf mich und zufrieden mit mir, dass ich bei John nicht in die übliche Falle getappt bin.

Wie neugeboren, mit einer Schar neuer Freunde und offen für alles, was mich in meinem Leben erwartet, komme ich nach Hause zurück. Nicole und ich haben schon verabredet, wann wir uns wiedersehen werden, und als John fragte, ob wir nicht unsere Telefonnummern austauschen wollen, konnte ich schlecht Nein sagen, habe ihn aber ausdrücklich gefriendzoned.

Sosehr ich mich bemühe, es nicht zu tun, muss ich doch immer daran denken, dass Davey und ich letztes Jahr um diese Zeit bis über den Kopf in dem steckten, was immer das war, was wir miteinander hatten. Er wird nicht anrufen, dessen bin ich mir sicher. Er hat sich ja noch nicht mal gemeldet, nachdem er mich auf dem Bahnsteig gesehen hat. Ich habe keine Ahnung, ob er sich noch in London aufhält, ob er wirklich hergezogen ist oder ob er nur auf der Durchreise war und jetzt wieder in Texas lebt. Was er auch tut, ich hoffe nur, dass es ihm gut geht. Immer wieder denke ich an diesen Augenblick in der U-Bahn, viel öfter als gut für mich ist. Aber wenn ich versuche zu verstehen, was dieser Tag, dieser Moment bedeutet hat – ich kann es nicht. Ich kann es einfach nicht. Ich hoffe nur, dass Davey glücklich und gesund ist, wo immer er sein mag.

SIEBENUNDDREISSIGSTES KAPITEL
Davey
März

Ich mache Pacchieri mit sizilianischen roten Garnelen und frischem Rucola. Wenn ich sage, ich mache sie, dann meine ich das ganz wörtlich. Ich stelle sie her, von Anfang bis Ende. Pacchieri sind große Röhrennudeln, und Chef Marco bringt mir bei, wie ich den dicken, frischen Nudelteig ausrolle und forme.

Die Trattoria ist winzig, der Innenraum wird den ganzen Tag über vom heimeligen Holzduft des Pizzaofens beherrscht, doch die meisten Tische stehen draußen auf der Piazza, umgeben von den sandfarbenen Gebäuden von Montepulciano. Dieser Platz bringt immer wieder aufs Neue den Architekten in mir förmlich zum Sabbern vor Begeisterung – diese von Menschenhand geschaffene Einheitlichkeit der mittelalterlichen Bauwerke, die in der italienischen Frühjahrssonne leuchten. In der Ferne, unten am Hügel, erstreckt sich eine endlose Reihe großer Zypressen bis zum Horizont. Allerdings bekomme ich von der Aussicht nicht sehr viel mit, denn ich verbringe den Großteil des Tages in der winzigen Küche. Hier bin ich voll und ganz in meinem Element. Und ich tue etwas, was ich liebe.

»Du lächelst«, sagt Marco und beugt sich über meine Schulter, während ich den Pastateig ausrolle, das schmale Nudelholz sanft hochnehme und mit dem nächsten Stück beginne. Etwas so Einfaches wie Pasta wird zur echten Herzensangelegenheit. Wie kann es sein, dass ich das früher nicht wusste?

Glücklich war ich auch früher schon. Aber es fühlt sich an, als wäre das sehr lange her. Und nun bin ich wieder glücklich, versuche, den Gedanken beiseitezuschieben, wie krank ich womöglich werden könnte, dass der Krebs vielleicht zurückkommt, wo er dann zuschlagen würde. Wenn ich länger Kopfschmerzen habe, bedeutet das, dass er zurückgekehrt ist und sich diesmal mein Gehirn als Einfallstor ausgesucht hat? Ich werde wohl für den Rest meines Lebens nach Knoten, die nicht in meinem Körper sein sollten, und sonstigen Anzeichen Ausschau halten. Ich werde achtsam bleiben, mich von diesen Gedanken aber nicht mehr beherrschen lassen, wie es noch vor einer Weile war. Ich kann von Glück sagen, dass ich am Leben bin, deshalb gehe ich nun anders damit um. Vor allem tue ich mir nicht mehr selbst leid. Ich habe überlebt. Also kann ich jetzt auch leben.

Ich habe mich mit einer New Yorkerin angefreundet, die mir ein bisschen Italienisch beigebracht hat. Ich bin ihr bei einem Kochkurs begegnet, den ich in Rom gemacht habe. Danach waren wir eine Weile zusammen unterwegs und sind mit dem Rucksack durch Italien gereist, bis sich hier in der Toskana unsere Wege getrennt haben, weil sie auf ihren Freund warten wollte, um sich mit ihm zu treffen. Ich weiß nicht genau, wie lange ich hierbleiben werde, aber es gefällt mir sehr. Alle paar Monate melde ich mich bei meinem Arzt, und ich weiß, dass bald ein Bluttest und ein Scan anstehen – Dr. Khader wird mir Bescheid geben, wann genau. Meine Lust am Abenteuer lässt sich nicht mehr so leicht ignorieren. *Du musst leben, Davey – etwas mit diesem Leben anfangen: etwas Neues, etwas anderes.*

Von Marco, dem Chef und Eigentümer der familiengeführten Trattoria, bekomme ich – in zum Glück sehr langsamem, deutlichem Italienisch – neue Anweisungen. Ich schlage den Ricotta für den süßen, frittierten Cannoli-Teig und spüre nicht mehr die Schwere eines Erwachsenenlebens, die Verantwortung eines Architekten. Ich fühle mich von Neuem jung, als stünde ich noch einmal ganz am Anfang und könne das Leben auf eigene Faust entdecken – was ich so tatsächlich noch nie getan habe.

Marco ist wirklich nett, er weiß, wie sehr ich darauf brenne, dieses Handwerk von ihm zu erlernen. Er spricht hervorragend Englisch und hat mich eines Tages mit Dr. Khader telefonieren hören. Seitdem habe ich das Gefühl, dass er eins und eins zusammengezählt hat und zumindest ahnt, was in meinem Leben abgegangen ist. Aber wir machen beharrlich in langsamem Italienisch weiter, und nur, wenn ich ihn allzu verständnislos anschaue, wechselt er ins Englische. Er ist sehr geduldig.

Wir haben uns kennengelernt, als er aus seiner Restaurantküche kam, um eine Zigarette zu rauchen. Ich saß auf seiner Terrasse auf der Piazza, genoss eines seiner Gerichte von der Spezialitätentafel und schwärmte ihm vor, wie großartig es sei – eine der besten Trofie-Pastas, die ich je gegessen habe, gratiniert mit Kastanien, Fontina-Käse und Haselnüssen. Im Scherz erklärte ich ihm, dass ich jederzeit bei ihm kellnern und das Geschirr abwaschen würde, wenn er mir beibringen könnte, dieses Gericht zuzubereiten, und er nahm mich beim Wort. Als klar wurde, dass mein Italienisch nicht ganz die Ansprüche erfüllte, die an einen Kellner gestellt werden, versetzte er mich höflich, aber bestimmt in die Küche, wo ich Töpfe wusch, Gemüse schnippelte, Früchte vorbereitete – und lernte. Bis zum Sommer, wenn mein Vollzeit-Kochkurs beginnt, werde ich auf jeden Fall bleiben.

Als der letzte Kunde gegangen ist und ich draußen auf der Terrasse, von der man die Piazza überblickt, die Stühle aufgestapelt habe, reicht Marco mir ein Bier und nimmt einen Schluck aus seiner Flasche. Normalerweise serviert er mir einen Kaffee, aber heute hat er für uns beide eine Birra Peroni mitgebracht. Seit über einem Jahr – seit dem Silvesterabend, an dem ich mich für den Umzug nach London, zu Hannah bereitmachte – habe ich keinen Tropfen Alkohol mehr getrunken. Was Hannah jetzt wohl macht? Ich versuche, den Gedanken an sie aus meinem Kopf zu vertreiben. Nach dieser Partynacht ging es mit meinem Leben steil bergab, und seit der Chemo konnte ich keinen Alkohol mehr trinken. Kurz überlege ich, ob ich es überhaupt versuchen soll. Aber ich bin gesund. In Remission. Ich schaue die Peroni-Flasche an, als enthielte sie die Antwort.

»Du hast es dir verdient«, sagt Marco.

»Sprichst du heute Abend nicht Italienisch mit mir?«, frage ich.

»War ein langer Tag. Ich habe dafür nicht mehr die Energie«, witzelt er.

Wir stoßen mit unseren Flaschen an, und ich nehme einen Schluck. Wie sich herausstellt, habe ich Bier tatsächlich vermisst. Marco zieht von den Stühlen, die ich soeben gestapelt habe, zwei wieder herunter, setzt sich auf den einen und schiebt den anderen in meine Richtung. Wie üblich sieht er ziemlich cool aus: offener Hemdkragen, eins mit sich selbst. Zwei junge Frauen schauen im Vorbeischlendern zu ihm herüber, und er ruft ihnen irgendetwas nach, das ich leider nicht schnell genug verstehe. Die beiden lachen, eine schüttelt den Kopf, und Marco prostet ihnen mit seiner Flasche zu.

Dabei ist das Kochen doch seine erste und einzige Leidenschaft. Aber als ich ihm das sage, schüttelt er den Kopf. »Für Frauen muss immer Zeit sein.«

»Aber ich sehe dich nie mit einer Frau zusammen«, gebe ich zu bedenken.

»Ich bin diskret«, meint er grinsend. »Mamma würde die Frauen, die ich zu mir mitnehme, niemals gutheißen.« Er macht eine Kopfbewegung zur Bar, wo seine Mutter dabei ist, die letzten Gläser zu reinigen, bevor sie sich zum Gehen bereitmacht. »Deshalb wohne ich auch nicht mehr zu Hause.«

In seiner Hosentasche piept sein Handy. Er zieht es heraus, tippt blitzschnell etwas und stopft es dann zurück in die Tasche. Ich muss grinsen – Marco hat ein schönes Leben.

»Hast du eine Freundin?«, frage ich.

Er beugt sich verschwörerisch zu mir. »Drei, genau genommen.«

»Was?«, stammle ich. »Wie das? Und wenn ich das sagen darf – woher nimmst du die Energie?«

»Ich hab sie einfach«, antwortet er achselzuckend.

»Wissen die drei voneinander?«

»Nein, natürlich nicht. Ich bin ja nicht blöd.«

Ich frage mich, ob Marco wirklich ein schönes oder ein schreckliches Leben führt. Drei Freundinnen gleichzeitig – das klingt anstrengend. Sehr anstrengend. Vielleicht sogar einsam.

»Und du?«, fragt er mich. »Wartet in den Staaten eine ganze Reihe von Frauen auf dich, die jetzt alle mit traurigem Gesicht herumlaufen, weil du nach Italien gegangen bist? Mit gebrochenem Herzen?«

»Nein.« Ich schüttle langsam den Kopf, denke an Charlotte, deren Herz ich ganz sicher nicht gebrochen habe. Ich glaube, sie war einfach nur sauer, dass ich erneut mit ihr Schluss gemacht habe. Aber dann denke ich an Hannah. Hannah, die ich habe gehen lassen.

»Hat Davey keine Zeit für Frauen? Davey ist ein …« Er schnippt mit den Fingern und sucht das richtige Wort. »Nein, keine Nonne – wie ist das andere Wort …?«

»Mönch«, komme ich ihm zu Hilfe. »Nein, ich bin kein Mönch.«

»Hmm«, sagt Marco und schaut mich nachdenklich an. Wenn er auf Einzelheiten wartet, wird er sie von mir nicht bekommen.

Das ist ihm wohl auch klar, denn er kippt sein halbes Bier in einem Schluck. »Ich habe ein Date«, erklärt er augenzwinkernd. »Wir sehen uns morgen, mein Freund.« Damit hievt er seinen Stuhl zurück auf den Stapel, stößt zur Verabschiedung die Faust gegen meine und sammelt seine Sachen aus dem Restaurant ein.

Ich sehe ihn und seine Mutter das Restaurant abschließen, sich umarmen und weggehen. Eine Weile bleibe ich noch zurückgelehnt auf meinem Stuhl sitzen und beobachte die abendlichen Aktivitäten auf der Piazza, die Straßenlaternen, das Menschengewimmel. Gemächlich trinke ich mein Bier, genieße diesen Moment des Alleinseins.

Inzwischen habe ich das halbe Bier intus, und vielleicht ist das für einen Mann, der über ein Jahr nüchtern war, so ähnlich wie vier ganze Biere … jedenfalls fühle ich mich warm, und ein Anflug von Trunkenheit durchströmt mich. Ich bin kurz davor, eine Dummheit zu begehen. Schon nehme ich mein Handy, gehe zu dem Chat mit Hannah, schaue mir ihre alten Nachrichten an. Bis an den Anfang gehe ich zurück, folge noch einmal unserem gemeinsamen Weg, lächle über die ersten Nachrichten, die wir ausgetauscht haben, nachdem ich mich verwählt hatte, diejenigen, in denen wir unser erstes Telefongespräch verabredet haben und das nächste und übernächste. Dann rufe ich die Fotos von ihr auf. Als ich sie sehe, zieht sich alles in mir zusammen. Und dann denke ich an sie, wie sie auf diesem Bahnsteig stand und mich anstarrte, als hätte sie einen Geist gesehen.

Was tut sie wohl gerade, jetzt, in diesem Moment? Hier ist der Himmel heute Abend ganz klar. Ob es bei ihr auch so ist? Sieht sie die gleichen Sterne wie ich? Blickt sie zum Himmel hinauf? Schaut sie Netflix? Ist sie mit ihren Freunden unterwegs? Oder mit diesem Typen zusammen? Ich möchte so gern wissen, wer er ist. Ob es der ist, von dem sie mir schon erzählt hatte? Mit dem sie angeblich glücklich war? Oder ist sie inzwischen mit jemand Neuem zusammen? Ich weiß nicht, was mich mehr verletzen würde. Ach, scheiß drauf. Ich kann nichts daran ändern. Ich bin hier, sie ist dort. Immerhin auf demselben Kontinent. Nein, England ist ja eine Insel. Immerhin ist die Entfernung zwischen uns kleiner geworden.

Aber in diesem Augenblick habe ich das Gefühl, dass sie nie weiter entfernt war.

ACHTUNDDREISSIGSTES KAPITEL
Hannah
April

So viel ist schon mal klar: In meinem nächsten Leben werde ich nicht als Hochzeitsplanerin wiedergeboren. Was ist das bitte für ein harter Job? Aber Miranda ist voll dabei, sie liebt jede Sekunde – und ist alles andere als eine Bridezilla. Vor zwei Monaten hat sie ihr Brautkleid gefunden, auf einer Discount-Website. Sie hat es bestellt, anprobiert und mich zum Anschauen eingeladen. Ich hatte mich zwar eigentlich auf einen Ausflug in einen hochnoblen Brautladen gefreut, wo uns eine Frau mit Doppelnamen, die sich uns himmelweit überlegen fühlt, ein Glas Champagner reicht, während wir einer Abfolge großer Kleideroffenbarungen entgegenblicken. Aber die Alternative ist viel besser. Miranda öffnet mir in ihrem Kleid die Tür und fragt: »Wie findest du es?«

Ich fange sofort an zu weinen. Sie sieht einfach nur perfekt aus und lässt mich das Kleid sogar anprobieren, doch ich ertrinke darin, kein Wunder, denn ich bin ja nicht eins achtzig wie Miranda. Aber selbst ich muss zugeben, dass Brautkleider ihren guten Ruf verdient haben. Danach öffnet Miranda ihre Tabelle, hakt alles Mögliche ab, markiert Spalten, klickt hier und verschiebt dort.

Es ist nun fünf Wochen vor dem großen Tag, und sie spricht ein Thema an, vor dem es ihr offensichtlich graut, weil sie fürchtet, es könne peinlich werden. Ich sehe es an ihrem Gesicht, als sie mich fragt, ob sie neben mir einen Platz freilassen soll, für den Fall, dass ich doch noch jemanden mitbringen möchte.

Natürlich verneine ich. Wen denn auch? Und wenn es bedeutet, dass sie den begehrten Platz beim Hochzeitsfrühstück für einen weiteren Gast freigeben kann, freut mich das doch. Ich habe Joan und Geoff als Gesellschaft, und da ich inzwischen gelernt habe, überall Freundschaften zu schließen, werde ich genau das tun. Ich werde mit wildfremden Menschen tanzen und als glückliche Singlefrau nach Hause zurückkehren.

»Du darfst mich bloß nicht an den Singletisch setzen«, betone ich allerdings. »Ich brauche mindestens Joan und Geoff in meiner Nähe.«

»Wir haben doch keine Singletische«, erwidert Miranda und verzieht das Gesicht. »Wer macht denn so was?«

Wir nicken beide, denn wir sind, was diesen schlimmsten aller Hochzeitsbräuche angeht, voll und ganz einer Meinung.

»Es sei denn, es kommen wirklich heiße Typen«, füge ich noch hinzu, wobei ich mir nicht ganz sicher bin, ob ich es ernst meine oder nicht. »Ich bin immer noch nicht so weit, dass ich irgendjemanden daten möchte, aber ein Pilot in voller Montur könnte mich vielleicht umstimmen.«

»Nein, es kommen keine heißen Typen.« Sie wirft Paul einen verstohlenen Blick zu, doch der sitzt an der PlayStation und zieht unbeirrt und ohne zu reagieren weiter kleine Fußballmännchen über den Bildschirm. »Die Singles unter Pauls Freunden sind alles andere als Adonisse«, flüstert Miranda.

Ich nicke verständnisvoll, Paul schaut kurz zu uns herüber, lächelt und wendet sich dann sofort wieder dem Bildschirm zu. »Sie hat vollkommen recht. Miranda hat sich den Besten aus meiner Truppe gekrallt.«

Miranda sieht mich an. »Stimmt.« Dann setzt sie mich bereitwillig bei Joan und Geoff an den Tisch, füllt ihre Tabelle aus und sagt zufrieden: »Fertig.«

Ich bin neidisch, so schrecklich es auch ist, das zugeben zu müssen. Denn mir ist ganz klar, dass uns die Hochzeit des Jahres bevorsteht. Hochzeiten im Ausland sind entweder das Aufregendste überhaupt oder nichts als eine finanzielle Zumutung für die Gäste. Ich war zu so vielen Hochzeiten im Ausland eingeladen, dass mich die Kosten für Junggesellinnenpartys, Flugtickets und Hotelübernachtungen fast in den Bankrott getrieben hätten. In einem Sommer hatte ich fünf Einladungen, über ganz Europa verteilt.

Aber das hier. Das ist ein anderes Kaliber.

Diese Hochzeit wird in Italien sein.

NEUNUNDDREISSIGSTES KAPITEL

Mai

Ich brenne darauf, ein toskanisches Mohnblumenfeld zu sehen. Der Frühling neigt sich allmählich dem Ende zu, und der Mohn steht in voller Blüte. Von meinem Zimmer ganz oben in einem der schönsten alten Hotels habe ich eine wunderbare Aussicht auf den Rest des Städtchens, das sich sanft den Hügel hinunter in Richtung Tal und die dahinter liegenden Weinberge erstreckt. Ich wohne direkt unter dem Dach und muss mich ducken, um nicht gegen die niedrigen Balken zu stoßen, aber durch die offenen Fenster strömt die Sonne herein und bringt mein Zimmer zum Leuchten.

Beim Hinausschauen sehe ich das scharlachrote Aufblitzen der Mohnblüten, und ich weiß, sie sind dort und warten nur auf mich. Wenn ich nicht wenigstens eine Minute auf einem Mohnfeld stehe und mich von dem Meer zarter roter Blumen umgeben lasse, werde ich verrückt. Allerdings habe ich keine Ahnung, wann und ob ich Zeit dafür finden werde, denn Mirandas Zeitplan ist der schiere Wahnsinn.

Kopfsteingepflasterte Straßen und cremefarbene Backsteinmauern verleihen der Stadt eine Atmosphäre von Ruhe und Gelassenheit. In den Tagen vor dem großen Ereignis sind nur ich, Miranda, Paul und ihr jeweiliger engster Familienkreis hier. Wir machen Sightseeing und essen abends in einer der zahlreichen kleinen Trattorien, die man überall in der Stadt findet.

Ich habe klein beigegeben und mir doch noch ein Exemplar von E.M. Forsters Roman *Zimmer mit Aussicht* gekauft, obwohl ich die große Befürchtung hege, dass es gar nicht so gut sein kann wie der Film. Reingeschaut habe ich allerdings noch nicht. Allein schon hier zu sein, gibt mir das Gefühl, ich sei die Heldin Lucy Honeychurch, gespielt von Helena Bonham Carter. Als Miranda an die Tür klopft, werfe ich noch einen schuldbewussten Blick zu dem Buch, dann mache ich mich bereit für die nächste Besichtigungstour.

Im Lauf der nächsten Tage besuchen wir den Duomo – die Kathedrale –, machen eine Weinprobe und besichtigen noch drei weitere Kirchen. Mich erinnert das Ganze ein bisschen an die unzähligen Tempel, die George in unserem gemeinsamen Urlaub anschauen wollte. Als Mirandas Mutter eine vierte Kirche vorschlägt, ist meine Obergrenze erreicht, und ich muss passen. Ich brauche ein sonniges Plätzchen, wo ich mich hinsetzen und mein Buch lesen, ein großes Glas lokalen Wein trinken und die Welt an mir vorüberziehen lassen kann. Also verabschiede ich mich, während die anderen zu einer Kirche am Fuß des Hügels wandern wollen, hole das Buch aus meinem Zimmer und schlendere damit auf den Hauptplatz des Ortes, die Piazza Grande. Der Platz ist umgeben von niedrigen Gebäuden aus dem vierzehnten Jahrhundert, alles in Rottönen und sanften Sandfarben, und in einer Ecke befindet sich eine Trattoria, allerdings nur mit einigen wenigen Tischen draußen. Obwohl ich so gut wie kein Italienisch kann, nehme ich Platz, verständige mich einigermaßen mit dem Kellner und bestelle etwas zu essen. Ich kann mich gar nicht erinnern, wann ich das letzte Mal allein in einem richtigen Restaurant gegessen habe. Denn das Pret a Manger bei der Liverpool Street Station zählt wohl kaum.

Meist esse ich hier in Italien die üblichen Klassiker, aber heute bin ich mutig, suche mir etwas aus, das ich noch nie bestellt habe (abgesehen vom Wein, den ich natürlich immer nehme). Ich lehne mich zurück und schaue mir die Einheimischen an, die ihre Taschen mit Obst, Gemüse vom Markt und frischem Brot nach Hause schleppen, beobachte die Touristen, die mithilfe ihrer Handys durch die Straßen navigieren und Texte über die Gebäude nachlesen. Wann sind Reiseführer eigentlich von Smartphones abgelöst worden?

Die kleinen Vorspeisen sind himmlisch: in einem dünnen Teig gebackene Zucchini, gefüllt mit Makrele, Oliven, Kirschtomaten und Kapern. Daneben ein Häufchen frischer rosaroter Shrimps mit Burrata sowie in Parmesan, Tomate und Pesto gebratene Sardellen. Mein Buch habe ich zwar aufgeschlagen, aber nur eine Seite gelesen, bevor mein Teller leer ist.

Kurz darauf kommt der Kellner, um mein Wasserglas aufzufüllen, sieht meinen leeren Teller und scherzt: »Hat es Ihnen nicht geschmeckt?«

Ich lache. »Es war himmlisch. Ihr Essen ist sensationell.«

»Ja, das ist es«, bestätigt er stolz und fragt: »Möchten Sie noch etwas bestellen?«

»Danke – ich glaube, für den Augenblick war es genug«, antworte ich. Obwohl seit der Trennung von George schon einige Monate vergangen sind, habe ich mein Normalgewicht immer noch nicht wieder erreicht. Und wenn ich mir die Speisekarte so anschaue, bin ich mir sicher, dass ich auf jeden Fall nach Italien zurückkommen werde. Um alles noch einmal in einem etwas gemächlicheren Tempo zu erleben. Vielleicht werde ich das Leben im Allgemeinen langsamer angehen, mir mehr Zeit dafür nehmen, manchmal abends allein auszugehen und im Restaurant zu essen. Vorerst allerdings kann ich das Tempo nicht drosseln: Morgen ist die Hochzeit, und da muss ich in ein Brautjungfernkleid passen.

VIERZIGSTES KAPITEL
Davey

Es ist an der Zeit für mich zu gehen. Marco hat mich überredet, noch einen weiteren Tag zu bleiben, weil er wegen einer Veranstaltung Unterstützung benötigt. Schon seit Wochen bereitet er sich darauf vor, und weil er wirklich jede Hilfe brauchen kann, beschließe ich, die vierundzwanzig Stunden noch draufzulegen.

Über eine Sache bin ich mir klar geworden. Es hat mich ziemlich viel Zeit gekostet, außerdem war ein kompletter Kurswechsel nötig, ein neues Hobby und ein anderer Kontinent, aber nun weiß ich, dass ich nach dem Sommer in der Kochschule wieder nach Hause muss. Die Sache ist nur, dass ich nicht weiß, wo dieses Zuhause ist. Meine Wohnung, mein alter Job – beides existiert nicht mehr. In meinem Alter kann ich nicht mehr bei meinen Eltern leben, ich muss einen neuen Platz für mich finden, mir ein neues Leben aufbauen. Mich irgendwo niederlassen, beständiger werden.

Und so muss ich wohl aufbrechen und genau das über mich herausfinden – wo ich hingehöre. Das wird der nächste Schritt in diesem Abenteuer sein. Ich bin mir nicht sicher, ob ich weiterhin ein Nomadenleben führen will. Aber ich muss wissen, wo mein Zuhause sein wird.

EINUNDVIERZIGSTES KAPITEL
Hannah

Miranda und Paul heiraten im Rathaus an der Piazza Grande. Kew Gardens mag elegant sein, aber diesem Renaissance-Palazzo kann es bei Weitem nicht das Wasser reichen. Obwohl ich gerade miterlebt habe, wie zwei meiner Lieblingsmenschen: »Ja, ich will« gesagt haben, muss ich gestehen, dass meine Blicke immer wieder wie magisch angezogen zu dem üppigen, kunstvollen Mobiliar wandern und von den Antiquitäten und den goldgerahmten Porträts abgelenkt werden.

Während Paul und Miranda die Dokumente unterschreiben und die Fotografin sie dabei ablichtet, sitzen Joan, Geoff und ich in der zweiten Stuhlreihe, freuen uns, wie zufrieden und glücklich unsere Freunde aussehen, und eine Harfenistin gibt sehr melodisch eine Auswahl von Popsongs zum Besten. Dass es keine »echte« Klassik geben würde und die Hits erkennbar bleiben, war Pauls Bedingung, die Harfenmusik überhaupt zu dulden, und wir haben viel Spaß dabei, die einzelnen Stücke zu identifizieren.

»›Fix you‹ von Coldplay«, rate ich zögernd – schon das zweite Mal. Ich habe keine Ahnung.

»Nein, das ist ›Bitter Sweet Symphony‹ von The Verve«, widerspricht Geoff entschieden, während die Harfenspielerin bereits der nächsten Melodie entgegenklimpert. Joan und ich wenden uns beide zu Geoff um.

»Also, du willst nie mit uns den Kaffee bewerten, aber hier machst du sofort mit?«, brummt Joan etwas ungehalten.

»Weil ich dieses Spiel verstehe«, erklärt Geoff. »Und weil ich sehr gut darin bin.« Widerwillig müssen Joan und ich ihm recht geben. Wir nicken, und im gleichen Augenblick beginnt auch schon das nächste Stück, und Geoff ruft sofort: »Das ist ›F.E.A.R.‹ von Ian Brown.«

Ich werfe ihm einen finsteren Blick zu. »Geoff, du lässt uns ja keine Chance zu raten!«

»Beim nächsten Stück kannst du gern zuerst raten – vorausgesetzt, du sagst nicht zum dritten Mal ›Fix You‹ von Coldplay.«

Als wir uns wieder in den sanften toskanischen Sonnenschein hinausbegeben und unser mitgebrachtes Blütenblatt-Konfetti über das Brautpaar werfen, wird mir wieder einmal klar, wie viel Glück ich habe, Freunde zu haben, die mir eine echte Familie sind.

So beenden wir die Zeremonie, und ich schaue hinüber zu dem Restaurant an der Ecke der Piazza, das Miranda für das Hochzeitsessen ausgesucht hat. Sie hat direkt mit dem Eigentümer verhandelt, der gleichzeitig Chefkoch ist, wobei sie herausgefunden hat, dass es weit preisgünstiger ist, als einen Caterer anzuheuern. Manchmal weiß sie einfach ganz genau, was sie möchte, und steuert direkt darauf zu. Wie gern wäre ich etwas mehr so. Obwohl ich in letzter Zeit denke, dass ich es vielleicht besser kann, als mir bewusst ist – Entscheidungen zu treffen, danach zu handeln und die Dinge aus eigener Kraft zu erreichen. Immerhin war es das, was mich zuletzt wirklich glücklich gemacht hat.

Kellner und Kellnerinnen empfangen uns, bringen Tabletts mit Prosecco und kleinen Vorspeisenspießen zum Knabbern, während wir über den Platz dahin schlendern, wo wir die nächsten Stunden essen, trinken und feiern werden.

Ich sehe den Kellner, der mich gestern bedient hat, und lächle ihm zu, aber er erkennt mich nicht, was mich etwas irritiert. Kommt es daher, dass ich stärker geschminkt bin als gestern? Oder bin ich so leicht zu vergessen? Ich greife mein Glas und nehme Kurs auf eine hübsche italienische Kellnerin, die von der Masse der Briten, die sich plötzlich auf sie und ihr Prosecco-Tablett stürzen und zu denen ich natürlich auch gehöre, etwas beunruhigt zu sein scheint. Lächelnd nehme ich ihr die drei letzten Gläser für mich, Joan und Geoff ab und bedanke mich höflich, während meine beiden Freunde, die ihr erstes Glas gerade erst halb getrunken haben, über mich und meinen Ungestüm grinsen.

Wir werden in einen Gartenbereich geführt, in dem uns sechs große, runde Tische mit weißen Leinentischtüchern, Servietten und kleinen Wildblumensträußen erwarten. Abgesehen von den Blumen und den Gläsern ist die Dekoration durchgängig weiß. Die cremefarbenen Backsteinwände sind mit weißen Lichterketten geschmückt, weiße Topfblumen hängen am Mauerwerk, weiße Teelichte flackern in der leichten Nachmittagsbrise.

Miranda kommt zu uns herüber, wir umarmen sie und beglückwünschen sie ausführlich.

»Es sieht hier aus wie auf einem Instagram-Foto«, sage ich, und vor Begeisterung überschlägt sich meine Stimme.

»Ich weiß!«, freut sie sich ebenfalls. »Und ich sollte mich unters Volk mischen, aber ich dachte, ich fange mit euch dreien an und rühre mich nicht vom Fleck, bis Paul mich endlich angeschaut hat.«

»Und du hattest leider recht – es sind tatsächlich keine heißen Typen unter den Gästen«, lache ich und knuffe ihr mit dem Ellbogen in die Seite.

»Ich weiß – sorry. Aber ein paar von den Kellnern, die hier rumschwirren, sehen ziemlich gut aus.«

»Ein paar von ihnen sehen aus, als wären sie höchstens neunzehn«, gebe ich zu bedenken.

»Na und?«, meint Joan todernst, und Geoff wirft Miranda und mir einen genervten Blick zu.

Endlich nehmen wir Platz zum Hochzeitsfrühstück. Mir war schon immer schleierhaft, warum man es als Frühstück bezeichnet, wo es sich doch ganz eindeutig um einen Lunch handelt. Die Kellner schieben Rollwagen mit einer bunten Mischung verschiedener Fleisch-, Käse- und Brotsorten herein und ermuntern die Gäste, sich ihre Teller zu füllen und sich die Zeit bis zum Eintreffen des Hauptgangs mit genussvollem Knabbern zu vertreiben. Miranda hat mir vor einiger Zeit gestanden, ihren einzigen Bridezilla-Moment erlebt zu haben, als es darum ging, für weitgehend beigefarbene Speisen zu sorgen. Mit ihrem elfenbeinfarbenen Brautkleid wollte sie um keinen Preis das Risiko von Tomatensaucenflecken eingehen, weshalb der Hauptgang aus einem Trio von Pasta-Sorten besteht, die ich bereitwillig verputze. Meine Lieblingsvariante sind die Orecchiette in Sahne mit knusprigen Spargelspitzen, gerösteten Pinienkernen und Burrata. Niemals hätte ich gedacht, dass es möglich wäre, Nudeln so innig zu lieben wie diese, und als mein Teller leer ist, schaue ich mich sehnsüchtig um, ob nicht doch noch etwas mehr davon zu haben ist. Leider ist das nicht der Fall.

Dann kommt die Zeit der Reden, und ich heule wie ein Schlosshund, als Mirandas Dad eine wunderschöne Rede über den Tag hält, an dem seine Tochter geboren wurde. Am Schluss erzählt der Trauzeuge noch diverse Witze über Aufblaspuppen und die Anekdote, wie Paul sich einmal all seine französischen Verben auf den Arm geschrieben und sich so die zweitbeste Note in seinem Abschlusszeugnis ergaunert hat. Alle schütten sich aus vor Lachen, nur Pauls Mum wird blass vor Schreck. Was uns natürlich noch mehr zum Lachen bringt.

Nach den Reden nehme ich meine ganze Höflichkeit zusammen, wende mich endlich der Person auf meiner anderen Seite zu und verwickle den dort platzierten jungen Mann in ein Gespräch.

Es ist einer von Pauls Kumpeln namens Jim, und wir sprechen über Reisen und Italien und die Toskana. Zwar waren wir beide vor dieser Hochzeit noch nie in dieser Gegend, aber ich bin immerhin schon einige Tage vorher hier angekommen, und Jim will noch eine Weile bleiben, also reden wir darüber, was es für ihn noch zu unternehmen gibt. Ich ziehe mein Handy heraus und zeige ihm ein paar Bilder von den Kirchen … so viele Kirchen, von den Galerien, Museen und Weinbergen ganz zu schweigen.

Dann erzählt Jim, dass er bisher nur die Mohnblumenfelder kennt und sie wunderschön findet. Er hat sich gestern in seinem Hotel ein Fahrrad geliehen und sie erkundet.

»Wie lange dauert es mit dem Rad bis dorthin?«, frage ich, neugierig geworden.

»Ungefähr eine halbe Stunde. Es ist wirklich unglaublich schön.«

Ich schweige und frage mich, wie ich es schaffen könnte, meinen Wunsch, wenigstens einmal in einem Mohnfeld zu stehen, doch noch Wirklichkeit werden zu lassen, bevor ich morgen wieder nach Hause fliege. Aber ich weiß nicht, wann. Heute, am Tag der Hochzeit, ist sicher keine Zeit mehr dafür, und mein Flug startet morgen in aller Herrgottsfrühe.

»Wenn du dir ein Fahrrad von meinem Hotel leihen möchtest, kann ich das bestimmt für dich regeln«, bietet Jim an. »Der Weg ist ganz einfach – du brauchst nur der Hauptstraße aus der Stadt hinaus zu folgen und dann einfach bergab.«

Ich denke an das rote Leuchten, das ich von meinem Hotelfenster sehen kann, und weiß: Ich muss es versuchen! Ich kann mir die Mohnblumen nicht entgehen lassen. Eine halbe Stunde mit dem Fahrrad, dann bin ich dort, bleibe zehn Minuten, dann nur noch der Rückweg. Aber erst muss ich Miranda fragen, ob es okay ist, wenn ich mich mitten in ihrer Hochzeitsfeier wegschleiche.

Ich sage Joan und Geoff Bescheid, was ich vorhabe, wobei Geoff meint, wenn ich mich verkrümle, um ein Mohnfeld zu begaffen, will er sich zu einem Nickerchen davonmachen. Womit Männer in seinem Alter ja durchaus ungestraft durchkommen.

»Natürlich – geht und entspannt euch eine Weile«, sagt Miranda sofort. »Der Glockenturm wurde eigens für uns geöffnet, falls auch jemand hochsteigen und die Aussicht genießen möchte. Einige sind ganz scharf darauf, es gibt also sowieso eine kleine Auszeit. Den Kuchen schneiden wir erst später an. Aber seid bitte so um acht wieder zurück, okay? Bis dann sitzen wir hier rum, lauschen der Sängerin, tanken Sonne, trinken Limoncello und unterhalten uns.«

Jim nimmt mich mit zu seinem Hotel, um für mich ein Fahrrad zu leihen und mich auf den richtigen Weg zu bringen, und ich verspreche, das Rad in ungefähr anderthalb Stunden heil zurückzugeben. Vor Aufregung ist mir ganz schwindlig. Mir ist schon klar, dass ein Feld von Mohnblumen keine lebensverändernde Erfahrung bieten wird, aber ich weiß, dass ich sie, wenn ich schon einmal hier bin, in Italien, unbedingt sehen muss.

ZWEIUNDVIERZIGSTES KAPITEL
Davey

Als ich dem Tiramisu gerade den letzten Schliff gebe, kommt Marco herein. Sicher, ich arbeite erst seit ein paar Monaten hier, aber heute ist der stressigste Tag, den ich bislang erlebt habe. Marco war begeistert, als er diesen Auftrag bekam, sowohl aus finanziellen Gründen als auch aus Prestige – schließlich hat das Brautpaar sein Restaurant allen anderen des Städtchens vorgezogen. Und das Tiramisu von heute ist das wichtigste Gericht, an dem ich jemals gearbeitet habe, und ich kann kaum glauben, dass er mir so vertraut, es ganz mir zu überlassen.

Aus dem Privatgarten auf der anderen Seite der Piazza höre ich die Opernsängerin singen, wenn auch nur leise. Da ich schon den ganzen Tag in der Küche stehe, schickt Marco mich an die frische Luft. Unterwegs läuft mir einer der Kellner über den Weg – er sieht fix und fertig aus, schleppt ein Tablett mit leeren Kaffeekannen und wartet jetzt bei Marcos Mutter, während sie den frischen Kaffee einfüllt. Beide machen einen erschöpften Eindruck, also biete ich meine Hilfe an, damit sie fünf Minuten Luft holen können. Ich fülle zwei Kannen, hole frische Tassen des Geschirrs, das eigens für dieses Event angeliefert wurde, verlasse dann die Trattoria und trete hinaus in den Sonnenschein. Es ist so hell, dass ich eine Sonnenbrille gebrauchen könnte, nach dem Tag in der Küche gewöhnen sich meine Augen nur langsam an den Sonnenschein. Ich war gern in der Küche, aber jetzt, wo ich draußen bin, genieße ich den Ausblick auf die Landschaft und die Umgebung.

Ich trage den Kaffee in den Garten und sehe mich um, ob jemand den Eindruck macht, als hätte er gern eine frische Tasse. Ich bin kein geborener Kellner, aber da Marco mir versichert hat, dass so gut wie alle Hochzeitsgäste Engländer sind, brauche ich keine Sprachbarrieren zu fürchten.

Ein Typ geht an mir vorbei zu einer älteren Dame und setzt sich zu ihr an den Tisch. Sie dreht sich in meine Richtung, sieht meine Kaffeekannen und winkt mich zu sich.

»*Un caffè, per favore*«, sagt sie zu mir, wendet sich dann dem jungen Typen zu und erklärt ihm: »Ich gebe mir wirklich Mühe, aber das ist so ungefähr alles, was ich auf Italienisch sagen kann.«

»Ist bei mir genauso«, sage ich und lächle.

Sie blickt auf. »Na, Sie sind auf jeden Fall kein Italiener. Eigentlich hätten Ihre blonden Haare Sie schon verraten müssen, oder?«

Lächelnd schenke ich ihr Kaffee ein, und als ich dabei gähnen muss, entschuldige ich mich rasch und frage dann den jungen Mann: »Hätten Sie auch gern einen?« Aber er schüttelt den Kopf.

»Du siehst fertig aus, Kumpel«, sagt er stattdessen. »Magst du dich vielleicht zu uns setzen?«

Die Opernsängerin legt sich schwer ins Zeug, und obwohl es nicht meine Sorte Musik ist, steuert sie durchaus zur italienisch-entspannten Atmosphäre bei. Aber ich kann mich schlecht zu den Gästen setzen, oder? Wäre das nicht merkwürdig?

»Nein, danke, ist schon okay. Ich möchte nicht stören. Ich höre mir dir Musik von dort drüben an«, erkläre ich und deute zum Säulengang hinüber.

»Nein, setzen Sie sich doch bitte«, beharrt die Frau. »Und trinken Sie einen Kaffee mit uns, der macht Sie wieder wach. Oder bekommen Sie dann Ärger?«

Eigentlich ist das gar keine schlechte Idee, also nicke ich und setze mich neben sie. Die anderen Plätze am Tisch sind frei, die Überreste des Essens haben meine Kollegen schon weggeräumt.

Auf dem Tisch, direkt vor dem leeren Platz, auf dem ich nun sitze, liegt ein Handy in einer rosaroten Hülle, und da ich annehme, dass es der Frau gehört, schiebe ich es zu ihr.

»Oh, das gehört meiner Freundin. Ich habe gar nicht bemerkt, dass sie es hier liegenlassen hat.«

Der Typ neben uns nimmt unser Gespräch kaum zur Kenntnis, und ich frage mich, ob die beiden sich überhaupt kennen. Vielleicht sitzen sie zufällig hier nebeneinander, Freunde für einen Tag …

Mir fällt auf, dass das in meinem Leben viel zu oft so läuft, vor allem zurzeit. Freunde für einen Tag. Oder ein paar Monate. Und dann – nichts mehr. Einfach aus und vorbei. Warum bringen mich Hochzeiten schlecht drauf? Warum ausgerechnet diese hier? Vielleicht war ich in der Küche besser aufgehoben. Marco beginnt nun, das abendliche Büffet vorzubereiten, in einer Ecke machen die Bandmitglieder schon ihre Instrumente bereit, bald wird hier das Abendprogramm starten, und die Atmosphäre wird sich ändern. Wenn die Opernsängerin am Ende ist, werde ich aufstehen und mich ins Haus zurückziehen, außer Sichtweite der anderen.

Der Typ schaut zu mir rüber. »Sie kommt bestimmt bald wieder«, sagt er zu der Frau. Also hat er doch zugehört. »Ich habe ihr ein Fahrrad besorgt, sie wollte unbedingt zu den Mohnblumenfeldern. Kann nicht lange dauern, bis sie wieder da ist. Eine Stunde vielleicht.«

Ich gähne wieder.

»Trinken Sie doch einen Kaffee«, meint die Frau erneut, nimmt eine Tasse von meinem Tablett, gießt mir den starken schwarzen Kaffee ein und inhaliert den Duft. »Mein Mann hat sich zu einem Nickerchen zurückgezogen. Vielleicht hätte ich ihm sagen sollen, er soll lieber einen Kaffee trinken.«

»Wohnst du hier?«, fragt mich der junge Typ.

»Vorübergehend«, antworte ich. »Ich lerne beim Chef kochen.«

»Also, das Essen ist hervorragend«, bemerkt der Typ. »Richtig lecker. Ich konnte kaum aufhören.«

Die Frau nickt enthusiastisch.

»Das gebe ich dem Chef gern weiter. Er wird sich freuen.« Und ich ebenfalls, schließlich habe ich ihm geholfen.

Die beiden sind fasziniert, dass ich als Amerikaner nach Italien gekommen bin, fragen mich, wie lange ich noch bleiben will und welche Sehenswürdigkeiten ich ihnen empfehlen kann. Die ältere Dame bringt mich zum Lachen, vor allem, wenn sie ihre Sätze mit diesen seltsamen Kraftausdrücken würzt. Ich ahne, dass sie schon einiges getrunken hat, aber sie ist mir sofort sympathisch.

Nach einer Weile steht der junge Typ auf, nimmt seinen Kaffee und sagt zu der Frau und mir: »War nett, euch beide kennenzulernen. Ich schaue mal nach der Uhrzeit und checke, dass Ihre Freundin auch wohlbehalten zurückkommt«, fügt er, an die ältere Frau gewandt, hinzu.

Die Frau nimmt das rosarote Handy, steckt es zur Sicherheit in ihre Handtasche und bedankt sich bei dem jungen Mann.

»Ja, war nett, dich kennenzulernen«, erwidere ich und frage mich, ob das mein Stichwort ist und ich gehen sollte. Aber ich will die Frau hier nicht allein lassen und entscheide, noch ein bisschen sitzen zu bleiben.

Die Sängerin stimmt das nächste Stück an, und auf einmal bin ich seltsam fasziniert und werde ganz ruhig. Ich habe keine Ahnung, was sie singt, aber die ältere Dame summt mit und trinkt einen Schluck von ihrem Kaffee. »O ja, das was anderes als Nespresso, nicht wahr?«

Ich lache. »Lavazza.«

Sie nickt. »Ich gebe ihm ohne jede Einschränkung fünf von fünf Sternen. Und dieses Prädikat gibt es von mir ausgesprochen selten.«

Mit einem Ruck wende ich mich von der Sängerin ab und

fokussiere die ältere Dame, während mein Kopf verzweifelt versucht, das, was sie gerade gesagt hat, einzuordnen. Eine kurze Pause entsteht, dann frage ich: »Ist es bei den Briten etwa eine Art Volkssport, Kaffee zu bewerten?«

Die Frau lacht, stolz und ein bisschen verlegen zugleich. »Nein«, gesteht sie. »Es ist ein Sport, den ich und meine Nachbarin uns am Wochenende regelmäßig gönnen. Mein Mann meint, wir sind durchgeknallt, dass wir da in der Kälte rumstehen und Nespresso-Aromen bewerten – mit bis zu fünf Sternen. Er findet, wir sollten bis zu zehn Sterne vergeben oder uns wenigstens ein besseres System ausdenken, statt einfach so eine Zahl aus der Luft zu greifen.«

Ich nicke, trinke einen Schluck, aber mein Gehirn ist woandershin gewandert, zurück zu einem Gespräch, das ich vor langer Zeit mit jemand anderem über Kaffeebewertung geführt habe. »Ihre Nachbarin?«, hake ich nach.

»Ja, es ist die einzige Gelegenheit, bei der ich sie mal sehe. Am Gartenzaun.«

Ich denke nach. Mein Hirn hilft mir nicht auf die Sprünge, noch nicht. Vielleicht bin ich zu müde. Und ich will die Frage nicht stellen, will den Namen nicht aussprechen und frage deshalb lieber nicht, wie die Nachbarin heißt. Denn es kann doch nicht Hannah sein. Unmöglich. Ich lasse den Gedanken nicht zu.

Man sagt, dass auf dieser Welt jeder Mensch durch lediglich sechs andere Menschen mit allen Menschen auf der ganzen Welt verbunden ist. Nur sechs Stufen stehen zwischen mir und allen anderen Menschen auf diesem Planeten. Angeblich. Ich schaue diese Frau an, und dann nehme ich meinen ganzen Mut zusammen und lasse die Überlegung zu, ob es nicht sein kann, dass sie nicht sechs Menschen entfernt, sondern viel näher bei Hannah sein könnte. Als mein Schweigen sich zu lange hinzieht und ich die Opernsängerin nicht mehr höre, weil ich nur noch das immer heftigere Pochen meines Herzens im Ohr habe, wende ich mich ihr zu und wage zu fragen: »Heißen Sie vielleicht Joan?«

Sie starrt mich an, und als sie antwortet: »Woher in aller Welt wissen Sie das?«, habe ich das Gefühl, dass für einen Augenblick die Zeit stillsteht.

∴

Zehn Minuten später zerrt sie mich, die Hand fest um meinen Arm gelegt, vom Tisch weg, in Richtung Brautpaar. Ich kann nicht sprechen, nicht denken, kaum laufen. Zum Glück erledigt Joan das alles für mich, denn wir haben ja zweifelsfrei festgestellt, dass sie ist, wer sie ist, und ich bin, wer ich bin.

Die Braut tritt auf uns zu und fängt sofort an, Joan Vorwürfe zu machen, weil sie »einen heißen Kellner abschleppt, während Geoff ahnungslos sein Verdauungsschläfchen hält«.

Aber Joan schüttelt heftig den Kopf und erklärt mit großen Augen: »Ich muss dich unbedingt mal ausleihen.«

Dann entfernen sich Joan und die frisch verheiratete Braut von der kleinen Gruppe von Freunden, die wir unterbrochen haben, und gehen zum Säulengang hinüber. Kurz darauf schaut Joan herüber und winkt mich zu ihnen.

Die Braut mustert mich von oben bis unten, einmal, zweimal, sie scheint verunsichert. Jetzt werde ich noch verlegener, als ich ohnehin schon bin.

Dann stellt Joan mich vor: »Miranda, das ist Davey.«

Miranda lächelt mich an und streckt mir die Hand entgegen. »Hi, Davey. Bist du einer von Pauls Freunden?«

»Nein, ich bin vom Restaurant«, entgegne ich mechanisch. Ich bin nicht ganz da – hinterlassen Sie eine Nachricht. Das hier ist *Miranda. Hannahs* Miranda.

»Das Essen ist großartig«, sagt Miranda. »Ich kann es kaum abwarten, den Kuchen zu probieren«, fährt sie fort.

»Danke. Ich gebe das Kompliment gern an meinen Chef weiter.« Jetzt bin ich komplett auf Autopilot, ich merke nicht mal richtig, dass ich spreche.

Endlich mischt Joan sich ein. »Hör doch auf, vom Essen zu faseln. Das ist Davey.«

Miranda gibt ein halbherziges Halblachen von sich. Dann sagt sie mit verlegener Singsangstimme: »Ja, das hast du vorhin schon gesagt.«

»Davey«, wiederholt Joan energischer. »Davey – *Hannahs* Davey.«

Miranda starrt erst mich, dann Joan, dann wieder mich an, und sagt schließlich ganz langsam: »Im Ernst jetzt?«

Joan nickt. »Hannahs Davey«, bekräftigt sie, und zu dritt stehen wir uns in einem seltsamen Dreieck absoluter Fassungslosigkeit gegenüber.

»Hannahs Davey?«, wiederholt Miranda. »Hannahs Davey. Ist … hier?«

Ich nicke. Was soll ich auch sonst tun? Was soll ich sagen? Mir fällt nichts ein, was ich einigermaßen Normales sagen könnte.

»Was tust du denn hier?«, fragt Miranda etwa eine Oktave höher, und ihre Stimme klingt völlig entgeistert.

»Ich arbeite hier. Das heißt, ich habe hier gearbeitet. Morgen reise ich ab.«

Miranda öffnet den Mund, blinzelt ein paarmal und sieht aus, als suche sie einen passenden Kraftausdruck. »Ff-f-u-ck«, sagt sie schließlich, ohne mich aus den Augen zu lassen. »Meine Güte, jetzt, wo ich dich richtig anschaue, siehst du genau aus wie auf den Fotos.«

Dann strafft sie die Schultern und blickt sich um. Niemand sagt ein Wort, bis irgendwann der Bräutigam auf uns zuschlendert.

Da immer noch alle schweigen, sage ich: »Hi.«

»Hallo, Kumpel«, antwortet er. Es klingt, als wäre er etwas angeheitert. »Ich muss leider zugeben, dass ich schon ein paar Bier intus habe, und mich, obwohl ich weiß, dass ich dich kennen müsste, weil du ja auf meiner Hochzeit bist, trotzdem ehrlicherweise nicht erinnern kann, woher ich dich kenne und wie zur Hölle du heißt.«

Miranda und Joan stehen etwas verloren da, und ich wahrscheinlich auch, aber ich strecke dem Bräutigam aus alter Gewohnheit die Hand entgegen und stelle mich vor: »Ich bin Davey.«

»Freut mich, dich zu sehen, Davey …« Er will meine Hand nehmen, hält jedoch auf halbem Weg inne, kommt einen Schritt näher und mustert mich. Dann schaut er zu Miranda, als wollte er etwas sagen, wüsste aber nicht, wie.

»Davey?«, wiederholt er fragend. »Aber doch nicht …? Nicht …? Er wirft mir noch einen Blick zu. »Äh …«

»Doch«, schaltet Joan sich ein. »Genau der Davey ist er.«

»Was zum Teufel …? Echt? Hat Hannah ihn eingeladen?«

»Sei mal einen Moment still – ich muss nachdenken«, sagt Miranda. »Wo ist Hannah überhaupt? Ich glaube, wir sollten sie nicht damit überfallen, aber ich sehe sie nirgends.«

Ich fahre auf. »Hannah ist hier?«

Miranda nickt.

Natürlich ist Hannah hier. Vor mir steht Miranda. Sie ist Hannahs beste Freundin. Selbstverständlich ist sie bei der Hochzeit ihrer besten Freundin. O mein Gott, Hannah ist hier. Ich weiß nicht, was ich tun soll. Abgesehen von unserer Beinahe-Begegnung in der U-Bahn bin ich ihr im richtigen Leben doch noch nie begegnet. Ich hatte nie die Chance. Das Schicksal – oder was auch immer – hatte andere Pläne für mich und hat dafür gesorgt, dass ich ihr nie begegnet bin. Und dann habe ich selbst dafür gesorgt, dass ich ihr nie begegnet bin.

Aber jetzt … ist sie hier. Und ich bin hier. Ich habe Angst. Was, wenn sie mich nicht sehen will? Was, wenn sie mich hasst? Hier geht es um Hannah … die mir so viel bedeutet hat, in die ich mich verliebt und mit der ich Schluss gemacht habe. Mit der zu sprechen ich mich geweigert habe. Ich habe mich nie bei ihr bedankt, dass sie mich dazu gebracht hat, die letzte Runde Chemo zu machen. Zusammen mit Grant hat sie mir das Leben gerettet. Ich hätte sie niemals so behandeln dürfen. Ich sollte diese Hochzeit sofort verlassen und nicht alles wieder aufwühlen, vor allem, weil sie jetzt mit einem anderen zusammen ist. Also erkläre ich Joan, dass ich glaube, es richte mehr Schaden als Nutzen an, wenn wir uns begegnen.

»Red keinen Stuss«, sagt Joan. »Die beiden sind nicht mehr zusammen. Er war nicht der Richtige für sie. Du warst so wichtig für das Mädel, sie hat sich endlos Sorgen um dich gemacht, und ich bin verdammt nochmal ziemlich sicher, dass sie dich liebt.«

»O Gott!« Ich reibe mir das Gesicht. Was zur Hölle kann ich dazu sagen? Selbst wenn Hannah nicht mehr mit diesem Typen zusammen ist – kann ich das denn tun, darf ich einfach so in ihr Leben wandern, als wäre nichts passiert?

Miranda schaltet sich ein: »Wenn du glaubst, du kannst jetzt einfach wieder gehen, dann werde ich dafür sorgen, dass Paul ... nein, ich werde dafür sorgen, dass Joan dich festhält, während wir uns überlegen, was wir als Nächstes tun.«

Ich blicke zu Paul, der die Achseln zuckt und an seinem nächsten Bier nuckelt.

Miranda dagegen warnt mich: »Wag es nicht, dich davonzustehlen, hast du verstanden?«, wühlt in Pauls Hosentasche, zieht ein Handy heraus und tippt hektisch darauf herum. Neben mir klingelt es prompt in Joans Handtasche, und, während Miranda auflegt, muss Joan erklären, warum sie Hannahs Telefon in der Tasche hat.

Ich muss etwas tun. Hier geht es nicht um Hannahs Freunde. Es geht um mich. Und um Hannah. Es ist an mir, endlich zu handeln. »Ich werde sie suchen«, verkünde ich entschlossen. Alle starren mich an, als trauten sie meinem plötzlichen Sinneswandel nicht und erwarteten noch immer, dass ich davonlaufen wolle.

Aber ich weiß jetzt, was ich zu tun habe. Was auch immer geschieht, Hannah und ich müssen uns begegnen. Ich weiß nicht, ob wir zusammengehören. Ich weiß nicht einmal, ob sie das nach der ganzen langen Zeit überhaupt noch will. Aber ich weiß, dass ich es herausfinden muss. Und ich muss ihr in die Augen schauen und mich bei ihr entschuldigen. Ich muss sie sehen, im wirklichen Leben. Das ist das Mindeste, was ich tun kann, bevor wir wieder unserer Wege gehen.

»Sie ist in den Mohnblumenfeldern an der Hauptstraße, ein Stück den Hügel runter«, erklärt Joan. Sie sieht sehr aufgeregt aus.

Ich nicke. »Okay.«

Doch als ich mich zum Gehen wende, ruft Miranda mich zurück. »Ich weiß, was du hinter dir hast«, sagt sie. »Ich kann mir kaum vorstellen, wie man so etwas übersteht. Aber wenn du Hannah zum zweiten Mal das Herz brichst, dann werde ich dich finden, egal, wo du dich versteckst, und dir deine Eingeweide rausreißen wie einem Fisch.«

Mir bleibt der Mund offen stehen. Doch dann nicke ich erneut. »Klingt fair.«

Langsam gehe ich los, verlasse den Garten, überquere die Piazza. Ich weiß, dass sie mich beobachten, aber ich blicke nicht zurück. Ich überquere die Piazza und starre auf jeden einzelnen der Kopfsteine unter meinen Füßen, bis sie ineinander verschwimmen, weil ich losrenne. So schnell bin ich seit Langem nicht mehr gerannt. Jetzt hat es mich gepackt, auf die gleiche Art wie früher, wie vor einem Jahr. Es ist zurückgekommen, dieses unbedingte Bedürfnis, Hannah zu sehen. Ein überwältigender Adrenalinschub durchströmt mich.

Ich stürme ins Restaurant. »Ich brauche dein Motorrad«, sage ich zu Marco. »Es ist wichtig.«

»*Cosa intendi?*«, fragt Marco und blickt von der Sauce auf, in der er rührt.

»Das ist eine lange Geschichte. Aber ich brauche dein Motorrad, ich muss jemanden suchen.«

»*Vita o morte?*«

Jetzt ist wirklich nicht der richtige Zeitpunkt, lange zu überlegen, was ich korrekterweise auf Italienisch stammeln könnte. »Es geht nicht um Leben und Tod. Etwas anderes. Es geht um *Amore*.«

»*Amore*«, nickt Marco, greift auch schon in die Hosentasche, wirft mir den Schlüssel zu und deutet auf den Helm. »Nimm den lieber mit.«

»*Grazie*, Marco.«

Marco hat mich neulich abends mit dem Motorrad zum Spaß die Straße auf und ab fahren lassen, aber es hat mir nicht besonders gefallen. »Organspendermaschinen«, nennt meine Mom die Gefährte immer, und ich hatte in letzter Zeit wirklich genügend Begegnungen mit dem Tod. Aber nun erscheint mir der Gedanke, von dem Ding zu stürzen – dabei draufzugehen, wenn ich Hannah sehen will –, irgendwie das Risiko wert. Hinter dem Restaurant steige ich auf, drehe den Zündschlüssel, setze den Helm auf und verlasse die Stadt in Richtung Mohnblumenfelder.

DREIUNDVIERZIGSTES KAPITEL
Hannah

Hier draußen ist es so still, nichts regt sich – außer den Blumen, die hellroten Flecken auf den Wiesen, die sich vor der üppig grünen Landschaft unablässig in der Frühlingsbrise wiegen, ein Gemälde voller Primärfarben, das nur für mich lebendig geworden ist. Ich habe sie auf ihrem gloriosen Höhepunkt erwischt, denn schon in wenigen Wochen, wenn der Frühling dem feurigen italienischen Sommer Platz macht, werden die Blüten verblassen. Doch nun erstrahlen sie in leuchtender Pracht, so zart die Blütenblätter auch sind. Eine Reihe mächtiger Zypressen säumt die kleine Straße, und ich lehne Jims Fahrrad an eine davon.

Auf dem Hügel thronend, beherrscht von der mittelalterlichen Burg, blicken die sandfarbenen Gebäude von Montepulciano zu mir herab. Über mir wölbt sich der tiefblaue Himmel der Toskana. Ich seufze laut, aber niemand ist da, der mich hört. Zum ersten Mal, seit … ich weiß nicht wie lange, bin ich wirklich für mich, und ich frage mich, wie es sein kann, dass ich, obwohl ich allein lebe, immer mit jemandem zusammen bin, warum ich so nach menschlicher Gesellschaft lechze und nie wirklich etwas mit mir anzufangen weiß, es sei denn, ich bin beschäftigt. Auch in meiner Wohnung stehe ich nie still, immer habe ich etwas zu tun. Oder beschäftige mich mit etwas, sehe fern oder was auch immer. Immer ist etwas los. Aber jetzt verharre ich in Stille. Ich sollte die Augen schließen, aber das, was mich umgibt, ist einfach zu schön: So weit das Auge reicht, schmücken sanft im Wind schaukelnde Blumen die Wiesen, Felder und Täler. Ich sollte weniger Zeit damit verbringen, durch die Wanstead Flats zu laufen, und mehr Zeit damit, die Wildblumen dort anzuschauen. Immerzu renne ich herum. Ich halte viel zu selten inne, um die einfachen Dinge zu würdigen.

Jetzt, da ich die Mohnblumen gesehen habe, weiß ich, dass ich nicht wieder fort will. Noch nicht. Auch wenn ich Jim versprochen habe, nur zehn Minuten zu bleiben; auch wenn ich Miranda an ihrem Hochzeitstag nicht beunruhigen möchte. Aber die Sonne steht hoch am Himmel, und der Mohn ist so wundervoll.

Ich fühle mich überhaupt nicht wie Lucy Honeychurch, auch wenn es so naheläge, hier, an diesem Ort. Nein, ich fühle mich ganz und gar wie ich selbst. Und das das bringt mich zum Lächeln. Vielleicht ist es gar nicht so schlecht, einfach ich zu sein. Vielleicht habe ich die ganze Zeit nach etwas gesucht, das ich längst hatte. Ich habe lange darauf gewartet, herauszufinden, ob ich mich selbst mag, und jetzt denke ich, dass ich es tatsächlich tue.

Die Stille umfängt mich, ohne mich zu verschlingen. Ich wandere weiter in das Mohnfeld hinein. Nur noch ein paar Minuten. Doch heute geht es nicht um mich, dieser Tag gehört Miranda und Paul. Ich sollte zurück. Ich bücke mich nach den Mohnblumen, streiche mit den Fingerspitzen über die Blüten, gehe noch ein Stück weiter. Gleich breche ich auf. Ganz bestimmt.

Alles um mich herum ist still. Nur ein Motorrad knattert die Straße hinter mir entlang.

VIERUNDVIERZIGSTES KAPITEL
Davey

Ich sehe sie. Sie trägt ein hellrosa Kleid. Mein Magen zieht sich zusammen, obwohl ich noch nicht einmal in ihrer Nähe bin. Es passiert. Es passiert tatsächlich. Ich bremse, und weil ich kein guter Fahrer bin, gerät das Motorrad ins Schlingern. Ich stelle den Motor ab, schiebe das Rad unter die Zypressen, klappe den Ständer aus und parke es in die Nähe des Fahrrads, das dort steht. Hannahs Rad. Dann nehme ich den Helm ab und lege ihn auf den Motorradsitz. Auf einmal bekomme ich wieder Panik. Wie sehe ich aus? Sind meine Haare einigermaßen okay? Bestimmt merkt man mir an, dass ich müde bin. Sogar der Typ am Tisch hat es bemerkt. Ob Hannah mich erkennt? Ob sie das überhaupt will? Was wird sie sagen? Was auch immer es sein wird, ich werde es aushalten.

Nervös schnipse ich mit den Fingern, fahre mir mit der Hand durch die Haare, die dunkler geworden sind, nicht mehr so blond wie früher. Aber ich kann nicht den ganzen Tag hier rumstehen. Jetzt oder nie. Ich bin schon so weit gekommen. Also los.

FÜNFUNDVIERZIGSTES KAPITEL
Hannah

Gott sei Dank, das Motorradknattern hat aufgehört. Ich schaue um mich und kann weder das Fahrzeug noch seinen Inhaber entdecken, wahrscheinlich ist er einfach weitergefahren. Ich drehe mich wieder den Blumen zu, will wenigstens noch eine Minute hier sein. In Ruhe. Dann ist es Zeit zu gehen.

Als ich mir durch das Meer der Mohnblumen einen Weg zurück zu meinem Fahrrad bahne, sehe ich einen Mann zwischen den Zypressen hervorkommen und die Wiese betreten.

Ich gehe weiter, überlege, ob es wohl der Motorradfahrer ist, der angehalten hat, weil er eine Frau allein in einem Mohnblumenfeld gesehen hat und das für eine gute Gelegenheit hält, jemand Ahnungslosen zu überfallen. Noch ist er ein ganzes Stück entfernt, aber er kommt näher, und ich kann erkennen, dass er sehr groß ist. Er hebt den Kopf, sieht mich direkt an. Ich kann seine Gesichtszüge nicht erkennen, aber etwas lässt mich innehalten. Ich starre ihn an, dann gehe ich weiter, langsamer. Wir sind die beiden einzigen Menschen in der Gegend, es wäre unhöflich – befremdlich –, wenn ich einen anderen Menschen im Vorübergehen nicht wenigstens grüßen würde. Also werde ich das auch tun, werde ihm Hallo sagen und weitergehen, mich auf mein Fahrrad schwingen und zur Hochzeit zurückradeln.

So bewegen wir uns langsam aufeinander zu, bis wir noch ungefähr dreißig Meter voneinander entfernt sind, aber als ich den Mund aufmache, um diesen Fremden zu grüßen, kommt kein Ton heraus. Stumm schaue ich ihn an, ohne zu merken, dass ich von Neuem stehen geblieben bin, er jedoch weitergeht und mir immer näher kommt. Dann ist er so nah, dass ich ihn mit zwei oder drei Schritten berühren könnte.

Ich blinzle. Einmal, zweimal, aber noch immer kommen keine Worte über meine Lippen. Denn der Mann, der jetzt vor mir steht, kann unmöglich derjenige sein, für den ich ihn halte. Wie oft habe ich ihn schon zu sehen geglaubt, auf der Straße, im Bus, an den verschiedensten Orten glaubte ich ihn zu erkennen. Wenn ich zur Arbeit ging, durch die Eingangstür zum Büro, sah ich ihn dort sitzen und auf mich warten. Und dann war da dieser Moment, in der U-Bahn, als er lautlos meinen Namen sagte und ich wusste, dass er es war, und es trennten uns nicht mehr fünftausend Meilen, sondern nur noch eine Fensterscheibe … und doch so viel mehr. So viel war gesagt worden und so vieles nicht.

Dieser Mann, der jetzt vor mir auf diesem Mohnblumenfeld bei Montepulciano steht, kann unmöglich Davey sein. Obwohl es so aussieht, als wäre er es. Ich beiße die Zähne zusammen, und erst als mir der Schmerz in den Kiefer schießt und ein anderer Schmerz sich den Weg zu meinem Herzen bahnt, wage ich es, wieder Luft zu holen und zu sprechen.

Aber er kommt mir zuvor.

»Hannah«, sagt er, und sein Akzent ist unverkennbar Daveys. Das langsame Lächeln, das sich über sein Gesicht breitet, ist seines. Das gleiche Lächeln, das ich von unseren Videocalls kenne – und von den Fotos, die ich gelöscht habe. Ich kann nicht antworten, kann nur nicken, und dann kommen alle Gefühle, die ich die ganze Zeit über zu verdrängen versucht habe – und noch mehr, die mich einfach überwältigen –, an die Oberfläche, und ich fange an zu weinen. Er macht einen Schritt auf mich zu. »Hannah«, sagt er noch einmal, und jetzt klingt es zärtlich. »Weine nicht.«

»Du bist hier« ist alles, was ich herausbringe. Fassungslosigkeit überflutet meine Synapsen.

Er nickt, und sein Blick verweilt in meinem. »So wie du.«

»Ja«, hauche ich, ohne mir sicher zu sein, ob man es hören kann. Er kommt noch näher und wischt eine verirrte Träne von meiner Wange. »Es tut mir so leid. Ich möchte mich entschuldigen.«
»Wofür denn?«, frage ich. *Davey ist hier.*
»Für alles. Für alles, was ich getan habe, alles, was ich gesagt und was ich nicht gesagt habe. Dafür, dass ich verschwunden bin. Ich dachte, es wäre besser, sich schnell von dir zu verabschieden, und dann würde dieser Schmerz vergehen. Viel zu spät habe ich begriffen, dass er für immer bleiben würde. Nur warst du nicht mehr da. Es tut mir so leid, dass ich dich in etwas hineingezogen habe, was du niemals hättest durchmachen sollen, und dann, als du versucht hast, für mich da zu sein, habe ich es nicht zugelassen. Ich war mir so sicher, dass es das Beste wäre.«
»Du hast mich verletzt«, erwidere ich, weil das die Wahrheit ist und weil es alles ist, was mir zu sagen einfällt. Davey ist tatsächlich da, er steht vor mir. Ich hatte recht – ich muss zu ihm aufsehen, so groß ist er. Seine Haare sind nicht so blond, wie sie einmal waren, und jetzt sehe ich seine blauen Augen, erkenne die kleinen gelben Sprenkel, die auf beiden Seiten fast einen schimmernden Kreis um die Iris bilden. »Ich wusste nicht, was ich tun sollte. Ich wollte helfen. Und du hast mich weggestoßen.«
»Ich weiß.« Er nimmt meine Hand, und ich kann kaum glauben, wie gut es sich anfühlt, dass er mich nach all der Zeit endlich berührt. Seine Hände sind größer, als ich sie mir vorgestellt habe. Sie umschließen meine, und es ist, als durchströme uns ein gemeinsamer Fluss nervöser Erregung. »Deine Hände sind so weich«, sagt er. Und lacht ein bisschen. Es klingt verwundert, als könne er nicht recht glauben, dass ich hier bin und wie ich mich anfühle.
Ich kann es auch nicht glauben.
Doch er hat etwas, was er unbedingt sagen will. »Dass ich mich verwählt habe ... ich weiß nicht, ob das ein Wink des Schicksals war. Ich weiß nicht, ob ich an so etwas überhaupt glaube. Aber

dass ich dich hier wiedergefunden habe, dass du jetzt vor mir stehst ... Niemand kann bestreiten, dass du und ich ... dass wir beide hier sein sollen und dass ich dir sagen muss, wie leid mir alles tut. Ich muss mich endlich bei dir bedanken. Und danach ... Himmel, ich habe keine Ahnung, was danach passiert.«

Ich halte seine Hand ganz fest, meine Finger legen sich um seine, denn ich weiß nicht genau, was er meint. Aber er ist hier bei mir, und ich weiß nicht, ob wir diese Chance noch einmal bekommen. Womöglich habe ich nie wieder Gelegenheit, seine Hand zu halten, ihn zu berühren. Womöglich verbannt er mich von Neuem mit einer lachhaft edlen Geste aus seinem Leben. Ich umfasse seine Hand noch fester. »Wofür willst du dich denn bei mir bedanken?«, frage ich.

»Dass du mir das Leben gerettet hast.«

»Wie das?«, frage ich.

»Du hast mich angerufen und unmissverständlich von mir verlangt, dass ich die Chemo nicht abbreche.«

»Das hättest du auch ohne mich getan.«

»Ich bin mir nicht sicher. Wie Grant schon sagte, ich war zu der Zeit wohl ein ziemlich egoistisches Arschloch. Ich habe die letzte Runde Chemo nur gemacht, weil du mich daran erinnert hast, dass es andere Leute gibt, die dafür töten würden, die Chance auf diese Behandlung zu bekommen. Die Chance zu überleben.«

»Wie geht es dir jetzt?«, flüstere ich. Ich hoffe so sehr, dass die Chemo gewirkt hat. Ich ertrage den Gedanken an eine Welt ohne Davey noch immer nicht, selbst wenn er nicht mit mir zusammen ist.

»Es geht mir gut. Glaube ich. Meine Bluttests waren okay, ich lebe – na ja, im Moment schwirrt mir der Kopf«, meint er mit einem schiefen Grinsen. »Aber ich bin hier.«

Ich blicke zu ihm empor. Nur zu gern möchte ich mit ihm grinsen, aber stattdessen quält mich eine Frage. »Was jetzt?«, flüstere ich.

Doch er grinst nur noch mehr. »Keine Ahnung, Hannah.«

»Ich habe dich überall gesehen, aber es war immer Einbildung, du warst gar nicht da. Aber in der U-Bahn – das warst du tatsächlich, oder?«

»Ja, das war ich.«

»Wohin warst du unterwegs?«

»Nirgendwohin, überallhin. Ich weiß, ich klinge wie ein Trottel, wenn ich sage, dass ich mich auf die Suche nach mir selbst gemacht habe, vor allem, weil es nicht funktioniert hat. Ich habe mich selbst nicht gefunden, aber dann habe ich mich auf die Suche nach dir gemacht und bin nach Whitstable gefahren.«

Vor Staunen bleibt mir der Mund offen stehen. »Echt?«

»Ich habe mich an den Kieselstrand gesetzt und aufs Meer hinausgeschaut. Ich wollte das Gleiche sehen wie du damals an Silvester. Wollte die Stadt sehen, in der du aufgewachsen bist, dich dort spüren. Und bis zu einem gewissen Grad ist mir das auch gelungen. Aber ich war zu feige, dich anzurufen. Die Art unserer Trennung, wie wir auseinandergegangen sind, wie ich mich benommen habe – ich dachte ganz ehrlich, dass du ohne mich besser dran wärst.«

Ich nicke erst und schüttle dann den Kopf. »Dass du einfach den Kontakt mit mir abgebrochen hast, wo ich doch nur für dich da sein wollte ... das war so hart. Aber inzwischen verstehe ich besser, warum du es getan hast.«

»Ich wollte dich nicht zu einem Teil meiner Krankheit machen. Ich wollte nicht, dass es nur der Krebs ist, der uns zusammenhält.«

»Aber es war doch gar nicht der Krebs, der uns zusammengebracht hat«, sage ich. »Ich war doch schon längst in dieser Geschichte drin, lange bevor du krank geworden bist. Aber du hast zugelassen, dass deine Krankheit uns auseinanderbringt.«

Er holt tief Luft. »Ich weiß. Aber das habe ich erst jetzt verstanden. Ich hatte nicht die Kraft herauszufinden, was für uns wirklich das Beste wäre. Ich wusste nicht einmal mehr, ob es jemals ein ›uns‹ geben würde. Natürlich wusste ich, wie viel ich für dich empfinde, aber ich dachte, es wäre das Beste für dich, wenn ich dich gehen lasse. Und bei alldem hast du mir so gefehlt. Dich verloren zu haben tat so weh, doch ich konnte es niemandem erzählen. Nicht einmal dir.«

Er greift auch nach meiner anderen Hand. Und so stehen wir da, eineinhalb Jahre nachdem Davey sich verwählt hat, auf dieser Wiese voller roter Mohnblumen, nur wir beide, mit ineinander verflochtenen Fingern.

»Ich weiß nicht, was ich jetzt tun soll«, gesteht er.

»Ich auch nicht.« Und auf einmal weiß ich es doch. Ich löse meine Hand aus seiner, streiche über seine Wange. Endlich kann ich ihn berühren, mit meinen Händen, diesen Mann, der echt ist und vor mir steht und nicht mehr unendlich weit entfernt ist. Der mich genauso vermisst hat wie ich ihn und mit dem ich von nun an jeden Tag verbringen will. Ich will ihn kennenlernen, ihn spüren, ihn küssen, will bei ihm sein.

Also fasse ich mir ein Herz und sage es ihm. Ich sage ihm, wie sehr ich mir wünsche, mit ihm zusammen, ihm nahe zu sein. Und ich versuche, nicht zu weinen, als er mir sagt, dass er es sich ebenso wünscht und wie viel Glück wir haben, nach allem, was geschehen ist, diese zweite Chance zu bekommen. Dann legt er die Arme um mich und zieht mich an sich. Und als er mich küsst, erwacht alles in mir zu neuem Leben, mitten in diesem Mohnblumenfeld in der Toskana. Es ist alles, was ich mir gewünscht habe. Und noch so viel mehr.

SECHSUNDVIERZIGSTES KAPITEL

Oktober

Ich sitze im Flughafen und warte auf Davey. Seit wir uns in Italien gefunden haben, bin ich fast jedes Wochenende hier. Seit wir in jenem Mohnblumenfeld standen und Pläne schmiedeten, bin ich unzählige Male von hier losgeflogen oder habe auf seine Ankunft gewartet. Wir haben beschlossen, dass Davey die Kochschule in Florenz trotzdem besuchen sollte und wir uns abwechselnd in London und Italien besuchen würden, da es ja nur für diesen einen Sommer wäre. Aber ich hätte auch für immer so weitergemacht, denn Zuhause ist ein Mensch, kein Ort.

Doch von nun an wird es anders sein. Wir haben uns vorgenommen, einen Tag nach dem anderen anzugehen, aus diesen Tagen sind Monate geworden, und inzwischen machen wir Pläne für die Zukunft. Wir überlegen, wann wir zusammen in die Staaten fliegen, damit ich seine Eltern kennenlernen kann. Wir machen Pläne, wo Davey in London wohnen wird. Genauer gesagt, machen wir bei diesem Thema allerdings keine Pläne. Es könnte daran liegen, dass er auch eine Weile bei mir wohnen kann. Oder vielleicht findet er etwas ganz in der Nähe. Wir haben so viel aneinander zu entdecken und zum Glück genug Zeit, um es in aller Ruhe zu tun.

Ab und zu muss ich daran denken, wie ich vor fast zwei Jahren hier stand und mich fragte, ob ich das Poster, das ich in der Hand hielt, lieber wegpacken und einen Kaffee für Davey kaufen sollte. Ich habe auf einen Mann gewartet, dem ich nie begegnet war und der nie ankam. Doch jetzt ist alles anders. Jetzt kommt er wirklich. Schon so oft hat er mir eine Nachricht geschickt, ehe er in den Flieger gestiegen ist, der ihn von Italien hierherbringen sollte. Und dann noch einmal, wenn er gelandet war, damit ich wusste, er ist angekommen, irgendwo auf diesem Flughafen. Ich warte auf ihn, er wartet auf mich.

Nun ist der Sommer vorbei, Davey hat seinen Kurs in der Kochschule beendet. Herbstliche Kühle hat ihren Weg in die Ankunftshalle gefunden. Ich ziehe meine Jacke enger um mich, Menschen eilen an mir vorüber, entdecken alte Freunde, geliebte Menschen. In den Flughafengeschäften sieht man schon Weihnachtskram, den ich wohl peinlich finden sollte. Aber ich bin voller Vorfreude, wie immer in dieser Jahreszeit. Und schon wieder hat sich eine neue Lichterkette in meine Wohnung eingeschlichen und rankt sich fröhlich um die Küchenschränke. Der Oktober ist noch nicht einmal halb vergangen, doch ich bin bereit für Weihnachten. Ich bin bereit für Davey. Für alles, was kommt.

Davey schickt mir ein Foto von sich, wie er seine Sachen vom Gepäckband holt. Zwei Rucksäcke, die alles enthalten, was er dabeihat. Auf dem Foto sieht er müde aus, aber er grinst verschwörerisch und deutet verstohlen auf jemanden hinter sich, der ebenfalls am Förderband steht. Es ist einer der Moderatoren einer Immobilienshow, die wir manchmal gleichzeitig angeschaut haben, er in Italien, ich in London.

Ich schaue zu den Automatiktüren und sehe wenige Augenblicke später einen eins neunundachtzig großen blonden Amerikaner mit seinem Gepäck auf mich zukommen. Endlich vereint, umarmen wir uns innig.

Ich stelle mich auf die Zehenspitzen, um ihn zu küssen.

Und dann bringe ich ihn nach Hause.

Nachwort der Autorin

In den ersten Monaten des Jahres 2013 begann mein Ehemann Steve – jung (einunddreißig), fit, gesund, zurückhaltend im Alkoholkonsum und insgesamt ein rundum aktiver Mensch – über Unwohlsein zu klagen. Wir waren gerade dabei, die Geburtstagsparty unserer zweijährigen Tochter zu planen – ein ganz normales Durchschnittspaar, das sich Sorgen machte, warum die Kleine nicht schlief, warum sie stets aß, als gäbe es kein Morgen, und wie wir beiden Selbstständigen eigentlich ihre Betreuung auf die Reihe bekommen sollten. Damals leitete ich eine PR-Agentur und war nur selten in Großbritannien, Steve war als Bauleiter im Südosten des Landes tätig. Wir dachten, viel komplizierter könne unser Leben nicht werden. Dann wurde Steve krank. Nicht schwerkrank, aber krank genug, um sich ein paar Tage ins Bett zu legen, weil er sich so erschöpft fühlte, dass er sich kaum rühren konnte. Am dritten Tag war dann sogar mein sonst so unerschütterlicher Mann etwas genervt. Und dann äußerte er die unheilvollen Worte: »Einer meiner Hoden sieht irgendwie seltsam aus.«

»Wie – seltsam?«

»Er ist geschwollen und so groß wie eine Orange.«

»Und der andere?«

»Der ist nicht so groß wie eine Orange.«

Mir wäre es überstürzt vorgekommen, einen Arzt zu rufen. Ich dachte, wahrscheinlich handle es sich um ein kurzzeitiges Phänomen. Was auch Steve dachte. Wir googelten ein bisschen (tut das bloß nicht!), und schließlich diagnostizierten wir Mumps. Obwohl Steve ziemlich sicher war, dagegen geimpft zu sein.

Da unsere Tochter noch nicht gegen Mumps geimpft war, brachte ich sie zu meiner Mutter. Bei der Behandlung von Mumps wird hauptsächlich geraten, abzuwarten, und genau das tat Steve. Doch nach zwei Tagen ging es ihm immer schlechter.

So seltsam das vielleicht klingt, aber im Rückblick ist klar, dass unser Hund die Ernsthaftigkeit des Problems lange vor uns erkannt hat. Hunde haben einen außergewöhnlichen Geruchssinn und oft eine Intuition, die uns Menschen bisweilen abgeht. Socks, unser kleiner Hund, der inzwischen leider nicht mehr lebt, beschnüffelte Steve sehr aufdringlich und rollte sich dann im Bett neben ihm zusammen, winselte und weigerte sich, von seiner Seite zu weichen.

Jetzt könnte ich es kurz machen, was ich aber nicht tun werde, denn wenn ihr Männer in eurem Leben habt oder gar einer davon dies hier liest, dann kann Information zur großen Hilfe werden.

Ich vereinbarte einen Termin in unserer Hausarztpraxis, doch wir wurden von einem Assistenzarzt empfangen, der möglicherweise über etwas mehr Enthusiasmus als Erfahrung verfügte, jedenfalls schickte er Steve nach Hause und bestätigte unsere Selbstdiagnose Mumps.

Wieder vergingen einige Tage, während wir anweisungsgemäß auf ein Formular für einen Bluttest warteten, das jedoch nie ankam.

Dann telefonierte ich wieder, denn mein Ehemann lag noch immer im Bett, inzwischen nicht mehr blass, sondern grau.

Endlich kamen wir zu einem erfahrenen Arzt, der uns ernst ansah und Steve zu einem Spezialisten schickte. Wir warteten … und dann wurde Steve zu einer Ultraschalluntersuchung geschickt, die laut Aussage des Radiologen nichts ergab.

»Haben Sie Schmerzen?«

»Nein.« (Was wir damals nicht wussten: Genau das ist ein massives Warnzeichen.)

»Es tut überhaupt nicht weh?«

»Nein.«

»Dann ist wahrscheinlich alles in Ordnung, und Sie haben vermutlich eine Infektion. Gehen Sie zu Ihrem Hausarzt und lassen Sie sich von ihm ein Antibiotikum verschreiben.«

Steve war begeistert, lächelte triumphierend, sah noch immer beschissen aus und ging nach Hause. Mir dagegen war übel, und ich war ganz sicher, dass etwas ganz und gar nicht stimmte.

Steve legte sich wieder ins Bett und nahm weiter Paracetamol. Ich führte den Hund aus – es war schwierig, ihn von Steve zu trennen –, und als wir ungefähr die Hälfte unseres normalen Spaziergangs hinter uns hatten, zog ich mein Handy heraus, rief meinen Onkel an, der in einer Privatklinik arbeitete, und fragte: »Kennst du vielleicht einen guten Urologen? Ich glaube, Steve hat Krebs.«

So trat Henry Lewi, der Lebensretter, auf die Bühne, ein Mann, der bereits Jahre zuvor herausgefunden hatte, dass Sportverletzungen ein Risikofaktor bei der Entstehung von Hodenkrebs sein können. Nicht, dass Steve eine Sportverletzung gehabt hätte, ich erzähle das nur, um zu verdeutlichen, dass ältere, erfahrene Ärzte, die schon viele Patienten behandelt haben, oft sehr viel wissen. Einige Zeit später, als Steve schon aus dem Gröbsten heraus war, erzählte Mr Lewi uns, dass er in Schottland gearbeitet und dort Männer der Glasgower Polizei mit Hodenkrebs diagnostiziert hatte, die allesamt ihren Schlagstock auf der gleichen Seite trugen. Anscheinend genügte die stete Reibung an einer bestimmten Stelle, um Hodenkrebs zu begünstigen.

Mr Lewi schickte Steve sofort zu einer ihm bekannten Ultraschallspezialistin, und ich sah zu, wie sie Steves Hoden scannte, weiter zum Unterbauch ging, dann zu den oberen Bauchorganen und von hier zu Brust und Hals. Ich weiß noch, dass ich dachte: »O mein Gott, sie hat etwas gefunden und macht jetzt Jagd darauf.«

Und so war es auch. Sie hatte den Tumor sofort entdeckt und folgte nun seiner Spur bis in Steves Brust. Steve bekam noch einmal Blut abgenommen, der Test wurde in Rekordzeit bearbeitet, und Mr Lewi hatte gute und schlechte Nachrichten für uns: »Es ist kein Mumps. Aber das wussten wir wohl schon, oder? Die schlechte Nachricht ist, dass Ihre Tumormarker extrem hoch sind. Es ist Krebs.« Es war Mittwoch, und Mr Lewis OP-Plan für den Samstag war bereits voll belegt, aber da der Krebs sich so rasant in Steves Körper ausbreitete, erklärte er uns, er habe sich mit seinem Operationsteam darauf geeinigt, schon früher loszulegen – sie hatten Steve auf Platz 1 der Liste gesetzt.

Wenn man an einem Mittwoch von einem Privatchirurgen gesagt bekommt, er könne am Samstag einen Tumor entfernen, dann ist man bereit, tief in die Tasche zu greifen und ihm jede Geldsumme zu bezahlen, auch wenn man nicht über sie verfügt, und ansonsten zu beten, dass er den Menschen, den man liebt, retten wird.

Natürlich musste Steve danach noch eine mörderische Chemotherapie über sich ergehen lassen. Obwohl der Tumor schon wenige Tage nach der Diagnose entfernt worden war, hatte der Krebs sich ja schon in seinem ganzen Körper ausgebreitet, und genau an diesem Punkt mussten wir uns aus dem Einflussbereich von Henry Lewis Wunderhänden entfernen und uns in dem überstrapazierten und unterfinanzierten National Health Service ausliefern (für alle Nichtbriten: Das ist die steuerfinanzierte Gesundheitsfürsorge).

Ich habe großen Respekt vor den Pflegeberufen. Die Menschen, die Steve versorgten, arbeiteten rund um die Uhr, machten ihm seine Lage so angenehm wie möglich, versorgten ihn und verabreichten ihm meisterhaft seine zeitlich und medikamentös genau ausgeklügelte und exakt dosierte Chemotherapie. Lächelnd, immer einen Scherz oder zumindest ein freundliches Wort auf den Lippen, versuchten sie, ihn aufzuheitern, so gut es eben ging, obwohl er ihre Freundlichkeit zwischen den Übelkeitsattacken, dem qualvollen Erbrechen und den verzweifelten Bitten, es möge endlich aufhören, nur selten entsprechend erwidern konnte.

Als er zwei Drittel der Chemo hinter sich hatte, wollte er die Behandlung abbrechen. Als wir dann eine sehr ähnliche Diskussion führten wie Hannah und Davey, war ich zu Steve längst nicht so nett und geduldig. Aber am Ende habe ich gewonnen, was dazu geführt hat, dass ich diesen Text fast zehn Jahre später im Urlaub in mein Smartphone tippe, während ich Steve im Pool mit unseren beiden Kindern spielen sehe.

Nachdem er darüber informiert worden war, dass er noch zu toxisch sei, um ein Kind zu zeugen (Reste der Chemo bleiben sehr lange im Körper), warteten wir die erforderliche Zeit, bevor wir wieder versuchten, ein Kind zu bekommen. Man hatte uns erklärt, dass eine weitere Schwangerschaft für uns eher unwahrscheinlich sei, und wir hatten – da Steve ja nicht mehr »voll funktionsfähig« war – bereits beschlossen, die Strapazen einer künstlichen Befruchtung lieber nicht einzugehen.

Und als sich ein paar Monate später unsere zweite Tochter ankündigte, staunten wir nicht schlecht. Nach allem, was Steve durchgemacht hatte, und der Warnung zum Trotz, lieber nicht zu hoffen, kam sie 2015 zur Welt.

Wir haben unseren Töchtern erzählt, was Steve erlebt hat, wobei wir allerdings die grausigen Details ausließen, und ein- oder zweimal nannten wir unser zweites kleines Mädchen ein »Miracle Baby«. Es ist schon ein kleines Wunder, dass ich nach all dem, was Steve durchgemacht hat, schwanger wurde.

Weil sie es beim ersten Mal nicht richtig verstanden hat, nennt sich unser Miracle Baby nun selbst »America-Baby«. Wir verbessern sie nicht, so ist es viel lustiger, und wenn sie jemandem davon erzählt und der oder die Betreffende sagt: »Wie bitte?«, schauen Steve und ich uns nur an und antworten: »Mach dir keine Gedanken, das ist eine lange Geschichte.«

Eure Elle Cook

LESEPROBE

Prolog

Gegenwart

Beim Anblick des dreckigen Geschirrs in der Spüle gelange ich zu einer schmerzhaften Erkenntnis: Es hat mich übel erwischt.

Nein, eigentlich stimmt das nicht. Ich wusste auch schon vorher, dass es mich übel erwischt hat. Aber wenn ich es nicht gewusst hätte, wäre das der eindeutige Beweis: dass ich nicht einmal einen kurzen Blick auf ein Nudelsieb und zwölf dreckige Gabeln werfen kann, ohne Liams dunkle Augen vor mir zu sehen, wenn er mit verschränkten Armen an der Küchentheke lehnt, und seine strenge, dabei spöttische Stimme zu hören: »Ist das eine postmoderne Kunstinstallation? Oder haben wir einfach kein Spülmittel mehr?«

Und das, nachdem ich spät nach Hause gekommen bin und dabei nicht umhinkam, zur Kenntnis zu nehmen, dass er das Licht auf der Terrasse für mich angelassen hatte. Das ... oh, das versetzt meinem Herzen einen Schluckauf, einen ebenso wunderbaren wie qualvollen. Was außerdem Herzschluckauf auslöst: Ich denke daran, das Licht auszuschalten, als ich reingehe. Was mir gar nicht ähnlich sieht – womöglich ein Beweis, dass der Chia-Samen-Brei, den er mir zum Frühstück macht, wenn ich morgens spät dran bin, mein Gehirn tatsächlich besser arbeiten lässt.

Es ist gut, dass ich beschlossen habe auszuziehen. Besser so. Dieser Herzschluckauf ist auf Dauer nicht tragbar, weder in kardiovaskulärer Hinsicht noch was meine geistige Gesundheit angeht. Zwar bin ich ein blutiger Anfänger in der Kunst des Schmachtens, aber ich kann mit Bestimmtheit sagen, dass es alles andere als ein kluger Move ist, mit einem Typen zusammenzuwohnen, den man früher mal gehasst, in den man sich dann aber irgendwie Hals über Kopf verliebt hat. Vertraut mir, ich habe einen Doktor.

(Zwar in einem vollkommen anderen Fachgebiet, aber egal.)

Doch das Schmachten hat auch sein Gutes: Es ist ein konstanter Quell nervöser Energie. Es lässt mich beim Anblick dreckigen Geschirrs denken, dass es doch Spaß machen müsste, die Küche aufzuräumen. Als Liam hereinkommt, folge ich gerade dem unerwarteten Drang, die Spülmaschine einzuräumen. Ich blicke auf, sehe ihn im Türrahmen stehen und befehle meinem Herzen, keinen Schluckauf zu bekommen. Natürlich lässt es sich davon nicht abbringen – als Zugabe macht es noch einen Salto.

Mein Herz ist ein Arschloch.

»Wahrscheinlich fragst du dich, ob mich ein Einbrecher mit vorgehaltener Waffe dazu gezwungen hat, den Abwasch zu erledigen.« Ich lächle Liam strahlend an, ohne wirklich mit einer

Reaktion zu rechnen, denn – er ist Liam. Seinen Gesichtsausdruck zu lesen ist so gut wie unmöglich, doch ich versuche schon lange nicht mehr, klare Hinweise bei ihm zu erkennen, ich fühle sie einfach. Seine Belustigung ist schön und warm, und ich will darin baden. Ich will ihn dazu bringen, den Kopf zu schütteln, auf diese unverkennbare Art »Mara« zu sagen und gegen seinen Willen zu lachen. Ich will mich auf die Zehenspitzen stellen, ihm die verirrte dunkle Strähne aus der Stirn streichen und mich an seine Brust schmiegen, um den frischen, herrlichen Duft seiner Haut einzuatmen.

Doch ich bezweifle, dass er irgendetwas davon will. Also wende ich mich ab und spüle eine Müslischüssel, die sich unter dem Nudelsieb versteckt hat.

»Ich dachte eher, dein Bewusstsein würde von den parasitären Sporen gesteuert, die wir in dieser Doku gesehen haben.« Seine Stimme klingt voll und tief. Sie wird mir so sehr fehlen.

»Das waren Seepocken – ich wusste doch, dass du mittendrin eingeschlafen bist.« Er antwortet nicht. Was völlig in Ordnung ist, denn – Liam. Ein Mann weniger Worte. »Du kennst doch unseren kleinen Nachbarshund, oder? Diese Französische Bulldogge? Er ist wohl bei einem Spaziergang abgehauen, denn er kam gerade mitten auf der Straße auf mich zugerannt. Mit loser Leine und so.« Als ich nach einem Geschirrtuch greife, stößt meine Hand gegen Liam. Nun steht er direkt hinter mir. »Ups. Sorry. Jedenfalls habe ich ihn nach Hause getragen, und er war so süß ...«

Abrupt halte ich inne. Denn auf einmal steht Liam nicht nur hinter mir, ich werde gegen die Spüle gedrängt, die Kante der Arbeitsplatte drückt gegen meine Hüfte, und direkt hinter mir ragt eine Wand aus purer Hitze auf.

O mein Gott.

Ist er ... Ist er gestolpert? Bestimmt ist er gestolpert. Das ist ein Versehen.

»Liam?«

»Ist das okay, Mara?«, fragt er, zieht sich jedoch nicht zurück. Er bleibt, wo er ist, seine Brust an meinen Rücken gepresst, die Hände zu beiden Seiten meiner Hüften auf die Arbeitsplatte gestützt, und ... Träume ich? Ist das ein von Herzschluckauf ausgelöstes kardiovaskuläres Ereignis? Wandelt mein Gehirn meine schändlichsten nächtlichen Phantasien auf einmal in Halluzinationen um?

»Liam?«, keuche ich atemlos, als er sein Gesicht in meinen Haaren vergräbt. Direkt über meiner Schläfe, mit der Nase und vielleicht auch dem Mund, was mir wie Absicht vorkommt. Überhaupt nicht wie ein Versehen. Ist er ...? Nein. Nein, sicher nicht.

Doch dann legen sich seine Hände auf meinen Bauch, und in diesem Moment wird mir klar, dass es diesmal anders ist. Das fühlt sich nicht an wie all die flüchtigen Berührungen im Flur, wenn sein Arm im Vorbeigehen den meinen gestreift hat, von denen ich seit Monaten besessen bin. Das fühlt sich nicht an wie jenes eine Mal, als ich über mein Computerkabel gestolpert und fast auf seinem Schoß gelandet bin, und auch nicht wie jener Moment, als er zärtlich mein Handgelenk hielt, um zu sehen, wie schlimm ich meinen Daumen an der Herdplatte verbrannt hatte. Das fühlt sich ... »Liam?«

»Schhh.« Ich spüre seine Lippen an meiner Schläfe, warm und beruhigend. »Es ist alles gut, Mara.«

Meinen Bauch durchströmt eine feuchte Wärme.